STILL SCHWEIGT DER SEE

Tina Schlegel war Regieassistentin, Drehbuchautorin und Redakteurin, bevor sie als freiberufliche Kulturjournalistin u.a. für die Süddeutsche Zeitung und die Münchner Abendzeitung arbeitete. Seit 2012 schreibt sie für die Augsburger Allgemeine über Kunst, Theater und Musik. Tina Schlegel lebt mit ihrer Familie im Unterallgäu.

TINA SCHLEGEL

STILL SCHWEIGT DER SEE

Bodensee Krimi

emons:

Lust auf mehr? Laden Sie sich die »LChoice«-App runter, scannen Sie den QR-Code und bestellen Sie weitere Bücher direkt in Ihrer Buchhandlung.

Bibliografische Information der Deutschen Nationalbibliothek
Die Deutsche Nationalbibliothek verzeichnet diese Publikation in der Deutschen Nationalbibliografie; detaillierte bibliografische Daten sind im Internet über http://dnb.d-nb.de abrufbar.

© Emons Verlag GmbH
Alle Rechte vorbehalten
Umschlagmotiv: joexx/photocase.de
Umschlaggestaltung: Nina Schäfer, nach einem Konzept von Leonardo Magrelli und Nina Schäfer
Umsetzung: Tobias Doetsch
Gestaltung Innenteil: César Satz & Grafik GmbH, Köln
Lektorat: Lothar Strüh
Druck und Bindung: CPI – Clausen & Bosse, Leck
Printed in Germany 2020
ISBN 978-3-7408-0936-2
Bodensee Krimi
Originalausgabe

Unser Newsletter informiert Sie regelmäßig über Neues von emons:
Kostenlos bestellen unter
www.emons-verlag.de

Für meine Tochter

Vom Qualm noch wund die Augen
Suchen blind wir alle Ufer ab.
Allein die Nebel dort längst saugen
Alles Menschliche ins Grau hinab.

Zum Wasser die blinden Seelen streben
Und flehen laut, oh glühend Schmerz, vergeh.
Umsonst, die Dunkelheit tilgt euer Leben.
Und über alledem still schweigt der See.

Prolog

Der Turm warf im Kerzenlicht einen kleinen Schatten auf das Brett. Es bedurfte keiner langen Bedenkzeit, in drei Zügen wäre er matt. Im Aschenbecher ruhten Zigarrenstummel, in Gedanken zählte er, doch konnte er sich nicht daran erinnern, sie auch geraucht zu haben. Draußen lag der Bodensee längst im Sterben unter dem Mond.

Seit dem späten Nachmittag suchten sie nach einem Vermissten. Das wusste er, weil er die Boote der Küstenwache gehört hatte, die nah an seinem Seegrundstück vorbeigefahren waren. Viele blieben auf immer im See, über hundert sollten es bereits sein, dabei war der Bodensee gar nicht so groß. Er seufzte. Im Frühling gingen die Leute eigentlich seltener ins Wasser.

Der Schatten flackerte, lenkte seine Aufmerksamkeit auf sich, als würde dieser Turm dort wanken. Es war die beharrliche Suche nach einem Ausweg – aus dem Spiel, der Umklammerung seines Königs, vielmehr aber aus diesem Leben, das sich nur mehr von einer Gewohnheit zur anderen hangelte.

Die Zigarre seines Freundes glomm auf, das paffende Geräusch legte sich in die Nacht.

»Was ist?«, fragte sein Gegenüber und betrachtete den silbergrauen Ascheberg auf seiner Zigarre.

Er kratzte sich an der Stirn. »Du gewinnst schon wieder.«

Helles Lachen zwischen dem Paffen. »Schon wieder? Ach, mein lieber Freund, in all den Jahren hast du gewiss fünfmal öfter gewonnen als ich. Lass mir die Freude, dass ich jetzt ein wenig aufhole.«

»Wir langweilen uns, hab ich recht?« Er musterte seinen langjährigen Wegbegleiter, der so zufrieden vor ihm saß. Unmut stieg in ihm auf.

»Tun wir das?« Behutsam klopfte der andere die Zigarre auf den Rand der Schale aus rot leuchtendem Muranoglas.

»Mir fehlen die Aufgaben, die Menschen. Das hier«, er fegte

mit einer Handbewegung über den Tisch, »hält uns nur am Leben.«

Der andere musterte ihn, dann stand er unvermittelt auf und kam mit zwei Cognacschwenkern zurück. »Ich darf doch?« Er schenkte ein und bewegte sich nach all den Jahren tatsächlich so, als wäre er zu Hause, zumindest im Bibliothekszimmer mit der kleinen Hausbar. »Dir fehlen nicht die Menschen, dir fehlt die Macht, über einen Menschen verfügen zu können.«

»Ich verfüge doch nicht«, antwortete er barsch, dann starrte er auf das Schachspiel, als würde er dort irgendwelche Antworten finden. »Denkst du das von mir?«, fragte er.

»Was denkst du denn selber?« Ein Stück Schokolade verschwand in seinem Mund. Er zerbiss es nicht, sondern ließ es im Mund hin und her wandern.

Er senkte den Blick und ließ den Cognac in seinem Glas kreisen. Er wusste, dass er ihm nicht bekommen würde. »Vielleicht hast du recht. Mir fehlen nicht die Menschen. Ich hatte immer mit verdorbenen Charakteren zu tun.« Er trank mit einem Anflug von Zerstörungswillen. »Mir fehlt es, die verdorbenen Charaktere herauszufiltern. Die Ordnung wiederherzustellen.«

»Du willst wieder am Rad mitdrehen. Mein Freund, ich kann dich gut verstehen. Geh doch endlich in die Politik.«

Sein Gast lachte wieder hell auf, erhob sich und holte den Humidor.

Er bewegt sich hier nicht wie ein Freund, der sich wohlfühlt, dachte er. Er bewegt sich wie jemand, der sich *überlegen* fühlt. Sein eigener Humidor wurde ihm geöffnet präsentiert.

»Greif zu, mein Freund, das scheint mir eine längere Nacht zu werden.« Sie wählten beide eine Zigarre, benutzten sorgfältig den Cutter und entzündeten die beiden Griffin's.

»Ach, der arme Teufel dort draußen hat dich bestimmt auf diese trüben Gedanken gebracht, nicht wahr?«

Er versuchte ein Lächeln und nickte. »Das wird es sein.« Sie rauchten eine Weile, plötzlich wurde er unruhig. »Sieh dir das Spiel an. Wir können noch zwanzig Jahre weiterspielen und würden nicht einmal merken, dass es sich wiederholt. Wir bestehen irgendwann nur noch aus diesen Wiederholungen.«

»Ich sagte ja, du brauchst Abwechslung. Komm in die Politik. Da hast du genug Abwechslung. Und Nervenkitzel obendrein.« Er sah zu seiner Hausbar. Sein Freund hatte sich vorhin bedient, wie an vielen anderen Abenden auch schon, aber heute hatte es ihn das erste Mal gestört. Er spürte, dass er mit den Backenzähnen knirschte. »Glaubst du, wir sind verantwortlich für das, was wir tun?«

Der andere sah überrascht auf: »Natürlich! Was für eine Frage.«

»Auch für das, was andere tun?«

»Ich verstehe nicht. Jeder ist verantwortlich.« Er beugte sich nach vorne. »Du bist heute seltsam. Willst du mir etwas sagen?«

Er zog den Kopf zwischen die Schultern. »Wir sind verantwortlich für das, was wir tun und nicht tun, für das, was passiert, wenn wir tatenlos zusehen, nicht wahr?«

»Himmel, was ist bloß los mit dir heute?« Der andere stand wieder auf und wollte wie selbstverständlich den Cognac holen, doch er hielt ihn am Arm zurück.

»Lass es«, sagte er. In seinem Kopf rasten die Gedanken. »Wollen wir ein Spiel spielen?«, fragte er.

»Willst du dieses hier aufgeben?«

Er lachte und wischte abwehrend durch die Luft. »Geschenkt. Ich spreche von einem anderen, viel größeren Spiel. Ein Spiel um wirkliche Macht. Und um Kontrolle.« Er stand nun selbst auf und holte die Cognacflasche. Während er einschenkte, sagte er: »Das liegt dir doch.«

Sein Schachpartner legte den Kopf schief. »Ich glaube ja, dich zu kennen, aber dieses Blitzen in den Augen habe ich wahrlich schon lange nicht mehr gesehen. Wovon, lieber Freund, also sprichst du?«

Er lächelte. »Lass uns ein wenig mit den Menschen spielen, mit echten Menschen. Lass uns sehen, wie es um ihre Moral bestellt ist.«

Wieder beobachtete er seinen Freund ganz genau. Schöpfte er

Verdacht? Nein, seine Überheblichkeit war grenzenlos. Gerade fuhr er mit der Hand über das Schachbrett. Auf dem Weg zu seinem Springer stieß er gegen die verbliebene Dame, sie zitterte, strauchelte und fiel. »Hoppla«, entfuhr es ihm. Er grinste. »Um die Moral also?«

»Ich will sehen, wie sehr sie sich anstrengen, bessere Menschen zu sein.« Er machte eine Pause, hob sein Glas. »Was sagst du dazu?«

Es blieb eine ganze Weile still. »Bessere Menschen?«, fragte der andere schließlich und paffte an seiner Zigarre, sein Glas ließ er stehen. Der winzige Leuchtstreifen unter dem weißen Ascheturm glomm auf. »Gemessen woran?«

Das versetzte ihm trotz allem einen Schlag. Seit Jahrzehnten saßen sie hier einander gegenüber, und plötzlich war er ihm fremd. »Gemessen am Willen zur Gerechtigkeit natürlich.«

»Ach so, ja, klar, natürlich.« Die Griffin's in der einen, das Cognacglas in der anderen Hand, ein breites Lächeln im Gesicht. »Mein Gott, haben wir uns voneinander entfernt. Wille zur Gerechtigkeit? Den gibt es nicht. Schau dich um. Auch die Gutmenschen bringen ihre Schäflein ins Trockene. Wenn wir wollen, regieren wir alsbald. Gerechtigkeit ist kein absoluter Wert, sie ist das, was wir etablieren für die kleinen, braven Hirten.«

Er öffnete den Mund, aber die Antwort blieb ihm im Hals stecken. Sein Blick fiel auf das Spiel vor ihm, das in drei Zügen verloren wäre, auf die liegende Dame, auf die Bauern und Läufer und Springer, die sich abmühten, das Unaufhaltsame hinauszuzögern, die Türme, geduldig warteten sie auf ihr Ende. Der König, die mächtigste, doch unbeweglichste Figur, dieser König war er – und wollte es nicht mehr sein.

»Wir können ja wetten«, sagte er, erhob wieder sein Glas und wartete. Er fühlte sich erstarkt. Er würde nicht verlieren, er würde beweisen, dass es den Willen zur Gerechtigkeit gab. Endlich erhob der andere sein Glas. Das Klirren der Gläser klang wie ein Glockenläuten aus weiter Ferne. Dann begriff er, dass tatsächlich die Glocken läuteten. Es war Mitternacht.

Teil 1

Der Aufmarsch

1

6 Uhr bis 7 Uhr

»Meinst du wirklich?«, fragte Miriam und legte den Kopf schief. Sie saß vor ihrer Leinwand, dort ruhte der See vor Gaienhofen. Die Landschaft auf dem Bild war in Eiseskälte gehüllt, in scheinbar randloses Weiß. Miriam trug dieselbe Sehnsucht in sich wie Monet, der einmal äußerte, er sei traurig darüber, dass er nicht die Luft zwischen sich und dem Objekt malen könne. Von der Luft zwischen ihr und dem See einmal ganz abgesehen, war sie dennoch nicht zufrieden mit ihrem Bild. Etwas war abwesend und doch da. Etwas, das sie in jenen Tagen in Gaienhofen empfunden hatte. Sie legte den Kopf von der einen Seite zur anderen, doch es half nichts.

»Fehlt nicht etwas?«, fragte sie jetzt und drehte sich endlich zu Sito um, der hinter ihr gestanden und lange auf das Gemälde geschaut hatte.

Sanft legte er ihr eine Hand auf die Schulter. »Vielleicht ein Blickfang?«, sagte er und streichelte ihren Nacken.

Sie legte die Stirn in Falten. »Es ist ein Winterbild. Aber das meine ich auch gar nicht. Was denkst du, wenn du das Bild ansiehst?«

»Kalt«, sagte er und zog die Hand zurück. »Es ist kalt.«

»Gut«, sagte sie, und ihr Gesicht entspannte sich. »Das ist schon mal gut. Es soll kalt sein. Es ist Winter. Was meinst du mit Blickfang?«

»Irgendetwas.« Sito ging einen Schritt rückwärts.

Seit Tagen arbeitete Miriam jetzt an ihrem Werk. Die Ausstellung war in zwei Wochen, und Miriam war noch immer nicht zufrieden. »Ich glaube, du brauchst etwas, das Spannung erzeugt und die Kälte durchbricht.«

Miriam zog die Augenbrauen hoch. »Spannung? Irgendetwas?«

Sito lachte und fuhr sich mit der Hand über den Kopf. »Himmel, Süße, du forderst Kritik, und ich versuche, mir hier was aus den Fingern zu saugen, dabei finde ich deine Bilder längst großartig. Ehrlich.«

»Ehrlich?« Sie zwinkerte ihn an.

»Ja, natürlich.«

Miriam stand auf, nahm seine Arme und legte sie sich um die Hüften, dann umarmte sie ihn. »Ehrlich?«, fragte sie noch einmal flüsternd und küsste ihn, bevor er antworten konnte.

※※※

Roman Enzig saß an seinem Schreibtisch und starrte auf die Uhr über der Anrichte. Es war noch viel zu früh am Morgen. Aus den Augenwinkeln konnte er das Bett sehen. Anna drehte sich gerade auf die Seite und tastete mit der Hand nach seinem Kopfkissen.

»Roman?«, rief sie und hob leicht den Kopf.

Er liebte sie so verschlafen, die Haare verstrubbelt. Als er sie kennengelernt hatte, trug sie eine strenge Hochsteckfrisur und einen neuen Pony, den sie sich immer aus dem Gesicht strich, weil er noch so ungewohnt war.

»Roman? Bist du am Schreibtisch eingeschlafen?«, fragte sie, und ihre Stimme kratzte noch leicht wie jeden Morgen vor dem ersten Kaffee. Er würde ihr wie immer einen aufsetzen und bringen. Er war der Frühaufsteher, er schätzte die ruhigen Morgenstunden am Schreibtisch, wenn die ganze Stadt noch schlief und er nebenbei Anna beobachten konnte, wie sie langsam aufwachte und nach ihm suchte.

»Roman, beobachtest du mich wieder? Kannst du bei der Gelegenheit nicht Kaffee …?« Sie vergrub ihr Gesicht im Kissen. Er konnte ihr ersticktes Lachen hören.

»Haha«, machte er mit gespieltem Ärger und stand auf. Neben dem Durchgang zum Schlafzimmer hing ein raumhoher Spiegel. Jetzt stand Enzig also sich selbst gegenüber. Anna sagte immer, dass sie ihn genau so am meisten liebte – wenn es so wirkte, als wäre seine eigene Körpergröße immer wieder eine Überraschung für ihn. Gerade wusste er genau, was sie meinte.

Das Schlaksige habe sie sofort gemocht, hatte sie gesagt, schon bei ihrer ersten Begegnung, im letzten Jahr bei dem Brand an der Universität Konstanz.

Ja, Enzig schlackerte gerade mit seinen Armen neben seinem dünnen Körper, ja, so musste das wohl sein. Sie hatte offensichtlich ein Herz für Randgruppen. Er grinste und nickte seinem Spiegelbild zu. »Gut gemacht«, sagte er zu sich.

Eineinhalb Jahre kannten sie sich jetzt. Was da alles passiert war. Inzwischen waren sie verheiratet und versuchten, schwanger zu werden. Sagte man das wirklich so? Er lachte, nein, das würde sie nie laut sagen.

»Komm zu mir, Liebster«, sagte sie und hob die Bettdecke an.

Roman schob seine Brille zurecht, sah auf die Uhr, seufzte und schüttelte den Kopf. »Es tut mir wirklich leid, Anna, aber es geht nicht. Du weißt doch, mein Kompaktseminar heute an der Uni und …«

»Herrje, Roman, mach dich doch nicht verrückt. Du wirst einen Vortrag über Tatortanalyse halten, hab ich recht? Das ist dein Spezialgebiet, und vor dir sitzen nur Studenten.«

»Aber vielleicht ja auch ein paar Kollegen«, verteidigte Roman seine Nervosität.

»Glaub ich nicht, aber gut, dann stehe ich auf und schau, was unser Kühlschrank so hergibt.« Im Vorbeigehen streichelte sie seine Wange und flüsterte augenzwinkernd: »Was bin ich froh, wenn du wieder in den harten Alltag des Kommissariats zurückkehrst.«

»Morgen ist der Spuk vorbei, versprochen, ich nehme nie wieder so einen Auftrag an.« Roman Enzig sah seiner Frau sehnsüchtig hinterher, dann ging er wieder zu seinem Schreibtisch und arbeitete an seinem Vortrag. Er würde den ganzen Tag mit einer Gruppe Studenten und sicher einigen anderen Gästen über die erste Tatortbegehung sprechen, darüber, wo wichtige Erkenntnisse liegen konnten und wie man ein Gefühl für Täter und Räume entwickelte.

Roman Enzig war vor zwei Jahren als Profiler nach Konstanz geholt worden, weil hier ein Fallanalyseteam rund um die Hauptkommissare Paul Sito und Marc Busch aufgebaut werden sollte. Sie hatten keinen guten Start gehabt, auch weil Enzig von Beginn an ein schlechtes Gewissen Sito gegenüber gehabt hatte. Schließlich hatte er diese Stelle bei der Polizei auch deshalb bekommen, weil er Sito im Auge behalten und Dieter Hohenfels von der internen Ermittlungsaufsicht Bericht erstatten sollte. Die Sache war noch immer nicht ganz aus der Welt, aber mit Sito war er inzwischen im Reinen. Sie waren Freunde geworden – und obendrein ein gutes Team.

Bei der Erarbeitung dieses Vortrages hatte er sich oft an Gespräche mit Sito erinnert.

Während in der Wissenschaft nur analysiert wurde, wie sich der Täter *im* Raum verhält, suchte Sito nach den Eigenschaften des Raumes, die ihn zum Tatort werden ließen. Die Raumauswahl sei ebenso charakteristisch wie die Wahl der Waffen. Auch sie lasse Rückschlüsse auf den Täter zu. Eine Platzierung einer Leiche in der Mitte eines Raumes etwa symbolisiere den Versuch, auch über die Tat hinaus den Raum zu dominieren. Also müsse der Täter zu dem Raum eine Verbindung haben.

Enzig überlegte, wie man das wissenschaftlich noch weiter ausbauen könnte. Er blätterte in seinem bereits erschienenen Buch »Die Räume der Täter und was sie uns verraten« und notierte ein paar Zahlen an den Rand. Er wollte einige Akten einsehen, die hierfür vielleicht interessant waren. Sobald seine Dozententätigkeit wieder abgeschlossen war, würde er all seine Notizen zu einem weiteren Buch ausarbeiten.

Jetzt hörte er Anna mit der Kaffeemaschine hantieren. Verflixt, er war zu langsam.

2

Der Herbst kündigte sich langsam, aber stetig in den Gärten ringsum an, und die Reste der Nacht glitten mit der Sonne hinauf in den Tag. Sito winkte im Vorbeigehen seiner Nachbarin und wollte schnell in Richtung See laufen, wo es derzeit noch still war, doch seine Nachbarin erwiderte beharrlich seinen kurzen Gruß und kam ein paar Schritte auf den Gartenzaun zu, ein Kopftuch auf ihrem grauen Haar.

»Der Herr Hauptkommissar, wie schön, dass ich Sie treffe. Und das liebe neue Hundle is au dabei, ach, meiner ist jetzt schon eine Woche unter der Erde, wissen Sie, das ist hart.«

»Das tut mir leid«, sagte Sito, »das wusste ich nicht.« Er hatte die alte Frau mit ihrem Dackel im letzten Sommer öfter an seinem Garten vorbeilaufen sehen. Immer hatte sie angehalten, und er war sich nie sicher gewesen, ob sie sich oder dem Hund eine Pause gönnen wollte. Gemeinsam alt werden, wissend, dass der Sand in der Uhr unaufhörlich rann.

»Er war ja schon alt, ging einfach nicht mehr.« Sie klopfte sich auf die Hüfte. »Ich bin es ja auch, aber ich muss halt. Immer weiter müssen wir Alten, immer weiter.«

Sito nickte beklommen. »Hat er denn ein schönes Grab bekommen?« Er dachte an seinen früheren Hund, Pollux, ihn hatte er vor zwei Jahren am Purren oberhalb von Litzelstetten beerdigt, heimlich, weil er ihm diese Aussicht auf den See mit auf den Weg geben wollte. Mit auf den Weg? Wohin? Thanatos, der Gott der Toten, wird es wissen, er kannte nichts anderes. Zwei Jahre schon wieder, dachte Sito. Zeus stupste mit seiner Schnauze sanft an seine Hand, und Streuner, wie er immer noch hieß, grummelte zaghaft. Beide wollten sie endlich weiter.

»Aber gewiss hab ich ihn beerdigt«, sagte die Frau und zeigte nach rechts unter die Tanne. Dort stand ein Gartenzwerg mit einem Hund. Davor ein kleines Kreuz auf dem kaum sichtbaren Hügel. »Mein Schwiegersohn hat mir geholfen. Sie waren nicht da, da musste er.« Sie lächelte. »Die junge Frau, sie wohnt wohl jetzt bei Ihnen?«

Sitos Blick hing noch an dem Gartenzwerg, der so breit lachte. Der Hund an seiner Seite war ein Deutscher Schäferhund. Ob dem Dackel das gefallen würde? Sito musste sich ein Grinsen verkneifen. »Ja, die junge Frau wohnt jetzt bei mir. Miriam heißt sie.«

»Weiß ich doch, die Miriam, die Malerin, eine schöne Frau ham Se da. Und nett isse auch. Hat mir scho a paarmal mit den Einkäufen geholfen.« Sie nickte, als hinge sie gerade dieser Erinnerung nach. »Jaja, das ist gut, dass wieder eine Frau bei Ihnen wohnt. Wirklich, das freut mich. Soll keiner allein sein im Leben.« Ihr Blick ruhte auf dem Grab, und Sito wäre gern geflüchtet. »Im Alter schon gar nicht.« Sie lachte. »Is Ihnen scho mal aufgefallen, dass man da einen Unterschied macht? Man is im Leben net gern allein, und dann kommt das Alter, wie so eine – wie sagt man? – Grauzone zum Tod hin.« Ohne eine Reaktion von Sito abzuwarten, drehte sie sich um und hob im Gehen die Hand zum Gruß.

Ihr Gang kam Sito langsamer vor als noch vor einigen Wochen. Sofort waren seine Gedanken an den schönen Herbsttag verflogen. Er würde ein Auge auf sie haben müssen in der nächsten Zeit. Ob Miriam von dem Tod des Dackels wusste?

Zeus zog an der Leine, Streuner lief wie immer ohne. Bei seinem letzten Besitzer in Gaienhofen hatte er eine Leine nicht kennengelernt. Nie hatte Streuner seine neue Familie in Frage gestellt, er war einfach mitgegangen, als habe er sich nahtlos in den Lauf der Dinge gefügt. Zeus hechelte ungeduldig. Er wollte endlich an den See und dann auf den Waldweg nach Litzelstetten abbiegen. Sito maßregelte sich, das nicht hinzunehmen, und rief Zeus zur Raison. Umgehend reagierte sein weißer Schäferhund mit einem ergebenen Blick zu seinem Herrn und dann einem sehnsüchtigen in Richtung Streuner. Der schien ihm aufmunternd zuzuzwinkern.

»Verbündet euch ruhig, hilft nichts«, scherzte Sito und streichelte Zeus über die Nase.

Es war wenig los zu dieser frühen Tageszeit. Auch wenn der Kalender schon den Herbst anzeigte, so wohnte diesem Freitag noch ein Restsommer inne. Die Touristen für die Mainau würden frühestens in einer Stunde anreisen, und ab Mittag dann zogen wieder ein paar hundert Menschen der Fridays-for-Future-Bewegung durch die Stadt. Sito würde sich wie schon so oft fragen, weshalb nicht die ganze Stadt dabei war, wo es doch um ihrer aller Zukunft ging.

Da fiel ihm ein: Heute würde es anders sein. Es war der Tag des Klimaschutzgipfels. Es gab eine große Kundgebung mit geladenen Gästen. Zwar hatte Greta Thunberg nicht zusagen können, doch kamen Sibylle Hundhammer, die deutsche Greta, sowie einige Spitzenpolitiker der Grünen, um vor den Demonstranten zu reden. Allerdings hatte sich auch ein Spitzenpolitiker der AfD, Michael Wertheim, angekündigt, er würde zur großen Gegenrede ansetzen, und Sito revidierte seine Einschätzung, dass nur ein paar hundert Demonstranten vor Ort sein würden – es kamen gewiss wesentlich mehr.

Weil es vor Kurzem schwere Auseinandersetzungen gegeben hatte, waren sie in Konstanz alarmiert. Seit Wochen hatte er die Nachrichten des Planungsstabes mitverfolgt und eben für den Moment prompt das Datum vergessen. Miriam und ihre Bilder hatten ihn abgelenkt. Ja, er führte wieder ein Privatleben, ging zur Arbeit, aber abends auch wieder nach Hause. Er war zurück im Leben.

Sito löste die Leine von Zeus, der sofort fröhlich mit Streuner losrannte. Von seiner Verletzung war im Moment kaum etwas zu sehen.

Freitag also. Dazu ein schöner Sonnentag. Vorhin, als er vor dem Winterbild von Miriam gestanden hatte, waren seine Augen über das Bild und dann zu dem großen Fenster gewandert, von dem aus man jetzt in dieser Jahreszeit wieder ein Stück des Sees sehen konnte. Er hatte das Blau des Sees und das sich bunt verfärbende Laub der Bäume genossen. Im Sommer, wenn sie dicht belaubt waren, versperrten sie die Sicht auf den See, was nicht schlimm war. Manchmal lag in der Unsichtbarkeit auch ein Zauber. Miriams Winterbilder waren von einer solchen Einsamkeit beseelt, dass ihm kalt geworden war. Sie hatte bei ihrem Malkurs im Otto-Dix-Haus in Hemmenhofen angefangen, mit Öl zu malen. Ihre Lehrerin meinte, das müsse ihr liegen, und sie hatte recht behalten. Die ganze erste Jahreshälfte hatte Miriam nichts anderes getan, als ihre Skizzen von ihren Urlaubstagen zwischen Weihnachten und Silvester auf der Halbinsel Höri auf Leinwände zu übertragen – immer waren es strahlend weiße Wüsten, Baumgerippe, abgeblätterte Werbetafeln. Den Sommer über hatte sie dann gemalt. Mit Ölfarben ließ das Licht sich noch besser einfangen, die Sonne, die hin und wieder diesen Jahrhundertwinter aufgebrochen hatte, einen Winter, der Konstanz und Umgebung zeitweise lahmgelegt hatte.

Sito war froh, dass bald Miriams Ausstellung war, er hoffte, sie würde dann wieder anderes malen, Bilder mit bunten Farben. Er wollte keine Winterbilder mehr sehen.

Plötzlich blieb Zeus stehen. Er witterte, winselte kurz, dann sah er zu Sito.

»Was ist denn los?« Sito lief zu seinem Hund, dessen Blick zum Wald gerichtet war. Vielleicht ja ein Wolf, schoss es Sito durch den Kopf.

»Hast du was entdeckt? Ein Eichhörnchen?«

Sito versuchte, durch die Bäume hindurch etwas zu erkennen, aber da war nichts.

»Komm, Zeus, das ist längst weg.«

Aber Zeus verharrte immer noch und starrte in den Wald. Sito kniff die Augen zusammen, versuchte, die Perspektive seines Hundes einzunehmen – und dann sah er es: Bei einem Baum ungefähr in der dritten Reihe war ein hellblaues Band um einen Ast gebunden. Es flatterte im Wind, und Sito konnte nicht sagen, was daran ihn verstörte.

»Das hast du gesehen?«, fragte er seinen Hund und ging dann langsam zu dem Baum. Das Band war jetzt genau auf

Augenhöhe. Es war sauber um den Ast gewickelt, zweimal, und dann mit einer Schleife über einem einfachen Knoten geschlossen. Die Schleife hing vom Ast herab, die Bänder wehten im Wind.

Sito wusste nicht, weshalb, aber er nahm sein Smartphone aus der Tasche und machte Aufnahmen von dem Ort und dem Band. Anschließend fischte er eine Tüte aus seiner Tasche, die er für Zeus dabeihatte, griff hinein und löste so mit geschützten Händen die Schleife und den Knoten. Er zog die Tüte von seiner Hand und über das blaue Band und schob es in seine Tasche.

»Gut gemacht«, lobte er seinen Hund.

Zeus rannte vergnügt von einer Seite des Weges zur anderen, immer begleitet von Streuner. Ein Jogger begegnete ihnen, grüßte, und Sito erkannte in ihm einen der Topstars vom Ruderclub Konstanz. Er hatte knapp die Nominierung für das Olympiateam verpasst. Zwei Frauen auf Rädern lachten, als die Hunde ihnen Platz machten, und wenig später kamen zwei Familien mit Kinderwagen und Laufrädern – Letztere wurden jeweils vom Vater getragen – und einigen quietschenden Kindern. Ganz schön früh unterwegs, dachte Sito. Grellbuntes Kinderlachen. Zeus hielt den Kopf gesenkt beim Vorbeilaufen, am liebsten hätte er sich wohl die Ohren zugehalten. Da musste nun Sito lachen.

Das blaue Band indessen ging ihm nicht aus dem Kopf. Was hatte er als Erstes gedacht? Etwas Beunruhigendes. Eine Schleife an einem Ast. Hatte jemand das Band gefunden und dort angebunden? Damit es diejenige, die es verloren hatte, auch wiederfinden würde? So in Augenhöhe, ja, das könnte eine einfache Erklärung sein, dachte Sito. Er hätte es einfach hängen lassen sollen.

Als er gegen acht zu Hause ankam, war Miriam bereits fort. Stimmt, erinnerte sich Sito, sie wollte noch einmal nach Gaienhofen und ein paar Eindrücke sammeln, die sie im Winter vielleicht verpasst hatte.

Unschlüssig stand er in der Küche, starrte aus dem Fenster

und beobachtete die beiden Hunde. Streuner tat Zeus sichtlich gut, gleichwohl fühlte Sito immer einen Stich, als trüge dieser Hund die Vergangenheit wie ein Schild mit sich herum. Sito wischte die Erinnerung beiseite und schluckte das Unwohlsein hinunter.

Ohne weiter darüber nachgedacht zu haben, tat er etwas Seltsames. Jedenfalls stufte er es schon während seiner Schritte zum CD-Player und seines zielsicheren Griffs in das CD-Regal als seltsam ein: Er legte Albinoni ein, dessen Adagio in g-Moll seine Klänge kurz darauf im Wohnzimmer entfaltete. Sito musste sich langsam in den Sessel neben dem Regal setzen. Die Musik hatte nichts an ihrer magischen Anziehungskraft eingebüßt, spürte er und legte sich eine Hand auf den Mund. Was hatte ihn bewogen, sie ausgerechnet heute aufzulegen? Welche Erinnerung oder Ahnung?

Seine Gedanken wanderten zu jener blauen Schleife im Wald, die nun im Flur in seiner Tasche ruhte.

Einsamkeit.

Abschied.

Blau.

٭٭٭

Sein Spiegelbild schien zu wanken. Er rief sich zur Haltung. Prüfend hielt er sich die Krawatte an den Hemdkragen. Nein, dachte er, das passte nicht. Auch das Hemd gefiel ihm nicht mehr. Er begriff nicht, weshalb seine Kleiderauswahl heute eine Rolle spielte, dennoch war es so. Seine Frau schlief noch. Er konnte ihren Atem hören, wie er ihn seit nun einundfünfzig Jahren hörte. Bedrohlich klang es in ihm nach. Die Bettdecke hob und senkte sich, Atem floss hinein und hinaus und bewegte das, was ihn nur mehr entfernt an seine Frau erinnerte, ein leises Nachschnauben. Seine Nasenflügel bebten. Er konnte sie förmlich riechen. Dieser Geruch, der sich in all der Zeit verändert hatte, ihm von Zeit zu Zeit heimlich in die Nase stieg, ihn belästigte. Wenn sie ihn beim Essen ansah, dann meinte er, in einen Spiegel seiner Gedanken zu blicken. Wenig außer Verachtung las er dort. Sie aber überschüttete ihn mit Aufsicht und Fürsorge, sodass er beinahe erstickte.

Er legte auch die dritte Krawatte zur Seite und zog das gestreifte Hemd wieder aus. Stattdessen griff er nach einem hellblauen, zog eine Anzugweste darüber und band sich einen passenden Schal um den Hals. Ja, dachte er zufrieden, so sah einer aus mit einem Vorhaben. Das sah nach Tatendrang aus, nach Esprit und nicht nach bloßer Pflichterfüllung.

Früher, wenn er zum Gericht gegangen war, dann hatte er sich genauso gefühlt. Er fuhr sich über die tiefen Falten auf seiner Stirn. Einige davon verdankte er seiner Aufgabe als Richter, nicht weil sie ihm Sorge bereitet hatte, vielmehr, weil er sich stets den Anschein gegeben hatte, ernst und aufrichtig zu sein – den Menschen gegenüber wollte er weise und vor allem unfehlbar erscheinen. »… und legte demutsvoll die Stirn in Falten …«, hatte einmal in einem Porträt über ihn gestanden. Demutsvoll. Kaum ein Begriff traf weniger auf ihn zu. Demut empfand er ausschließlich angesichts eines unanfechtbar verkündeten Urteils, wenn er die bewundernden Blicke im Raum sah.

Er wusste nicht genau, was heute passieren würde und ob ihm das bis zuletzt die erhoffte Ablenkung bringen würde. Ablenkung, vor allem aber auch Erlösung.

Sie hatten das Gespräch nicht weitergeführt an jenem Abend. Jeder war seinen eigenen dunklen Gedanken nachgehangen. Zumindest hatte er das Gefühl, dass es durchweg dunkle Gedanken gewesen sein mussten. Auf dem Schachspiel war seine Dame gefallen, unabsichtlich. Er war nicht umhingekommen, für einen Moment ein Omen darin zu sehen. Der unbewegliche König, die gestürzte Dame …

Vor einer Woche hatten sie das letzte Mal zusammengesessen, und ihm war klar, dass ein weiteres Spiel keinen Sinn mehr machen würde. Ihre Abende waren gezählt, das Ritual war aufgelöst in sinnloser Banalität. Ein letztes Mal hatten sie den Wein geteilt, die Zigarren gewählt, eine Weile in den großen Sesseln gesessen mit Blick in den Garten und auf das gegenüberliegende

Ufer der Reichenau, wo immer ein paar Lichter durch die Nacht funkelten.

Das Tuch an seinem Hals saß zu fest. Er lockerte es, löste es dann ganz und legte es sich noch einmal um den Hals. Irgendwann, so dachte er, würde er einfach in den See gehen. Das Wasser um seine Füße spüren, die Reichenau im Blick, und dann nicht mehr anhalten, einfach ins Wasser gehen wie so mancher vor ihm. Auch Tschaikowski hatte es versucht, sich aber nur einen Schnupfen geholt. Erst die Cholera hatte ihm endlich die Erlösung gebracht. Der Idiot hatte das verseuchte Wasser einfach so getrunken.

Plötzlich überkam ihn große Lust, Tschaikowski zu hören. Was würde er jetzt auflegen? Natürlich die vierte Sinfonie in f-Moll. »Fatum, eine Kraft des Schicksals, die uns verbietet, glücklich zu sein …«

Schicksal … Die zweite Frau, sie hatten sie nicht gefunden.

✳✳✳

Aus der Luft betrachtet, sah die Universität Konstanz mit ihren roten, blauen und gelben Feldern aus wie ein buntes Puzzle, das jemand humorvoll über einen Hügel verteilt hatte. Die Mainau fügte sich unterhalb gelegen schön ins Bild. Zoomte man die Ansicht etwas heran, verschwand zwar die Mainau aus dem Blickfeld, dafür konnte man aber die bunten Pyramiden des Glasdaches über dem Foyer erkennen, das Otto Piene 1972 gebaut hatte. Als die Bauherren am 21. Juni 1966 den Grundstein legten, ahnten sie sicher nicht, welche Karriere die Universität nehmen sollte.

Hilke schmunzelte, noch immer stolz, wenn sie den Weg von der Bushaltestelle unterhalb der Universität auf Höhe der Mainau antrat. Sie kam aus Litzelstetten. Da wäre der Weg bis in die Stadt Konstanz, um dort auf die Linie 9 umzusteigen und dann direkt vors Hauptportal fahren zu können, zwar bequemer, aber eben auch wesentlich länger. Also nahm sie diese Strecke, die sie von ihrem Zuhause in einer WG in wenigen Minuten bis zu dieser Haltestelle brachte. In zehn Minuten lief sie den Hügel hinauf und zu einem Seiteneingang in die Universität. Heute war dieser Weg besonders schön. Bunte Blätter verteilten sich auf dem Weg, das knirschte so schön und erinnerte Hilke an die Spaziergänge mit ihrer Mutter früher. Die Vögel freuten sich über den Sonnentag nach ein paar Herbsttagen und zwitscherten vergnügt. Sie selbst freute sich auf ihr zweites Semester an der Eliteuniversität, das Mini-Harvard am Bodensee, wie es in einer Zeitung gestanden hatte. Ihre Eltern zogen sie immer ein wenig damit auf, wenn sie zu Hause im Allgäu bei ihnen war, aber insgeheim waren sie natürlich sehr stolz auf sie. Hilke Schmid, Studentin an der Exzellenzuniversität Konstanz.

Ihre Mutter hatte schon in Konstanz studiert, aber damals war es noch keine sogenannte Exzellenzuniversität, erst 2007 trat die Universität Konstanz in diesen Rang und behauptete ihn seitdem konsequent. Ihr erstes Semester Psychologie, Philosophie und Rechtswissenschaften hatte Hilke mit Bravour gemeistert, das zweite stand unmittelbar bevor, ihre Seminararbeiten waren abgeschlossen, heute wollte sie einfach so in der Bibliothek stöbern.

Es war ein besonderer Tag. Sie hatte Geburtstag. Ihre Eltern wollten am Nachmittag vorbeikommen, am Abend würden sie essen gehen mit einer Freundin, die tagsüber in einem Seminar über Tatortanalyse sitzen würde. Hilke hatte sich das auch überlegt, war sicher spannend, aber einen Tag einfach tun zu können, was man wollte, war auch mal schön. Hilke lachte vergnügt vor sich hin. All ihre Zweifel der letzten Wochen, ob Psychologie auf Dauer das richtige Fach für sie sein würde, waren wie weggeblasen. Irgendwie hatte sie bei der Seminararbeit diesbezüglich einen Einbruch erlitten. Was aber sicher auch daran lag, dass das erste Semester mit diesen drei unterschiedlichen Fächern ausgesprochen vollgepackt gewesen war. Aber das war nun ausgestanden.

Wie vermutlich alle Studierenden hatte auch sie mit ihrer Freundin und zwei weiteren Kommilitonen den Plan gefasst, einmal in der Bibliothek zu übernachten, denn diese war rund um die Uhr geöffnet. Obwohl also diese Möglichkeit im Raum stand und von vielen auch genutzt wurde, mutete es für die Neuanfänger immer wie ein Abenteuer an. Bislang hatten sie es noch nicht auf die Reihe bekommen, einmal waren sie bis zwei Uhr tatsächlich am Arbeiten gewesen, aber Hilke hatte dann festgestellt, dass sich die Freigeiststimmung, die sie erwartet hatte, mit zunehmender Müdigkeit verabschiedete.

Auf halber Strecke hielt sie an, weil ihr Telefon klingelte. Ihre Mutter. Noch einmal. Hilke lächelte. Sie wusste, dass sie ihrer Mutter fehlte. Ihre Mutter fragte zum zweiten Mal an diesem Tag, ob sie nicht doch noch etwas Besonderes einkaufen und mitbringen solle.

Hilke ergriff die Gelegenheit und blickte auf den Bodensee hinab. Vor der Mainau lag bereits eine große Fähre. Später würde sie rüber nach Meersburg fahren. Der See glitzerte in der aufgehenden Sonne. Im nächsten Sommer wollte sie unbedingt den von der Universität angebotenen Segelschein machen, der theoretische Teil würde jetzt schon im Wintersemester beginnen. Das bedeutete zwar, dass sie noch mehr lernen musste, aber das war es ihr wert.

Auf dem kleinen Parkplatz neben ihr sah sie ein ausrangiertes Militärfahrzeug. Und wunderte sich. Weshalb wollte jemand ein Auto fahren, das an den Krieg erinnerte? Psychologisch war das … Sie tippte sich mit dem Finger gegen die Stirn. Das war sicher die typische Anfängerreaktion: alles in die eigene Wissenschaft einzuordnen. Ich bin jetzt schon eine Fachidiotin, lachte sie sich aus und verdrängte den Gedanken an Menschen, die die Erinnerung an den Krieg mit Militär-Devotionalien aufrechterhielten. Einen Uropa mit Kriegsvergangenheit, womöglich noch einer SS-Geschichte, mit Waffen oder Helmen oder Uniformen im Keller, mit geschwellter Brust, wenn er von den gefallenen Kameraden sprach, hatte sie Gott sei Dank nicht, stattdessen jedoch Vorfahren, die in dem Konzentrationslager von Dachau gestorben waren.

Vielleicht hatte sie deswegen unbedingt Psychologie studieren wollen – um herauszufinden, ob Erinnerungen sich womöglich vererben, ob sie sich in das Gedächtnis einprägen. Und, falls ja, wie. Für Hilke war die Beschäftigung mit der Vergangenheit wie ein Abenteuer. Dass dieses bisweilen gefährlich nah an die Gegenwart rückte in letzter Zeit, verdrängte sie meist in eine gut verborgene Schublade.

3

8 Uhr bis 9 Uhr

Enzigs Hände hinterließen auf dem Rednerpult einen dunklen Fleck. Auch nach all den Jahren konnte er seine Nervosität nicht ablegen, wenn er vor Menschen sprechen musste. Selbst während der Zeit an der Universität Liverpool hatte er darin keine Routine gewonnen. Gerade wunderte er sich selbst, dass er diesen Auftrag von der Uni Konstanz angenommen hatte. Aber Nein sagen konnte er eben auch nicht sonderlich gut. Ein Dilemma. Enzig rieb seine Hände. Auf dem Tisch neben ihm stand eine Thermoskanne mit Tee, die Anna ihm mitgegeben hatte. Davor ein Becher, von dem sich der Duft von Orange und Zimt schleichend ausbreitete. Vor ihm sammelten sich die Studenten in den in einem halben Sechseck angeordneten Sitzreihen im Audimax, das Platz für rund siebenhundert Menschen bot. Der Hörsaal war eigentlich zu groß, aber alles andere nicht verfügbar.

Enzig rückte seine Brille zurecht, schielte auf die Zettel und den dunklen Fleck daneben, rieb seine Finger aneinander und hätte am liebsten zu dem Taschentuch in seiner Jacke gegriffen, um sich die Hände zu trocknen, wohl wissend, dass es nichts bringen würde. Noch einmal kontrollierte er sein Smartphone, das auf dem Tisch bei dem Tee stand. Auf dem Display erschien ein Herz von Anna. Ein flüchtiges Lächeln legte sich auf seine Lippen, dann stellte er noch sein Dienst-Smartphone auf lautlos und ließ es in der Jackentasche verschwinden. Mit seinem Blick folgte er den roten Stangen der Stahlkonstruktion an der Decke. Gepaart mit den roten Türen gaben sie dem Hörsaal etwas Kühl-Kühnes, Industrial Design, ungemütlich, aber vermutlich den Geist anregend.

Rund fünfzig Menschen hatten sich eingefunden. Die Uhr zeigte acht Uhr fünfzehn. In einer der hinteren Reihen fiel

Enzig ein älterer, sehr distinguiert wirkender Herr auf, um den Hals ein Tuch, eine Weste über dem hellblauen Hemd, der Schnauzer sehr gepflegt, und sogar auf die Ferne war die Hochwertigkeit seiner randlosen Brille für Enzig erkennbar. Vielleicht auch eingebildet, weil sie sich so besser ins Gesamtbild fügte.

Für einen Moment glaubte er, den Mann schon einmal gesehen zu haben, doch dann verschwand das kurze Bild der Erinnerung in dem Nebel, der sich in seinem Kopf ausbreitete. Dabei sollte da doch eigentlich der einstudierte Vortrag sein. Der ältere Herr nickte ihm flüchtig zu. Vielleicht doch ein Kollege, überlegte Enzig und erwiderte das Nicken. Der Hauch von Konspiration lag in der Luft, und Enzig wischte das merkwürdige Gefühl rasch beiseite. Schließlich wurde es still, die Türen schlossen sich. Enzig räusperte sich, trat an sein Rednerpult, stützte sich ab.

»Ein Tatort ist immer ein Raum, den es zu entdecken gilt. Wir müssen uns auf eine Suche begeben, die Grenzen finden, die Grenzen, die einen Ort zu einem Tatort werden ließen, ihn zum auserwählten Ort gemacht haben. Es war der Raum des Täters für eine bestimmte Zeit.«

Enzig erinnerte sich gut an Sitos Worte, als sie einander gerade kennengelernt hatten. Sitos philosophische Herangehensweise an die Tatortbegehung hatte ihn fasziniert, und er hoffte, diese Faszination nun in seinen Vortrag integrieren und vor allem auf seine Zuhörer übertragen zu können.

Plötzlich wurde die Tür geräuschvoll aufgestoßen, und alle drehten sich um. Miriam kam herein, hob entschuldigend die Hand, sah Enzig strahlend an und setzte sich in die erste Reihe.

»Entschuldigung«, sagte sie laut, machte eine lässige Handbewegung und fügte hinzu: »Einfach weitermachen.« Sie grinste Enzig zu.

Einige lachten, und die nächsten zehn Minuten fielen Enzig erstaunlich leicht. Er erzählte von dem ersten Betreten eines Tatortes, dem Versuch eines Profilers oder der Fallanalytiker, in diesen Raum einzutauchen, wenn man ihn denn gefunden hatte, und im besten Fall noch etwas von der dortigen Atmosphäre, der Stimmung aufzunehmen. Nicht immer einfach sei das, meist sogar regelrecht –

Weiter kam er nicht. Wieder wurden die Türen aufgestoßen, dieses Mal an beiden Seiten des Auditoriums, und mehrere Männer kamen herein. Sie riefen etwas in barschem Tonfall, das nahm Enzig wahr, noch bevor er sah, dass die Männer allesamt in Uniform und mit Sturmmasken über dem Gesicht bekleidet waren. »Aufstehen!«, schrien die beiden vordersten. »Alle aufstehen!« Tumult, Taschen fielen zu Boden, Schreie. »Schnauze«, »Du da, sofort hoch mit dir«, »Und keiner fasst sein Handy an, sonst ist er tot.«

Enzig stand bewegungslos auf der Bühne, suchte Blickkontakt mit Miriam, konnte sehen, dass die Studenten sich zwischen den Sitzreihen aneinanderzwängten, hörte einen Schuss. Er zuckte zusammen, drehte langsam den Kopf nach rechts, sah, dass einer der Bewaffneten sein Gewehr nach oben hielt – der Schuss war in die Decke gegangen, eine deutliche Warnung. In Windeseile versuchte Enzig, die Situation zu erfassen. Sechs Männer, alle mit Sturmgewehren.

»He, du da.« Ein Gewehr berührte Enzig an der Schulter.

Enzig trat einen Schritt von dem Pult zurück, seine Knie zitterten. Die Männer wirkten entschlossen, ein Anführer war auf die Schnelle nicht auszumachen. Sie waren von kräftiger Statur, allesamt. Vor ihm etwa fünfzig Studenten. Unterdrücktes Schluchzen, Miriam hatte das Mädchen neben sich im Arm. Für einen Bruchteil staunte Enzig über Miriams Kraft trotz ihrer eigenen Vergangenheit, obwohl, schalt er sich, vielleicht kam die Kraft gerade daher. Sein Gehirn arbeitete auf Hochtouren. Eindrücke sammeln, von den Geiselnehmern, Verhalten, Strukturen, Schwächen, Merkmale. Dann die Opfer: Welche waren besonders gefährdet, welche konnten zur Bedrohung werden? Die ersten Minuten entschieden so vieles. Jetzt positionierte man sich, jetzt verrieten sich noch Muster, die später unter dem steigenden Druck nicht mehr klar erkennbar waren. So gab es verschiedene Schutzmechanismen aufseiten der Opfer, um die

Situation zu erfassen und zu verarbeiten, manche überfiel die Panik, andere flohen in eine –

»Los, stell dich ans Pult und lies.«

Enzig zuckte zusammen. Der Mann, dessen Stimme blechern klang, rempelte ihn an und reichte ihm ein Papier. Enzig rückte seine Brille zurecht. Sein Hals war trocken. Er räusperte sich. In den Duft nach Orangentee mit Zimt mischte sich kalter Zigarettenrauch. Der Mann neben ihm hustete, jetzt roch es auch nach Kaffee und Nebel. Enzig beugte sich zu seinem Mikrofon und überflog die Zeilen.

Bemüht um einen ruhigen Tonfall, begann er zu lesen.

»Ihr werdet gleich auf Kommando«, Enzig räusperte sich, »langsam und nacheinander hier nach unten kommen. Eure Taschen nehmt ihr mit. Verhal...haltet euch so ruhig wie möglich, andernfalls schießen wir.«

Er hielt inne. Er hatte das Gefühl, dass jeder Ton in seinem Hals hängen bleiben wollte, als hätte er kleine Widerhaken.

»Und haltet eure Hände so, dass wir sie sehen können, und versucht keine krummen Touren. Es läuft ab jetzt alles genau so, wie wir das wollen. Wer sich widersetzt, wird ... erschossen.«

Zweimal verhaspelte er sich, benötigte eine Pause, weil er sich mit dem Atmen verschätzt hatte. Er glaubte, man könnte sein Herz pochen hören. Manchmal reagierte der Schutzmechanismus des Gehirns auf einen Schock, dann nahm man plötzlich etwas ganz Nebensächliches wahr, etwa eine kleine Büroklammer, die frech und rot auf einem Schreibtisch lag. Enzig bildete sich auf einmal ein, die Vanillekipferl von Anna zu riechen.

»Eure Ta... Taschen gebt ihr ... gebt ihr an der Seite ab, eure Smartphones kommen in den Sack. Wer sich wider... widersetzt, wird erschossen.«

»Anschließend setzt ihr euch hier unten hin. Es wird nicht gesprochen. Wer redet, wird erschossen.«

Der Mann drängte Enzig zur Seite, griff nach dem Smartphone auf dem Tisch und stieß dabei die Thermoskanne um. Die dampfende rote Flüssigkeit breitete sich über Enzigs Unterlagen aus, färbte sie blutrot. Enzigs Augen blieben für einen

Moment daran hängen, Erinnerungen rasten durch seinen Kopf. Analysieren, sagte er sich, objektiv und mit Sachkenntnis. Er war hier der Profiler, der Polizist. Er musste für Kontrolle und Ordnung sorgen.

»Verhaltet euch alle ruhig«, rief er seinen Studenten zu. »Wir werden diese Situation ...« Der Gewehrknauf landete auf seinem Kinn, und Enzig fiel zu Boden.

***

Auf dem Fahrradweg von Egg nach Konstanz traf Sito keinen einzigen Menschen. Gerade als er sich darüber wundern wollte, klingelte am Stadtrand von Konstanz sein Handy. Er hielt auf dem Parkplatz eines kleinen Blumenladens. Karl Zimmermann, der für Internetkriminalität zuständig war, war am Apparat. Das war eigentlich nicht die Zeit des Kollegen, der gern nachts im Büro war.

»Karl, so früh schon bei der Arbeit?«, fragte Sito erstaunt und betrachtete die Auslage in dem Geschäft. Überall Vorschläge für eine schöne Herbstdeko – Pilze aus Holz, Hirsche aus Porzellan, Kränze mit diesen orangen Lampenschirmen, die Miriam im Garten sammeln würde, und Kürbisse. Manchmal hatte er das Gefühl, dass die Jahreszeiten im Kopf anfingen.

»Noch, Paul, ich bin noch bei der Arbeit. Ich hab hier was, das gefällt mir nicht«, sagte Zimmermann. »Ich plädiere für eine außerordentliche Sitzung ...«

»Ist gut«, sagte Sito. »Ich komme gleich bei dir vorbei.«

Wenig später stellte Sito sein Rad in den Fahrradständer vor dem Präsidium am Benediktinerplatz und betrachtete den vollen Mülleimer an der Ecke. Wie kamen die Bierflaschen hierher? Auch das Graffitizeichen an der Blechumrandung war neu. Er konnte das Zeichen nicht entziffern, vermutete aber einen Zusammenhang zu den beiden Flaschen in der Tonne.

»Guten Morgen.« Marc Busch schwang sich ebenfalls vom Fahrrad. »Endlich wieder Sonne. Ich dachte, der Nebel holt uns dieses Jahr noch früher ein. Wie geht's daheim?«

Sito nickte.»Schickes Rad. Neu?«

Busch, der augenscheinlich daran gewöhnt war, dass Sito wenig Privates von sich gab, bejahte nicht ohne Stolz.»Aber nicht freiwillig. Mein altes wurde mir geklaut.« Er sperrte sein Rad zweimal ab, dann stellte er sich neben Sito und blickte zum Mülleimer hin.»Merkwürdig.«

»Liegt heute etwas an?«, fragte Sito seinen langjährigen Partner.

Busch zuckte die Schultern.»Das Übliche. Die Fridays-for-Future-Demo und ihre Gegner, also Hoffnung und Engagement auf der einen Seite und Ignoranz und Borniertheit auf der anderen. Ich kenn mich da langsam nicht mehr aus mit den Menschen.«

Sito schluckte. Es passte zu seinen Gedanken am Morgen, zu jenen, die ihn mit Albinonis Adagio schleichend heimgesucht hatten. Der Großteil der Menschen wehrte sich mit aller Macht gegen die notwendige Veränderung, zu lange verwöhnt vom technischen Fortschritt, angetrieben von der Sucht nach Optimierung und Bequemlichkeit.

»Ich glaube, das gibt noch mal ein ganz böses Erwachen«, murmelte Busch und wandte sich dem Haupteingang zu. »Komm, wir schauen mal nach Roman. Der ist doch bestimmt …« Er hielt inne.»Ach, der hat heute ja seinen Vortrag an der Uni.«

»Ja, hat er, und Anna wird froh sein, wenn das abgeschlossen ist.« Sie mussten beide lachen.»Ach, Karl hat mich eben angerufen. Er bat um ein Treffen. Irgendetwas muss passiert sein im Netz. Es klang dringlich.«

»Ja, ich weiß, wir können gleich zusammen zu ihm.«

Als sie wenig später den Aufzug betraten, gesellte sich im letzten Moment noch ihre Sekretärin Rosa Eckert dazu.

»Guten Morgen, Herr Dienststellenleiter«, sagte sie und zwinkerte Sito zu.»Zur Feier des Tages haben wir noch mal Sommer. Ich sag Ihnen, wir sind die letzten Tage schon wieder in den Graumodus verfallen in Gaienhofen drüben.«

»Drüben?«, hakte Busch nach.

Rosa lachte. »Wie soll ich sagen? Hinterm See gleich links?«
Busch hob die Hand in die Höhe. »Also ich würde ja drunten sagen, so vom Gefühl her, weil ihr ja im Süden –« Er wandte sich an Sito. »Was meinst du, Paul?«

Sito schüttelte grinsend den Kopf. »So viel Philosophisches am Morgen überfordert mich.«

»Himmel«, Busch schlug sich mit der Hand gegen die Stirn. »Paul, das hab ich glatt vergessen. Gratuliere. Dienststellenleiter, wurde auch Zeit.«

Sito nickte. »Es ändert nichts. Bloß nicht, bitte.«

»Nein, nein, keine Sorge«, lachte Rosa und legte Sito eine Hand auf den Arm. »Ich bin und bleibe die Dienstälteste und schmeiße den Laden. Apropos, ich bin bei den Demos heute wieder dabei, das geht doch in Ordnung, oder?«

Sito nickte und schob seine Hände in die Jackentaschen. Plötzlich legten sich seine Finger um die Tüte, in der sich die blaue Schleife befand. Er zog sie heraus und hielt sie in die Runde. »Könnt ihr damit irgendetwas anfangen?«

»Eine blaue Schleife«, kommentierte Busch.

Rosa hob fragend die Hände.

»Zeus hat sie gefunden. Sie war an einen Ast im Wald gebunden, kurz vor der Mainau.«

Sie erreichten den zweiten Stock und gingen jeweils zu ihren Zimmern. Sitos Raum lag am weitesten entfernt. Auf dem Weg nahm er sich einen Kaffee aus einem der Automaten mit, die eigentlich nur noch der Nostalgie wegen dort standen, längst gab es in den Büros Kaffeemaschinen und auf jeder Etage eine Küche. Er dachte an Zeus und Streuner, die zu Hause vermutlich gerade heimlich aufs Sofa sprangen. Jeden Abend konnte Sito die Spuren sehen, erwischt hatte er noch keinen der beiden auf dem Sofa. Anscheinend hatte Zeus dem Neuen die Spielregeln deutlich eingeschärft.

Ein Lächeln legte sich auf Sitos Lippen, verblasste aber schnell, als er an den bevorstehenden Prozess wegen des ehemaligen Besitzers von Streuner vor dem Landgericht in Konstanz dachte. Bei dieser Gelegenheit würde er auch seinen Kollegen

Heinrich Wint wiedersehen. Auf diese Begegnung indessen freute er sich.

Auf seinem Schreibtisch lagen zwei Glückwunschkarten anlässlich seiner Ernennung zum Dienststellenleiter. Sito schob sie zur Seite. In der rechten Schreibtischecke lagen wie immer zwei Steine, daneben ein Foto von Miriam.

Um acht Uhr siebenunddreißig sah Sito auf die Uhr. Es würde das letzte Mal an diesem Tag sein, dass es beiläufig geschah.

Wenige Minuten später wurde seine Tür aufgestoßen, und Busch kam hereingestürmt. »Fahr deinen Computer hoch«, rief er, kam direkt auf Sitos Seite des Tisches und stützte sich auf seinen Stuhl. Seine Stimme klang derart alarmiert, dass Sito nichts fragte, sondern einfach nur auf das Erscheinen des Startbildschirms wartete.

Auf der Facebook-Seite der Stadt hatten Unbekannte ein Video hochgeladen, darin verkündeten zwei bewaffnete und maskierte Männer, dass sie soeben das Audimax der Universität Konstanz eingenommen und Geiseln genommen hätten. Zehn Sekunden. Sito sah nach oben zu Busch.

»Ist das echt? Wann kam das rein? Haben wir sonst eine Meldung?«

In diesem Moment ging die Tür ein weiteres Mal stürmisch auf, und Rosa Eckert kam herein. »Da ist ein Video auf der Stadtseite, das –«

»Wir haben es gesehen«, erklärte Sito. »Ruf in der Uni an, vielleicht ist das ein schlechter Scherz.«

Keine zwei Minuten später kam Rosa Eckert mit der Bestätigung, dass es kein schlechter Scherz sei.

»Ist im Audimax nicht Enzig?«, fragte Busch.

Sito sah erschrocken zur Seite. »Ist das sicher?« Er sah zu Rosa, die sogleich das Zimmer verließ.

»Wenn Enzig unter den Geiseln ist, dann kann das auch ein Vorteil für uns sein«, sagte Busch leise.

»Je nachdem, was die wollen.« In Sito lief ein ganzer Film ab, was jetzt zu geschehen hatte. »Marc, stell eine Sonderkommission zusammen. Treffen im Konferenzzimmer in«, er sah auf seine Armbanduhr, »fünfzehn Minuten ab genau jetzt.«

Sito stellte sich den Wecker. Er wusste, wie wichtig es war, jetzt schnell zu sein und die wichtigsten Dinge zu koordinieren. »Wir werden Einsatzkräfte brauchen, die in Zivil an die Uni fahren. Wer weiß, wie die sich dort positioniert haben. Wir brauchen sofort ein Netzwerk für Informationen. Suche Kontaktpersonen, die uns im Augenblick etwas über die Situation in der Uni sagen können. Ich telefoniere mit dem Bürgermeister und dem Staatsanwalt. Wir müssen das Landeskriminalamt in Stuttgart informieren und das SEK anfordern. Ich ruf beim Polizeipräsidium Einsatz in Göppingen an –« Er hielt inne. »Wie viele Kräfte sind für die Kundgebung heute Mittag eingesetzt?«

Busch schlug sich mit der Hand gegen die Stirn. »Himmel, das ist auch heute, verdammt. Wir müssen uns zweiteilen.«

»Stimmt, also gleich auch das MEK. Und Marc, zur Sicherheit, kontaktiere Zimmermann. Er soll sofort die Foren der Klimaschutzgegner durchforsten. Zwei solche Ereignisse an einem Tag, wir müssen gewappnet sein. Man kann nie wissen.«

✳✳✳

Egal, wie sehr er sich auch um Fassung bemühte, immer wieder schweiften seine Gedanken ab, suchten nach einem Halt in dieser absurden Situation. Der Raum, der *Tatraum*, weshalb hier? Weshalb er? Und Miriam? Er sah sich um. Was passierte hier? Enzig rieb seine Hände aneinander. Er schwitzte. Konzentrier dich, sagte er sich. Und: Stell dir eine Befragung vor. Wie viele Geiselnehmer?

Enzig ließ seine Augen im Raum hin und her wandern. Sechs Männer in Uniform. Okay, weiter, sagte er sich. Welche Waffen? Er fokussierte sich auf die Täter, stellte sich seine weiße Tafel vor, machte sich in Gedanken Notizen zu Größe und Gang und Geruch. Gerade wurden die Handys eingesammelt. Miriam stützte noch immer das Mädchen neben sich und half ihr gerade mit der Handtasche, weil diese sie mit ihren zitternden

Händen nicht öffnen konnte. Sekunden später ließ Miriam das Smartphone in den bereitgehaltenen Sack fallen.

Ihre Blicke trafen sich für einen verschwörerischen Moment, der Mutzuspruch beinhaltete und gleichzeitig das Versprechen, gemeinsam eine Lösung zu finden. Kaum merklich nickte Enzig ihr zu, dann schielte er zu seiner Jacke, die noch immer über dem Stuhl hing. Wieder überkam ihn das Bedürfnis, seine Hände trocken zu reiben. Jetzt lief der Mann mit dem Sack auf den Schreibtisch zu, blätterte in den Unterlagen, spähte in die Aktentasche, die Enzig auf den Stuhl gestellt hatte, dann trat er ans Rednerpult.

Enzig hielt den Atem an. Wenn er die Jacke nicht kontrollieren würde, hätte er ein funktionierendes Smartphone. Der Mann am Rednerpult lachte kurz auf. Enzig durchfuhr ein eisiger Schreck – was, wenn sie gleich merkten, dass er von der Polizei war? Früher oder später würde es herauskommen, das wusste er, aber vorerst konnte er darauf verzichten. Seine Hände zitterten. Im Augenwinkel sah er, dass auch Miriam den Atem anhielt.

Der Mann am Rednerpult zögerte, betrachtete den ausgelaufenen Tee, fächerte sich das Aroma zu, grinste. Enzig hatte wieder den Duft nach Vanillekipferl in der Nase. Endlich trat der Mann von dem Pult weg, ging stattdessen allerdings zu dem Stuhl, wo Enzigs Jacke hing. Enzig spürte, wie sich sein Herzschlag beschleunigte. Nicht nur die Angst, diesen Zugriff zur Außenwelt zu verlieren, auch die Tatsache, dass er vor nur wenigen Minuten sein anderes Smartphone abgegeben hatte und ihn das Verschweigen des zweiten sicher in Misskredit bei den Geiselnehmern brächte, ließ ihn innerlich beben. Bitte nicht, flehte er, bitte greife nicht in die Innentasche. Er atmete flach, sein Kinn schmerzte. Er sah zu Miriam hin und erkannte, dass auch ihr Blick gebannt den Mann verfolgte, der gerade Enzigs Jacke hochhob. Wusste sie von dem zweiten Smartphone? Hoffte sie darauf, weil Sito ja sicher auch zwei hatte?

Der Mann drehte die Jacke in seiner Hand. Die Sekunden zogen sich wie klebriger Honig. Spürte er das Gewicht des

Smartphones? Dann plötzlich ein Ruf von der Seite. Ein zweiter Geiselnehmer hatte Probleme mit zwei Studenten. Sie hatten versucht, ihn zu überrumpeln. Wie töricht, dachte Enzig, was soll das für ein Plan sein, wenn sechs bewaffnete Männer in einem Raum sind? Die Gänge zwischen den Stuhlreihen viel zu eng für einen Kampf, Treppen, steile Gänge zudem, unverrückbare Tische im Weg, keine Fluchtwege …

Es folgten weitere Schreie, gleichzeitig fiel etwas scheppernd zu Boden. Sofort ließ der Mann neben Enzig die Jacke wieder über die Stuhllehne sinken und rannte zu seinem Kollegen. Die anderen wurden unruhig, manche hielten sich die Hände über den Kopf, duckten sich auf den Boden, Schläge, Weinen.

Blitzschnell ließ Enzig seinen Blick durch den Raum schweifen. Zwei Männer standen an den Eingängen, einer sprach über ein Funkgerät und hatte sich abgewandt, einer war mit dem Einsammeln der Taschen und Mobiltelefone beschäftigt, die übrigen damit, aufmüpfige Studenten mit wenigen Schlägen zu Boden zu werfen. Tumult in dieser Ecke, Wutschreie.

Enzig spürte Schweißperlen auf seiner Stirn, seine Finger kribbelten. Er saß bereits, hinter sich die große Leinwand, auf der er später Bilder aus seinem Vortrag gezeigt hätte. Zwei Meter lagen zwischen seiner Position auf dem Boden und dem Stuhl mit seiner Jacke. Noch einmal rundum die Augen, noch einmal Luft holen, ein kurzer Blick zu Miriam, die gerade bei ihm ankam, dann bewegte er sich in der Hocke zu seiner Jacke, griff in die Innentasche und holte das Smartphone heraus. Sekunden später saß er wieder auf seinem Platz.

Außer Miriam hatten es vielleicht noch eine Handvoll Studenten mitbekommen. Hoffnungsvolle Blicke, gehauchtes Staunen. Enzig wusste, dass von jetzt an diese Hoffnungen alle auf ihm ruhten. Ein wenig entfernt saß der ältere Herr, den er noch immer zu kennen glaubte. Er schien abwesend, als gehörte er nicht dazu. Das beunruhigte Enzig.

Das Smartphone ruhte in seiner Hosentasche. Enzig musste einkalkulieren, dass er vielleicht nur wenige Nachrichten nach außen schicken konnte, bevor er entdeckt wurde. Was dann passierte, wollte er sich lieber nicht ausmalen. Aber er war Polizist, sagte er sich, er war nicht länger der Hasenfuß Dr. Enzig, der nur am Schreibtisch brillant war. Er musste dieses Risiko eingehen. Ein Name, er musste einen Namen herausfinden. Später dann den Standort der Geiselnehmer übermitteln, vielleicht sogar mit einem Foto, den Drahtzieher, die Schwachstellen. So vieles konnte für die Ermittler draußen von Bedeutung sein. Erst einmal ein Name, ein Name war ein Türöffner zu dem Menschen hinter der Maske.

***

Der Einsatzbefehl kam um Viertel vor neun. Konstantin Hagen hatte die Zahnbürste im Mund, weil er eigentlich heute Vormittag freihaben sollte. Das hatte er bei seiner Berufswahl nicht berücksichtigt: dass der Dienst in der Spezialeinheit und die dazugehörige Rufbereitschaft jegliches Privatleben auf eine sehr harte Probe stellten, wenn nicht gar unmöglich machten. Er war Anfang zwanzig gewesen, als er sich dazu entschlossen hatte, mittlerweile war er seit zehn Jahren dabei und hatte mehrere hundert Einsätze pro Jahr zu absolvieren. Seine Kollegen in Nordrhein-Westfalen kamen auf neunhundert Einsätze pro Jahr. Er bereute es nicht, immerhin gehörte er zum SEK Baden-Württemberg, das neben der GSG 9 der Bundespolizei als einziges deutsches SEK zum Atlas-Verbund europäischer Spezialeinheiten zählte. Das zeigte sich nicht zuletzt durch ihre Erfolge bei dem internationalen Wettbewerb, der Combat Team Conference, die sein Göppinger Team schon dreimal gewinnen konnte. Erzählen konnte er leider niemandem davon, denn als Spezialkräfte der Polizei blieben ihre Identitäten verdeckt. Sie hatten einfach eine Kennziffer, seine lautete 349.

Geiselnahme an der Universität Konstanz. Alle verfügbaren Kräfte aus Göppingen und das MEK aus Freiburg waren bestellt. Anreise sofort, in voller Montur. Schwer bewaffnete Geiselnehmer. Erhöhtes Risikopotenzial durch die anstehende Demonstration der FFF. Kollegen vom MEK waren bereits vor

Ort zum Personenschutz, das wusste Konstantin. Personenschützer würde er vielleicht auch einmal werden. Später. Zehn Jahre würde er noch im Dienst sein, zehn Jahre, dann war er fünfundvierzig und somit im SEK-Rentenalter.

Er stellte die Zahnbürste in den Becher, und Minuten später stand er in voller Montur auf dem Parkplatz des Polizeipräsidiums in Göppingen und begrüßte seine Kollegen. Seiner Freundin schrieb er, dass er kurzfristig zu einem Geschäftstermin musste, er würde sich am nächsten Tag melden. Schon oft hatte er diese Floskel einfach so geschrieben und dabei wohl gewusst, dass es vielleicht keinen nächsten Tag geben würde. Bei der Ausbildung hatten sie nicht nur gelernt, mit Waffen umzugehen, und sich außerordentliche körperliche Fitness antrainiert. Sie mussten zudem gut mit Stress umgehen können und mit der Tatsache, dass sie immer Gefahr liefen, selbst verletzt oder gar getötet zu werden. Das geschah glücklicherweise wesentlich seltener, als Krimis im Fernsehen dies vermuten ließen, aber die Gefahr bestand und wuchs in den letzten Jahren, weil auch die Verbrecherseite immer besser ausgerüstet war. Entsprechend gab es zunehmend Beschwerden von Polizisten und SEK-Leuten, technisch nicht mehr mit ihren Gegnern mithalten zu können.

Konstantin und die anderen SEK-Mitglieder bestiegen die Einsatzfahrzeuge. Insgesamt würden sie mit vier Wagen unterwegs sein, davon war einer die technische Zentrale, in ihm fuhr auch der Chef des heutigen Einsatzes, Georg Moller, mit. Konstantin setzte sich, die Sturmhaube und den kugelsicheren Helm auf dem Schoß. Ein Kollege berichtete alle Fakten und erklärte die Lage in der Universität, mit Betonung auf den Schwierigkeiten, die der Einsatz mit sich bringen würde.

Das Klickholster drückte ihm in die Seite, Konstantin versuchte, eine andere Position zu finden. Bei der letzten Geiselnahme hatte es einen Toten gegeben. Er erinnerte sich noch gut an den Geiselnehmer, der sich in dem Mehrfamilienhaus verschanzt hatte, weil er dem Gerichtsvollzieher nicht aufmachen wollte. Welch unwürdige Situation. Keiner wollte schießen, aber der Mann war so verzweifelt, dass er mit dem Messer auf einen Kollegen losgegangen war. Als man ihn überwältigte, war er gestürzt und auf dem Couchtisch gelandet. Konstanz. Zuletzt war er dort mit seiner Schwester gewesen. Im Sommer bei einer Taufe. Konstantin atmete laut aus. »Alles klar?«, fragte sein Nebenmann Markus Welser und bot ihm einen Kaugummi an. Konstantin nickte. »Hab grad an Konstanz gedacht. Ich war schon mal dort. Du auch?«

Seine Schwester hatte am Hafen die Enten gefüttert. Sie hatten nach der Taufe noch zwei Tage angehängt. Schön war das, mal wieder mit der Schwester zu verreisen, abends in eine Bar im Hafenareal zu gehen, die eine Außenterrasse mit Blick über den Bodensee in Richtung Schweiz hatte. Dort in Kreuzlingen wollte die Schwester am nächsten Tag noch Schokolade kaufen für die Eltern. An dem kleinen Grenzübergang war vor einigen Jahren ein Grenzbeamter erschossen worden – mitten in dieser Idylle zwischen zwei Gemeinden, die sich im Krieg gegenseitig geholfen hatten. Eigentlich gehörten sie hier zusammen, eigentlich gab es hier keine Grenze. Konstanz und Kreuzlingen und der See und das Seenachtfest mit dem großen Feuerwerk. Konstantin sah schnippende Finger vor seiner Nase.

»Hey, Kumpel, träumst du?«

Konstantin lachte. »War echt schön dort«, sagte er und rieb sich über die Nase. »Also? Schon mal da gewesen?«

»Klar, Mann, ich hab da studiert«, sagte Markus und wedelte mit dem Kaugummi vor Konstantins Gesicht.

Konstantin lächelte und schob sich den Kaugummi in den Mund. Er schmeckte nach Zucker und Minze und nach zu viel von beidem. »Schöne Scheiße. Eine Geiselnahme an der Uni«, murmelte er. »Und die Demo. Das MEK ist auch schon unterwegs. Wir haben heut das volle Programm.«

»Hab ich gehört.« Markus lockerte die Klettverschlüsse seiner Jacke. »Wird ein großes Ding heute.« Er klopfte Konstantin auf die Schulter. »Aber wie immer werden wir das hinbekommen. Wirst sehen. Heute Abend sind wir wieder daheim.«

Konstantin nickte dankbar. Sie waren eine eingeschworene Gemeinde beim SEK in Göppingen, sie mussten sich aufeinander verlassen können, einander Mut zusprechen. Er konnte das gut, aber heute, da hatte er ein ganz mieses Gefühl.

✳✳✳

Das Tuch an seinem Hals kratzte, und er verspürte Durst. Seit die Männer den Hörsaal A 600 gestürmt hatten, drückte sein Magen unangenehm. Ob es Hunger war? Er hatte nichts angerührt am Morgen. Sabine würde sich wundern, wenn sie denn mal aufstand. Er krümmte sich leicht unter einem weiteren Magenkrampf zusammen. Manchmal hatte er sich kurz vor einem unerfreulichen Urteil so gefühlt. Und neulich war der Krampf gekommen, als er von der Vergewaltigungsserie gelesen hatte. Ein viertes Opfer. Und dann waren sie wieder da, die böse Erinnerung und das schlechte Gewissen.

Der Hörsaal kam ihm plötzlich sehr warm vor. Vor seinen Augen begann es zu flimmern. Er sah ein Schachspiel vor sich, einen Turm, der im Mondlicht ins Wanken geriet. Er sah den Schattenwurf des Königs auf den schwarzen und weißen Feldern. Eine Dame setzte sich wie von Geisterhand in Bewegung und kam auf ihn zu und reichte ihm die Hand. Er zuckte zusammen und rieb sich unwillkürlich die Augen.

Ich muss die Nerven behalten. Ich bin kein unbeweglicher König, keine Figur in einem Schachspiel.

Bei der Urteilsverkündung blieb alles an den Richtern hängen, früher an ihm, egal, wie offensichtlich er lediglich der Überbringer der Botschaft gewesen war, die letztendlich nur auf den zuvor von den Ermittlern erworbenen Fakten basieren durfte. Bei den Menschen blieb nur der Richterspruch in Erinnerung. Sie überlegten nicht, wie Polizei und Staatsanwaltschaft im Vorfeld gearbeitet hatten. Bei jener Vergewaltigungsserie, die Konstanz seit über einem Jahr in Atem hielt, war es bislang noch nicht einmal zu einer Anklage gekommen.

Er wusste selbst nicht, was an jenem Tag in ihm passiert

war, vielleicht war es das Zusammentreffen der persönlichen Frustration und der Unfähigkeit, eine solche Niederlage hinzunehmen. Vielleicht hatte er auch in diesem Moment zu seiner Frau auf der anderen Seite des Tisches gesehen und sich gefragt, wer dieser Mensch noch war außer der Hülle eines vergangenen Glücks. Vielleicht, und das erschien ihm im Moment das Naheliegendste, konnte er Ungerechtigkeit einfach nicht ertragen, vor allem, wenn sein Gefühl ihm die ganze Zeit einflüsterte, dass er dazu befähigt war, die Gerechtigkeit wiederherzustellen. Wenngleich, auch das wusste er, sein Gefühl da durchaus anmaßend war.

Jetzt saß er hier in der Universität und fragte sich, was bewaffnete Männer mit seinem Gerechtigkeitsgefühl zu tun hatten. Sechs Männer mit Maschinengewehren und einem –

Sechs Männer?

4

9 Uhr bis 10 Uhr

Wieder warf Sito einen Blick auf seine Armbanduhr. Es war eine Minute nach neun, der Konferenzraum gefüllt mit angespannter Stille. Seit knapp zwanzig Minuten wussten sie von der Geiselnahme. Zwischenzeitlich hatten die Geiselnehmer über die Facebook-Seite der Stadt mitgeteilt, dass sich in der Uni Männer verteilt hätten und jegliche Verhandlungen hinfällig wären, wenn Polizei auftauchen würde. Via YouTube gab es ein kurzes Video, in dem zwei Maskierte dieselben Informationen verlasen.

Der Busverkehr an die Uni war gestoppt, die Zufahrten über die Universitätsstraße und die Eggerhaldestraße sowie von der Bushaltestelle auf der Mainaustraße waren gesperrt. Die Geiselnehmer hatten auch dafür genaue Vorgaben durchgegeben, jedes Zuwiderhandeln habe Konsequenzen.

Die Tür ging auf, und Bürgermeister Jochen Auweiler betrat den Raum. Sein Kopf war hochrot, das Hemd spannte über seinem fülligen Bauch. Geräuschvoll ließ er seinen Notizblock auf den Tisch fallen, rückte den Stuhl weiter nach hinten, sodass er sich setzen konnte.

Mit im Raum waren außer Sito noch Marc Busch, die Kommissare Johannes Goffer und Martin Kaiser sowie Karl Zimmermann, Polizeipräsident Simon Jäger und Staatsanwalt Pierre Ruger. Sito nickte Busch zu, der erhob sich und ließ die Facebook-Seite der Stadt auf der Leinwand vor ihnen aufscheinen.

»Um acht Uhr einundvierzig posteten die Geiselnehmer, dass sie das Audimax der Universität gekapert haben. In den letzten zwanzig Minuten kam eine weitere Nachricht, dass keine Polizei zur Universität kommen solle, andernfalls würden wir das Leben der Geiseln riskieren. Selbige Nachrichten laufen über YouTube und Twitter. Von der Dame im Sekretariat wissen wir, dass etwa fünfzig Studenten in der Vorlesung sein müssten. Gehalten wurde die Vorlesung übrigens von unserem Kollegen Roman Enzig.«

Ein Raunen ging durch den Raum. Polizeipräsident Jäger beugte sich vor. »Wir haben einen Kollegen unter den Geiseln? Wieso erfahr ich erst –«

»Jetzt wissen Sie es«, erklärte Sito und gab Busch ein Zeichen fortzufahren.

»Wir wissen nicht, wie viele Studenten sonst noch an der Universität sind, auch nicht, von wie vielen Geiselnehmern wir ausgehen müssen. Es sind Semesterferien, und es ist sehr früh. Vermutlich haben wir noch etwa zweihundert Zivilisten an der Uni.«

»Können wir nicht einfach die Seite blockieren?«, fragte Auweiler.

»Und dann? Dann überlassen wir sie alle ihrem Schicksal?«, herrschte Staatsanwalt Ruger den Bürgermeister an und schüttelte den Kopf.

Auweiler wehrte ab. »Darum geht's doch nicht, aber offensichtlich brauchen die ja ein Medium, wenn sie keines haben, dann überlegen sie sich … Es gibt doch die Möglichkeit, das Internet irgendwie zu stören, oder?« Die letzte Frage richtete sich an Sito.

»Die gibt es, aber das wäre jetzt sehr unklug. Wir müssen erst einmal wissen, was die vorhaben.« Er starrte auf seinen Block, auf dem alle Mitteilungen der Geiselnehmer gesammelt waren. »Außerdem haben sie geschrieben, dass dies ihr Kommunikationsweg wird.«

»Dies?« Auweiler schnaubte. »Meine Website?«

»Ich glaube, sie meinten eher Facebook«, erklärte Zimmermann und ließ seine Finger knacken. »Hashtag GeiselnahmeUniversität.«

»Facebook als Medium bei einer Geiselnahme, hat man so was schon mal gehört?«, warf Kaiser in den Raum.

Sito verneinte.

»LKA und SEK sind informiert?«, fragte Jäger.

Sito nickte. »Selbstverständlich, sind unterwegs, aber das wird dauern. Das MEK ist ebenfalls unterwegs. Teile der Spezialeinheit sind bereits vor Ort für die Personenüberwachung rund um den Klimagipfel. Vorerst sind wir, was die Geiselnahme angeht, auf uns gestellt, und Heinrich Wint aus Gaienhofen ist auf dem Weg. Er wird uns unterstützen.«

Ruger hob fragend die Hände in die Luft. »Wint? Gaienhofen? Wie das?«

»Er war beim LKA. Ursprünglich erfahrener Vermittler bei Geiselnahmen. Jetzt sitzt er in Gaienhofen. Ist ausgestiegen, aber ein guter Mann. Er ist wie gesagt bereits unterwegs. Wir rechnen in der nächsten halben Stunde mit ihm«, erklärte Sito.

»Worum es nun geht …«, begann Busch, und ein anderes Bild erschien hinter ihm an der Wand. Es zeigte die junge Sibylle Hundhammer, dunkelbraune Locken zierten das junge Gesicht, ein breites Lachen darauf, als läge ihr die ganze Welt freundlich zu Füßen.

»Was hat sie mit der Geiselnahme zu tun?«, fragten die Kollegen Goffer und Kaiser gleichzeitig. Auch Auweiler rückte unruhig auf seinem Stuhl hin und her. Es gab ein Quietschen auf dem Fußboden.

Sito fuhr sich mit den Fingerspitzen über die Narbe an seiner linken Schläfe. »Wir haben heute einen Großeinsatz zum Schutz von Sibylle Hundhammer. Sollten Sie in letzter Zeit die sozialen Netzwerke konsultiert haben, dann dürfte Ihnen aufgefallen sein, dass die Hetze gegen Hundhammer immer mehr zunimmt. Kollege Zimmermann beobachtet das seit Wochen für uns auch im Hinblick auf die Maßnahmen während der heutigen Demonstration.«

Alle sahen zu Zimmermann, der sofort nickte. »Es reicht bis zu konkreten Mordankündigungen.« Zimmermanns Finger knackten wieder, Sito zog unwillkürlich die Schultern nach oben, das Geräusch war ihm unangenehm, Zimmermann jedoch schätzte er sehr. »Das ist eine riesige Welle«, sagte der gerade und zog an dem kleinen Finger der linken Hand.

»Ich verstehe noch immer nicht«, sagte Auweiler. Der Bürgermeister drückte sich die flache Hand gegen den Magen. »Könnt ich wohl ein Glas Wasser haben?«

»Wir beobachten mit wachsender Sorge den organisierten Hass aus der rechten Ecke«, erklärte Zimmermann.

»Okay, ich kenn die Sprüche natürlich, aber ich kann mir nicht vorstellen, dass der Mob ausgerechnet in meiner Stadt zuschlagen würde. Und vor allem – was hat das mit der Geiselnahme zu tun?«

Busch war aufgestanden, um ein Glas Wasser zu holen, und reichte es Auweiler gerade. Der Bürgermeister trank gierig.

»Wir wissen es nicht«, begann Sito, sah zu Busch, der sich die Ärmel seines hellgrauen Hemdes hochkrempelte und noch weitere Gläser mit Wasser verteilte. Er war ein echter Teamplayer, das wurde Sito schlagartig bewusst, einer, der sich selbst auch zurücknehmen konnte. »Kollege Busch und ich sind uns aber einig, dass wir das nicht ausschließen dürfen. Weshalb sollte die Geiselnahme ausgerechnet heute stattfinden?«

»Vielleicht, weil dann weniger Polizeikräfte zur Verfügung stehen«, mutmaßte Goffer.

»Wir müssen es im Auge behalten«, sagte Sito. »Meine Hoffnung ruht derzeit auf Enzig. Ich hoffe, er kann sich irgendwie mit uns in Verbindung setzen.«

»Fakt ist«, mischte sich nun Zimmermann ein, stand auf und stellte sich neben Busch an den Computer. »Ich darf doch mal.« Busch machte Platz, und Zimmermann tippte, bis auf der Leinwand die Kommentarleiste einer anderen Facebook-Seite erschien. »Wenn Sie sich das hier anschauen, dann verstehen Sie vielleicht eher, was ich mit einer riesigen Welle meine.«

»Fahrt mit dem Panzer in die Demo!«

»Löscht aus, was euch kaputtmachen will.«

»Die Schulschwänzer sollte man alle verhaften.«

»Die Demo beginnt um vierzehn Uhr, da ist die Schule vorbei.«

»Ihr linksgrünen scheiß Ökofaschisten kommt euch besonders schlau vor, wie?«

»Die wollen uns nur das Geld aus der Tasche ziehen.«

»Manipulation der Dummen und ihr macht da mit.«

»Dreckspack, einsperren mussma das.«

»Früher hätts das net gegeben, dass so junge leut einfach alles von de alten schlecht machen. Wo hammsden alles her? Von de alten, von der kohle und des is ja au deutschland und wieso solln die deutschen die kohle und die chinesen machen was se wolln … nur meine meinung …«

»Elendes dreckspack. Ich kenn noch eine garage und gas hab ich auch noch 13/4/7 …«

Stille im Raum.

Staatsanwalt Ruger sog scharf die Luft ein. »Gleich mehrere Straftatbestände. 13/4/7 ist die Abkürzung für einen Gruß unter Neonazis – *Mit deutschem Gruß* – und verboten. Gilt aber als Erkennungszeichen, wie die Vier im Übrigen auch.«

Auweiler schlug mit der Faust auf den Tisch und murmelte: »Verdammt. Können wir die Seite nicht dichtmachen? Ich will so einen Mist nicht in meiner Stadt!«

Zimmermann tippte mit einem Stift auf die Leinwand. »Das ist das Internet, Herr Auweiler. Wir können hier gar nichts dichtmachen. Das ist der neue Informationskrieg um Meinung, ganz einfach. Seit dem Wahlkampf von Trump und dann von der AfD ist das gang und gäbe.« Er nahm ebenfalls einen Schluck Wasser. »Im Übrigen ist das nur ein verschwindend kleiner Auszug und noch nicht einmal mit dem härteren Vokabular. Wir haben Undercover-Leute in einigen rechtsradikalen Troll-Netzwerken. Mit Kollege Sito wollte ich ohnehin heute sprechen, denn wir sind uns einig, dass etwas geplant wurde. Wir haben immer wieder sogenannte Marschbefehle entziffern können, das C18 beziehungsweise 318 tauchte an unterschiedlichen Stellen auf. Es steht für eine neonazistische und terroristische Vereinigung. Bei uns längst verboten. Erst dachten wir, es geht um die Klimaschutzdemo«, Zimmermann tippte auf seinem Laptop, »und um diese Sibylle.« An der Wand war unter den Zeilen ein Scheiterhaufen zu sehen, darauf Sibylle Hundhammer. Zahlreiche Kommentare feierten die angekündigte Hexenverbrennung mit Lach-Smileys und applaudierenden Händen.

Zimmermann räusperte sich, kratzte sich am Mundwinkel und redete dann weiter. »Aber jetzt müssen wir das natürlich im Hinblick auf die Geiselnahme erneut überprüfen. Es geht eben auch um Waffen. Die Seite hier gehört zum Beispiel einer Gruppe, die sich ›Die Naturbewahrer‹ nennt, wobei es freilich nicht um die Natur im Hinblick auf Umweltschutz geht, sondern vielmehr um den vermeintlich natürlichen deutschen Lebensstandard, wie er eben aktuell praktiziert wird. Wir beobachten die Gruppe schon eine Weile, die sich der AfD und den Identitären verbunden fühlt. Im Darknet haben wir außerdem gerade in der letzten Woche eine Zunahme der Aktivität feststellen können. Wir wissen auch von Waffenkäufen, können aber die IP-Adressen nicht zurückverfolgen, weil die natürlich alle über eine VPN-Adresse, also ein virtuelles privates Netzwerk, ins Netz gehen. Wir wissen nicht, ob die sogenannten Marschbefehle im Zusammenhang mit der heutigen Geiselnahme stehen, aber ich gebe Kollege Sito recht: Wir müssen es in Betracht ziehen.«

Ruger stand der Mund offen. »Weshalb zum Teufel erfahre ich erst heute und hier davon?«

Zimmermann schnaubte. »So kann man das nicht sagen. Wir plädieren seit Ewigkeiten dafür, diese Gruppierung unter Beobachtung des Verfassungsschutzes zu stellen oder wenigstens Razzien zu genehmigen.« Er wirkte für einen Moment resigniert, sein linkes Augenlid zuckte, dann fuhr er fort: »Wissen Sie, seit Jahren ist ein Kollege bei den Rechtsrockfestivals unterwegs. Immer wieder berichtet er von schweren Verstößen, von Aufrufen zu Gewalt und Mord, von Lobeshymnen auf Hitler und so weiter und so fort. Noch immer gibt es kaum nachhaltige Reaktionen. In Thüringen hat sich jetzt mal was getan, da hat die Polizei durchgegriffen bei den sogenannten Versammlungen mit rechter Musik. Wir Netzbeobachter und Beobachter der rechten Szene sagen schon lang, dass man die Erlebniskultur der Neonazis endlich unterbinden muss, denn genau dort werden Gelder und Anhänger akquiriert.«

»Wir sind aber nicht in Thüringen«, wandte Ruger ein.
»Nein, sind wir nicht, aber die Neonazi-Szene ist international vernetzt. Einer der wichtigsten Netzwerker Europas sitzt nun mal in Deutschland. Ich sage das nur, weil Sie nicht überrascht sein müssen, falls die hier so groß auflaufen.«

»Was Sie da sagen, Herr Zimmermann, wir sprechen also von einem möglichen Terrorakt? Hier bei uns?«, fragte Jäger.

»Denkbar.« Zimmermann griff wieder an seine Fingergelenke, verzichtete aber auf weiteres Knacken.

»Solange auch bei der AfD so ein Müll gepostet wird, ist es eben schwierig. Und unter uns: Ich bin mir auch nicht immer sicher, wie viel Rückhalt die wirklich haben. Außerdem gilt die Versammlungsfreiheit für diese abscheulichen Konzerte. Ganz einfach. Fragen Sie beim Verfassungsschutz nach. Meinungsfreiheit eben. Die AfD sitzt im Bundestag. Sagen Sie das also den Politikern!«, verteidigte sich Ruger. Der Staatsanwalt verschränkte die Arme. »Immerhin haben wir das Netzwerkdurchführungsgesetz seit Anfang 2018.«

»Ja, schön, haben wir. Hat ja aber im Grunde nichts daran geändert, dass immer noch nur das verboten ist, was vorher auch schon verboten war.« Zimmermann blätterte in seinen Unterlagen. »Jetzt brauchen wir nur noch mehr Kräfte, die sich darum kümmern.«

Ruger machte eine ausschweifende Handbewegung. »Ja, dann schauen Sie nur mal zu Facebook. Die haben ein paar hundert Mann in einem Büro in Berlin sitzen, die sich Tausende von Kommentaren anschauen sollen, die gemeldet wurden. Wir kommen den bösen Idioten einfach nicht hinterher.«

»Lassen Sie uns bitte bei der Sache bleiben«, forderte Polizeipräsident Jäger. »Reden wir von Terrorverdacht, ja oder nein?«

Zimmermann kaute auf seiner Unterlippe. »Es war nicht leicht, Undercover-Leute in die rechtsradikalen Netzwerke einzuschleusen. Jeder braucht eine eigene rechtsradikale Vita, muss aktiv auftreten und so weiter. Das sind Hierarchien, man muss sich hoch–«

»Terrorverdacht, ja oder nein?« Jäger trat unruhig von einem Bein auf das andere. Seine Stirn lag in tiefen Falten. Zimmermann stöhnte und schüttelte den Kopf. »Noch haben wir keine konkreten Anhaltspunkte.«

Auweiler atmete erleichtert aus, dann zeigte er mürrisch auf die Leinwand. »Was passiert denn da gerade?« Vor ihnen poppten immer weitere Kommentare auf, und immer wieder war Sibylle Hundhammer auf einem Scheiterhaufen zu sehen. »Wir befinden uns hier in einem Troll-Netzwerk. Das sind solche Tagesbefehle, ausgegeben von den Rangoberen in diesem Netzwerk: ›Stört in folgenden Frontabschnitten, also etwa bei Facebook, Twitter und YouTube, ab zwanzig Uhr.‹ In diesem Fall«, Zimmermann zeigte auf den Verlauf, »geht es um die Seite unserer Stadt ab neun Uhr dreißig.«

Ruger nickte. »Das ist ein großes Problem, das ist mir durchaus bewusst. Aber es gibt klare Vorgaben, wann etwas gelöscht werden muss.«

»Klare Vorgaben schon«, sagte Zimmermann, »aber fließende Grenzen, wann etwas wirklich gegen Paragraf 130 des Strafgesetzbuches verstößt und wann die Volkshetze eben nicht greift.« Er scrollte ein wenig nach oben. »Hier haben wir zum Beispiel 19/8, das steht für ›Sieg Heil‹, und hier steht ›Adolf is back‹ in den Zahlen 192.«

»Volksverhetzung«, korrigierte Ruger und verschränkte die Arme.

»Wie dem auch sei. Das Schlimme ist doch, dass durch diese komprimierten Hasskommentare der Eindruck entsteht, das wäre eine riesige Gruppe, die die Klimademo und unsere Stadt bedroht. Darum geht es doch, oder? In Wirklichkeit aber ist dieser Hass von einer kleinen Gruppe nur gut organisiert«, sagte Busch.

»Exakt«, sagte Zimmermann.

Auweiler hielt sich die Hand an den Hals, als wolle er einen Krawattenknoten lockern, aber da war keiner. Busch stand auf und schenkte ihm Wasser nach.

»Solange wir keinen Beweis haben, dass die Marschbefehle

mit der Geiselnahme zu tun haben –«, begann Ruger, doch Goffer fiel ihm ins Wort.

»Und dann? Irgendwann feststellen, dass die in den Troll-Netzwerken längst alles organisiert haben?«

»Meine Herren, bitte, dafür ist nicht die richtige Zeit«, versuchte Jäger, die Runde zu beruhigen. Er fuhr sich mit einer Hand durch seinen Bart.

»Richten Sie hier sofort einen Ticker für das Intranet ein. Ich will, dass alle immer in der Zeit sind. Da soll auch alles zur Demo kommen, aber sonst eben nichts.«

»Ist erledigt.« Zimmermann tippte, dann erschien der Newsticker zur Geiselnahme. »Das andere richtet ein Kollege gerade ein.«

»Können wir die Friday-Leute nicht einfach absagen?«, fragte Auweiler und wippte mit seinem Stuhl. Es quietschte wieder, und er sah entschuldigend in die Runde. »Ich meine, wo jetzt das Wort Terror schon ein paarmal gefallen ist.«

»Herr Zimmermann sagte es bereits, wir haben keinen hinreichenden Beweis«, sagte Sito und sah zu dem Monitor, der die aktuellen Nachrichten übertrug.

Die anderen folgten seinem Blick und sahen die Schlagzeilen: »Geiselnahme an der Universität Konstanz *** Eilmeldung *** Geiselnahme an der Universität Konstanz *** Klimagipfel in Gefahr *** Eilmeldung *** Die Polizei ist noch zu keiner Stellungnahme bereit *** Eilmeldung …«

»Da haben Sie es!« Auweiler war aufgesprungen und stützte die Hände in die Seiten. Sein Hemd war an einer Seite aus der Hose gerutscht und hing über den Bund. »Die vermuten ja schon selbst, dass wir das Klimatreffen absagen.«

Jäger hob die Hand. »Wir klären das mit dem Innenminister.«

»Wenn wir jetzt mit einer Absage kommen, dann lösen wir womöglich ein riesiges Chaos aus«, sagte Sito.

Der Bürgermeister legte seine Hände in den Nacken und seufzte. »Mir war dieses Ausmaß der Bedrohung nicht bewusst. Tun Sie das Nötigste. Ich will nicht, dass ausgerechnet hier …« Er schluckte den Rest herunter, schloss die Augen und ließ den

Kopf hängen. »Ich will, dass wir die Sicherheit der jungen Leute garantieren können. Ich bin hier der Bürgermeister. Hier ist kein Platz für Gewalt.«

»Dann sind wir uns einig. Ich spreche mit dem Innenminister, wir müssen umgehend eine Pressekonferenz geben, damit die Leute nicht aus den sozialen Netzwerken informiert werden. Der Terrorverdacht bleibt in diesen vier Wänden. Sie, Zimmermann, beobachten das weiter. Auch wenn wir hier zum Warten verurteilt sind, müssen wir tun, was wir tun können. Und dabei gilt: Ein Kollaps in der Stadt ist unter allen Umständen zu vermeiden, haben wir uns verstanden?« Er stand vor ihnen, aufrecht und mit felsenfester Überzeugung nickte er in die Runde: »Wir schaffen das, meine Herren, wir schaffen das.«

Sito bewunderte Jäger in diesem Moment. Er wusste von seiner Krankheit, als Einziger, von der Sorge, wann das Zittern Oberhand über seinen Körper erlangen würde. Jäger stand auf und trat ans Fenster, um zu telefonieren. Sito ließ die anderen gehen und wartete. Als das Telefonat beendet war, ging er zu ihm.

»In zehn Minuten unten im Presseraum. Das Fernsehen ist unterwegs«, erklärte Jäger, den Blick nach draußen gerichtet.

»Ich will Sie dabeihaben.« Er wandte sich an Sito. »Weshalb wollen die Leute diese Art der Öffentlichkeit?«

Sito zuckte mit den Schultern. »Genau das frage ich mich auch.«

Jäger sah wieder nach draußen. Der Baum vor dem Konferenzraum trug endlos viele Kastanien. »Ganz ehrlich, als ich vorhin den Kollegen Zimmermann gehört habe, da fiel es mir wie Schuppen von den Augen: Die Rechten haben diesen Meinungskrieg fest im Griff, sie haben das Internet erobert, weil wir seit Jahren zusehen und alles verharmlosen. Der Terror ist längst in der Stadt.«

※※※

Ihre Eltern hatten gemeinsam mit ihr verschiedene Universitäten angesehen. Ihre Mutter war von der Idee, dass auch sie nach

Konstanz gehen würde, natürlich begeistert, aber zur Sicherheit sollte sie sich über Alternativen informieren. An dem Tag, als sie sich im Allgäu auf den Weg nach Meersburg machten, um dort auf die Fähre nach Konstanz zu steigen, regnete es in Strömen. Ihre Mutter fluchte leise, aber unaufhörlich auf der Fahrt. Sie hatte sich das so schön ausgemalt: die Fahrt über den Bodensee, die Ankunft in Konstanz-Staad, dort mit dem Bus in die Stadt, ein wenig herumschlendern durch die vielen schönen Gassen der Altstadt, schließlich mit der Neuner-Linie hinauf zur Uni. Und dann so etwas: alles grau und nass draußen. Unerbittlich regnete es, und unerbittlich verfolgte ihre Mutter dennoch den Plan, ihr Konstanz so schmackhaft wie möglich zu machen.

Hilke musste lächeln, als sie sich gerade daran erinnerte. Vielleicht hätte sie ihrer Mutter gleich sagen sollen, dass sie längst vorhatte, in Konstanz zu studieren. Am Hafen, als die Mutter gerade über das Hochwasser von 2005 referierte – wie passend zu dem Regen –, hörte selbiger endlich auf. Die Sonne kam heraus und mit ihr das strahlende Lächeln der Mutter.

Hilke wischte die Gedanken an den Regen und die Tauben auf der Marktstätte ebenso weg wie die Tatsache, dass vor ihr noch ein Stapel Bücher lag, den sie lesen wollte. Sie war unkonzentriert. Dieses alte Militärfahrzeug, das sie vorhin auf dem Parkplatz gesehen hatte, ging ihr nicht aus dem Kopf. Und sie wusste auch, weshalb: An der Windschutzscheibe hatte sie einen Totenkopf baumeln sehen. Wenn sie sich diesen jetzt in Erinnerung rief, dann lief es ihr eiskalt über den Rücken.

Hilke lehnte sich für einen Augenblick zurück, froh, in friedlichen Zeiten zu leben, und wissend, dass es auch wieder anders werden könnte. Sie hielt inne. War da ein Geräusch? Sie sah sich um. Da wieder. Schnelle Schritte. Irgendwo. Sie sah sich wieder um. Niemand war zu sehen. Sie war noch ganz allein in den ›heiligen Hallen‹, wie sie die Bibliothek gern mit einem Augenzwinkern bezeichnete.

Die Bibliothek der Universität Konstanz war ein besonderer Ort. Sieben Jahre lang war sie kernsaniert worden, 2017 dann endlich waren diese Maßnahmen abgeschlossen. Hilke hatte das Glück, schon in der neuen Bibliothek zu arbeiten. Im Eingangsbereich empfing einen nüchternes Grau, klare geometrische Strukturen, die großen Lichtkreise an der Decke und das leuchtende Gelb der Mittelwände. Einerseits fand sie das nicht gerade gemütlich, andererseits war sie in den Bann gezogen von der Klarheit des Konzeptes.

Ihre Gedanken waren schon wieder abgeschweift. Wieder hörte sie etwas, wieder sah sie sich um, stand dieses Mal sogar auf und beugte sich um eine Regalreihe, die ihr die Sicht zum Ausgang versperrt hatte. Nichts. Sie merkte, dass ihr Puls sich beschleunigte. »Hallo?«, fragte sie vorsichtig in den Raum. Nichts. Sie setzte sich wieder, vorsichtig und flach atmend. Energisch schüttelte sie den Kopf.

Spinn ich jetzt? Ganz ruhig, du bist in der Bibliothek.

Hilke schlug entschieden das Buch auf und beugte sich darüber, als sie Schreie hörte. Sie kamen vom Gang und dröhnten durch ein Megafon. Es dauerte, bis die Worte ihr Gehirn erreichten, vermutlich begriff sie erst beim dritten Mal, was da gerade passierte. Sie solle die Bibliothek verlassen, hieß es, sofort. Wer zurückbleibe, werde erschossen.

Die Worte hallten durch die Bücherreihen, hallten wider vom Boden und von der Decke, umfingen sie. Sie packte ihre Stifte in ihr Mäppchen und stand auf, als wäre es wichtig, den Platz ordentlich zu verlassen. Für einen Moment verharrte sie, dann klappte sie das Buch zu. Jetzt sah sie einen Mann mit Sturmmaske und einer alten Uniform. In einer Hand hielt er ein Gewehr.

»Los jetzt, raus hier!«, schrie er, doch die Stimme kam nur gedämpft an ihr Ohr. Sie setzte einen Fuß vor den anderen, kam an ihm vorbei, roch seinen rauchigen Atem.

Vor der Bibliothek warteten bereits andere Menschen, aber sie kannte niemanden. Schreie folgten, weitere Befehle drangen durch die Halle. Zum Eingangsbereich sollten sie alle laufen. Keiner wagte einen Ausbruch. Unterwegs hörten sie noch mehr aufgeregte Rufe, Stolpern, einige stürzten. Im Eingangsbereich der Universität warteten an die zweihundert Menschen.

Hilkes Herz galoppierte. Erst jetzt traf es sie wie ein Schlag: Das hier war keine Übung, es war auch kein übler Scherz. Es war todernst.

✷✷✷

Schweiß lief ihm über die Stirn, obwohl es nicht sonderlich warm war. Noch widerstrebte es ihm, mit dem Ärmel darüberzuwischen. Er fühlte die Tropfen an seinem Hemdkragen. Es war ein kariertes Hemd, überall blaue und braune Linien, die einander kreuzten. Anna hatte gelacht. Schon lange hatte er kein kariertes Hemd mehr getragen, stattdessen Rollkragenpullis und eine Weile Langarmshirts mit Sakko darüber. Heute also ein kariertes Hemd, das jetzt Schweißtropfen sammelte. Seine Hand glitt langsam in seine Hosentasche. Enzig war froh, sich für die etwas weitere Stoffhose entschieden zu haben – er hatte Platz, sein Smartphone abzutasten, im Moment aber vor allem Angst, es würde ihm aus den Händen rutschen.

Miriam beobachtete ihn. Sie wusste, worauf es jetzt ankam, das konnte er ihr ansehen. Unmerklich nickte sie ihm zu, dann stand sie entschlossen auf.

»Hey, du, hinsetzen«, rief der Mann, der die Gruppe bewachte und sofort seine Waffe auf Miriam richtete.

Miriam hob die Arme. »Ich wollte nur eine Frage stellen.«

»Setz dich hin«, rief ein anderer barsch.

»Könnten wir vielleicht etwas zu trinken haben? Es ist so stickig. Bitte.«

Der Mann drehte sich zu seinen Kollegen und lachte übertrieben. »Es ist stickig, ha, und ein Getränk möchte die Dame bestellen. Na so was. Klar, wir bestellen ein paar Cocktails.«

Miriam trat noch einen Schritt auf ihn zu. Enzig hielt die Luft an. Er kannte ihre Entschlossenheit, er kannte auch ihre Sturheit. Am liebsten wäre er aufgesprungen und hätte sie am Arm zurückgehalten, aber ihm war klar, dass sie dieses Manöver seinetwillen gestartet hatte.

»Hören Sie«, sagte Miriam ruhig und senkte ein wenig den

Kopf. »Ich wollte nur höflich fragen, ob Sie vielleicht Wasser organisieren könnten. Ich wollte keinesfalls Ihre Position hier in Frage stellen.« Sie lächelte. »Wie heißen Sie denn?«

»Halt's Maul«, erklang eine Stimme aus dem Hintergrund, und Enzig wusste nicht, wen der dazugehörige Mann meinte, Miriam oder seinen Kollegen, aber wahrscheinlich meinte er beide.

»Ich kann Sie ja Jochen nennen.« Miriam sah an ihm vorbei zu dem anderen. »Und Sie könnte ich Gert nennen.«

Gert kam auf das Podium zugelaufen, stapfte auf Miriam zu und baute sich vor ihr auf. »Dir hat man wohl ins Gehirn geschissen. Was soll der Mist von wegen stickig? Hältst du uns für blöd?«

Die beiden am Rand Stehenden wurden unruhig. »Was ist denn da los bei euch?«, rief der eine, und der andere sah sich nach den Männern an der Tür um.

»Ich wollte lediglich Wasser von Gert und Jochen«, rief Miriam trotzig zurück.

»Hey.« *Gert* rempelte Miriam an, doch sie hatte sich gleich wieder gefangen. »Du hältst jetzt das Maul, sonst ...« Er richtete die Waffe direkt auf sie. Plötzlich erhob sich der ältere Herr und hob beschwichtigend die Hand. Er kam zu Miriam und stellte sich schützend dazwischen. Enzig beobachtete die Szene und staunte über den Mut des Mannes. Ein Raunen ging durch die restliche Gruppe am Boden. Die zwei Männer, die vorhin ebenfalls versucht hatten, sich aufzulehnen, hielten sich bereit. Enzig hoffte inständig, dass sie nicht ein weiteres Mal versuchen würden, handgreiflich zu werden. Es wäre der falsche Zeitpunkt, auch für Miriam wurde es langsam Zeit, sich zurückzuziehen.

»Ich wollte wirklich nur Wasser, ehrlich, Gert.«

Gert holte tief Luft und öffnete den Mund, beherrschte sich aber.

»Wir können Wasser bestellen«, rief einer vom Gang.

Miriam nickte langsam. »Dann gehen wir jetzt einfach auf unsere Plätze zurück, in Ordnung? Sie haben hier das Kommando.« Sie drehte sich um und wollte gerade losgehen, hielt dann aber inne und wandte sich noch einmal an *Gert* und *Jochen*. »Ich bin Miriam. Vermutlich wäre es nicht schlecht, wenn Sie auch Namen hätten. Wir haben sicher einiges zu besprechen heute.«

»Du vorlaute kleine –« *Gert* kam nicht weiter, der andere legte ihm die Hand auf den Arm. »Sie hat recht, oder?« *Jochen* sah zu dem älteren Mann. »Hat sie doch, oder?« Der nickte erschrocken.

»Was wird das hier?«, raunte ihm sein Kollege zu.

»Hey, was zum Teufel treibt ihr da auf der Bühne?«

Enzig hatte auf einen Schlag ein etwas klareres Bild der Gruppe. Das hat Miriam großartig gemacht, dachte er, und professionell obendrein. Sie hatte dem anderen das Gefühl gegeben, die Kontrolle zu haben, und dennoch dafür gesorgt, dass die Geiselnehmer sich positionieren mussten.

»Bist du von der Polizei oder was?«, fragte der Größere jetzt Miriam. Seine Stimme klang zornig.

»Nein, Gert, ich studiere hier«, antwortete Miriam unaufgeregt.

»Hör auf, mich Gert zu nennen.«

»Dann verrate mir doch deinen richtigen Namen.«

»Du blöde –« Wieder hielt ihn sein Kollege zurück. »Was denn? Die will mich nur aushorchen, die denkt, ich bin blöd.«

»Vergiss meinen Freund hier. Nenn mich Hans«, sagte der andere mit ruhiger Stimme. »Wir reden, wenn es etwas zu besprechen gibt. Und du, alter Mann, setz dich endlich wieder hin, verstanden?« Er trat einen Schritt zur Seite und sagte etwas lauter zu allen Anwesenden: »Habt ihr das gehört? Sie ist jetzt eure Sprecherin.«

Langsam ging Miriam zu ihrem Platz zurück. Enzig konnte sehen, wie die Anspannung von ihr abfiel. Er konnte auch die hasserfüllten Augen von *Gert* in ihrem Rücken sehen und fröstelte.

Miriam warf ihm im Vorbeigehen einen Blick zu, der vor allem Hoffnung in sich trug, doch als sie sich setzte, sah Enzig, dass ihre Hände zitterten. Sie hatte sich einem der Geiselnehmer entgegengestellt, sich damit aus der Menge herausgehoben. Dieser *Gert* würde sie fortan kennen und mit Argwohn betrachten. Enzig wusste, dass es Hans war, an den er sich halten musste. Der hatte beschwichtigt und eingelenkt, er war bereit zu reden, und deshalb mussten sie mit ihm verhandeln. Noch wirkte er sehr kontrolliert, andererseits war Enzig sicher, dass Hans nicht der Drahtzieher hier war. Doch Enzig dachte noch etwas anderes, nämlich dass er den älteren Herrn auf jeden Fall im Auge behalten sollte. Und eine weitere Sache hatte er in den letzten beiden Minuten ebenfalls entschieden: Er würde Sito nicht schreiben, dass Miriam hier war. Soweit er informiert war, hatte Miriam das spontan entschieden, und für den Fall, dass Sito nicht Bescheid wusste, sollte das auch so bleiben. Auch die Geiselnehmer sollten auf keinen Fall von ihrer Verbindung zum zuständigen Hauptkommissar erfahren.

Das Smartphone in seiner Tasche fühlte sich hart und heiß an, doch das war nur Einbildung. Immerhin hatte er eine Nachricht schreiben können. Wer wusste schon, wie viele Chancen er dazu noch bekam?

✳✳✳

Sibylle Hundhammer saß in ihrem Hotelzimmer und ging ihre Rede noch einmal durch. Sie hatte schon einige Reden gehalten, aber das heute war eine Nummer größer. Das Fernsehen würde sie begleiten, auch hatte sie zivilen Personenschutz. Mehrere tausend Menschen wären dabei, der Ministerpräsident wollte kommen, es war ihr großer Tag. Greta hatte ihr am Morgen schon eine Nachricht geschickt und alles Gute gewünscht. Kraft und Mut und Nachhaltigkeit in ihren Worten.

Sibylle atmete tief durch. Sie stand auf und ging zum Fenster, öffnete es und sah auf den Rhein hinaus. Ein schönes Zimmer mit Blick auf den See oder den Fluss hatte sie sich von den Veranstaltern gewünscht, etwas Kleines, nur nicht im mondänen Inselhotel, wo sie sich wie eine Betrügerin an der Sache vorgekommen wäre. Das ehemalige Dominikanerinnen-Kloster, das zum feudalen Hotel umgebaut worden war und den Blick auf die Uferpromenade bot, war kein Ort, an dem sich Sibylle auf eine Rede zur Nation über Mäßigung des Lebensstandards vorbereiten wollte.

Der Duft des Wassers tat gut, befreite ihre Lungen. Möwen flogen vorbei und kreischten. Die kleine Pension im ehemaligen Fischerviertel von Konstanz bot einen Blick auf den Rhein und die gegenüberliegende Uferseite, wo früher Fabriken die Sicht zerstörten. Heute lagen dort Die Bleiche, ein schönes Restaurant mit Biergarten am Rheinufer, die Rheinterrassen des Volksbades, der Herosé-Park und seit ein paar Jahren auch die große Wohnanlage sowie das noch junge Bodenseeforum, in dem sie heute sprechen würde. Eindrucksvoll war es schon, ob es die Stadt Konstanz wirklich zu einer Kongressstadt werden ließ, war fraglich. So viel hatte Sibylle in der Presse mitbekommen. Elf Säle konnte man mieten im Bodenseeforum, der größte bot Platz für zweitausend Personen. Dort würde sie sprechen. Es gab außerdem eine Liveschaltung in andere Säle und nach draußen, denn sie rechneten mit wesentlich mehr Menschen.

Sibylle legte den Kopf in den Nacken. Sie könnte jetzt auch wie ihre Freundinnen in einer Vorlesung sitzen. Ein Semester hatte sie in Freiburg Theaterwissenschaften studiert, dann aber feststellen müssen, dass sie nicht die innere Ruhe besaß, sich mit trockenem Lehrstoff abzugeben, während draußen aus ihrer Sicht die Welt den Bach runterging. Dieses Gefühl, das sie seit ihrer frühesten Jugend kannte, dass man doch etwas tun musste und dass es letztendlich doch darum ging, den Menschen da draußen die Augen zu öffnen, hatte sie nicht mehr losgelassen.

Sie hatte Gretas Aufstieg verfolgt, und ihre Bewunderung für die fünf Jahre jüngere Greta war unermesslich. Nicht weil sie alles einfach so hinnahm, ihre Bewunderung richtete sich vor allem an die Bereitschaft, sich aufzumachen und die eigene Komfortzone zu verlassen. Ein Jahr war es nun her, dass Sibylle ihr Studium auf Eis gelegt hatte und sich ausschließlich um die Organisation der Fridays-for-Future-Bewegung in Deutschland kümmerte. Ihr Talent zu reden hatte sie von ihrem Vater, einem Soziologieprofessor, äußerlich war sie ihrer Mutter, einer Kinderärztin, ähnlich. Dass offenbar viele Menschen sie gern anschauten, war bei ihrer Mission nicht nötig, aber ganz sicher auch nicht schädlich.

Sie hatte selbst gestaunt, wie schnell sie zur Galionsfigur der deutschen Fridays-for-Future-Bewegung geworden war.

Unten auf der Uferstraße sah sie eine kleine Gruppe Enten über den Weg watscheln. Ein Radfahrer hielt an und ließ die Gruppe passieren. Er sah zu ihr nach oben. Lachend zuckte er mit den Schultern. Die Entenmutter schnatterte ungeduldig.

Sibylle griff nach dem Band, das vor ihr auf der Fensterbank lag, und machte sich einen Pferdeschwanz. Hellblau leuchtete die Schleife in ihren dunklen langen Haaren.

***

Die Pressekonferenz war kurz und schmerzlos und hatte nur wenige Minuten in Anspruch genommen. Längst war landesweit über eine Eilmeldung verbreitet worden, dass sich in Konstanz an der Universität in den frühen Morgenstunden eine Geiselnahme ereignet habe. Den Kommissaren Marc Busch und Paul Sito sowie dem Polizeipräsidenten Simon Jäger blieb nur die Bestätigung des Tatbestandes. Sie versicherten, dass alle notwendigen Schritte in die Wege geleitet würden, um die Geiseln nicht zu gefährden, dass ab sofort aber aus eben diesem Grund eine polizeiinterne Nachrichtensperre verhängt werde, da man nicht wisse, wie die Geiselnehmer mit der Außenwelt in Kontakt stünden. Man bitte die Presse, sich zurückzuhalten, auch wenn die Geiselnahme quasi live im Internet mitzuverfolgen sei.

»Denken Sie an Gladbeck«, mahnte Jäger, und Sito konnte Augenrollen im Publikum sehen. Sätze wie »Das waren andere Zeiten« und »Heute wäre das alles ganz anders« und »Überhaupt ist dieser Fall hier ohnehin schon öffentlich« standen den Anwesenden ins Gesicht geschrieben.

Derzeit sei leider nach wie vor unklar, wie viele sich an der

Universität verschanzt hatten. Dafür habe die Polizei eine Hotline eingerichtet, hier könnten besorgte Menschen anrufen, wenn sie Angehörige unter den Geiseln vermuteten. Diese Bekanntgabe könne die Presse selbstverständlich immer wieder teilen. Bedauerlicherweise bestehe zum jetzigen Zeitpunkt noch völlige Unklarheit über die Forderungen. Man versprach, spätestens um zwölf Uhr eine weitere Meldung herauszugeben. Die Demonstration sowie der Klimaschutzgipfel seien nicht gefährdet, sondern schon seit Langem minutiös geplant und absolut sicher.

Noch während Jäger sprach, piepste Sitos Smartphone. Unter dem Tisch warf Sito einen flüchtigen Blick darauf, dachte, es könnte von Miriam sein, die irgendwo in Gaienhofen am Seeufer saß und womöglich noch keine Ahnung hatte, was hier bei ihnen los war. Ein schönes Foto von ihr, ein lieber Gruß, das hätte ihm auf jeden Fall Mut gemacht. Aber es war eine Nachricht von Enzig. Sito zuckte zusammen. Auf den ersten Blick konnte er nur ein Buchstabenchaos erkennen, aber sofort gab er Busch und Jäger ein Zeichen, dass sie dringend an dieser Stelle abbrechen müssten.

»Ein Notfall«, erklärte Jäger und verließ eilends den Raum, Busch und Sito folgten im Laufschritt. Um neun Uhr einundfünfzig saßen sie an Sitos Schreibtisch und studierten Enzigs Nachricht.

»Wir wissen also, dass der Kollege sein Dienst-Smartphone behalten hat. Das ist schon mal gut«, stellte Jäger fest und beugte sich über Sito.

Busch fuhr mit dem Finger die Zeilen nach. »Was könnte das heißen?«

»Ich nehme an, er hatte nicht viel Zeit«, erklärte Sito unnötigerweise und mit einem ernsten Blick auf Busch.

»Ts«, machte Busch und verdrehte die Augen, »das ist mir auch klar. Ich wollte nur sagen, dass ich es nicht lesen kann.«

»Das finden wir raus«, erklärte Jäger. »Hoffentlich kann Enzig sein Smartphone eine Weile behalten.«

»Das hoffe ich auch«, sagte Sito. Er machte sich Notizen und tauschte die Buchstaben, die in der Reihe standen, sinnvoll aus und um. »Hier: Es sind sechs Geiselnehmer, und hier, das heißt sicher bewaffnet. Unklar ... Was soll das heißen?«

»Anführer«, rief Jäger, der die Buchstabenkombinationen im Kopf durchgespielt hatte. Er kannte das Problem, wenn er seiner Tochter WhatsApp-Nachrichten schrieb, da kamen oft wilde Sachen heraus.

»Stimmt«, sagte Busch. »›Unklar, wer der Anführer ist‹, schreibt Enzig.« Busch richtete sich auf. »Wir haben also sechs bewaffnete Männer im Audimax und laut Sekretärin rund fünfzig Menschen. Das sind schlechte Voraussetzungen für einen Sturm.«

»Absolut«, ereiferte sich der Polizeipräsident, »aber so weit sind wir auch noch lange nicht.«

»Ich hab nur laut gedacht«, sagte Busch. »Wir müssen alles durchspielen.«

»Ich weiß.« Jäger schnaufte schwer, dann nickte er. »Sie haben vollkommen recht. Wir müssen auf alles vorbereitet sein. Wir werden auf jeden Fall auch einen Plan ausarbeiten. Für einen Sturm, meine ich. Hatten Sie schon Kontakt mit dem SEK? Wer ist denn der Einsatzleiter heute?«

Sito nickte. »Georg Moller. Ich hab mit ihm telefoniert, er hat bereits alles, was er braucht – Baupläne, Infos von Zimmermann aus dem Netz. Sie arbeiten bereits an den möglichen Szenarien. Aber wir haben jetzt einen Mann *inside*, das könnte uns einen Vorsprung verschaffen.«

Jäger stemmte die Hände in die Hüften. »Er riskiert sein Leben.«

»Ich weiß«, sagte Sito. Er hoffte, dass dieser Mann *inside* cool genug war für diese Aufgabe. Er wusste, dass Enzig klar sein würde, worauf es ankam, aber er wusste eben auch, dass Enzig nicht der nervenstärkste Kollege war, eigentlich besaß er überhaupt keine Nerven. Am besten war er, wenn er allein an seinem Schreibtisch denken und arbeiten konnte, dann war er wirklich überragend, aber so? Sito rieb sich das Kinn. Er spürte einen unangenehmen Druck in der Magengegend.

emons: Tel. 0221-56977-0 · info@emons-verlag.de

Bitte senden Sie mir das aktuelle Verlagsprogramm zu

Ich möchte den Newsletter von emons: **per E-Mail erhalten**

Ich habe Interesse an Krimis aus folgender Region:

f **Besuchen Sie uns auch auf www.facebook.com/EmonsVerlag**

Name

Straße

PLZ/Ort

E-Mail

emons: **verlag**
Cäcilienstraße 48

50667 Köln

Ich bin damit einverstanden, dass meine hier angeführten Daten zu dem folgenden Zweck »Versand von Kundenprospekt« erhoben, verarbeitet und genutzt sowie unter Umständen an unseren Dienstleister zum Versand des angeforderten Kundenprospektes weitergegeben bzw. übermittelt und dort ebenfalls zu dem folgenden Zweck »Versand von Kundenprospekt« verarbeitet und genutzt werden. Hier werden die Daten unmittelbar nach dem Versand gelöscht. Im Fall des Widerrufs werden mit dem Zugang meiner Widerrufserklärung meine Daten gelöscht.

»Du machst dir Sorgen, nicht wahr?« Busch legte ihm eine Hand auf die Schulter.

Sito sah nach oben und hob die linke Augenbraue. »Roman ist nicht gerade –«, begann er.

»Hören Sie, haben wir irgendeine Möglichkeit, mit einer Drohne in die Universität zu gelangen? Irgendein Zugang für eine Kamera?«, fragte Jäger. »Ich will wissen, was da vor sich geht. Und für den Fall, dass wir stürmen –«

Sito drehte sich in seinem Schreibtischstuhl um und sah zu Jäger auf. »Sie sprechen jetzt doch schon vom Ernstfall?«

Jäger nickte. »Sie wissen, dass das hier keine normale Geiselnahme ist. Die werden nicht gleich ein wenig Geld und ein Fluchtauto fordern.« Er kramte in seiner Hosentasche nach einem Taschentuch und schnäuzte. »Und ich will nur gute Vorarbeit geleistet haben, wenn das SEK hier eintrifft. Lang wird es nicht mehr dauern, oder?«

Sito sah zur Uhr und schüttelte den Kopf. »Nein, Sie haben vollkommen recht. Es geht sicher nicht um Geld.« Er stand auf und holte sich eine Tasse Kaffee. »Ich hab mit Moller schon gesprochen wegen der Drohne. Die Möglichkeit besteht natürlich, aber noch nicht jetzt. Der Einsatzleiter vom SEK hat eindeutig davon abgeraten, vor der ersten Forderung hier aktiv zu werden. Wir müssen erst wissen, mit wem wir es zu tun haben.«

»Ja, verstehe.« Jägers Atem klang rasselnd.

Ein Klingelton verkündete eine weitere Nachricht. Sie sahen alle gleichzeitig auf das Smartphone von Sito, das mitten auf dem Tisch lag. »Roman Enzig«, stand da. Sito ballte kurz die Fäuste. Er wusste, dass er ab jetzt bei jedem Klingeln seines Handys zusammenzucken würde, immer mit dem Gefühl, Roman sei aufgeflogen. Die neue Nachricht von Enzig war schon klarer verfasst: »Ein Geiselnehmker nent sic Hnas. Mitihn kannman reden. Ein alter Mann ist hier. Merkwürddg. Passt niht dazzzu.«

Sito sah von Jäger zu Busch.

»Das war schnell«, sagte Busch anerkennend.

5

10 Uhr bis 11 Uhr

Der Blick aus dem Fenster auf den Rhein war ihr nicht mehr genug. Fast kam es ihr so vor, als sei das Zimmer in der Pension kleiner geworden. Sie sah noch einmal nach unten auf den Uferweg, grinste und entschied sich für die Freiheit. Schnell packte Sibylle ihre Geldbörse, eine Packung Taschentücher und ein Buch ein. Sie würde gewiss keine Ruhe finden zum Lesen, aber es vermittelte ihr ein Gefühl von Normalität.

Mit einer dünnen Jacke schlenderte sie am Schänzle entlang, betrachtete die Möwen und Enten zwischen all den Booten auf dem Rhein. Ein paar Radler kamen ihr entgegen, auch zwei Mütter mit Kinderwagen. Dass sie ohne ihre Sicherheitsleute unterwegs sein wollte, war vielleicht leichtsinnig, aber notwendig, das spürte sie schon nach wenigen hundert Metern – sofort waren ihre Schultern entspannter. Sie wusste, dass dieser Tag mit der TV-Übertragung des Events und ihrer Rede ihr Leben wieder etwas mehr verändern würde.

Noch war es ruhig. Auf der Rheinbrücke für Radler und Fußgänger allerdings kamen ihr schon wesentlich mehr Leute entgegen. Sie zögerte und fragte sich, ob sie gerade das Richtige tat. Aber es waren alles junge Leute mit Rucksäcken und Umhängetaschen in Gepäckträgern. Gewiss waren die meisten Studenten unterwegs zur Fachhochschule, die in dem Stadtteil mit dem schönen Namen Paradies lag. Die FH befand sich in den Gebäuden eines ehemaligen Schlachthauses. Als Sibylle das bei einer Studentenparty mitbekommen hatte – im Eingangsbereich hingen immer noch Fotos aus der Zeit –, war sie tief schockiert gewesen. Sie glaubte nicht an Seelenwanderung, wohl aber daran, dass gequälte Seelen einen Raum prägten. Doch es kam noch schlimmer: Bis in die neunziger Jahre war die FH nur in eine Hälfte der Gebäude gezogen, in der anderen wurde nach wie vor geschlachtet. Die Studenten jedoch hatten sich beschwert, dass man im Sommer das Fenster nicht öffnen könne, weil man dann das panische Schreien der Tiere höre. Ihre Todesangst. Wie sollte man da lernen?

Die Radbrücke, auf der täglich bis zu fünfzehntausend Radler unterwegs waren, mündete genau in den Herosé-Park, ein ehemaliges Firmengelände. Bis 2000 wurden hier Textilien veredelt. Das Wissen huschte an Sibylle vorbei, stolperte aber über ihre innere Unruhe.

Im Park angekommen, hielt sie inne. Sie tastete nach dem Buch in ihrer Tasche. Es war tatsächlich gut, es dabeizuhaben. Sie sah in beide Richtungen, unschlüssig, wohin sie gehen sollte. Rechts lag die Villa Rheinburg, irgendwo auch das Rheinstrandbad. Sibylle entschied sich für die andere Seite. Sie ging auf den breiten Wegen nach Westen in Richtung der Villa Schneckenburg. Die Bäume säumten den Weg am Rhein entlang und leuchteten goldgelb um die Wette. Am Boden lagen die bunten Blätter, die sich vom Sommer verabschiedet hatten. Ihre zarten Adern waren wie filigrane Kunstwerke überall verteilt. Zwei Birken hatten sich einander zugewandt, es sah aus, als wollten sie tanzen.

Sibylle genoss die Ruhe, die von der Allee ausging. Niemand würde sie hier ansprechen. Sie setzte sich auf eine der Bänke und versuchte, tief und gleichmäßig zu atmen. Nach einigen Minuten fühlte sie sich einigermaßen entspannt. Sie nahm sogar das Buch aus ihrer Tasche und schlug es auf. Nach ein paar Zeilen jedoch legte sie es neben sich auf die Bank und genoss einfach den Ausblick.

Sie war in Konstanz aufgewachsen, und doch kam ihr der Ort in diesem Moment vollkommen neu vor, als würde er sich mit ihr verändern. Sibylle wusste, dass sie Angst hatte. Weniger vor denjenigen, die ihren Hass laut herausriefen, als vor denjenigen, die ihr ins Gesicht lächelten, ihr die Hand reichten und viel Glück wünschten, insgeheim aber gewiss das Gegenteil hofften. Sie waren überall und doch unsichtbar. Sie schüttelte den Kopf, dann hörte sie ihren Magen knurren.

Der Ebertplatz war nicht weit entfernt, dort gab es ein vegetarisches Restaurant. Mit schnellen Schritten lief sie durch den Park und stand wenig später vor dem imposanten Gebäude mit halbrunden großen Fenstern, einem Erkerturm und schönen Voluten in der Fassade. Sibylle sah hinein. Der rote Schriftzug vom Fenster wiederholte sich in einzelnen roten Hockern und Kissen, das gefiel ihr. Die Aussicht, jetzt zur Stärkung einen Kaffee zu genießen und – sie sah auf die Speisekarte – ein Panini mit Auberginencreme, bestätigte ihr, die richtige Entscheidung getroffen zu haben.

Sie hatte in den letzten Wochen so viel über ihre eigene Sicherheit nachgedacht, über das Leben, das sie eigentlich führen wollte, über Mut und Zuversicht, dass sie jetzt froh war, endlich einmal wieder allein unterwegs zu sein.

Sie wollte gerade hineingehen, als sie die beiden roten Busse der Linie 9 entdeckte. Sie fuhren hintereinander, ruckartig, irgendwie auffällig. Voll besetzt kamen sie an ihr vorbei in Richtung Sternenplatz, um wenig später zum Benediktinerplatz abzubiegen. Kamen die nicht von der Universität?

Sie hatte von dem Überfall gehört, davon, dass fünfzig Menschen in der Gewalt von Geiselnehmern waren und man noch nicht wusste, wie viele Menschen sich sonst noch an der Universität aufhielten. Der Busverkehr war offiziell eingestellt, aber woher kamen diese Busse, wenn nicht von der Universität? Sibylle spürte die Gänsehaut auf ihrem Rücken. Die Gleichzeitigkeit machte ihr nicht zum ersten Mal Angst und jetzt auch ein schlechtes Gewissen. Während sie hier über ein spätes Frühstück nachdachte, waren knapp zwei Kilometer weiter Menschen in Lebensgefahr. Schlagartig verlor sich das Gefühl von Freiheit. Umgehend suchte sie nach ihrem Handy, um ihren Personenschützer, Otto Behringer, anzurufen. Während sie wartete, fiel ihr auf, dass sie ihr Buch auf der Parkbank vergessen hatte – der kurze Anflug von Normalität war buchstäblich verloren gegangen.

***

Während Busch sich bemühte, Zugriff auf die Kameras der Verkehrsüberwachung rund um die Universität zu erlangen, saß Sito an seinem Schreibtisch und suchte nach Enzigs letzten Fällen. Gab es vielleicht doch einen persönlichen Zusammenhang? Was hatte es mit diesem älteren Herrn auf sich? Wenn Enzig es für so wichtig hielt, dann war es mehr als ein merkwürdiges Gefühl – mindestens Intuition, vielleicht sogar ein konkreter Verdacht.

Sito überprüfte die Werbung, die für den Kurs gelaufen war. Es war eine öffentliche Veranstaltung, nicht nur für Studenten. Die Sekretärin hätte weiterhelfen können, aber es gab keine Verbindung mehr zur Universität. Die Beamten, die versucht hatten, sich über den Wald oberhalb der Mainau nach oben zu arbeiten, hatten noch keine brauchbaren Hinweise. Am Eingang hatten sie einen bewaffneten Mann gesehen, damit stieg die Zahl der Geiselnehmer auf sieben, und dass am Haupteingang ebenfalls Männer standen, daran hatte Sito keinen Zweifel. Welche Gruppe konnte im Stillen einen solch großen Einsatz planen?

Er rief bei Zimmermann an und teilte ihm die Neuigkeiten mit, während er zu dem Foto von Miriam auf seinem Schreibtisch blickte. Die Glückliche saß irgendwo in Gaienhofen.

»Wir haben weitere Waffenkäufe im Darknet gefunden«, erzählte Zimmermann. »Mit Modellbezeichnung. Wir glauben, einen Verkäufer zu kennen, allerdings kollidiert diese Info mit einer lang angelegten Beobachtung von Waffenhändlern. Das wird noch nicht freigegeben.«

»Himmel«, rief Sito aus, »da geht es um über fünfzig Menschenleben!«

»Im anderen Fall vielleicht um viel mehr. Paul, schimpf nicht auf mich, ich bin nur der Bote. Ich schau, was ich tun kann. Ich hab die Kollegen aus München und Duisburg an der Strippe. Kann Enzig vielleicht ein Modell benennen?«

»Er weiß, worauf es ankommt. Wenn er was Neues hat, dann schreibt er uns, da bin ich sicher«, erklärte Sito.

»Du willst ihm keine Infos zukommen lassen? Ich würde das versuchen.«

Sito tippte auf seinen Schreibtisch. »Ich bin unschlüssig, was, wenn er sein Handy nicht auf lautlos gestellt hat?«

Am anderen Ende hörte er Zimmermanns Finger knacken. »Unterschätz ihn nicht.« Ein Räuspern übertönte das erneute Knacken. »Nein, Quatsch, Paul. Enzig war dort für einen Vortrag! Der hatte sein Handy auf jeden Fall aus. Schreib ihm zurück. Er muss wissen, dass wir seine Nachrichten lesen.« Sito nickte. »Du hast recht. Ich werde ihm schreiben. Unter uns, Karl: Du gehst nach wie vor davon aus, dass eine rechtsradikale Gruppierung für die Geiselnahme verantwortlich ist, nicht wahr?«

Zimmermann blieb ihm die Antwort schuldig, denn plötzlich wurde Sitos Zimmertür aufgestoßen, und Rosa stürmte herein. »Unten sind zwei Busse. Wir sollen sofort ...« Sie stand im Raum, plötzlich wie eingefroren mitten in der Bewegung. Der Satz blieb unvollendet in der Luft hängen, und Rosa fuhr sich mehrmals nervös durch die Haare.

Sito sprang auf und rannte zum Fenster. Da standen zwei rote Busse der Neuner-Linie von der Universität. Innerlich schlug Sito sich gegen die Stirn. Sie wussten doch, dass Busse unterwegs waren. Sie hatten die Linie zwar gestoppt, aber da hätte doch bereits klar sein müssen, dass noch welche an der Universität standen. Der Takt der Busse, die Vorgabe für die Straßensperren, sie hatten sich ein Schlupfloch gelassen ... »Himmel, weshalb haben wir daran nicht gedacht?«

»Paul, kommst du?«

Sito drehte sich zur Tür. Neben Rosa stand nun auch Marc Busch. Im selben Moment ertönte der interne Alarm.

»Was wissen wir?«, fragte Sito und folgte im Laufschritt Busch und Rosa nach draußen auf den Flur. Rosa ging zurück in ihr Büro und telefonierte mit den städtischen Krankenhäusern, damit die sich für den Ernstfall rüsteten.

»Nichts«, rief Busch über die Schulter. »Wir wissen nichts«, seine Stimme überschlug sich. »Wir wissen nur, dass da draußen zwei Busse voll mit Menschen stehen.«

»Voll?«

»Sieht – so – aus.« Buschs Worte kamen stoßweise, während er immer zwei Stufen auf einmal nahm.

Sie rannten durch die Eingangshalle auf das Hauptportal zu. Zahlreiche Kollegen waren dort bereits versammelt. Sito wagte kaum zu atmen.

❅ ❅ ❅

Die Busse standen nebeneinander wie dampfende Tiere, lauernd. Der Motor aus, die Menschen darin starr. Sito und Busch liefen langsam nach draußen. Sito hatte ein Megafon in der Hand und bat die Menschen, mit erhobenen Händen auszusteigen. Nichts passierte. Er sah zu Busch, dessen Mundwinkel zuckten. Er rieb sich mit der linken Hand über das Gesicht, seine Stirn legte sich in Falten.

»Was sollen wir machen?«, fragte Sito leise. »Kommen Sie mit erhobenen Händen langsam aus dem Bus«, rief er noch einmal durch das Megafon, sah zu Jäger, der seine linke Hand mit der rechten festhielt.

»Wenn es nun trojanische Pferde sind?«, murmelte Busch, und Sito wusste sofort, worauf er hinauswollte.

»Wir holen uns den Feind ins Haus.«

Plötzlich kam Bewegung in den ersten Bus. Die Tür wurde geöffnet, und der Busfahrer erhob sich, ein Smartphone in der Hand. »Nicht schießen«, rief er nach draußen, seine Stimme überschlug sich fast.

Sito sah, dass er durchgeschwitzt war, die Ränder unter den Armen reichten bis zum Hosenansatz. Die Haare klebten am Kopf. Die verfügbaren Polizisten hatten sich um die Busse postiert.

»Wir dürfen aussteigen«, sagte der Busfahrer und wedelte mit dem Smartphone.

»Kommen Sie langsam heraus«, rief Sito und sah, dass alle um ihn herum in Alarmbereitschaft waren, die Polizisten hielten die Waffen schussbereit.

Die Menschen im Bus standen alle, sie drängten zu den

Türen. Der Busfahrer hob seine Hände, trat langsam aus dem Bus und stieg die Treppen nach unten. Sein Gang war wacklig, als gehörten seine Beine nicht zu seinem Körper. Als er unten ankam, sackte er in sich zusammen. Hinter ihm kamen die anderen Insassen. Auch sie wirkten allesamt apathisch. Ängstlich sahen sie sich um und betraten vorsichtig die Treppen aus dem Bus ins Freie.

»Irgendetwas stimmt da nicht«, raunte Sito zu Busch und gab den Einsatzkräften ein Zeichen, dass sie vorrücken sollten. Allmählich kamen immer mehr Menschen aus dem Bus, es wurde unübersichtlich. Sito versuchte, den Überblick zu behalten, beobachtete die Personen, versuchte, sich einzuprägen, wie sie reagierten auf die gewonnene Freiheit. Busch lief langsam auf die Gruppe zu. Einer hatte dem Busfahrer zwar aufgeholfen, aber andere waren ebenfalls gestürzt. Gerade stieg der letzte sichtbare Fahrgast aus dem Bus.

»Was ist mit dem zweiten Bus?«, sagte Sito laut vor sich hin. »Was ist mit dem zweiten?«, wiederholte er. Die Gruppe wurde umringt von Polizisten und zum Gebäude geführt. »Was ist mit dem zweiten Bus?«, schrie Sito. Er beobachtete die Szene, starrte zum zweiten Bus, der nach wie vor einfach nur dastand. Die Menschen klopften gegen die Scheiben, als würden sie um Hilfe rufen, sie hielten sich die Hände vors Gesicht, und Sito meinte, einige weinen zu sehen.

Busch kam zu ihm. »Was ist da los?«

Beide starrten sie gebannt auf die Tür, doch nichts regte sich. Der Busfahrer hatte den Kopf sinken lassen. Sitos Blick wanderte zurück zum ersten Bus. Er rief sich den Busfahrer in Erinnerung, wie er, das Smartphone noch am Ohr, die Tür öffnete. »Wir dürfen aussteigen«, wiederholte er leise, was der Busfahrer gesagt hatte. »Wir dürfen aussteigen.« In Bruchteilen einer Sekunde traf es Sito wie ein Blitz.

»Weg von dem Bus!«, schrie er durchs Megafon. Busch reagierte sofort. Er trieb die Menschen in seiner unmittelbaren Umgebung an, sich schneller zum Gebäude zu bewegen, seine Kollegen folgten ihnen, und plötzlich waren rund hundert

Menschen auf der Flucht in Richtung Präsidium. Sie gingen in Deckung und warteten. Sito hatte sich mit Busch hinter einem Wagen verschanzt und beobachtete die düstere Szenerie. Die Menschen in dem zweiten Bus sahen aus den Fenstern, einige klopften noch immer. Gedämpfte Hilferufe drangen nach außen. Sekunden verrannen, nichts passierte. Sekunden, Atemzüge, Schluchzen im Hintergrund, nichts passierte.

Sito sah sich um, suchte nach dem Fahrer aus dem ersten Bus und rannte zu ihm. Er packte den noch immer völlig apathisch wirkenden Mann am Arm und schüttelte ihn sacht, aber eindringlich.

»Was ist da los?«, fragte er.

Der Mund des Busfahrers stand offen, und der Atem kam stoßweise. »Eine – Bombe«, sagte er.

»Was?«

»Die Bombe ist im zweiten Bus. Wir wussten es nicht, als wir losfuhren.« Er sackte erneut in sich zusammen.

＊＊＊

Sie waren gerade mit Blaulicht an den wartenden Autos über die B 33 gefahren. Im Vorbeifliegen hatte er den Bodensee auf der einen Seite, das Kloster Hegne auf der anderen gesehen. Ein Studienfreund hatte mal ein WG-Zimmer in Hegne gehabt, daher kannte er den Ort. Auf Höhe der Reichenau kam plötzlich die Meldung, dass sie es fortan nicht mehr nur mit der Geiselnahme an der Universität zu tun haben würden, sondern auch mit einer Geiselnahme und Bombendrohung direkt auf dem Parkplatz des Polizeipräsidiums.

Konstantin Hagen sah seinen Kollegen an, der ihm vor einer Stunde noch Mut gemacht hatte, dass sie auch diesen Tag heil überstehen würden, und sah dessen erstaunten Blick. »Zwei Geiselnahmen an einem Tag und in einer Stadt? Spinnen die?«

»Ist heute der Tag der Bekloppten?«, fragte ein anderer.

Über Funk sprachen sie mit ihrem Einsatzleiter Georg Moller und beschlossen, dass sie sich direkt fahrzeugweise aufteilten, die Einsatzleitung auf dem Präsidium sollte Konstantin Hagen übernehmen. Sein Nachbar stieß ihm mit dem Ellbogen in die Seite und nickte ihm zu. »Das rockst du«, sagte er ihm. Schon flogen die Hände in die Mitte, jeder legte seine auf eine andere, und sie stimmten sich ein: »Einer für alle, alle für einen«, klang es wie aus einem Munde durch den Bus. Nur Konstantin fühlte einen Kloß im Hals.

Im Grunde hatten sie eine exzellente Quote, meist lösten sie Geiselnahmen und andere Konflikte, ohne von der Schusswaffe Gebrauch machen zu müssen. Sie verhandelten, sie stürmten, sie waren ihren Gegnern taktisch überlegen. Weshalb also machte Hagen sich an diesem Tag Sorgen? Lag es daran, dass er beim Aufwachen das Gefühl gehabt hatte, eine tiefschwarze Decke läge über seinem Gesicht? So ein merkwürdiger Schleier vor den Augen, den er nicht sofort auf die noch währende Dunkelheit in seinem Zimmer schob, sondern erst auf sein Augenlicht. Er würde seine Freundin heute nicht mehr treffen. Er wäre gleich wieder unterwegs, um Frieden zu stiften, und würde auch davon niemandem erzählen können.

Sie erreichten den Parkplatz des Präsidiums. Das große herrschaftliche Gebäude ragte vor ihnen auf, davor der rote Bus. Sie fuhren vor den Seiteneingang, Hagen gab das Zeichen für die Sturmmasken, die sie ab sofort tragen würden, bis sie in einem abgeschlossenen internen Bereich waren, und gemeinsam verließen die zwölf Männer das Einsatzfahrzeug. Vom Uni-Bus aus konnte man sie nicht sehen. Hagen wusste, dass der Aufmarsch des SEK schnell Panik auslösen konnte, und noch hatten sie keine Ahnung, wie die Bombe gezündet werden würde. Womöglich also waren auch Geiselnehmer mit an Bord. Im Besprechungszimmer nahm er seine Sturmmaske wieder ab und spürte sofort den angenehmen Luftzug an seinem Gesicht. Ab jetzt wartete er auf die neuen Informationen der Hauptkommissare vor Ort.

**

Das Gebiet um das Polizeipräsidium war weiträumig abgesperrt. Die Menschen aus dem ersten Bus befanden sich inzwischen in verschiedenen Räumen im Präsidium und wurden von einem Kriseninterventionsteam der umliegenden Krankenhäuser betreut. Rosa rannte zwischen der Küche und den Räumen hin und her und versorgte die Geretteten, so gut es ging. Die meisten waren umgehend zu Befragungen bereit. Nach einer Viertelstunde hatten Sito und Busch ein doch recht klares Bild von den Abläufen der letzten Stunden. Sie zogen sich in Sitos Büro zurück, die Kollegen würden die Befragungen fortsetzen.

Sito stand am Fenster und beobachtete den Parkplatz. Ein Sprengstoffexpertenteam kontrollierte sicherheitshalber den leeren Bus. Langsam bewegten sie sich vorwärts, gaben Zeichen, wenn etwas gesichert war. Sito hatte von verschiedenen Übungen eine ungefähre Vorstellung, wie hoch der Adrenalinpegel dieser Leute war – jeder Schritt ein Wagnis. In den Trainingsräumen lösten Fehltritte Alarmsignale aus, akustische Schockmomente, die in der Realität den Tod bedeuten konnten. Er riss sich los und hob seinen Blick in den Baum gegenüber seinem Fenster. Vor etwas über zwei Stunden hatten sie von der Geiselnahme an der Universität erfahren. Er hatte das Gefühl, der Tag dauere schon ewig.

»Die Geiselnehmer haben noch immer keine Forderung geschickt«, sagte Busch von seinem Schreibtisch aus. Er hatte sich hingesetzt und sah sich suchend um. Abrupt stand er auf. »Und? Was entdeckt in dem Baum?«, fragte er. »Ich brauch einen Kaffee. Du auch?« Ohne die Antwort abzuwarten, trat er zur Kaffeemaschine und kochte eine ganze Kanne für sie beide. Das Gurgeln war für eine kleine Weile das einzige Geräusch im Raum, durchdrungen von den Rufen durch das Megafon, die sich blechern über den Platz vor dem Präsidium nach oben verteilten.

Sito legte sich die Hände in den Nacken. »Die haben wieder Stäbe aufgebaut.«

»Hm?«

»Gegen die Tauben. Diese Minispeere.« Sito öffnete das Fenster und beugte sich hinaus, um die Metallspitzen umzubiegen, scheiterte jedoch. »Jedes Mal sehe ich eine aufgespießte Taube in meiner Phantasie.« Er würde eine Zange brauchen, um die Speere unschädlich zu machen.

Busch starrte nach draußen. Er musste sich losreißen. »Der Kaffee«, murmelte er. »Ich glaub –«

»Es ist schrecklich«, sagte Sito. »Wir stehen hier und können nichts tun, außer zu warten.«

»Das ist ein schlechtes Zeichen, dass die sich noch nicht gemeldet haben«, sagte Busch und trat mit zwei Kaffeetassen neben Sito ans Fenster.

»Die da unten«, Sito nickte in Richtung Parkplatz, »die erleben gerade die Hölle, und nichts in ihrem Leben wird mehr so sein, wie es mal war.« Er trank einen Schluck. »Also, Marc, lass uns die Ereignisse rekonstruieren.« Sito setzte sich mit seinem Kaffee und wartete, bis Busch ihm gegenübersaß, dann nahm er einen Zettel und einen Stift und begann zu notieren. »Ungefähr um acht Uhr dreißig sieht die Sekretärin bewaffnete Männer im Gang, oder?«

Busch nickte. »Soviel ich mitbekommen habe, war die Rede von vier Männern.«

»Vier Männer zusätzlich zu den sechs Geiselnehmern in der Uni. Hm, scheint mir ungleich verteilt. Gehen wir mal lieber davon aus, dass es noch mehr sind.«

»Garantiert sind es mehr. Die haben sicherlich Posten an den Ausgängen.«

Busch nahm sich Zucker für seinen Kaffee und reichte die Zuckerdose an Sito weiter. »Sie wollte sich in ihrem Zimmer verstecken, aber dann kamen wieder Bewaffnete und forderten sie auf, zum Ausgang zu laufen.«

»Und dort standen zwei Busse?«

»Genau. Einer der Männer erklärte ihnen, dass ihnen nichts passieren wird, wenn sie sich ruhig verhalten.«

»Und alle stiegen sie ein.« Sito nickte, rührte seinen Kaffee um, trank noch einen Schluck, der jetzt mit Zucker schon besser schmeckte. »Die Busfahrer wussten nichts von der Bombe? Ist das glaubwürdig?«

Busch nickte. »Frau Hauser hat erzählt, dass die beiden Busfahrer draußen warten mussten und von einem Mann mit Waffe in Schach gehalten wurden. Die Sekretärin konnte sehen, dass etwas besprochen wurde, woraufhin sich die Busfahrer die Hände vors Gesicht schlugen, und einer hat was gerufen, was wie ›nein‹ klang, aber sie hatte nicht verstanden, worum es ging. Nach dem Losfahren hat der Fahrer dann über den Lautsprecher verkündet, dass in einem der beiden Busse eine Bombe an Bord wäre, er aber nicht wüsste, ob sie in diesem Bus ist oder in dem anderen. Beide hätten den Auftrag gehabt, zum Polizeipräsidium zu fahren, ohne anzuhalten, vor allem, ohne jemanden aussteigen zu lassen. Auf dem Parkplatz des Präsidiums würden sie dann erfahren, ob sie in dem Bus mit der Bombe sitzen.«

»Also glaubwürdig.«

»Absolut. Evelyn Hauser meinte, die Fahrt von der Universität runter in die Stadt hätte sie wie in Trance erlebt. Alles schien in Watte gepackt und nur in Zeitlupe zu schleichen. In Gedanken hat sie das Szenario durchgespielt, wenn sie im Bus mit der Bombe säße, und sich innerlich verabschiedet von ihren Lieben, sie gar vor ihrem geistigen Auge bei ihrer Beerdigung weinen gesehen. Du kannst dir die Aussage noch einmal anschauen, es werden alle aufgezeichnet.«

»Okay, dann haben wir also einen Bus mit rund hundert unschuldigen Menschen und einer Bombe da unten.«

»Das sind Sadisten, so viel wissen wir jetzt auch«, sagte Busch und trank den Kaffee, als bräuchte er ihn gegen die innere Kälte.

»Ich weiß nicht recht, das ist sehr merkwürdig. Ich muss immer an Romans Bemerkung über den alten Mann denken.«

»Hat er noch mal geschrieben?«

»Nein, natürlich nicht. Das hätte ich dir doch sofort gesagt, Marc.« Sito kratzte sich an der Stirn. »Ich werde ihn über die Busse informieren, aber ich hab echt Magenschmerzen dabei, ihm zu schreiben.«

»Ja, das verstehe ich«, sagte Busch. »Hast du denn in Romans Fällen etwas gefunden, was in einem Zusammenhang stehen könnte?«

Sito schüttelte den Kopf. »Nichts, was so eine große Geschichte erklären würde.«

»Das ist ja das Problem«, sagte Busch nachdenklich, »was fiele uns überhaupt ein, das eine so große Geschichte erklären könnte?«

* * *

Vor seinen Augen flimmerte es, als wäre die Luft zu heiß. Er blinzelte mehrmals, fokussierte die roten Stangen an der Decke, um seine Sehschärfe zu überprüfen, und zählte langsam von zehn rückwärts, den Atem bewusst kontrollierend. Allmählich gewann das Gestänge unter der Decke wieder an Kontur. Drei – zwei – eins. Enzig begriff, dass ihm Schweiß in die Augen gelaufen war, nichts weiter.

Was hatten die vor? Warum gab es nicht endlich Forderungen? Niemand hatte den Raum verlassen. Sie saßen einfach hier und warteten. Unruhig sah Enzig sich um. Worauf verdammt noch mal warteten die?

Miriam fing seinen Blick auf und hob die Augenbrauen. Enzig war sich umgehend sicher, dass sie denselben Gedanken hatte. Ihr investigatives Talent wäre ihr zuletzt beinahe zum Verhängnis geworden, auf alle Fälle war es unbestreitbar. Sito würde sich damit abfinden müssen, dass aus ihr, wenn nicht eine Polizistin, so doch eine Kriminalistin werden würde. Sie gab Enzig mit den Augen ein Zeichen. Gewiss wollte sie ihm Zeit verschaffen, die er sinnvoll nützen sollte.

Miriam hob die Hand. »Hans«, sie winkte, blieb aber sitzen. »Können wir jetzt reden? Sie sagten doch, dass –«

Hans war im Gespräch mit dem Mann an der rechten Seitenwand. Beide sahen sie zu jenem an der Tür, der wieder telefonierte. *Gert* indessen kam auf das Podium und baute sich vor Miriam auf. »Klappe, du renitentes Biest«, schimpfte er.

»Du hast mir gar nichts zu sagen. Gert«, erwiderte Miriam, und Enzig hielt den Atem an. Dieser *Gert* kochte bestimmt vor Wut. Seine Sturmmaske ließ einen Blick auf seine Augen- und Stirnpartie sowie seinen Mund zu, und ein Stück am Hals lag ebenfalls frei, weil die Maske dort verrutscht war. Ein Stückchen blanke Haut. Enzig musste an Achilles denken, ein winziges verwundbares Stück, die Halsschlagader. Schnell schüttelte er die Bilder ab, die sich gerade einen Weg bahnen wollten.

»Nenn mich nicht Gert, sonst …« Er trat noch einen Schritt näher. Die Menschen um Miriam herum wurden unruhig. Enzig glaubte, die Ader am Hals des anderen pochen zu sehen.

Blanke Haut, verwundbar. Klatschmohnrot, eine Fontäne … Weg mit den Bildern.

»Was soll ich machen?«, fragte Miriam forsch, doch Enzig kannte ihre Stimme. Sie klang angestrengt und eine Spur zu hoch. »Du verrätst deinen Namen ja nicht, Geeeert.« Enzig zog intuitiv den Kopf ein, er wusste, das war zu viel.

»Du blöde Gans«, schrie er. »Ich heiße Jürgen.« Dabei flogen Spuckefäden durch die Luft. Er holte mit dem Gewehr aus.

»Halt«, rief der alte Mann.

Enzig setzte sich abrupt auf. Auch Jürgen sah sich erstaunt zu ihm um und ließ das Gewehr sinken. Erst dann schien er zu begreifen, was gerade passiert war. Er senkte den Kopf. Er war auf Miriams Provokation hereingefallen. Sie saß vor ihm, hatte sich halb abgewandt und versuchte irgendwie zu verschwinden. Jürgen wandte sich ab, das Gewehr klickte merkwürdig. In einer ruckartigen Bewegung fuhr er herum, machte zwei schnelle Schritte und stand dann vor Miriam. Sie schrie auf, hob die Hände schützend vors Gesicht, doch Jürgen holte bereits aus, um ihr einen Schlag zu versetzen. Schneller, als Enzig ihm das zugetraut hätte, stand der alte Mann neben Jürgen und hatte das Gewehr in der Hand.

»Wage es ja nicht«, sagte er mit einer so kraftvollen Stimme, dass es Enzig beschämte. Er hätte dort stehen müssen und dieses Gewehr aufhalten. Er! Stattdessen stand dort ein Mann, der gewiss über siebzig war. Resolut und wagemutig.

Wieder hatte sich der Unbekannte schützend vor eine der Geiseln gestellt, wieder vor Miriam.

Jürgen nickte. »Gut, dann ist jetzt wohl die Zeit für unsere Forderung gekommen.« Anschließend wandte er sich an Miriam: »Und du, kleine Fotze, komm mir nicht noch einmal in die Quere, sonst fick ich dich.«

6

11 Uhr bis 12 Uhr

Der Schrei vom Flur war hoch und kurz, klang aber eher alarmiert als ängstlich. Sito wusste sofort, dass er von Rosa gekommen war, sprang von seinem Sitz auf und rannte nach draußen. Von der anderen Seite des Ganges kam Busch angelaufen.

»Was ist los?«, fragte Sito.

»Herkommen. Hier im Fernsehen.«

Sito und Busch stellten sich neben Rosa und starrten auf den Bildschirm. Sie hatte wie alle die Aufgabe, die öffentlichen Medien im Auge zu behalten, und es augenscheinlich als Erste gesehen. Um genau elf Uhr war ein Video der Geiselnehmer gestartet. Es dauerte weniger als eine Minute. Darin las ein älterer Herr die Forderungen vor, die darin bestanden, einen Fall wieder aufzurollen, der zuletzt die Stadt Konstanz in Atem gehalten hatte. Eine Vergewaltigungsserie, der mittlerweile vier Frauen zum Opfer gefallen waren.

Sito und Busch standen schweigend vor dem Bildschirm. Längst war das Video vorbei, und ein neuer Bericht fing an. Es ging über Sibylle Hundhammer, die sich gerade auf die Demonstration vorbereitete. Das Kamerateam besuchte sie in ihrem Hotel im Fischerviertel, und Sito erkannte, dass es jene Pension war, in der auch Enzig eine Zeit gewohnt hatte, bevor er die Wohnung im Paradies gefunden hatte.

»Was zum Henker war das?«, fragte Busch, der sich als Erster vom Bildschirm loseisen konnte.

»Die Geiselnehmer«, antwortete Rosa überflüssigerweise.

Busch drehte sich zu Sito und hob die Hände in die Höhe.

»Rosa, haben wir das auf Band?«

»Natürlich nicht«, antwortete Rosa, »so schnell war ich nicht. Aber der Sender muss das ja …« In einer Übersprunghandlung griff sie zu der Gießkanne und kippte ein wenig Wasser in den

Efeu auf der Fensterbank. Als sie sich wieder umdrehte, hob sie hilflos die Schultern. »Das war jetzt ... Ich weiß nicht, was das war. Entschuldigt.« Sie stellte die Gießkanne auf den Tisch. »Es sind die Menschen da unten, da draußen vor unserem Haus. Die Vorstellung ...« Sie hielt die Hände vors Gesicht. »Und der arme Herr Enzig«, schluchzte sie.

Sito legte ihr die Hand auf den Arm. »Ich versteh das, Rosa, glaub mir, uns geht das auch an die Nieren, aber wir müssen jetzt gemeinsam durchhalten, okay? Ruf bitte beim Sender an. Ich will den Verantwortlichen hier in meinem Büro haben. Sofort. Und das Video per Mail. Marc, kannst du alle, die im Haus sind und nicht mit den Businsassen zu tun haben, in den Konferenzraum bestellen?«

Busch schnaubte. »Machst du Witze? Dann können wir zwei gleich zu dir ins Büro.«

»Okay, dann eben zu mir«, sagte Sito und seufzte. »Rosa, bitte such mir alles zu diesem Fall heraus und ruf bei den Kollegen an, die da ermittelt haben. Ich will mit allen –«

»Hallo, komme ich noch rechtzeitig?«

Sito und Busch sahen sich überrascht um. Am Ende des Ganges konnten sie Heinrich Wint erkennen, der wie fast immer einen olivfarbenen Trenchcoat trug. Neu allerdings war die dünne Strickmütze auf seinem Kopf. Ist schon Winter?, überlegte Sito und erinnerte sich an den schönen Spaziergang am Morgen mit seinen beiden Hunden. Nein, es war eher restsommerlich warm.

»Heinrich«, rief er und ging dem alten Freund entgegen. Sie umarmten einander. »Dich schickt der Himmel. Ich hab ganz vergessen, dass du unterwegs bist. Komm gleich mit. Wir haben Neuigkeiten.«

»Aber einen Kaffee gibt's schon, oder?«, fragte Wint im Gehen. »Es war gar nicht so einfach, zu euch zu gelangen. Die Straßen sind dicht. Und was machen die Busse auf dem Parkplatz?«

»Wie hast du es geschafft?«, erkundigte sich Busch.

»Fahrrad«, erklärte Wint und legte seinen Trenchcoat über

die Stuhllehne. »Ich hab die Memos alle gelesen. Was gibt es Neues?« Er ließ sich auf das Sofa sinken und verschränkte die Arme hinter dem Kopf. »Und was ist mit den Kollegen vom LKA? Sind die inzwischen –«

»Du bist das LKA«, erklärte Sito nüchtern, setzte sich an seinen Schreibtisch und öffnete sein Mailpostfach.

Wint lachte laut auf, sah von Sito zu Busch, und als keiner von den beiden mitlachte, machte er große Augen. »Ich bin die Unterstützung vom LKA? Das ist ein schlechter Scherz. Ich dachte, du hast mich angefordert, Paul.«

»Hab ich ja auch. Sollte ich. Du wurdest mir empfohlen, bis die aus Stuttgart hier sind. Wir konferieren, sobald wir Zeit finden. Sie sind auf dem Laufenden. – Du bist mit dem Fahrrad gekommen? Woher?«

»Nicht aus Gaienhofen. Ich hab mir aber eins ins Auto gepackt, hatte so was ja schon vermutet. Ich bin also das LKA, na toll. Die können mich einfach nicht in Ruhe –«

»Die haben gesagt, du warst Vermittlungsexperte. Das hast du mir gar nicht erzählt«, Sito lächelte kurz, dann starrte er wieder auf den Bildschirm. »Du wärst der Mann für Geiselnahmen. Also früher – und jetzt für uns.«

»Verdammt, ich pfeif auf früher. Also los. Was sind die Neuigkeiten? Die Busse?«

Sito klickte wieder und hatte endlich die gewünschte Antwort vom Sender mit dem Hinweis, dass ein Benjamin Kirschner in der nächsten halben Stunde vorbeikommen würde. Das gewünschte Video war ebenfalls dabei. Sito drehte den Bildschirm so, dass Wint ihn gut sehen konnte, und stellte sich zu Busch neben das Sofa. »Wir haben endlich eine Forderung der Geiselnehmer«, sagte er und verschränkte die Arme. Als das Video anlief, richtete Wint sich auf und stützte sich auf seine Knie. Aufmerksam verfolgte er die Sätze. Noch einmal und noch einmal und noch ein drittes Mal sahen sie sich das Video an.

»Die Geiselnehmer wollen den Vergewaltiger schnappen?«, fragte Wint erstaunt. »Und dürfte ich vielleicht noch einmal an die Busse erinnern? Ich hab offenbar ein Memo verpasst auf dem Rad.«

Sito sah erschrocken zur Seite. »Himmel, Heinrich, offensichtlich. Entschuldige, ich war so fokussiert auf das Video.« Er rieb sich mit beiden Händen über das Gesicht.

»Die Busse kamen von der Uni. Die Menschen aus dem einen durften aussteigen, die aus dem anderen sitzen mit einer Bombe an Bord fest.«

Wints Stirn legte sich in tiefe Falten, seine Augen wurden schmale Striche. »Noch mehr Geiseln also und eine Bombe.« Er kratzte sich an der Mütze.

»Sie wollen, dass wir ihn ermitteln, ja, anscheinend«, antwortete Sito. »Wir müssen sehen, ob das echt ist oder Ablenkung.« Er drehte den Bildschirm schließlich weg, nachdem weder Busch noch Wint ein weiteres Abspielen gefordert hatten, und lehnte sich an seinen Schreibtisch.

Busch legte den Kopf schief. »Aber damit ist auch der Terrorverdacht erst einmal vom Tisch, oder?«

»Terrorverdacht?« Wint sah sich suchend in Sitos Büro um. »Und, Leute, es tut mir leid, dass ich schon wieder Ansprüche stellen muss, aber ich brauche einen Kaffee.« Er hielt die Nase in die Luft. »Ich kann ihn riechen, aber nicht sehen.« Grinsend hob er die Augenbrauen.

Sito holte eine Tasse und füllte Kaffee ein, dazu etwas Milch und Zucker. Von Wint kam ein lang gezogenes »Mmmh«.

»Ja, Heinrich«, sagte Sito, »wir haben auch das in Betracht gezogen. Du hast ja gelesen, was Zimmermann über die Stimmung im Netz geschrieben hat. Die konkrete Forderung ändert die Sachlage jetzt allerdings.«

»Okay. Aber eine Vergewaltigung – und dafür fünfzig Geiseln genommen? Plus die draußen im Bus? Wo eventuell eine Bombe ist? Was soll das?« Wint trank große Schlucke, und Sito wunderte sich, dass der Kaffee dafür nicht zu heiß war.

»Bevor das Video kam, haben Marc und ich noch überlegt, welche Geschichte so groß sein kann, dass sie diesen Aufwand rechtfertigt. An eine Vergewaltigungsserie haben wir nicht gedacht«, gab Sito zu. Er holte die Kaffeekanne und stellte sie vorsorglich zu Wint auf den Tisch.

Busch schüttelte den Kopf. »Ganz und gar nicht.« Er klatschte in die Hände. »Immerhin haben wir jetzt einen Anhaltspunkt. Auf geht's, wir brauchen die Akten. Womöglich ein Angehöriger eines Opfers, jemand, der mit unseren Ermittlungen nicht zufrieden war.«

Wint zog die Augenbrauen hoch. »Also, ich weiß nicht, das halte ich für ausgeschlossen. Wer hat da gesprochen auf dem Video? Kennt man den?«

Sito sah zur Seite auf seinen Schreibtisch, wo seine gesammelten Notizen lagen. Obenauf die beiden Nachrichten von Enzig. »Roman hat von einem älteren Herrn geschrieben.«

»Roman Enzig? Ich verstehe nicht.« Wint sah von Busch zu Sito. »Was hat Enzig damit zu tun?«

Sito ließ den Kopf sinken, während Busch antwortete: »Er ist unter den Geiseln. Er war dort, um einen Vortrag zu halten.«

»Was?« Wint sprang auf. »Das erfahr ich erst jetzt? Wieso stand das in keinem Memo? Wir haben jemanden *inside*?«

Sito hob beschwichtigend die Hand. »Nein, so kann man das nicht sehen. *Inside* hieße, dass wir ihn einsetzen können.«

»Papperlapapp. Drin ist drin. Wann kam die letzte Nachricht?«

Busch sah zur Uhr, dann zu Sito. »Wann, Paul? Ich hab mein Zeitgefühl verloren.«

Sito blätterte in seinen Notizen. »Vor etwas mehr als einer Stunde. Er hat geschrieben, dass etwas mit dem älteren Herrn nicht stimmt.«

Wint nickte. »Da trifft er den Nagel auf den Kopf. Irgendwas stimmt nicht mit dem ganzen Video. Bislang haben die sich über die Facebook-Seite der Stadt gemeldet, weshalb jetzt so?«

»Verwirrung stiften?«, fragte Busch.

»Möglich«, entgegnete Wint und schob seine Mütze hin und her.

»Sie wollen zeigen, dass sie überall sind. Sie wollen mit uns spielen«, sagte Sito.

»Kam das auch bei Facebook?«, fragte Wint.

Busch nickte. »Zuerst beim Sender, dann aber wie gewohnt auch auf der Facebook-Seite der Stadt. Inzwischen«, er scrollte durch die Nachrichten auf seinem Handy, »inzwischen haben wir bereits vierhundert Kommentare auf der Stadtseite unter dem Video, schreibt Zimmermann.«

»Zimmermann ist wer?«, hakte Wint nach und scrollte auf seinem Smartphone durch die Seite der Stadt. »Alles öffentlich, und jetzt noch mit dem regionalen Fernsehen an Bord. Was zum Teufel …?«, brummte er vor sich hin, dann sah er auf: »Also, wer war dieser Zimmermann?«

»Unser Mann für Internetkriminalität. Er überwacht mit seinem Team die sozialen Netzwerke. Du hast im Memo seinen Bericht gelesen, und ja, die Frage ist: Weshalb diese verdammte Öffentlichkeit?«

Wint rieb sich nachdenklich an seinem Kinn mit dem Dreitagebart. »Ich will mir noch einmal das Video ansehen. So lange, bis ich drauf komme, was mich stört.«

Sito nickte, drehte wieder den Monitor und ließ die Aufzeichnung ein weiteres Mal laufen und dann gleich noch einmal. Sie kannten den Inhalt inzwischen auswendig, dennoch saßen sie wie gebannt davor, auf jedes noch so kleine Detail lauernd, das sich irgendwo in dem Gesicht des Mannes oder im Hintergrund verbergen könnte.

Beinahe gleichzeitig entdeckten sie, was nicht stimmte.

»Er hat das fehlerfrei vorgelesen«, rief Wint aus, während Busch murmelte: »Kein Versprecher«, und Sito laut sagte: »Der wusste vorher, was er da liest.«

»Das ist es«, bestätigte Wint. »Wir alle wissen, Menschen, die Geiseln sind und unter Stress stehen, kriegen das so nicht hin.«

»Das war gerade auch mein Gedanke«, sagte Sito. »Also? Was schließen wir daraus?«

Wint stützte die Hände in sein Kreuz und saugte seine Lippen ein. Sein Blick wanderte zum Fenster, von dem aus man auf den zweiten Bus würde blicken können.

»Wir schließen daraus«, begann Busch und setzte sich nun doch auf den Stuhl an Sitos Schreibtisch, »dass der ältere Herr zu den Geiselnehmern gehört.«

»Mehr noch«, Wint hob den Zeigefinger, »dass er juristisch bewandert ist.«

»Ja?«, wunderte sich Sito und startete das Video noch einmal. Die drei Männer standen da und starrten auf die Bilder, die vor ihnen vorbeiflogen. »Du meinst, weil er das mit den Aktenzeichen so problemlos hinbekommen hat?«

»Spul noch mal zurück, ich schrei dann ›Halt!‹«, sagte Wint. Sito spulte zurück und startete, Wint schrie: »Halt!«, Sito reagierte sofort und drückte, als Wint nickte, wieder auf Play. In dem Moment, als der Mann im Film in die Kamera schaute, zeigte Wint auf sein Gesicht und sagte: »Achtung, jetzt!« Genau in diesem Moment las der Mann die Aktennummer vor – und sah dabei direkt in die Kamera. Sito hielt das Video an.

»Das ist ein klarer Beleg«, sagte Wint triumphierend und tippte auf den inzwischen eingefrorenen Blick des älteren Herrn. »Der Wunsch, die Vergewaltigung aufzuklären, ist der Wunsch dieses alten Mannes.«

»Du hast recht, Heinrich«, pflichtete Busch bei. »Das ist ja – ich weiß nicht, wonach suchen wir?«

»Ich brauch erst einmal noch mehr Kaffee. Und dann die Akten. Und wir brauchen endlich ein Mann-zu-Mann-Gespräch mit den Geiselnehmern.«

»Ich hab schon überlegt, ob wir auch den Kanal nutzen sollten. Sie haben das ja offensichtlich im Blick«, schlug Sito vor und startete den Fernsehsender vom Bodensee.

»Okay.« Wint nickte. »Eine gute Idee. Oh …« Er sah auf den Bildschirm. »Was ist das?«

»Das ist ein Beitrag über die anstehende Demo heute und über –«

»Diese Hundhammer, ich seh schon. Freunde, ich sag es nur ungern, aber das Ganze könnte gewaltig aus dem Ruder laufen, wenn wir nicht schnell einen persönlichen Kontakt herstellen.«

Sito starrte auf den Bildschirm. Irgendetwas erweckte seine

Aufmerksamkeit, aber er wusste nicht, was. Er folgte dem Beitrag einige Sekunden, sah Sibylle Hundhammer beim Kaffeetrinken. Sie erzählte von ihrem Ausflug in den Herosé-Park. Sie lachte, sah aus dem Fenster, der Reporter fragte, ob sie auch ein wenig Respekt habe … Ihr Lachen, ihre Unbeschwertheit.

Etwas stimmt nicht. Irgendetwas stimmt nicht. Es klopfte. Sito riss sich los und starrte zur Tür. Rosa. Sie kam herein, weniger energisch als sonst, beinahe vorsichtig. Sie nickte Heinrich Wint zu, dann überreichte sie jedem die bereits dreimal kopierten Akten.

»Ich hoffe, ihr findet, wonach ihr sucht«, flüsterte sie und verließ eilig das Zimmer.

Wenn ich nur wüsste, wonach wir suchen …

***

Enzig überlegte fieberhaft, was da gerade passiert war. Was da *genau* passiert war. Es war nicht einfach eine Forderung von Geiselnehmern, es ging nicht stumpfsinnig um Geld und ein Fluchtauto. Und letztlich wunderte sich Enzig auch über die Tatsache, *wer* die Forderungen vor der Kamera verlesen hatte.

Der ältere Herr. Immer wieder trat er in den Vordergrund. Jetzt als Überbringer der Botschaft an die Polizei. Wie war das gerade abgelaufen? Er hatte sich bereitwillig hingesetzt und die Forderung verlesen. Diese bestand darin, sich einen offenen Fall genauer anzusehen. Zwar hatte ein Bewaffneter neben ihm gestanden, aber Enzig hatte nicht den Eindruck gehabt, dass der alte Mann dort in Panik geraten war. Unter Stress hätte jeder einen Fehler gemacht, sich verhaspelt, falsch geatmet. Ihm war das vorhin auch passiert. Man machte Pause, musste mehrfach für Wörter ansetzen, aber nichts dergleichen bei dem älteren Mann mit seinem Halstuch. Er hat das einfach so runtergelesen, als würde er – Enzig stockte mitten im Denken und sah zur Seite zu dem Mann hin.

Seit beinahe drei Stunden waren sie bereits Geiseln. Je länger es dauerte, desto schwerer wurde es, die Situation zu kalkulieren – sowohl die unter den Geiseln als auch die unter den Geiselnehmern. Enzig war noch nie Teil einer Geiselnahme gewesen, er war noch nie zurate gezogen worden, wenn es darum ging, mit einem gewaltbereiten Menschen zu verhandeln, das war nicht sein Gebiet, aber er hatte sich eingehend mit Menschen in Gruppen- und in Extremsituationen auseinandergesetzt. Theoretisch. Er wusste, wie eine Gruppe funktionierte und wie unter Druck die Lage eskalierte. In dieser Situation trafen zwei Gruppen aufeinander, denen man klarmachen musste, dass sie dasselbe Ziel hatten, was auf den ersten Blick nicht leicht war, denn jede Gruppe fühlte sich durch die jeweils andere bedroht. Und jetzt stand die Möglichkeit im Raum, dass er den Anführer ausfindig gemacht hatte – ein alter Mann ohne Waffe. War es seine Forderung? Was bedeutete das, und was sagte es über die anderen Geiselnehmer?

Enzig blickte sich um: Waren sie alle gewaltbereit? Nein. Sie waren uneins, aber das war keinesfalls ein Garant dafür, dass sich die weniger Gewaltbereiten durchsetzen würden.

Enzig grübelte. Es war unklar, wie viele Chancen er noch haben würde, Sito Nachrichten zu übermitteln. Miriam sollte so ein Risiko nicht mehr allzu oft eingehen.

Dennoch musste er Sito schnellstmöglich von seinem Verdacht schreiben. Sicher könnten sie das anhand des Videos überprüfen. Vielleicht konnten sie herausfinden, wer der Mann war, und in seinem Umfeld recherchieren.

Enzig griff in seine Tasche. Er hatte die Anzahl der Geiseln noch nicht mitgeteilt, das war eine wichtige Information. Auch die Waffentypen würde er gern durchgeben, denn die lieferten ja manchmal Hinweise auf die Täter. Mindestens zwei Waffen hatte er erkannt. Was noch? Enzig überlegte, was für das Team draußen weitere nützliche Infos sein könnten.

»Hey«, rief der Mann vom linken Gang. »Wir haben was.« Er hielt sein Smartphone hoch, und sofort griffen die anderen Geiselnehmer nach ihren Handys oder iPads.

Enzig bemühte sich, konnte aber nicht verstehen, was dort gesprochen wurde. Dennoch, das war die Gelegenheit. Er schielte zu Miriam, dann zu dem älteren Herrn, doch auch der starrte wie gebannt zu den Geiselnehmern. Enzigs Hand zitterte. Er suchte nach den richtigen Buchstaben, wagte aber nicht, das Smartphone weiter als unbedingt nötig aus seiner Hosentasche zu nehmen. Die halbe Tastatur sah er, mehr nicht. Ihm war das Risiko bewusst, dass jederzeit einer der Umsitzenden mitbekam, was er da tat, und ihn allein durch seine Aufregung verriet, aber er musste die Chance nutzen. Vor allem die Frauen wurden nervös, einige wimmerten und schluchzten, manche hielten sich bei der Hand. Die beiden Jungs, die den Aufstand geprobt hatten, saßen zusammengekauert rechts von Enzig und wagten kaum aufzublicken, der eine blutete aus einer Wunde an der Stirn.

Enzig wartete auf den passenden Moment. Gerade streifte ihn der Blick eines Geiselnehmers. Enzig fühlte, dass sein Gesicht heiß wurde, er fühlte sich ertappt, obwohl er gar nichts gemacht hatte. Angst war ein schreckliches Gefühl, Ausgeliefertsein, Ohnmacht kamen hinzu und lähmten seinen Verstand. Reiß dich zusammen, reiß dich zusammen, Roman, mahnte er sich.

»Ha«, rief Jürgen plötzlich aus und hielt belustigt das Smartphone in die Höhe, als wollte er alle symbolisch daran teilhaben lassen. Er kam auf das Podium zugelaufen. »Sie wollen mit unserem Anführer verhandeln. Hat man da Töne? Sollen erst einmal ihren Job machen, nicht wahr?« Er wedelte mit seiner Hand in der Luft herum, und da sah Enzig es.

Es gab Momente, die auch aus einer schlimmen Lage noch hervorstachen. Enzig war einmal an einem bitterkalten Wintertag in Eiswasser gestürzt – nur gestolpert, nur zur Hälfte, aber dieses Gefühl würde er nie vergessen. Erlebnisse, die wie ein Sturz ins Eiswasser waren, kälter als kalt. Es war wie damals, als er das Haus im Musikerviertel betreten hatte und …

Ihm war heiß und kalt zugleich. Schweißtropfen sammelten sich auf seiner Stirn. Sein Hals war trocken. In seinem linken Oberschenkel begann ein Muskel zu zittern.

Auf der Innenseite von Jürgens Handgelenk prangte eine Tätowierung. Eine Ziffer: 28.

✳✳✳

Sie hatten nicht allzu viel Zeit für die Akten gehabt, denn gegen halb zwölf hatte es erneut an Sitos Bürotür geklopft. Benjamin Kirschner, der Journalist von dem regionalen Fernsehsender, der das Video gesendet hatte, betrat den Raum. Augenblicklich roch es nach fettigem Essen. Sito ließ ihn Platz nehmen, doch als er gerade zur ersten Frage ansetzen wollte, erklärte Kirschner, er habe eine Nachricht von den Geiselnehmern erhalten, dass die Polizei erst einmal Ergebnisse liefern solle, bevor sie ihrerseits irgendwelche Ansprüche erhob.

Sito musterte sein Gegenüber. Im Augenwinkel sah er Wint auf dem Sofa, der seinen Zeigefinger neben seiner Schläfe kreisen ließ und die Augen verdrehte. Jäger kam und stellte sich ans Fenster, um die Befragung mitzuverfolgen. Als Sito ihm zunicken wollte, sah er, dass Jägers rechte Hand zitterte. Der Tremor kam heute häufiger. Schnell legte der Polizeipräsident seine linke Hand schützend darauf. Der Journalist schniefte und verzog seine Mundwinkel. Er hatte einen Dreitagebart und Krümel auf dem Hemdkragen. Unruhig sah er von Sito zu Wint und Busch, die sich um die Akten vor sich kümmerten, und zu Jäger.

»Ich kann doch nichts dafür, dass die sich an mich wenden«, erklärte er und zuckte mit den Schultern.

»Hören Sie, ab jetzt gilt, dass jede Information zuerst bei uns landet. Haben wir uns verstanden?« Sito klopfte mit dem Stift auf den Tisch. »Ich will alles auf meinem Tisch haben.«

»Geht klar«, antwortete Kirschner. Seine Nase kräuselte sich, und er schluckte. Sito kannte das Zeichen. Die meisten Menschen schluckten, wenn sie logen, dagegen konnten sie sich gar nicht wehren, es war, als würden sie unbewusst die Wahrheit hinunterschlucken.

»Was können Sie über den Geiselnehmer sagen, der Sie angerufen hat?«

»Ich hab den Mitschnitt bei Ihren Kollegen abgegeben. Ist bestimmt schon in der KTU.«

»Wie kommen die auf Sie?«

»Weiß ich doch nicht. Wollen Sie mir unterstellen –«

»Ich will Ihnen überhaupt nichts unterstellen, aber Sie würden uns helfen, wenn Sie uns alles sagen, was Ihnen zu dem Anruf und einer möglichen Verbindung einfällt.«

Sito sah, dass Wint sich die Hand vor die Augen legte. Es würde garantiert nicht mehr lange dauern, bis er sich einmischte.

»Also? Hat der Mann gezögert, gestottert, hatte er eine tiefe Stimme oder vielleicht einen Akzent, musste er Rücksprache halten, oder gab es Geräusche im Hintergrund? Irgendetwas?«

Kirschner überlegte. »Also, ich war eigentlich davon ausgegangen, dass die aus der Uni anrufen. Die Stimme klang ganz normal, wie einer von hier, und ja, da waren Geräusche. So was wie Stimmen und …« Er hielt kurz inne und kratzte sich über die Bartstoppeln. »Ja, da war Gemurmel und dann dieses Störsignal, wenn eine andere Nachricht kommt.«

Busch machte sich im Hintergrund Notizen.

»Okay, noch etwas? Gab es in der letzten Zeit irgendwelche ungewöhnlichen Kontaktaufnahmen?«

»Nein, nicht dass ich wüsste, aber vielleicht hilft das ja noch: Der Anrufer wollte nicht speziell zu mir. Es war Zufall, dass ich rangegangen bin.« Kirschner lehnte sich zurück und verschränkte die Arme.

»Wer geht sonst ans Telefon?«

»Irgendwer. Der hat in der Zentrale angerufen, es hätte auch unser Chef rangehen können.« Kirschner nickte bekräftigend und versuchte ein Lächeln, als hätte er soeben seinen Kopf aus der Schlinge gezogen. Das Lächeln misslang unter dem skeptischen Blick Sitos, und er begann, stattdessen nervös auf seiner Unterlippe zu kauen. »Hören Sie, ich kann doch nichts dafür, dass die uns das Video zuerst schicken. Was werfen Sie mir eigentlich vor?«

»Wir müssen nur jeden persönlichen Zusammenhang ausschließen. Halten Sie sich ab sofort einfach bereit.«

»Ich soll mich bereithalten?« Kirschner stand so abrupt auf, dass beinahe sein Stuhl umkippte.

»Bleiben Sie online, Mann, erreichbar eben. Falls die Geiselnehmer –«, begann Wint genervt.

Kirschner legte Zeigefinger und Mittelfinger an die Stirn und grüßte. »Geht klar, geht klar.« Erleichtert schlurfte er hinaus. Das Hemd war an der linken Seite aus der Hose gerutscht.

»Was ein Unsympath!«, murmelte Busch.

»Gut, dass ich das nicht gesagt habe.« Wint schielte zu Sito und zwinkerte ihm zu. »Der wittert seine große Chance. Er wird beizeiten eiskalt auf eigene Faust … Behaltet den lieber im Auge.«

»Glaub ich nicht, der hat viel zu viel Schiss«, brummte Busch. Er widmete sich wieder seinem Notizbuch, das ihn nach wie vor immer begleitete, auch wenn es längst von der Technik überholt war. »Außerdem haben wir niemanden übrig.« Während er schrieb, fragte er: »Wenn wir Kirschners Aussage Glauben schenken, dann können wir annehmen, dass die Geiselnehmer aus dem Audimax angerufen haben, oder? Wenn dem so ist, was machen dann die anderen bewaffneten Männer?«

»Wir sollten fragen, weshalb die Geiselnehmer –«

Das Pling von Sitos Smartphone unterbrach Wint. Sito zuckte zusammen. Die Vorstellung, dass irgendwann nicht Enzig, sondern einer der Geiselnehmer schrieb, jagte ihm eiskalte Schauer über den Rücken.

Alle Augen ruhten fordernd auf ihm, die Narbe an seiner Schläfe zerrte an ihm und seinen Gedanken. Es herrschte angespannte Stille. Er griff nach seinem Smartphone und erkannte sofort, dass die Nachricht tatsächlich von Enzigs Handy kam. Ohne Zögern legte er das Smartphone vor sich auf den Tisch, und alle beugten sich vor. Und lasen, was da stand: »Einer hat achtundzwanzig auf hand. Deralte isdeest anfööhrer.«

»Der Alte ist der Anführer«, las Busch laut und sah zu Sito. »Und die Achtundzwanzig?«

»Der alte Mann, der Enzig vorhin schon merkwürdig vorkam«, bestätigte Sito. »Jetzt hat er sich als Anführer geoutet.«

»Oder Enzig kam zum selben Schluss wie wir«, sagte Wint.

»Und was ist mit der Achtundzwanzig auf der Hand?«, wiederholte Busch seine Frage.

»Ein Nazi-Zeichen, oder?«, sagte Jäger. Sito nickte und suchte in seinem Smartphone nach der Bestätigung. »Die Achtundzwanzig steht für den zweiten und achten Buchstaben im Alphabet, B und H, Blood and Honour, eine neonazistische Bewegung, in Deutschland seit 2000 verboten«, las er vor. Sito spürte, wie seine Brust sich zusammenzog. Das waren nicht irgendwelche Geiselnehmer, auch nicht einfach nur Söldner, die einen Job erfüllten. Wenn sie Pech hatten, dann folgten diese Männer tatsächlich einer eigenen Ideologie.

»Also doch.« Jäger ließ den Kopf hängen. Er stand wieder mit verschränkten Armen am Fenster. Sein Gesicht war aschfahl und reglos. »Schicken Sie das sofort an Zimmermann. Ich hab gehofft, der Verdacht bleibt ein Verdacht.« Abrupt drehte er sich um. »Kann ich die Aufzeichnung noch einmal sehen? Ich hatte sie bislang nur in klein auf dem Smartphone.«

Sito spielte das Video auf einem seiner Bildschirme ab. Alle starrten sie auf den alten Mann in seinem hellblauen Hemd mit der Anzugweste darüber und einem Tuch um den Hals. Wieder sah Sito den Blick des Mannes, als er die Forderung verlas, diese aufrechte Haltung, dieses Selbstverständnis seines Handelns. Kein Zögern, stattdessen absolute Überzeugung.

»Vielleicht sollten wir einfach unseren Verdacht äußern, öffentlich, mal sehen, was –« Busch kam nicht weiter, denn Jäger hatte buchstäblich einen Satz nach vorne gemacht. Mit zittriger Hand deutete er auf das Gesicht des Mannes im Video. »Das gibt es doch nicht.« Er lachte verkrampft in die Runde. »Das ist Woltershagen, Theodor Woltershagen, ehemaliger Richter am Landgericht.«

»Das passt«, sagte Wint in aller Ruhe und fingerte an seiner Mütze herum. Sie schien immer an einer Stelle zu kratzen.

Sito schluckte. Was hatte er gerade gedacht? Dieses Selbstverständnis … Ja, Wint hatte recht.

»Was meinen Sie mit ›Das passt‹?« Jäger knetete nervös seine Hände. Verwirrt sah er von Wint zu Sito.

»Na ja, also«, Busch räusperte sich. »Ich bin sprachlos, ehrlich gesagt, aber ja, das passt natürlich. Wir haben uns gewundert, dass er so flüssig die Forderungen vorgetragen hat und …«

»… ergo haben wir gefolgt, dass dieser Mann zu den Geiselnehmern gehört und auch noch juristisch einigermaßen bewandert sein muss«, vollendete Wint die Erklärung. Wint machte eine Geste zum eingefrorenen Bild von Woltershagen auf dem Bildschirm. »Et voilà, ein Richter.«

Jäger rieb sich über den Mund. »Was macht der da? Ich hab mit dem schon bei einem Weihnachtsessen der Stadt an einem Tisch gesessen. Das kann doch nicht wahr sein!«

»Enzig schrieb von Anfang an, dass der Mann sich merkwürdig benimmt«, sagte Busch.

»Aber wenn Enzig jetzt von dem alten Mann als Anführer schreibt, heißt das auch, dass sich die Situation im Audimax gravierend verändert hat.« Wint schob sich in aller Seelenruhe einen Kaugummi in den Mund.

»Was meinst du?«, fragte Sito.

»Na, überleg doch mal. Dieser Woltershagen war schön im Verborgenen, um seine Truppe zu beobachten. Jetzt hat er sich geoutet.«

»Ich weiß nicht, was Sie meinen«, sagte Jäger, die Arme in die Luft gehoben.

»Etwas muss vorgefallen sein, dass die Taktik geändert wurde«, erklärte Sito anstelle von Wint, dieser nickte nur.

Busch atmete lang gezogen aus und ließ seine Schultern zur Lockerung kreisen. »Also gut, dann betrachten wir jetzt die gewünschten Akten noch unter diesem weiteren Gesichtspunkt. Welches besondere persönliche Interesse kann ein ehemaliger Richter vom Landgericht haben, diesen Vergewaltiger zu schnappen?«

***

Karl Zimmermann saß vor seinem Computer, daneben standen zwei weitere Bildschirme. Auf einem lief der interne Newsticker über die Entführung und die Demonstration, beides natürlich über das Intranet der Polizei, das er für »unhackbar« hielt. Es war sein täglicher Job, mit seinem Team die sozialen Netzwerke zu durchsuchen, sich durch das Darknet zu wühlen, sich Hass und übelstes Vokabular anzusehen, Waffendeals und Verabredungen zur Gewalt zu lesen, Menschenverachtung, Antisemitismus, Rassismus, Sexismus zu verfolgen und dabei stets zu wissen, dass er nichts tun konnte, außer hier mitzulesen und zu hoffen, dass die Verbrecher einen Fehler begingen. Besonders schwere Verstöße in den sozialen Netzwerken wurden gemeldet, die Staatsanwaltschaft entschied, ob die Äußerungen wirklich gegen den Paragrafen 86 verstießen oder vielleicht gegen den Paragrafen 130 wegen Volksverhetzung, aber er wusste, wie schwer das war. Es war sein Job, und genau das hatte er ja auch tun wollen, als er vor zehn Jahren zur Polizei kam.

Im Moment bemühte er sich zum Beispiel darum, Personen mit einer rechtsradikalen fiktiven Identität auszustatten. Er selbst pflegte drei Identitäten im Netz und war auch bei einem Troll-Netzwerk aufgenommen worden.

Manchmal schon hatte er gedacht, dass sein Job abfärbte, dass sich diese Sprache, derer sich die Rechtspopulisten bedienten, klammheimlich in seine eigene mischte. Sie postulierten nicht nur ihre eigene Moral, nein, sie packten diese in einen höheren Zusammenhang, sie lieferten ihre eigene Wahrheit und begründeten diese in geschickt zusammengewürfelten vermeintlichen Fakten. Die eigene verkündete Wahrheit war stets die verbindliche, Kritik immer ein Angriff. Sie verkauften sich als oberste Instanz, die alles in Frage stellte, was aktuell gegen sie sprach, und in der Kritik den Beweis sah, dass alle anderen falschlägen und manipuliert seien. Ein Teufelskreis für jene, die einmal auf diesen Zug aufgesprungen waren. Und Zimmermann wusste, es wurden immer mehr.

Sein Account meldete den Eingang einer Nachricht. Es war sein Fake-Account, und die Nachricht kam aus einem Troll-

Netzwerk. Jubel war zu vernehmen, Jubel über den Hereinbruch des Chaos, der mit der Geiselnahme einherging. Dass er dort Mitglied geworden war, war ein erster Schritt, diesen Sumpf zu unterwandern.

Vor seiner Laufbahn bei der Kriminalpolizei war er selbst Hacker gewesen, hatte sich dann anwerben lassen und nun eine blütenweiße Weste. Die Momente, in denen er begriff, dass »alte Kollegen« ihm gerade eine lange Nase drehten, weil die Digitalforensik der kriminellen Energie einfach noch hinterherhinkte, waren doppelt bitter. Heute war einer dieser Momente.

Er hatte längst die entsprechenden Stellen im Netz entdeckt, wo die Verabredung zur Geiselnahme stattgefunden haben könnte, aber es gelang ihm nicht, die IP-Adressen zuzuordnen. Auch hatte er in einem großen Troll-Netzwerk einen weiteren Einsatzbefehl ausfindig gemacht, schon am Vortag gab es da komprimiert Hasswellen auf verschiedenen Seiten, Hetze gegen die Klimaaktivisten, auffällig konzentriert in der Bodenseeregion auf den Seiten regionaler Zeitungen und Nachrichtendienste. Da wurde gezielt Meinung gemacht und Wut geschürt. Schon zweimal hatte er in der letzten halben Stunde mit den Kollegen der Abteilung Digitale Forensik in Stuttgart beim Landeskriminalamt telefoniert und mit Kollegen in München. Die sahen zwar dieselben Bewegungen im Netz, kamen aber auch nicht weiter.

Zimmermann fuhr sich frustriert durch die Haare. Immer wieder las er, dass es keinen menschengemachten Klimawandel gebe, es wurden »Fakten« geliefert, die am Thema vorbeiführten. Es gab reihenweise Verschwörungstheorien, dass Greta nur instrumentalisiert werde, um Europa und allen voran Deutschland zu schwächen, das sei die »Rache der Juden«, die wollten Deutschland wirtschaftlich vernichten und dann einnehmen.

Zimmermann sah aus dem Augenwinkel, wie zwei Kollegen aufstanden und durch den durch eine Glaswand abgetrennten Nebenraum gingen. Im Normalfall musste jeder nach einer Stunde Arbeit auf diesen Seiten eine Pause machen. Sie achteten aufeinander, auf ihre Stimmungen und wechselten regelmäßig ab. Heute ging das nicht, sie mussten alle dranbleiben, und er sah, wie seine Leute unruhig wurden, obwohl sie einiges gewohnt waren. Er stand ebenfalls auf und klopfte an die Scheibe. Als die beiden Kollegen zu ihm sahen, klopfte er mit der flachen rechten Hand auf die ausgestreckten Finger der linken als Zeichen für eine Pause. Die beiden nickten dankbar und verließen den Raum.

Zimmermann ging zurück an seinen Schreibtisch. Er selbst konnte sich keine Pause leisten, aber er brauchte ein fittes Team. Die Kommentare auf seinen drei Bildschirmen poppten am laufenden Band auf. Noch waren sie im Rahmen des Üblichen, allerdings kamen nun auch die Rufe jener hinzu, die die Geiselnahme missbrauchten, um die Polizei zu diskreditieren und natürlich bereits die »üblichen Verdächtigen« präsentierten. Sibylle Hundhammer, die Klimaaktivisten, die »grünen Öko-Faschisten«, die »linksliberalen projüdischen Heimatlandverräter« und viele Bezeichnungen, die seit Monaten haltlos postuliert wurden, kulminierten nun in dem Vorwurf gegen die Polizei. In Konstanz erlebe man nun einen Vorgeschmack auf das Chaos, das Deutschland drohe, die sich anbahnende Katastrophe.

Zimmermann schluckte. Er spürte einen unangenehmen Druck in seinem Kopf. Das war längst mehr als rechte Hasspropaganda, das war geschickter Missbrauch eines Verbrechens und gleichzeitig Manipulation. Er ließ seine Finger knacken und fühlte sich beruhigt, wenngleich das freilich nicht den Blutdruck senkte, es war eine reine Übersprunghandlung. Vielleicht sollte er doch wieder zu rauchen beginnen.

Plötzlich stach ihm etwas ins Auge, wobei er im Moment noch gar nicht genau wusste, weshalb. Er hatte in seinem Beruf schon so viel Zeit damit verbracht, sich beim Hacken in andere Köpfe zu denken, dass er das hier bei seinem Job auch tat, immer und immer wieder. Auf dieser eigentlich harmlosen Seite standen inmitten vieler anderer, teilweise unflätiger und

gewalttätiger Beschimpfungen der Klimaaktivisten und Lob-
huldigungen der Gegner drei Sätze im direkten Wechsel:

»Das wird n großer Tag, Kameraden.«
»Wir spielen Richter und Henker.«
»:-D Wohl eher: Richter sucht Henker.«
»Und der Richter weiß nichts davon :-D«
»Haha. Das klingt wie 'ne Fernsehshow.«
»Stimmt ja auch irgendwie.«
»Lol«

Zimmermann war aufgewühlt. *Richter und Henker. Eine Suche.*
Er dachte an den Film »M – eine Stadt sucht einen Mörder«,
und ihm schauderte. Das Gesicht von Peter Lorre alias Hans
Beckert würde er nie vergessen, die Verzweiflung im Blick,
die Ausweglosigkeit. Er will vor sich selbst fliehen und kann
es nicht, ist eine Marionette seiner selbst. Wer suchte in Konstanz nach einem Mörder? Oder phantasierte er sich da gerade
nur etwas zusammen? Weshalb war er an diesen Zeilen hängen
geblieben? Zimmermann grübelte. *Richter, Henker, suchen …*
Dann schlug er sich gegen die Stirn. Er war nicht wegen dieser
Wörter hängen geblieben, eher ergaben sie im Zusammenhang
mit der »Fernsehshow« eine Ankündigung dessen, was sich
draußen in der Stadt gerade abspielte, und das bildete er sich
nicht ein.

Wer aber hatte wirklich Nutzen von einem Verbrechen als
medialem Event?

✳✳✳

Johannes Goffer und Martin Kaiser hatten sich rasch ein kleines Team zusammengestellt und befragten seit einer Stunde
der Reihe nach alle Businsassen. Um zügig voranzukommen,
nahmen sie alle Befragungen auf Video auf und hatten dafür
jeweils ein Smartphone. Alle Videos wurden automatisch in
einer dafür eingerichteten Datei gespeichert, sodass jeder im

Präsidium, der gerade Kapazitäten hatte, die Befragungen nach Übereinstimmungen sichten konnte. Goffer war sehr zufrieden mit sich, wie schnell sie das organisiert hatten angesichts dieser Notlage und des Mangels an Personal. Bei seinem Kollegen Kaiser sah er erste Ermüdungserscheinungen. Es war noch längst nicht Mittag, aber auch er hatte bereits das Gefühl, seit Tagen auf den Beinen zu sein. Das war der immense Druck, unter dem sie standen, das wusste er. Aber sie waren ein gutes Team, sagte er sich immer wieder.

Gerade war er bei der Sekretärin angelangt, mit der Sito vorhin auch schon kurz gesprochen hatte und die beinahe in ihrem Büro unter dem Schreibtisch geblieben wäre, hätte nicht die Angst sie nach draußen getrieben. Sie zitterte immer noch, ihre Wimperntusche war verlaufen, der Lippenstift verwischt. Es tat ihm leid, dass er sie filmen musste, ihr war es augenscheinlich unangenehm. Er wusste, wie sehr die Opfer von Gewalt darum kämpfen mussten, die Ordnung im Alltag wiederherzustellen. Es ging darum, die Kontrolle über das eigene Leben zurückzuerobern.

»Frau Evelyn Hauser, Sie waren in Ihrem Büro, als der Anruf von meinem Kollegen kam. Was passierte dann?«

»Ich hab zwei bewaffnete Männer auf dem Gang gesehen.«

»Warum haben Sie nicht gleich die Polizei verständigt?«

»Ich war wie gelähmt.« Sie fing wieder an zu weinen.

Goffer wartete einen Augenblick, innerlich zum Zerreißen gespannt, aber Ungeduld brachte hier nichts, und jeder noch so kleine Hinweis konnte helfen. Ein Student vorher hatte eines der Waffenmodelle erkannt, weil er sich dafür in seiner Freizeit interessierte. Reiner Zufall. Goffer wusste, dass ihre Arbeit oft gerade von solchen Zufällen abhing, ein Zeuge, der am Tag zuvor in einem Buch etwas gelesen oder eine Nachricht im Fernsehen gesehen hatte, die in Erinnerung geblieben war, oder aber ein ungewöhnliches Hobby, eine ungewöhnliche Fähigkeit.

»Wie lang hat es gedauert, bis sie wussten, was da passiert war?«

Hauser senkte den Kopf.

»Frau Hauser?« Goffer bemühte sich um einen ruhigen Tonfall. »Wie viel Zeit verging von Ihrer Entdeckung bis zum Anruf meines Kollegen?«

»Eine Stunde vielleicht«, flüsterte sie und vergrub ihr Gesicht in ihren Händen.

»Wie bitte?« Es rutschte Goffer lauter heraus als beabsichtigt. Rasch beugte er sich vor und fragte mit betont gedämpfter Stimme: »Eine Stunde, sagen Sie?«

Sie nickte. »Wie gelähmt«, wiederholte sie schluchzend. Neben ihnen wurden die Befragungen unterbrochen. Kaiser sah fragend zu ihnen herüber.

Goffer hob schnell beschwichtigend die Hand. Auf seinem Smartphone scrollte er zu der früheren Aussage von Frau Hauser. Leise fuhr er fort. »Frau Hauser. Sie haben zuerst ausgesagt, Sie hätten bewaffnete Männer ins Auditorium gehen sehen, das muss gegen acht Uhr dreißig passiert sein. Unser Anruf kam etwa um acht Uhr fünfundvierzig. Jetzt sprechen Sie von einer Stunde.« Er holte tief Luft. Seine Lungen krampften sich zusammen. Überdeutlich stieß er die Worte hervor: »Wann waren Sie in Ihrem Büro heute Morgen?«

Evelyn Hauser ließ den Kopf noch tiefer hängen. Sie wäre am liebsten verschwunden. »Sehr früh. Ich wollte früher gehen. Zu der Demo, wissen Sie. Die jungen Leute, das ist doch wichtig.« Sie sah ihn verzweifelt an.

»Ich verstehe. Frau Hauser, das ist wichtig für uns, weil wir den Tathergang rekonstruieren müssen. Sie haben also ungefähr um halb acht bereits einen bewaffneten Mann auf dem Gang gesehen und sich in Ihrem Zimmer versteckt?«

Sie nickte und kramte in ihrer Handtasche nach einem Taschentuch. »Es tut mir so leid.« Sie schnäuzte sich. »Meinen Sie, ich hätte das verhindern können?«

Goffer wusste es nicht, schrieb kurz ein Memo in den Newsticker, sodass sich Kollegen mit der Auswertung der Straßenüberwachung befassen konnten. Bislang hatten sie den Zeitraum offenbar zu eng gefasst.

Er war sicher, dass die Gruppe irgendjemandem aufgefallen

war. Die Verkehrsüberwachung erfasste die Zufahrtsstrecken über die Brücken von der Schweiz kommend so wie jene über die B 33 von Hegne, bei den kleineren Straßen mussten sie auf den Zufall hoffen. Was war mit den Wasserwegen und den Grenzen? Er rief bei den Schweizer Kollegen an und brachte auch sie auf den neuesten Stand. Über die Geiselnahme und alle notwendigen Maßnahmen, die Grenzsicherung und Fluchtwege betrafen, waren sie bereits seit zwei Stunden informiert. Jetzt einigten sie sich dahin gehend, dass die Kollegen die entsprechenden Zeiten kontrollierten.

Goffer winkte Kaiser zur Seite und erzählte ihm, was Evelyn Hauser ihm gestanden hatte.

»Verdammt, die Geiselnehmer waren seit halb acht in der Uni?« Kaiser stemmte die Hände in die Hüften und sog die Oberlippe ein. »Sie hätte uns sofort informieren können«, sagte Kaiser und knirschte mit den Zähnen. »Vielleicht hätten wir noch etwas verhindern können.«

Goffer schüttelte den Kopf. »Nein, das glaube ich nicht, aber es zeigt auch wieder, wie koordiniert die Täter vorgegangen sind, und: Sie haben die Ruhe weg. Da geschieht nichts aus Zufall. Die haben alles im Griff.«

»Vor allem uns«, murmelte Kaiser.

✳✳✳

Plötzlicher Tumult auf dem Hof ließ die ganze Gruppe im Haus aufhorchen. Über Megafon ertönte die Stimme des Einsatzleiters. »Langsam, ganz langsam und mit erhobenen Händen.«

Sito, Busch und Wint rannten zu den Fenstern und rissen sie auf. Die Bustür stand offen. Bewaffnete Beamte mit Schutzmontur gingen langsam auf den Bus zu. Ein weiterer, der in sicherer Entfernung blieb, hielt das Megafon vors Gesicht und wiederholte seinen Befehl.

Wie gebannt starrte Sito auf die Bustür. Seine Gedanken rasten, vor seinem inneren Auge sah er plötzlich sich in dem Kellerverlies, in dem er vor zwei Jahren gefangen gehalten wurde. Er wusste, was es hieß, wenn die Zeit stillstand, wenn nichts mehr eine Rolle zu spielen schien, wenn man sich und das Leben um einen herum nur noch beobachtete wie in einem Film. Er wusste, was da unten gerade passierte. Dieses Adrenalin, das einem in den Kopf stieg, wenn man sich wie die Kollegen darauf vorbereitete, vielleicht einen Menschen erschießen zu müssen. Diese Anspannung bis in den letzten Muskel. Sito hatte von Kollegen gehört, bei denen die Finger krampften. Sie konnten in dem Moment einfach nicht abdrücken. Schusshemmung nannte man das. Ihn hatte sie nicht befallen.

»Was passiert da?«, brummte Wint, der sich ein Fenster weiter hinausbeugte. Busch stand neben Sito, gleichermaßen gebannt.

Wieder der Ruf durch das Megafon. Eine Frau kam langsam aus dem Bus, gestützt von einer weiteren. Die erste war schwanger und hielt sich den Bauch, die zweite half ihr beim Aussteigen. Sito konnte sehen, dass sie weinte. Kaum waren sie aus dem Bus gestiegen, schlossen die Türen sich wieder. Zwei Männer vom SEK liefen zu ihnen und nahmen sie in Empfang. Den Männern blieb nichts anderes übrig, als die beiden Frauen vom Bus weg in Richtung Präsidium zu bringen.

»Wir brauchen sofort die Zeugenaussagen der beiden«, sagte Busch und wandte sich schon zum Gehen. »Ich übernehme das.«

»Ja, mach das«, sagte Sito, und an Wint gewandt fügte er hinzu: »Willst du mit?«

Wint hob die Schultern. Er strahlte wie zuletzt im Winter, als sie einander kennengelernt hatten, eine Gleichgültigkeit aus, deren Ursache Sito noch immer nicht ergründet hatte. Er wusste nicht einmal, ob sie echt oder gespielt war.

»Ich will vor allem wissen, ob die Frau ihr Baby bekommt«, sagte Wint. Er grinste schief, dann grüßte er Sito mit zwei Fingern an der Stirn. »Also ja, ich begleite Marc.«

Sito beobachtete Wint, der noch immer seine Mütze trug und jetzt gerade zurechtrückte. Als er den Raum verließ, meinte

Sito ein leichtes Hinken zu erkennen. Busch war im Laufschritt vorausgeeilt.

Draußen vor dem Fenster stritten zwei Vögel um einen Platz auf einem Ast. Ein paar Sekunden tauchte Sito in ihr Spiel und ließ sich von dem Gezwitscher ablenken. Dann drängte sich der Bus wieder in seine Sicht. Er wusste, dass ihnen das Glück ein wenig in die Hände gespielt hatte. Mit den beiden Frauen hatten sie endlich eine Vorstellung, was im Innern des Busses passierte, sie hatten vielleicht sogar ein Phantombild von dem, der sie bedrohte. Wenn sie ganz viel Glück hatten, womöglich eine Beschreibung der Bombe. Und wenn sie noch mehr Glück hatten, reichte es, dass die Spezialeinheit, die sich in der vergangenen Stunde dort unten formiert hatte, den Bus würde stürmen können.

Er sah auf die Uhr. Um zwölf Uhr war die nächste Teambesprechung, allerdings nur, falls ihre Zeit es erlaubte. Ein paar Minuten blieben ihm für die Akten.

Es gab in den letzten achtzehn Monaten vier Vergewaltigungen, die letzte vor fünf Wochen. Die Kollegen hatten die Wege der Opfer rekonstruiert, das Umfeld der Frauen überprüft und auf Gemeinsamkeiten verglichen, sie hatten Freunde und Familien befragt und mehrere Aufrufe im Fernsehen und Radio gestartet und die Bevölkerung um Mithilfe gebeten. Es gab verschiedene Phantombilder, die sich nicht unbedingt ähnelten. Der Täter hatte eine Maske getragen, sodass es bei den Zeichnungen nur um Statur und Augenpartie sowie Auffälligkeiten an Kinn und Hals gehen konnte. Der Adamsapfel war zwei von vier Frauen als sehr auffällig in Erinnerung gewesen. Er sei so komisch gehüpft, als …, hatte die eine Frau ausgesagt, das dritte Opfer. Sie war eine Studentin und im Januar auf dem Weg von der Universität zu ihrem Auto auf dem Parkplatz oberhalb der Mainau überfallen und in die Büsche gezerrt worden. Der Täter hatte sie gefesselt und mehrfach vergewaltigt.

Sito studierte das Gutachten aus dem Krankenhaus, verglich es mit jenen der anderen drei Fälle. Es gab keinen Zweifel, die Vorgehensweise war dieselbe. Ein Überfall aus dem Hinterhalt, das Fesseln mit Seilen an Bäume, erst die Hände, dann in drei Fällen auch die Beine. Das mehrfache Vergewaltigen, Beschimpfen nach der Tat, zwei der vier Frauen hatte der Täter auch beschmutzt, sie mit Dreck beworfen, »Hure« genannt, auf eine hatte er uriniert.

Die Luft kam Sito plötzlich stickig vor. Er stand auf, ging zum Fenster und öffnete es wieder. Die Vögel saßen friedlich nebeneinander. Einigkeit und ein Ast, der ausreichend war für zwei. Sito rieb sich den Nacken. Es war schrecklich, solche Berichte lesen zu müssen. Dieser Alptraum, dieses Leid, von dem er wusste, dass es das Leben dieser Frauen auf ewig verändert hatte, in ein paar Zeilen gepresst, dann in dieser Akte eingegraben und mehr oder weniger sich selbst überlassen.

In den letzten Wochen war nichts mehr passiert. Es waren mehr Streifenwagen unterwegs am Abend bei den Parkplätzen, aber es bestand die Wahrscheinlichkeit, dass der Täter wieder zuschlagen würde – sobald es ihn dazu trieb. Wie konnte es sein, dass es keinen Verdächtigen gab? Nach all der Zeit? Keine Hinweise aus der Bevölkerung? Keine einschlägig vorbestraften Männer im Großraum Bodensee, die eventuell befragt wurden?

Der Anblick des Busses war nur schwer erträglich, gleichwohl starrte Sito in den Hof, als würde er darauf warten, dass sich die Türen ein weiteres Mal öffneten. Dieser Fall war unberechenbar. Zimmermann rief an und meldete, dass auch der erneute Versuch der Kontaktaufnahme mit den Geiselnehmern bislang keinen Erfolg gebracht hatte. Er habe absolut keine Erklärung dafür.

Was zum Teufel haben die vor? Wofür brauchen die so viel Zeit?

Zeit. Sito schob seine Gedanken hin und her, dachte an die Opfer unten im Bus, an die Geiseln an der Uni, an seinen Freund Roman Enzig und schließlich an jene Frauen, die vergewaltigt worden waren. Zeit war relativ. Während sie den einen so vorkam, als würde sie geradezu rasen, war sie für die anderen eine zähe Flüssigkeit, die im Raum klebte und nicht vom Fleck kam. Für die Geiseln und die Opfer galt sicherlich Letzteres.

Auf seinem Notizzettel hatte er die Daten der Vergewaltigungen aufgeschrieben. Über ein Jahr lag die erste zurück, dann hatte der Täter eine etwas längere Pause gemacht, um dann im Abstand von ungefähr acht Wochen dreimal zuzuschlagen. Sito überlegte. Wäre diese Abfolge Teil einer Progredienz, dann hätte der Abstand sich noch einmal verkürzen müssen. Eigentlich, denn die Statistik von Serientätern besagte, dass ein Täter sich professionalisierte, dass er einerseits souveräner wurde, andererseits aber auch sein Trieb stärker. Die Sucht nach dem Gefühl *nach* der Tat verstärkte sich. Diese Allmachtsphantasie.

Zeit. Sie spielte hierbei eine Rolle, nur welche? Sito ließ seinen Blick über seinen Schreibtisch schweifen – hin zu der Ecke mit den beiden Steinen. Einer lag dort für Janina, einer für Pollux. »Spinnen sind zwar blind«, hörte er Janina wieder in ihrer Küche in Egg philosophieren, »aber unsere Räume gehören ihnen dennoch. Wir müssen also annehmen, dass Sehen eine ganz schön relative Sache ist.« Sito lächelte, doch dann fror sein Lächeln ein.

Wieso nimmt dieser Richter an, dass wir die Vergewaltigungsserie aufklären können? Was übersehen wir?

Sito saß vor den Akten und starrte darauf. Es gab nur eine Erklärung dafür, aber die gefiel ihm überhaupt nicht.

***

Sabine Woltershagen beugte sich nach unten und tätschelte ihrem kleinen Rauhaardackel den Kopf. Mit seinen runden Kulleraugen stierte er abwechselnd auf ihr Honigbrötchen, dann ihr in die Augen, dann wieder auf das begehrte Objekt. »Nein, Herzchen, das ist nichts für dich«, sagte sie liebevoll, dann brach sie eine Ecke ab und gab sie dem Hund. »Ach, erzähl das nicht deinem Herrchen.« Sie lachte. »Wo der nur schon wieder ist?«

Sie starrte durch die bodentiefen Fenster an der Südfront ihres Hauses in den großen, parkähnlichen Garten. Das Wasser am Springbrunnen war noch nicht angestellt. Sie wunderte sich, eigentlich machte ihr Mann das morgens immer als Erstes. Das Grundstück ging in einem sanften Hügel hinab zum See, der leuchtend vor ihr lag. Ein Steg führte hinein, sodass sie im Sommer einfach ins Wasser steigen konnte. Ein kleines Boot lag ebenfalls bereit. Konstanz war in einer Viertelstunde erreichbar, wenn man nicht gerade die Stoßzeiten wählte. Der Bodensee gehörte an dieser Stelle nur ihnen, alle Freunde beneideten sie um diesen Platz. Kurzum, sie wohnten in einem Traum in Allensbach, und doch, Sabine seufzte, und doch stimmte etwas nicht.

Ihr Mann, er war nicht glücklich mit seinem Ruhestand. Er war Richter durch und durch, nie hatte er etwas anderes werden wollen und gemacht. Er hatte in seinem Leben immer bestimmt über andere, auch über sie. So hatte er auch entschieden, welche Ausbildung sie machen sollte, also war sie Anwaltsgehilfin geworden, obwohl sie viel lieber bei einer Tierärztin gelernt hätte, aber er hatte es ja nur gut gemeint. Und das glaubte sie ihm, er war der aufrichtigste Mensch, den sie in ihrem Leben je kennengelernt hatte. Er wollte die Dinge zum Guten verbessern und regeln, und dass Dinge geregelt werden müssen, daran bestand für ihn kein Zweifel. Dinge gerieten nur deshalb in Unordnung, weil sie uns dadurch immer wieder in unsere eigene Ordnung brachten. Es war ein Geben und Nehmen, so oft hatte er ihr das erklärt.

Sabine stand auf und ging zur Terrassentür. Sie stand da, die Hand auf dem Hebel, den sie einfach nur hätte umlegen müssen, um die Tür aufzuschieben, nicht einmal dazu war sie in der Lage. Sie starrte auf ihre Hand, wie sie den Hebel hielt, dann langsam nach oben und hinaus in die Ferne auf den See. Dort konnte sie die Reichenau sehen. Manchmal bildete sie sich sogar ein, den Kohl riechen zu können. Das letzte Mal, dass sie auswärts gemeinsam essen waren, war ebenfalls auf der Gemüseinsel gewesen. Irgendwas mit Fisch, und sie hatte sich geekelt.

Der Dackel bellte, er wollte endlich durch diese Tür nach draußen in den Garten. Sie senkte mühsam den Blick auf die

Hand, die ihr eigentümlich fremd war, und versuchte, ihr einen Befehl zu geben – *Öffne die Tür!* –, doch es misslang. Traurig und entschuldigend sah sie zu dem Hund, der wieder bellte.

Zurück am Tisch, ließ sie sich in den Stuhl fallen. Es kam ihr selbst so vor, als drücke ihr Gewicht sie nach unten. Sie wusste, dass ihr Mann sie zu dick fand, aber sie wusste nicht, was sie dagegen tun sollte. Der Hund hatte die notwendige Bewegung nicht gebracht. Es sind die Tabletten, sagte sie sich, die gegen die schlechte Laune. Vielleicht sollte sie ihm die auch heimlich in den Tee …

Sie kicherte laut in den großen Raum. Um sie herum die weiße Leere – die Küche mit der großen Kochinsel klinisch weiß, der Fußboden zwar mit großformatigen grauen Fliesen, aber darauf alles weiß. Drei rote Kissen auf dem Sofa als Blickfang. Und der Hund, der war natürlich auch nicht weiß.

Wieder ein Quietschen von unten. Auf dem Teller vor ihr lief der Honig von der angebissenen Semmel. Ihr war der Appetit vergangen. Im Grunde war sie inzwischen davon überzeugt, dass nicht so sehr der Ruhestand ihren Mann demütigte als vielmehr die Tatsache, dass er nicht mit ihrer Depression umgehen konnte. Diese Unordnung in ihrem Leben und in ihrem Kopf war eine tägliche Demütigung für *ihn*, und egal, zu wie vielen Ärzten er sie schleppen und wie viel er im Internet recherchieren würde – er würde das Problem nicht lösen. Er war gefangen in seinem eigenen Scheitern.

»Ach Herzchen«, sagte sie seufzend und wollte dem Hund gerade wieder den Kopf tätscheln, als sie sah, dass er das Stück Semmel, das sie ihm gegeben hatte, nur zur Hälfte gegessen hatte, die andere lag – wie könnte es anders sein? – mit der Honigseite auf dem Boden.

»Herrje«, stammelte sie und erhob sich schwerfällig. Sie lief die viel zu vielen Schritte zur Küchenablage, um die Kochinsel herum, holte sich ein Tuch und wollte gerade wieder zum Tisch zurück, als ihr Blick auf einen Briefumschlag fiel. Ihr Name stand darauf, in schön geschriebenen großen Buchstaben. *Seine* Handschrift. *Sabine.* Allein ihren Namen so zu sehen, mit diesen schönen langen Schwüngen, die seine Handschrift kennzeichneten und die sie immer als Zeichen großer innerer Ästhetik und Ausgeglichenheit empfunden hatte, weckten in ihr die Liebe, die sie für ihren Mann empfand. Doch im nächsten Moment kam der Schreck über die mögliche Bedeutung dieses Briefes. Zitternd griff sie danach, vergaß das Tuch, ging zurück zum Tisch und setzte sich. Sie öffnete den Umschlag, zog ein Blatt heraus und begann zu lesen.

Eine Weile saß sie nur da. Ihr Blick glitt über den Esstisch, den Honig und die Zuckerdose und wanderte wieder nach draußen. Sie stand auf, schritt zur Tür und öffnete sie, ohne zu zögern. Der Hund rannte nach draußen und bellte zwei fliehenden Vögeln hinterher. Da stand sie, Sabine, in langen Schwüngen auf einem Papier hingeworfen, mehr war sie nicht. Dann schrie sie. Aus vollem Hals.

Teil 2

Der sechste Mann

Ein Jahr zuvor

Es war ein schöner Sommertag. Sie hatten sich ein paarmal geschrieben, aber sie hatte sich dagegen gewehrt, ihn zu treffen. Das gehe nicht, das passe nicht, hatte sie sich immer wieder gesagt. Aber er war charmant, nachhaltig, schickte ihr Blumen und Geschenke nach Hause, rief an und schrieb. Er sah gut aus und hatte ein hervorragendes Auftreten, das sagten auch ihre Eltern. Aber ... Das Aber war da, doch es war vage, hing noch irgendwie in der Luft. Außerdem hatte sie gar keine Zeit für einen Freund in ihrem Leben.

Sie wusste nicht, wie das hatte geschehen können. Vermutlich eine Mischung aus Übermut und Alkohol, dazu ein kurzer Moment der Unachtsamkeit.

Halt, nein, das war es nicht. Es war nicht ihre Schuld gewesen, sondern allein seine. Es war ...

Sie wehrte sich gegen den Gedanken, dass sie eine Verantwortung trug. Nicht für die Tat, aber für die andere Frau vielleicht schon. Sie wusste nicht, was in einem Menschen vorging, der eine Frau plötzlich fesselte, der plötzlich nicht mehr er selbst war.

Das stärkste Gefühl, das sie gehabt hatte, war gar nicht der Schmerz gewesen, es war dieses Entsetzen über die Verwandlung, als sie mit einem Mal begriffen hatte, dass dies jetzt ein anderer Mensch war. Für einen absurden Augenblick hatte sie gar Mitleid, weil sie glaubte, er selbst habe das vielleicht nicht kommen sehen, doch dann empfand sie vor allem Mitleid mit sich selbst, als er sie dort in die Büsche zerrte, den Knebel im Mund, den er in seiner Tasche hatte, aus der zuvor zwei kleine Fläschchen Prosecco herausgekommen waren. Mit Blick auf die Mainau, wie schön. Der glitzernde See, das Gluckern dazu, die Sonne, die sich dem Ende des Tages neigte.

Dann die Wandlung, und sie hatte sofort kapiert, dass sie diesen Menschen nicht mehr mit Worten würde erreichen können. Sie stolperten in den Wald, sie bekam kaum noch Luft, rang um Atem, blieb an einem Zweig hängen und zerriss sich die Bluse. Ihm war das egal, er warf sie auf den Waldboden, fesselte sie an einen Baum, der Blick gierig und brutal. Er schob den Rock nach oben, riss ihren Slip nach unten, wartete. Er betrachtete sie, sah sich um, dann grinste er. Aus seiner Tasche holte er weitere Seile. Er schien keine Angst zu haben, entdeckt zu werden. Sie fragte sich, weshalb das so war. Keine fünfzig Meter entfernt verlief ein Fußweg. Das dachte sie, während er auch ihre Beine an Bäume fesselte, so gespreizt, dass es ihr wehtat.

Er vergewaltigte sie mehrfach.

Sie spürte sehr bald nichts mehr außer einem Brennen. Sie zählte die kleinen Astgabelungen über sich, trat aus sich heraus, wusste, dass er sie umbringen würde. Sie hörte die Vögel und einmal schrilles Kinderlachen von dem Weg unterhalb. Irgendwo oben säßen jetzt ihre Freundinnen in einer Vorlesung. Irgendwo spielte jemand Klavier, und ein anderer aß vielleicht ein Eis. Irgendwo wären ihre Eltern und planten das Abendessen.

Schließlich band er ihre Füße los. Sie trat nicht nach ihm, ließ die Beine einfach erschöpft nach innen sinken, suchte nach dem schlimmsten Schmerz in ihrem Körper. Sie dachte, es wäre vorbei, stattdessen drehte er sie ruckartig auf den Bauch und vergewaltigte sie erneut. Sie wollte schreien, biss auf den Knebel, spürte die Tränen über ihr Gesicht rinnen, spürte den Druck ihres Kehlkopfes und sein Gewicht auf ihrem Körper. Jetzt legte er ihr die Hand um den Hals. Sie wusste, er würde zudrücken. Er kam in ihr und drückte zu. Die Vögel sangen, und direkt vor ihr huschte ein Eichhörnchen vorbei. Hübsch sah es aus, hielt kurz an und warf ihr einen Blick zu. Keck, dachte sie.

Sie wehrte sich nicht mehr. Er hielt die Hand um ihren Hals und sank auf sie nieder. Seine Stimme an ihrem Ohr, so fremd. »Ein Wort zu irgendjemandem, und ich töte dich.« Dann stand er auf, holte sich eine weitere kleine Flasche aus dem Rucksack, trank, den nächsten Schluck spuckte er ihr ins Gesicht. »Hure«, flüsterte er. »Dreckige Hure, sieh dich nur an.« Er spuckte einen weiteren Schluck Prosecco auf sie, dann band er sie los und ging. Sie lag dort auf dem Waldboden und starrte in den Himmel, unfähig, sich zu bewegen. Die Wolken zogen vorbei, verschwanden hinter den Baumwipfeln, andere zogen hinterher. Einmal meinte sie, eine Wolke in Form eines Autos zu sehen – ein 2 CV, eine sogenannte Ente, wie sie die als Kind immer gezeichnet hatte. Irgendwann wurde ihr kalt. Sie stand auf, taumelte zunächst, fand Halt an einem Baum. Sie überlegte nicht, sie handelte wie ein Automat. Sie sammelte ihre Sachen zusammen, kramte in ihrer Handtasche, sah, dass zwei Nachrichten auf ihrem Handy waren, wunderte sich, dass ihr dies auffiel. Sie fand ein Päckchen Feuchttücher und wischte sich sauber, so gut es ging. Anschließend fuhr sie sich durch die Haare.

Weil sie sich Sorgen um ihren Zyklus gemacht hatte, war sie umgehend zu ihrer Frauenärztin gegangen, um sich notfalls die Pille danach verschreiben zu lassen. Geistesgegenwärtig. Der Schock ließ sie handeln, nicht denken.

»Es gibt die Möglichkeit einer anonymen Spurensicherung«, sagte die Frauenärztin und riet ihr dazu. Dann habe sie zwei Jahre Zeit, Anzeige zu erstatten.

»Zwei Jahre?«, hatte sie entgegnet und in dem Moment überhaupt keine Vorstellung davon gehabt, was diese zwei Jahre bedeuteten in ihrem Leben.

»Ja«, hatte die Frauenärztin gesagt und ihr sanft die Hand gedrückt. »Die gesicherten Spuren werden verwahrt, und Sie können zur Polizei gehen, sobald Sie sich dazu in der Lage fühlen. Sie sollten diese Chance nicht verfallen lassen. Nutzen Sie die anonyme Spurensicherung. Bitte, wenn Sie nicht jetzt … Überwinden Sie sich.«

Sie hatte genickt und das Behandlungszimmer verlassen. Draußen war noch immer ein schöner Sommertag.

7

12 Uhr bis 13 Uhr

Die Konferenz begann pünktlich, allerdings ohne Goffer und Kaiser, die noch mit den Befragungen der Insassen aus dem ersten Bus beschäftigt waren.

Sito hatte den Aktenstapel mitgenommen, obenauf lag der Zettel mit der Frage nach der Zeit, die die Geiselnehmer sich nach wie vor nahmen. Wie passend, dachte Sito. Jetzt auch noch die Info von Goffer und Kaiser, dass der Überfall auf die Uni wesentlich früher als bisher angenommen begonnen hatte. Wieder überkam ihn das Gefühl, dass mit ihnen gespielt wurde. *Katzen spielen mit ihren Opfern. Um des Spieles willen. Sie lassen sich Zeit mit dem Töten. Sind geduldig. Wir sind die Maus.* Zimmermann referierte gerade die neuen Erkenntnisse.

»Kurz nach sieben Uhr haben Autofahrer einen Konvoi aus fünf alten Militärfahrzeugen auf der A 81 in Richtung Konstanz fahren sehen. Zunächst hat der Anblick sie nur verwundert, als sie aber im Radio von der Geiselnahme an der Universität hörten, haben sie sich überlegt, dass dieser ungewöhnliche Anblick vielleicht eine Meldung wert ist.«

»Immerhin«, brummte Wint, »gibt auch brave Bürger.«

Sito schüttelte den Kopf. Manchmal konnte Heinrich einem schon auf die Nerven gehen.

»Ich hab die Info gepostet und warte auf die Reaktion.« Zimmermann tippte sich durch verschiedene Seiten, schließlich erschien die Seite der Stadt bei Facebook. »Hier!« Die Facebook-Seite erschien übergroß an der Wand und zeigte den Post.

»Auf der A 81 fuhren am Morgen Militärfahrzeuge. Wer hat die noch gesehen? Ob die vielleicht was mit der Geiselnahme zu tun haben? #GeiselnahmeKonstanz«

Sito, Busch, Wint und Jäger verfolgten gemeinsam mit Zimmermann, wie die mediale Welt auf seinen Kommentar reagierte. Mit einem Laserpointer zeigte Zimmermann auf Kommentare und Profilbilder, öffnete zwischendurch die entsprechenden Profilseiten und ließ sie nebeneinander auf der Wand erscheinen. Man kann nichts heimlich machen, dachte Sito, alles ist wie ein farbig markierter Weg im Internet, und Zimmermann folgte diesem mühelos.

Die Reaktionen reichten von Bestätigungen anderer Autofahrer, die die Wagen gesehen hatten, bis hin zu Beschimpfungen.

»Schauen Sie mal hier«, Zimmermann zeigte auf eine Zeile weiter unten.

»Praktisch, jemand fährt ein altes Militärfahrzeug, und schon ist er ein Verbrecher. ☹ Klar, dass es wieder die Rechten waren. #ich binstolzeinDeutscherzusein«

»Pah.« Busch wischte wütend durch die Luft. »Ich kann diesen Müll von denen nicht mehr hören.«

»Beruhigen Sie sich«, mahnte Jäger. »Fahren Sie fort, Zimmermann.«

»Auch hier können Sie sehen, dass Stimmung gemacht wird. Sehen Sie mal hier in diesem Thread.« Er umkreiste einige Zeilen. Eine Frau hatte entgegnet, dass es in dem Kommentar lediglich darum ging, eine ungewöhnliche Bewegung auf der Straße zu dokumentieren und in den Zusammenhang mit der Geiselnahme zu stellen. Es half nichts, sie wurde ein paarmal übel beschimpft, dann verschwand sie von der Bildfläche. Andere aber bekriegten sich weiter.

Während Zimmermann noch auf den einen oder anderen Hinweis zeigte, poppte schon ein neuer Kommentar auf:

»Sind es diese?«

Im nächsten Moment war ein Foto mit drei Militärfahrzeugen zu sehen.

Augenblicklich ging ein Ruck durch die Gruppe. Busch stand sofort auf. »Das ist es. Jetzt fehlt nur noch …« Er fotografierte das Bild ab und schickte es an Goffer und Kaiser, sie sollten es sofort herumzeigen. »Wenn die Zeugen diese Fahrzeuge an der Universität gesehen haben, dann haben wir jetzt ein Foto der Geiselnehmer.«

Die Kommentare von Menschen, die den Konvoi ebenfalls gesichtet hatten, wurden mehr, gleichzeitig zogen sich die Vertreter des rechten Randes zurück.

»Haben die endlich genug?«, erkundigte sich Wint.

»Ich denke, wir sehen es nur nicht mehr, hab ich recht?«, fragte Sito und dachte an seine Akte zu den Vergewaltigungen. Es war so schwierig zu entscheiden, was das Drängendste im Moment war.

Zimmermann nickte. »Genau, Paul, wenn wir jetzt«, er klickte auf eine andere Facebook-Seite, »hierhinblicken, dann erleben wir das krasse Gegenteil.«

Für eine Minute war es totenstill im Raum. Auch Sito war sprachlos, Jäger rieb sich mit beiden Händen über das Gesicht.

»Das ist Hetzerei«, schimpfte Wint, »scheußliche Hetzerei.«

»Wieso können wir das nicht vom Netz nehmen?«, fragte Busch. »Die schreiben Unwahrheiten, die hetzen gegen die Polizei. Das ist doch Volksverhetzung, oder nicht?«

»Meinungsfreiheit«, brummte Wint. »Der Wahlkampf der Zukunft. So schaut er aus!«

Sito stöhnte. »Heinrich, bitte, das macht uns alle fertig, aber wir können uns jetzt nicht darüber auslassen.«

»Ach, das regt mich einfach auf, dass wir uns mit so etwas rumschlagen müssen. Diese ganze Gewalt hätten wir ohne Internet gar nicht, das ist nur, weil die sich im Netz das trauen«, schimpfte Wint weiter. Seine Wangen waren gerötet.

»Ich muss da widersprechen«, begann Zimmermann. »Die Gewalt ist schon in den Köpfen. Das Netz zeigt nur, was längst da ist.«

Wint sah Zimmermann erstaunt an, als hätte er gar nicht mit einer Reaktion gerechnet.

»Wie dem auch sei«, begann Busch. »Aufruf zur Gewalt ist noch lange keine Meinungsfreiheit, daran lässt sich nicht rütteln.« Er verschränkte die Arme. »Dieses Netzwerkdurchsetzungsgesetz – wo ist es, wenn man es braucht?« Er winkte ab.

»Beruhigt euch. Marc, du kennst die Situation. Die Netzwerkbetreiber haben vierundzwanzig Stunden Zeit, das zu löschen, wenn es zur Anzeige gebracht wird. Was natürlich getan wird, aber im Moment ist es doch besser ...«

»... es erscheint öffentlich, sonst kriegen wir nicht mit, wo die gerade stehen, schon klar«, vollendete Wint Sitos Gedankengang. Er hustete. »Wie die mich ankotzen! Eine böse Erinnerung an den letzten Winter. Verdammt!«

»Es kommt noch schlimmer«, sagte Zimmermann und tippte auf seinem Laptop herum. »Zwei Profile und zwei Seiten habe ich mir näher angesehen.«

Auf der Wand erschien das Profil eines MichelHeimatliebe und von einem Jürgenichweißwas.

»Was sind das für bescheuerte Namen?«, wunderte sich Jäger.

Wint lachte auf. »Sogenannte Benutzernamen, schön anonym. Damit die sich mehr zu sagen trauen, elendes Gesindel. Feige Bande obendrein.«

Sito sah auf die Uhr. »Bitte. Wir haben keine Zeit. Schieben wir unsern Ärger in den Hintergrund und konzentrieren wir uns auf die Aufgabe.«

»Beide sind in diesem Verein.« Die Seite der »Naturbewahrer« poppte auf. »Die Naturbewahrer, das hab ich ihnen schon erklärt, sind nahe bei den Identitären, die inzwischen vom Verfassungsschutz als rechtsradikal eingestuft wurden. Die Naturbewahrer laufen noch frei, gewissermaßen unter Welpenschutz, weil sie erst angefangen haben, sich zu finden. Aber ich kann mehrere Verbindungen in das rechtsradikale Troll-Netzwerk ›Reichsfreiheit‹ nachweisen. Auch von diesen beiden.«

»Das ändert sich ab sofort.« Jäger klopfte mit der Faust auf den Tisch. »Entschuldigung, aber machen Sie schnell, Zimmermann, ich explodiere sonst.«

»Hier, wir finden die beiden in der Kommentarleiste einer Frau Hassler ebenso wie bei dem Ortsverband der AfD, wir finden sie bei den Seiten der Identitären, den Regionalverbänden der CDU natürlich auch. Sie kommentierten in den letzten Tagen bei den Bewahrern, dass Großes passieren müsste, nein würde, mit Lach- und Zwinker-Smileys. Die Facebook-Profile sind hohl, aber sie haben an anderer Stelle unzählige Hasskommentare hinterlassen. Das ist typisch für einen Troll.«

»So doof sollen die sein?«, fragte Wint.

»Das ist nicht doof. Das liegt nur in der Grauzone. Selbst wenn die mal rausgefiltert werden und sogar angezeigt und wenn man dann noch an die echten Menschen hinter den Profilen rankommt, dann kriegen die eine Geldstrafe, die zahlt dann vielleicht sogar die Gruppe. ›Merkel muss gesteinigt werden‹ kostete übrigens zweitausend Euro.«

Wütendes Schnauben und Stöhnen gingen durch den Raum.

Zimmermann fuhr fort: »Sie fühlen sich sehr sicher im Netz. Und leider spiegelt das auch die Realität. Viele wissen allerdings nicht, dass sie dennoch eine unlöschbare Spur hinterlassen. Beiden konnte ich Profile im Darknet zuordnen, und ich bin mir sicher, dass sie zu den Entführern gehören, das deckt sich auch mit dem Hinweis von Enzig, dass sich einer der Entführer Jürgen genannt hat.«

Sito nickte. »Das ist richtig.«

Die Tür ging auf, und Goffer kam hereingerannt, in der Hand einige Zettel.

»Großartige Nachrichten«, rief er und warf einige Blätter auf den Tisch, sodass sich jeder eines nehmen konnte. »Wir haben tatsächlich Zeugen gefunden, die die Militärfahrzeuge auf dem Nordparkplatz der Universität gesehen haben. Die Zeugen kamen alle gegen acht, vier Personen sind es, die das bestätigen. Sie hatten sich nichts dabei gedacht, dann aber die Fahrzeuge erkannt, wobei die Fahrzeuge nicht alle auf einem Fleck standen, sondern verteilt. Ich bin mir sicher, wir finden auch Zeugen für ein Fahrzeug auf dem Parkplatz bei der Mainau. Die sind sicherlich von verschiedenen Seiten in die Uni.

Also, wir haben das Foto sofort in die Suchmaschine eingespeist et voilà.«

Goffer zeigte auf die Zettel, die jeder inzwischen in der Hand hielt. »Wir haben die Modelltypen zuordnen können. Jetzt gilt es, den Weg zurückzuverfolgen, wo kommen sie her, wann wurden zuletzt fünf Militärfahrzeuge aus dieser Zeit – wir sprechen vom Zweiten Weltkrieg – gekauft und so weiter.«

»Es gibt Sammlerbörsen dafür«, sagte Busch. »Man kann das schnell herausfinden.«

»Übernimmst du das, Marc?«, fragte Sito und stand auf. »Ich kümmere mich mit Heinrich um die Vergewaltigungsakten.«

»Moment, wir sollten noch etwas in Erwägung ziehen«, begann Jäger. »Können wir den Geiselnehmern schon etwas bieten? Ich meine, bezüglich ihrer Forderungen.«

Sito sah zu Wint, der die Schultern zuckte, dann zu Busch, doch auch der schüttelte resigniert den Kopf.

Jäger nickte. »Das hatte ich befürchtet. Also? Wie weiter? Die Geiselnehmer werden sich melden und Fragen stellen?«

»Ich hab mir überlegt, ihnen zu schreiben, dass wir intensiv suchen, aber hier aufgehalten werden und nicht wissen, ob das in ihrem Sinne ist.« Sito hielt kurz inne, dann fügte er hinzu: »Ich werde um ein Gespräch mit diesem Anführer bitten und gleichzeitig durchklingen lassen, dass ich weiß, wer er ist.«

Busch hob die Hand. »Was, wenn wir Enzig diese Information zukommen lassen? Vielleicht kennt er Woltershagen. Er ist vor Ort, er kann womöglich mehr damit anfangen als wir über Facebook oder Mail.«

»Halten Sie das für eine gute Idee? Das könnte nach hinten losgehen. In mehrfacher Hinsicht. Kollege Enzig könnte sich zum Beispiel mit einer Handlungserwartung konfrontiert sehen.«

Sito schätzte Jägers besonnene Art sehr. Als Jäger die Nachfolge von Friedrich Kerler, Miriams Vater, antrat, hatte er ihn zunächst für sehr unterkühlt gehalten, dann aber festgestellt, dass er kaum jemanden kannte, der so wohldosiert mit seinem Wissen und Denken umging. Auch jetzt wieder. Er hielt seinem

Blick stand und wusste, dass Jäger ihm vertraute und seine Entscheidung auf jeden Fall respektierte.

»Wir werden es machen, wie Kollege Busch vorschlägt. Wir schreiben Roman Enzig.«

***

Mit wachsender Sorge beobachtete Enzig die Geiselnehmer. Inzwischen meinte er zwei Lager ausfindig gemacht zu haben. Hans war bis vor einer Weile derjenige gewesen, der überlegt und nervenstark wirkte. Sein Kollege Jürgen indessen war ein Bestimmer, einer, der ständig kommandieren wollte, Anerkennung suchte, dabei war er leicht reizbar. Die Haut glänzte an den Stellen, die die Maske freigab, gewiss schwitzte er unter der Uniform. Er räusperte sich ununterbrochen, der nervliche Druck zeigte bereits körperliche Konsequenzen. Bald kamen Atemnot und Übelkeit hinzu. Enzig hoffte im Stillen, dass Miriam auch ein Gespür dafür entwickelt hatte, denn nach wie vor war es ebendieser Jürgen, der die Geiseln bewachte, und ständig glitt sein Blick dabei mehr als offensichtlich zu Miriam. Sie sollte sich unbedingt zurückhalten. Enzig wollte sich nicht ausmalen, wozu dieser Jürgen mit seiner Achtundzwanzig auf der Haut noch fähig war.

Enzig überlegte, was seine Kollegen wohl gerade machten. Würden sie etwas über diese Vergewaltigungsserie herausfinden? Er versuchte, sich daran zu erinnern, was er aus den Nachrichten wusste. Weshalb hatte man keine Spuren gefunden? Es fiel ihm nicht ein, und so konzentrierte er sich wieder auf die Geiselnehmer. Auf den beiden Seiten des Raumes standen sie wie Statuen im Gang. Sie hatten sich nur bewegt, um ihre Smartphones zu kontrollieren, hin und wieder tippte einer etwas, aber ansonsten waren sie ruhig und kontrolliert. Die Männer an der Tür ebenso. Der Raum kam Enzig immer mehr wie ein Spielfeld vor – nur allmählich kamen die Figuren voran. Ihm war, als stünde er außerhalb der Szene, die dabei stetig surrealer wurde. Da drängte sich ihm ein anderer Gedanke auf: Die Figuren an ihren Smartphones – wer bewegte sie tatsächlich?

Marionetten, nicht an Fäden, dafür an Handys ...

Während Hans und auch der Mann auf der rechten Seite mehrfach mal den Blickkontakt zu dem älteren Herrn suchten, gab es den Mann auf der linken Seite, der stoisch seinen Job machte, und die beiden Männer an der Tür, die eher den Kontakt zu Jürgen suchten. Es waren unauffällige Gesten, aber Enzig hatte sie bemerkt.

Jürgen mit der tätowierten Achtundzwanzig auf dem Unterarm. Jürgen, der in die rechte Szene gehörte, dem das Wort »Hass« nicht nur auf der Hand, sondern auch in den Augen stand. Was, wenn nicht der ältere Herr, sondern Jürgen der Drahtzieher war?

Er überlegte, versuchte sich zu erinnern, wie eine Geiselnahme ablief, welche Ermittlungswege seinen Kollegen draußen offenstanden. Wussten sie schon etwas über die Geiselnehmer? Wo sie herkamen?

Aus einer inneren Eingebung heraus griff er nach dem Smartphone in seiner Tasche. Er drehte sich so, dass der ältere Herr ihn nicht sehen würde, falls er zufällig in seine Richtung blickte. Es gab genug Studenten zwischen ihnen. Enzig sah sofort, dass Sito ihm geschrieben hatte, und las: »Theodor Woltershagen, ehemals Richter Landgericht.«

Enzig stockte der Atem. Da waren sie schnell gewesen, sehr gut! Und ja, das bestätigte seine Vermutungen und passte ins Bild. Schnell packte er das Gerät wieder in seine Tasche. Was sollte er jetzt mit dieser Information anfangen? Bestimmt dachten Sito und Busch, dass er vor Ort am besten einschätzen konnte, wann der Zeitpunkt zum Verhandeln gekommen war, und wollten, dass er wusste, mit wem er es da zu tun hatte. Er könnte so tun, als hätte er den anderen erkannt. Sie zählten also auf ihn. Enzig traf eine Entscheidung.

»Entschuldigung«, sagte er, hob die Hand und richtete sich langsam auf. Er spürte die Augen aller auf sich. Sofort war Jürgen zur Stelle und hob drohend sein Gewehr.

»Was willst du schon wieder?«

»Sie und ich, wir beide haben doch ein gemeinsames Ziel.«

»Ach ja?« Jürgen lachte höhnisch auf.

»Wir wollen beide, dass dies ein gutes Ende nimmt, nicht wahr?«

»Red nicht wie ein Pfaffe mit mir. Oder bist du einer?« Jürgen hob wieder drohend sein Gewehr.

»Immer mit der Ruhe. Ich weiß, dass man bei einer Geiselnahme Verhandlungen führen sollte, und das ist doch eine Geiselnahme, oder?«

Jürgen lachte laut auf. Langsam näherte sich Hans.

»Was ist hier los?«, fragte er.

»Nun.« Enzig fuhr sich durch die Haare. »Ich frage mich, weshalb Sie keine Verhandlungen führen. Vielleicht kann ich –«

»Halt's Maul und setz dich!«, sagte Jürgen. Er wandte sich ab und machte zwei Schritte auf den Platz zu, an dem Miriam mit der anderen Frau saß. »Wolltest nicht du die große Klappe riskieren?«

Miriam blieb am Boden sitzen. Enzig stand. Er wusste, welches Risiko er einging. Wenn er zu sehr provozierte, fanden sie vielleicht doch sein Smartphone.

»Ich wollte nur fragen, was Sie mit uns noch vorhaben. Wir sind jetzt seit vier Stunden hier, die jungen Leute haben Angst und Durst, und wir sehen nicht, dass etwas passiert. Ich fühle mich als ihr Dozent einfach verantwortlich.«

Mitgefühl erregen, es war der erste Schritt zu einer Gesprächsbereitschaft, sagte sich Enzig. Er hob beinahe entschuldigend die Schultern. »Das ist alles.«

Enzig spürte, dass der alte Mann – der hatte ja jetzt einen Namen –, also dass Woltershagen ihn anstarrte. Er spürte auch, dass er sich nicht getäuscht hatte bei der Einteilung der Geiselnehmer. Hans blieb ruhig und sah Enzig lange in die Augen, schien abzuwägen. Jürgen stampfte mit dem Fuß auf, drohend blickte er von Hans, den er noch anerkannte, zu Miriam, die er abgrundtief hasste. Enzig schauderte. Die Männer unten verhielten sich entsprechend ihrem Muster, nur der Mann rechts hinten an der Tür telefonierte schon wieder. Keiner schien davon Notiz zu nehmen außer ihm, Enzig.

»Wir beruhigen uns jetzt alle. Wir werden etwas zu trinken kommen lassen«, sagte Hans und legte Enzig die Hand auf die Schulter.

Enzig setzte sich. Noch immer telefonierte der Mann an der Tür. Es gab zwei Möglichkeiten, entweder war er der Kontakt zur Außenwelt, oder etwas lief hier gehörig aus dem Ruder. Enzig wandte sich demonstrativ um und sah zu Woltershagen hin, musterte ihn durchdringend. Keine Reaktion, doch allein das war Zeichen genug. Er wusste, was hier vor sich ging, zumindest glaubte er das. *Irgendwann wird er sich als Anführer positionieren müssen, wenn er die Rolle nicht an einen anderen abtreten will.* Noch während Enzig dies dachte, stockte ihm der Atem. Was, wenn es gar nicht mehr um Woltershagen ging? Wenn hier längst andere die Fäden zogen?

Zeit, uns rennt die Zeit davon …

»Vielleicht sollten wir wirklich etwas tun«, sagte prompt Jürgen, und seine Stimme überschlug sich. »Ich will hier auch nicht ewig warten.« Er stapfte ein paar Schritte unmotiviert auf und ab. Die tätowierten Buchstaben tanzten vor Enzigs Augen. Er hielt die Luft an, genau das hatte er nicht auslösen wollen. Aktionismus bei den Geiselnehmern, das durfte nicht passieren. Schnell, sagte er sich, brems ihn aus! Biete ihm eine Alternative, irgendeine Möglichkeit. Enzigs linker Oberschenkelmuskel zuckte wieder. Dieser Tick, er machte ihn wahnsinnig. Er drückte mit der rechten Hand dagegen und winkte mit der linken in Jürgens Richtung.

»Noch kommen Sie glimpflich aus der Sache. Noch ist nichts Schlimmes –«, begann er, doch Jürgen herrschte ihn an: »Schnauze, sofort!«

»Sei ruhig, Jürgen«, sagte Hans. »Was ist denn los mit dir?« Er machte einen Schritt zu seinem Kollegen und legte auch ihm wie kurz zuvor Enzig eine Hand auf die Schulter. »Alles *in time, keep cool*, okay, Mann?«

Jürgen wischte sich den Schweiß von den Augenbrauen ab.

»Man kann denen doch auf die Sprünge helfen«, sagte er und stieß mit dem Fuß gegen Miriams Fuß. Sie reagierte nicht, aber Enzig konnte sehen, wie ihr Atmen schneller wurde.

Bitte nicht, dachte er, nicht das.

»Lass sie in Ruhe«, sagte Hans bestimmt und zog Jürgen mit sich fort, doch Jürgen riss sich los und baute sich wieder vor Miriam auf. Er legte seine rechte Hand zwischen seine Beine, das Wort »Hass« stand jetzt auf dem Kopf. »Ich krieg dich«, sagte er. »Wart's ab, heute noch.«

Enzig suchte Miriams Blick, der sich zur Seite geflüchtet hatte. Als er ihn einfing, begriff er, dass sie an ihre Grenzen kam. Hastig sah er sich um, jetzt überfiel *ihn* der unbedingte Handlungswunsch. War es möglich, mit zwei ergatterten Waffen die anderen vier Geiselnehmer auszuschalten? Jürgen wirkte übermächtig, wie er da vor ihnen stand und sich in seiner Allmacht präsentierte, gewiss, aber sie hätten das Überraschungsmoment auf ihrer Seite.

Enzig ließ seinen Blick über die Studenten schweifen, zusammengekauert und verängstigt saßen sie da. Nein, dachte er, sie hatten keine Chance, sechs bewaffnete Männer gleichzeitig auszuschalten. Die Ruhelosigkeit brannte in ihm und ließ seinen Muskel noch heftiger zittern. Enzig ballte die Fäuste, stellte sich vor, sich auf Jürgen zu stürzen, ihn zu Boden zu ringen und ihm mit der Faust ins Gesicht zu schlagen. Hau endlich ab, dachte er.

»Jürgen, was soll der Scheiß?«, rief Hans. »Fahr mal einen Gang runter.« Er sah auf die Uhr und wartete, bis Jürgen sich endlich von Miriam abwandte. Als das geschah, löste Enzig seine Fäuste. Die Nägel hatten sich in seine Handflächen eingegraben. Er sah, dass Miriam in sich zusammensackte.

Hans ging zu Woltershagen, half ihm auf und führte ihn wieder an den Tisch. Er ließ ihn sich setzen, legte ihm ein Papier auf den Tisch und stellte sich anschließend mit der Kamera vor ihn hin.

»Machen wir also weiter«, sagte er und gab dem alten Mann ein Zeichen, den neuen Text zu lesen.

»Sie hatten jetzt zwei Stunden Zeit, sich mit dem Fall vertraut zu machen. Ich gehe davon aus, dass Sie noch nichts gefunden haben. Und dafür gibt es einen Grund. Finden Sie den und bringen Sie mir den Täter. Haben Sie bis vierzehn Uhr keine weiteren Hinweise gefunden, töten wir eine Geisel. Quid pro quo, das Leben jener Frauen war Ihnen auch nichts wert.« Schreie in der Menge. Einige fielen sich in die Arme, schluchzten, Ausrufe der Empörung mischten sich darunter. Miriam sah zu Enzig, in ihrem Blick lag Verzweiflung. Enzig hatte dieses Mal vom ersten Moment an genau auf Woltershagen geachtet – wie er sprach, wie er die Worte formte. Es bestand kein Zweifel mehr, es waren *seine* Forderungen. Mit ihm musste Enzig ins Gespräch kommen, sein Anliegen schien ein persönliches und überdies nachvollziehbares zu sein. Es musste einen Grund geben, weshalb er diesen Weg wählte.

Gerade wollte Enzig aufstehen und etwas sagen, als der Mann vom hinteren Eingang rief:»Leute, wir haben ein Problem.«

***

»Hat eigentlich schon jemand Anna informiert?« Busch stand an der Kaffeemaschine in Sitos Zimmer und füllte gerade das Pulver ein. Rosa hatte ihnen Kuchenstücke und Brötchen bereitgestellt, aber noch hatte keiner von ihnen das Essen angerührt.

»Anna ist die Frau von Enzig«, erklärte Sito Wint, der auf dem Sofa saß und die Akten studierte. Neben ihm wuchs ein Zettelberg an, vor ihm lag ein Notizblock.»Nein, ich denke nicht, dass jemand daran gedacht hat«, sagte Sito.

»Gut, ich erledige das.« Busch stellte die Maschine an, die gurgelnd ihren Dienst aufnahm, und verließ den Raum.

»Was du da vorhin gesagt hast, Paul«, begann Wint und schielte zu den Brötchen. Sein Magen knurrte wie auf Kommando.

»Was meinst du?«, fragte Sito, holte den Teller mit den Brötchen und stellte ihn vor Wint auf den Tisch.

»Dass du Woltershagen mitteilen willst, dass wir nicht richtig weiterkommen, weil wir hier zu sehr eingespannt sind.« Wint deutete mit dem Daumen zu der Fensterseite, die zum Hof führte. »Wegen der Bombe in dem Bus draußen.«

Sito zögerte einen Moment, während Wint zu den Brötchen griff und Sekunden später herzhaft hineinbiss. Es knirschte und knackte in seinem Mund. Ein Krümel fiel zu Boden. »Himmel«, rief Sito aus und schlug sich gegen die Stirn. »Heinrich, genau das ist unser Problem.«

»Ich höre?«

»Woltershagen verbarrikadiert sich in der Universität mit fünfzig Studenten. Er verlangt, dass wir eine Vergewaltigungsserie aufklären. Dafür kann es verschiedene Gründe geben. Entweder …« Sito hielt den linken Daumen in die Luft.

»… entweder er weiß, wer der Täter ist«, führte Wint Sitos Gedanken weiter.

»Oder aber«, Sito hob den Zeigefinger dazu, »er will uns mit dieser Aufgabe etwas zeigen, das nicht mit dem Täter zusammenhängt.«

»Eine Lehre für uns? Diese Arbeit hier?« Wint hielt die Blätter in die Höhe. Er schüttelte den Kopf. »Das stimmt schon auch, Paul, aber ich wollte auf etwas ganz anderes hinaus. Und da ich ja angeblich euer Fachmann für Geiselnahmen bin, glaub ich, dass ich recht habe.« Er grinste wieder und rückte nun mit beiden Händen an seiner Mütze herum.

»Worauf willst du hinaus?« Sito stand vor dem Sessel und stützte sich jetzt auf dessen Lehne.

»Du hast es selbst gesagt. Woltershagen formuliert seine Forderungen. Und dann? Schickt er uns einen Bus, um das Ganze zu unterwandern?«

Sito richtete sich auf, sein Mund öffnete sich leicht, dann stützte er die Hände in die Hüften. »Sind wir blöd! Heinrich, weißt du, was du da sagst?«

Wint nickte. »Es deutet alles darauf hin. Du kennst das Problem, der Böse lässt sich mit noch Böseren ein. Doppelte Verbrechensstrategie, und wir laufen in die Irre.«

Die Tür ging auf, und Busch kam herein, sein Kopf hochrot. »Schaltet mal rüber zur Seite von diesem Sender.«

»Welchem? Dem von diesem Kirschner?«, fragte Sito alarmiert, eilte zu seinem Computer und klickte auf das entsprechende Icon.

Zu dritt verfolgten sie, wie jemand durch den Eingangsbereich der Universität spazierte. Das Bild wackelte, dann erschien das Gesicht von Benjamin Kirschner in Großaufnahme. Kein Wunder, er war ja offenbar sein eigener Kameramann. Kirschner grinste und sagte, er sei ohne Probleme an die Uni gelangt. Gleich werde er direkt am Tatort sein. Seine Stimme klang triumphierend. Die Kamera wechselte wieder und schwenkte einmal durch die leere Halle. Dann sprach dieser Kirschner aus dem Off und fragte, weshalb nicht längst ein Einsatzkommando der Polizei vor Ort sei. Wieder drehte er die Kamera und sprach direkt zum Publikum: »Ist die Polizei mit dem Schutz der Klimaaktivisten überfordert? Sind die Demonstranten wichtiger als die Geiseln?«

»Seit wann läuft das?« fragte Sito fassungslos.

»Himmel, ich wusste ja, der macht noch Probleme«, kommentierte Wint und biss wieder in sein Brötchen. »Ist nicht die hellste Kerze auf der Torte, der Typ.«

»Das ist live!«, sagte Busch und schüttelte den Kopf. »Dieser Kirschner spaziert jetzt gerade dort herum und denkt, dass er der Held ist. Was werden die jetzt tun?«

»Wir werden es gleich erfahren«, sagte Wint kauend und verschränkte die Arme.

Sito legte die Stirn in Falten. »Was denkt der sich? Und wieso ist da niemand?«

»Er wollte gewiss nur ein paar spektakuläre Bilder«, sagte Wint schulterzuckend. »So sind die Menschen halt.«

»Oh Mann, Heinrich, könntest du mir heute bitte deine Misanthropie ersparen? Ja? Ginge das?« Sito tippte auf seiner Tastatur herum und klickte mit der Maus. »Hier, bitte, der Kirschner hat mir vor einer Viertelstunde geschrieben, da waren wir in der Besprechung.«

»Und? Was schreibt er?«

»Dass er versuchen will, mit einem Trick an die Geiselnehmer ranzukommen.«

»Tatsächlich? Ein Trick? Worin besteht der? Im Blödgucken?« Wint schob den nächsten Bissen in seine rechte Backe. »Der soll ein Held sein? Pah. Das glaubst du selbst nicht. Der wollte spektakuläre Bilder und hat sich bei dir abgesichert. Vor einer Viertelstunde war der längst unterwegs. Ich wette, die Geiselnehmer haben ihm den Tipp gegeben. Wieder Publicity für die und Verhöhnung von uns.« Wint wischte wütend durch die Luft, als würde er jemanden ohrfeigen, dann biss er wieder in sein Brötchen. Mit vollem Mund fügte er hinzu: »Und der ist so doof und –«

»Da!«, rief Busch aus und zeigte unnötigerweise auf den Bildschirm. Sogar das Kaugeräusch von Wint verstummte.

Kirschners Kamera war noch einmal durch den Raum geschwenkt, dann hatte sie abrupt angehalten, denn in ihren Fokus trat ein Mann, maskiert und bewaffnet. Er kam auf die Kamera zu, die augenblicklich zu wackeln anfing.

»Jetzt schlottern dem Idioten die Knie«, sagte Wint, doch Sito erkannte die Anspannung in seiner Stimme. Die Waffe wurde gehoben und zeigte nun genau in die Kamera.

»Spinnt der? Lässt der sich jetzt erschießen?«, fragte Busch leise.

Sie hielten den Atem an. Die Waffe zeigte jetzt genau auf sie.

Der bewaffnete Mann sagte nur einen Satz: »Du bist so gut wie tot, Mann.«

Dann wurde das Bild schwarz.

Sito riss die Arme hoch. »Was jetzt, verdammt?«, fragte er und tippte auf die Leertaste, um das Bild zu aktualisieren, wohl wissend, dass die Schwärze kein technisches Problem war.

Busch legte ihm die Hand auf den Arm. »Lass es. Es war sein Risiko.«

»Die knallen den ab, was soll sein? Wer auf so eine Schwachsinnsidee kommt … Okay, ich zieh das mit der Wette zurück.«

»Heinrich«, schrie Sito. »Halt bitte den –«

Jetzt erschien wieder ein Bild. Der Sender wechselte zu Aufnahmen von der Demonstration. Über viertausend Menschen waren bereits in der Innenstadt unterwegs, und es wurden immer mehr.

»Kontaktier sofort den Sender«, presste Sito mühsam hervor.

»Und Moller«, sagte Wint ruhig. »Er soll sofort seine Männer zurückpfeifen.« Er sah die beiden abwechselnd an, dann zuckte er die Schultern. »Für den Fall, dass er Kundschafter am Laufen hatte.« Er ging zurück zum Sofa und holte sich ein Stück Kuchen. »Der Drops ist gelutscht.«

***

Die Sicherheitsberater baten Sibylle Hundhammer zu einem Gespräch. Ihr Manager Toni Velden war zugegen, ihr Vater Maximilian Hundhammer ebenfalls. Es ging um die Sicherheit bei dem Demonstrationszug. Die Männer standen um einen großen Tisch herum und hatten den Stadtplan ausgebreitet. Der Treffpunkt an der Marktstätte war markiert. Im Hintergrund flimmerte ein Fernsehbild, das die gegenüberliegende Seite am Hafen und den Stadtgarten live zeigte. Tausende Menschen, Familien mit Kindern, Plakate, so weit das Auge der Kamera reichte. Darunter wieder die Eilmeldung der Geiselnahme.

Sibylle schluckte. So viele Menschen. Auf der Karte war der Weg eingezeichnet, den sie gehen würden. Der Zug war so geplant, dass sie über die Marktstätte durch die Stadt wanderten, dann ging es über die Laube, eine vierspurige Straße, die die Altstadt von dem Stadtteil Paradies trennte. Das war verkehrstechnisch ideal, denn die Straße wiederum war durch einen breiten Mittelbereich, der Grünflächen, Bäume, aber auch Parkplätze bereithielt, geteilt. Auf zwei Spuren konnte der Verkehr also weitergehen. Der Lenkbrunnen stand auch in diesem Mittelstreifen, fiel ihr ein, die frivolen Figuren würden auch heute ihre Lacher kassieren. Anschließend ging es über den Rheinsteig weiter zur Rheinbrücke und nach der Brücke direkt zum Bodenseeforum. Es war kein langer Marsch. Eingeplant waren zwei Stunden, von vierzehn bis sechzehn Uhr. Der Verkehr konnte über die Europabrücke weiterlaufen, wenn nicht die Gruppe der Rebellen dort eine Blockade errichtete.

Sibylle war im Vorfeld sehr skeptisch gewesen, ob man diese Idee überhaupt ins Auge fassen sollte, ob man damit nicht sich selbst schadete. Sie wollte einen reibungslosen Ablauf, sie wollte vor allem, dass es eine friedliche Demonstration wurde. Blockaden waren gut, aber nicht zur selben Zeit. Allerdings hatte sie keinen Einfluss darauf, sie hatte lediglich ihre Meinung zu dem Thema gesagt und hoffte nun darauf, dass man ihre Meinung teilte.

Es sei sehr schwierig, die Sicherheit zu gewährleisten, erklärte ein großer hagerer Mann gerade, und Sibylle schweifte mit ihren Gedanken ab. Sie träumte sich an das Rheinufer am Schänzle mit Blick auf die Bleiche. Es war der einzige Weg, die Souveränität nicht an die Angst zu verlieren. Sie wollte sich so fühlen wie heute Vormittag, als sie allein in den Herosé-Park spaziert war – bis die Busse kamen. Die beiden roten Fahrzeuge schoben sich als dunkle Erinnerung vor ihr inneres Auge. Schnell schüttelte sie das Bild ab.

»Bille?« Die Stimme ihres Vaters klang besorgt.

Sie habe sicher von den Vorkommnissen an der Universität gehört, die Polizei sei in Alarmbereitschaft, erklärte gerade wieder der hagere Mann, von dem Sibylle den Namen nicht mehr wusste. Sicherheitspersonal. Sie konnte es nicht fassen. Vor einem Jahr war sie einfach auf eine Bühne spaziert und hatte über ihre Wünsche für die Zukunft gesprochen.

»Die Polizei hat bislang zwar keine Kräfte abgezogen, aber das kann sicher noch passieren. Die können sich auch nicht zerreißen.«

Der Mann ist wirklich unglaublich dünn, dachte Sibylle.

»Auch im Netz spürt man eine ungeheure Dynamik und eine Zunahme hasserfüllter und gewaltbereiter Sprache. Wir, die wir verantwortlich für Ihre Sicherheit sind, ziehen in Erwägung, den Weg abzukürzen.« Er stand unbeweglich vor ihr.

»Ich soll klein beigeben?« Sibylle stand auf und stemmte die

Arme in die Seiten. »Das ist doch nicht Ihr Ernst. Wie lange planen wir das jetzt?«

Auch Sibylles Vater war aufgebracht. »Ich kann das jetzt auch nicht verstehen.«

»Der Innenminister hat sich eingeschaltet. Es liegt nicht an unserer Arbeit, ehrlich. Wir haben unser Menschenmöglichstes getan.« Der Hagere ließ den Kopf sinken, die Hände hatte er gefaltet.

»Das kommt nicht in Frage«, sagte Sibylle mit fester Stimme und sah fragend zu ihrem Vater.

Der zuckte leicht die linke Schulter. »Es gäbe sicher auch andere Optionen«, sagte er leise.

»Auf gar keinen Fall lasse ich mich vertreiben«, sagte Sibylle. »Ich kenne die Kommentare, ich weiß, was die schreiben über mich. Das ist nichts Neues.«

Der hagere Mann räusperte sich. »Neu aber ist, dass bewaffnete Männer in der Stadt sind. Wir wissen nicht, wie viele es sind. Wir wissen, dass sie am frühen Morgen ungefähr gegen sieben Uhr mit Militärfahrzeugen in die Stadt gekommen sind und wenig später die Universität gestürmt haben. Sie haben dort seit heute Morgen etwa um acht Uhr dreißig rund fünfzig Geiseln in ihrer Gewalt. Das ändert die Situation natürlich, das werden Sie verstehen.«

Sibylle ließ den Kopf hängen. Sie seufzte, erinnerte sich an den Moment, als sie vorhin am Ufer gesessen hatte, zwei Enten hatten sich im Wasser verfolgt. Alles war still gewesen um sie herum. Keine bösen Worte, keine bösen Erinnerungen, nicht das Gefühl, einen Fehler begangen zu haben. »Ich muss nachdenken«, sagte sie.

Ihr Kopf fühlte sich an wie mit Watte verstopft. Irgendwo darin tauchte allerdings der Name des hageren Mannes endlich wieder auf: Otto Behringer. Weshalb war er ihr überhaupt entfallen? Er war nun schon seit einiger Zeit an ihrer Seite, aber eben stets zurückhaltend und unauffällig. »Was also ist Ihr Vorschlag?«, fragte sie.

»Sie verzichten auf die Demonstration, Sie bleiben hier, und wir bringen Sie nur zu Ihrer Rede ins Bodenseeforum. Überschaubare Wege, überschaubarer Ort und erhöhte Sicherheitsvorkehrungen.«

Sibylle sah, dass ihr Vater seine Hand nach ihr ausstreckte. Sie nickte. »Ich soll mich also tatsächlich ängstlich zurückziehen?« Sie dachte an die Enten, die in aller Seelenruhe über den Weg spaziert waren, und den Radler, der geduldig gewartet hatte. Innerlich wurde aus dem Nicken bereits eine vehemente Ablehnung. »Nein, das kommt nicht in Frage.«

✳✳✳

Auf dem Bildschirm lief ein Beitrag über die Klimaschützer im Stadtgarten. Der Sender wusste angeblich nichts von Kirschners Alleingang, eigentlich sei er unterwegs gewesen, um Bilder aus der Innenstadt zu sammeln. Sito glaubte aber eher, dass Kirschner eine Sensation versprochen hatte. Moller hatte erklärt, dass seine beiden Späher umgehend auf dem Rückzug seien und dass sie erst einmal abwarten wollten, bis die Geiselnehmer sich das nächste Mal meldeten. Von Kirschner fehlte jede Spur. Sito saß noch immer wie versteinert an seinem Platz und starrte auf den Fernsehbeitrag, während Wint sich schon wieder den Akten gewidmet hatte.

»Ist Miriam auch dort?«, fragte Busch unvermittelt.

Verwirrt sah Sito auf und folgte dann dem Blick seines Kollegen. Der Bericht wechselte gerade von den Menschen und ihren Plakaten im Stadtgarten hinüber in das Hotelzimmer von Sibylle Hundhammer.

»Die machen einen ganz schönen Rummel um das Mädchen. Ob das gerade heute so gut ist?«

Sito schüttelte den Kopf. »Ganz sicher nicht, aber du kannst das nicht aufhalten. Und selbstverständlich wird Miriam dabei sein. Auch sie könnte ich da nicht aufhalten.« Sito sah auf die Uhr. Es war Viertel vor zwei. Miriam meldete sich immer zwischendurch. Heute nicht. Sie ist zum Malen nach Gaienhofen und hat sicher die Zeit vergessen, beruhigte er sich. Doch ein merkwürdiges Gefühl legte sich wie eine eisige Hand auf seine Schultern.

»Schuld«, rief Wint unvermittelt aus. »Schuld ist ebenfalls ein möglicher Antrieb.«

»Bitte was?«, fragte Sito und schüttelte die Gedanken an Miriam ab.

»Schuld!« Wint rückte sich auf dem Sofa in Position. »Erinnere dich, Paul, Schuld ist einer der stärksten Motoren für uns Menschen.«

Sito nickte langsam. »Ich weiß, worauf du hinauswillst. Der Antrieb für Woltershagen könnte ein eigener Fehler sein, eine Fehlentscheidung. Und damit das Gefühl oder die Gewissheit, Schuld auf sich geladen zu haben.« Reflexartig griff er nach einem der Steine in der Ecke seines Schreibtisches und ließ ihn durch seine Hand wandern. Mit Schuld kannte er sich aus.

»Okay«, sagte Busch, »lasst uns das mal durchspielen. Angenommen, Woltershagen hat Schuld auf sich geladen. Er will das wiedergutmachen, braucht dazu aber uns. Passt das so weit?«

Sito nickte und fuhr fort. »Wenn er als Richter Schuld auf sich geladen hat, dann vermutlich mit einem falschen Urteil. Die Schuld liegt aber nur dann bei ihm, wenn er bewusst so gehandelt hat, also absichtlich, nicht weil wir schlecht ermittelt haben.«

»Oder beides«, überlegte Wint laut.

»Oder beides«, wiederholte Sito. »Was aber sagt das über unseren Täter?«

»Was ich dir vorhin schon gesagt habe, als wir unterbrochen wurden«, begann Wint und nahm sich ein weiteres Brötchen. Er folgte Sitos Blick, der sich an das Brötchen heftete. »Verzeih mir, dass ich esse, das hat nichts mit Misanthropie zu tun, ehrlich. – Was ich vorhin gemeint habe, ist das doppelte Verbrechen. Wenn Woltershagen handelt, weil er eine Schuld tilgen will, dann sind wir uns doch einig, dass er ein ehrenhaftes Ziel hat. Die Frage lautet also, weshalb stellt Woltershagen eine Forderung und schickt uns dann einen Bus mit einer Bombe, der es uns erschwert, seine Forderungen zu erfüllen?«

Busch saß wie angewurzelt da. »Das gibt's doch nicht. Aber natürlich, das passt überhaupt nicht zusammen. Aber das heißt dann –«

»Genau. Dass wir noch einen anderen Täter haben«, vollendete Wint den Satz. Er schenkte sich Kaffee nach, trank einen großen Schluck und fügte hinzu: »Fragt sich nur, ob Woltershagen davon etwas weiß.«

Sito stand auf und vertrat sich die Beine. Anschließend lehnte er sich an seinen Schreibtisch und verschränkte seine Arme vor der Brust. »Und wen wir stattdessen suchen! Irgendeine Idee?«

Statt einer Antwort ertönte ein hohes Pling. Sito sah zu seinem Bildschirm hin. Eine Nachricht von Zimmermann.

»Wir haben ein neues Video«, sagte Sito und rechnete fest damit, dass die Nachricht mit Kirschner zu tun hatte, vermutlich mit einem toten Kirschner.

8

13 Uhr bis 14 Uhr

»Wie weit sind die Pläne für einen Sturm?« Polizeipräsident Simon Jäger knetete seine Hände hinter dem Rücken. Er stand am Fenster in Sitos Büro. Wint und Busch waren mit einem Stapel an Akten und Notizen beschäftigt. Immer wieder hörte man das kauende Geräusch von Wint, der noch einen zweiten Versorgungsteller von Rosa geordert hatte. Busch indessen begnügte sich seit dem Morgen mit Kaffee und Wasser.

Sito stand neben Jäger und teilte dessen Aussicht auf den Bus, die immer beklemmender wurde. »Ich weiß es nicht. Ich muss Rücksprache halten. Ich fürchte aber …« Sito schluckte seine Bedenken hinunter, ihm war, als könnte er die Enge des Busses spüren. Der Geruch eines Kellerverlieses mischte sich in seine Gedanken.

»Es wird nicht klappen, ich weiß. Jetzt, wo dieser Presseheini einfach so …« Jäger kniff die Augen zusammen. »Sagen Sie, Paul, wie konnte das passieren?«

Sito ließ den Kopf hängen. »Keine Ahnung.«

»Haben Sie schon Neuigkeiten von diesem Journalisten? Ob er noch lebt?«

Sito schüttelte den Kopf. Im Hintergrund hörte er Wint trinken. Alles an Wint erschien ihm heute provokativ, gleichwohl wusste er, dass das seiner eigenen Anspannung geschuldet war. Wo zum Teufel steckte Miriam?

»Wie reagiert das Netz auf den Beitrag?« Jägers Hände zitterten wieder. Sofort schob er sie in die Taschen und wirkte auf einmal kleiner.

»Momentan scheint er noch für seinen Mut gefeiert zu werden«, sagte Sito. »Warten wir ab.«

Jäger legte den Kopf schief. »Dass Kirschner einfach so in die Uni laufen konnte, das ist doch merkwürdig, oder?«

Sito zuckte mit den Schultern. »Die Universität ist groß. Laut Zeugenaussagen sind mindestens sechs weitere bewaffnete Männer vor Ort. Zusätzlich zu den sechs Geiselnehmern im Audimax. Dennoch können die sich für einen Moment so sicher gefühlt haben, dass sie nicht am Haupteingang postiert waren.«

Jäger nickte. »Ein Zufall also.« Er sah zu den winzigen Speeren. Seine Mundwinkel bebten leicht. »Die werden Geiseln erschießen. Hier in meiner Stadt wollen die unschuldige Menschen erschießen.«

Das Video, das pünktlich um dreizehn Uhr ausgestrahlt worden war, saß ihnen allen noch in den Knochen.

»Nicht, wenn wir es verhindern können«, rief Wint von seinem Platz auf dem gelben Sofa. Sito drehte sich um und lächelte Wint dankbar zu. Er war vielleicht bisweilen ein Misanthrop, das führte aber auch dazu, dass er unerschütterlich in seinem Optimismus war. Fast schien es so, dass die Vorstellung, er habe nichts zu verlieren, ihn auch stark machte. Busch indessen wirkte geradezu aufgeschreckt.

Jäger nickte. »Paul«, begann er leise, als wolle er Wint und Busch nicht stören. »Wie denken Sie über die Sache? Ich meine, Sie als Mensch, nicht Sie als Hauptkommissar.«

»Die Geiselnahme?« Sitos Blick heftete sich an das verlassene Nest in einer Astgabel gegenüber. Ob das Vogelpärchen vom letzten Jahr sich wohl daran erinnern würde? Waren es die beiden, die vorher stritten? »Ich denke, dass wir noch nicht einmal ahnen, worum es hier wirklich geht.«

Jäger nickte, legte Sito die Hand auf die Schulter und sagte beinahe flehentlich: »Ich will keine toten Geiseln in der Stadt. Tun Sie alles Menschenmögliche.«

»Selbstverständlich.«

Als Jäger gegangen war, setzte sich Sito an den Schreibtisch und blätterte seine Notizen zu Woltershagen durch. Er hatte den Menschen komplett durchleuchten lassen, hatte selbst alles rausgesucht, was das Netz über ihn hergab. Auf einer Seite sammelte er all diese Infos und versuchte jetzt, wie Enzig das immer machte, sich in diesen Kopf hineinzuversetzen. Ein ehemaliger Richter, eine Serie von Vergewaltigungen, unaufgeklärt, aber nicht aus seiner Amtszeit. Wie war Woltershagens Verbindung dazu? Er hatte keine Kinder, keine Nichten, die als mögliche Opfer in Frage kamen. Eine Geliebte? Nein, die Opfer und ihr Umfeld waren durchleuchtet worden, es gab keine Verbindung zu Woltershagen.

»Heinrich, Marc, habt ihr irgendetwas zu Woltershagens Frau bei euch in den Unterlagen entdeckt?«

Wint sah auf, schon wieder kauend – Sito wunderte sich, wie viel er essen konnte –, und verneinte.

Busch blätterte und hob die Hand. »Eine Familie in Hamburg, keine Kinder, zwei Neffen. Mehr nicht.«

»Irgendetwas übersehen wir, nur was?« Sito tippte mit den Fingern auf seinen Schreibtisch. Die Uhr im Hintergrund lief erbarmungslos weiter.

»Er wird niemanden erschießen, Paul«, sagte Wint und wählte auf dem Teller zwischen den letzten beiden Brötchen das hellere. »Er will Gerechtigkeit herstellen, weshalb sollte er sich einen Mord aufs Gewissen laden?«

Sito hob die Augenbrauen. »Deine Überzeugung in allen Ehren, aber du und ich und wir alle hier wissen doch nichts über seine wahren Motive, und du darfst eins nicht unterschätzen –« Sito kam nicht weiter.

»Ich weiß, der Druck bei einer Geiselnahme, die Situation dort oben an der Uni.« Wint lehnte sich zurück. Er wirkte sehr überzeugt. »Ich hab an die zwanzig Geiselnahmen in meiner Karriere erlebt. Glaub mir, Woltershagen lässt niemanden töten. Er hält schon viel zu lange durch, und sieh dir noch einmal das Video an: Er ist absolut gefasst.«

Sito klickte tatsächlich noch einmal auf das Video und ließ es laufen. Busch war aufgestanden und um den Schreibtisch herumgelaufen. Er stützte sich auf Sitos Lehne und folgte den Worten von Woltershagen, der sich zwar wieder bemühte, so zu tun, als würde er den Text ablesen, aber ihn wieder absolut ohne das geringste Beben in der Stimme hervorbrachte.

Busch schüttelte den Kopf, murmelte: »Unfassbar«, und ging zurück zu seinem Sessel, der Wint gegenüberstand. Als wäre er nicht weg gewesen, vertiefte er sich wieder in seine Akten. »Moment.« Wint setzte sich ruckartig auf und legte sein Brötchen zur Seite. »Ich hab hier was.« Busch und Sito machten gleichzeitig eilige Schritte auf die Sofagruppe zu und standen jetzt erwartungsvoll vor Wint. »Der Vermerk hier.« Er hielt eine Seite eines Protokolls hoch. Ein Beamter hatte eine Notiz geschrieben und angeheftet. Auf dem Zettel stand ein Datum im letzten September mit einer Aktennummer und dem Wort »nachhaken«. Nicht gerade ein Quell wichtiger Informationen, aber für Sito, Wint und Busch war es ein Strohhalm.

»Und? Wurde nachgehakt?«, fragte Sito und griff nach der Akte.

Wint wartete, während Sito blätterte und Busch ihm über die Schulter sah. »Soweit ich das sehe: Nein, es gab kein Nachhaken«, sagte Wint und grinste triumphierend in die Runde.

Busch und Sito starrten einen Moment zu Wint, dann rannte Busch auch schon los. »Ich kümmer mich sofort darum«, rief er und war bereits draußen.

»Vielleicht bringt uns das weiter«, sagte Sito.

»Es ist eine Chance. Es könnte die Unbekannte in diesem Fall sein, die unbekannte Stelle«, sagte Wint und rieb sich die Hände. Er lächelte und nickte Sito aufmunternd zu.

Sito indessen wurde von einem Geräusch abgelenkt: Es gurrte. Vor seinem Fenster saß ein Taubenpärchen.

**

Miriam spürte allmählich ihre Hände nicht mehr. Ständig drückte die Studentin neben ihr ihre Hand, schwitzte, weinte, schluchzte. Sie war nicht zu beruhigen, und Miriam bekam langsam Angst, das könnte zu viel Aufmerksamkeit erregen. Weinende Geiseln waren nicht gut, das stresste die Geiselnehmer sicher noch mehr. Die Drohung von Jürgen hatte schon wie eine Zäsur gewirkt, die Ankündigung jedoch, dass einer von ihnen in der nächsten Stunde erschossen würde, hatte die Gruppe in Panik versetzt. Miriam hatte zwei gesehen, die sich übergeben mussten, andere hatten aufgeschrien, manche losgeweint. Andere wirkten inzwischen apathisch. Die Luft im Raum war zum Schneiden, es roch nach Schweiß und Urin. Miriam schluckte. Sie war schon einmal eine Geisel gewesen. Zwar war dies eine komplett andere Situation, aber dennoch kannte sie dieses schreckliche Gefühl der Ungewissheit.

Eigentlich sollte sie jetzt in Gaienhofen sein, unten am See, wo sie mit Paul den Jahreswechsel verbracht hatte. Sie sollte dort sitzen und sich über die Möwen und das Glitzern der Wellen freuen. Sie sollte einen kleinen Ausflug nach Hemmenhofen zum Haus von Otto Dix machen und sich an die Worte ihrer Lehrerin Corinna Liska erinnern, die ihr so viel über den Blick in die Natur bei der Landschaftsmalerei erzählt hatte. Über Demut, Perspektive und Langsamkeit.

Miriam seufzte, dachte an Zufälle und Wahrscheinlichkeiten, an ihre spontane Idee, heute an die Uni zu fahren, um Enzig zu hören. Sie hatte gewusst, dass er nervös war, Anna hatte sich darüber ein bisschen lustig gemacht bei ihrem letzten Kaffeetreffen. Sie mochte Anna, die immer noch ihre Wohnung in der Stadt behalten hatte, um dort hin und wieder ungestört zu sein. Die Wohnung im Haus zur silbrigen Jungfrau.

Miriam träumte sich in die Konstanzer Altstadt. Wie gern wäre sie jetzt genau dort, würde durch die Gassen schlendern und wieder etwas Neues entdecken, eine schöne Klinke, ein Zeichen über einer Tür, ein Tor, das mit Efeu zugewachsen war. Sie kannte Konstanz seit ihrer Kindheit, aber es wurde nie langweilig. Noch nie etwa war sie auf den Turm des Münsters gestiegen. Und sie liebte es, mit Paul –

Sie hielt inne. Er wusste nicht, dass sie hier war. Er wähnte sie sicher in Gaienhofen. Erneut musste sie schlucken. Es war besser, wenn es dabei blieb. Ihr Herz krampfte sich zusammen. Immer hatte er Angst um sie, kämpfte damit, dass er sie nicht beschützen konnte, und jetzt saß sie hier fest.

Es tut mir so leid.

In Gedanken lief sie durch die Fußgängerzone, blieb bei einem herrlich blühenden Judasbaum stehen, freute sich über die Blütenpracht, dachte an ein Eis und daran, dass Konstanz so unversehrt war, dass man leicht einen Zeitsprung machen konnte. »Verlor man sich in Ort und Zeit, dann ist das Glück schon nicht mehr weit« – diese Zeilen huschten durch ihre Gedanken und wie schön es gewesen war, in Gaienhofen im Strandkorb zu sitzen, während um sie herum der bitterste Winter geherrscht hatte. Beinahe hätte es eine Seegfrörne gegeben, eine solch dicke Eisschicht auf dem Bodensee, dass man mit Schlittschuhen rüber in die Schweiz fahren könnte. Sie und Paul und ein paar Zeilen von Hesse in der klirrend kalten Luft aus seinem Mund und Zeus, der –

»Du, aufstehen!«, schallte es plötzlich durch den Raum. Ein Schrei hing in der Luft, und Miriam zuckte zusammen.

Es tut mir so leid, Paul …

Das Mädchen neben ihr zog die Beine an ihren Körper und schlang die Arme darum. Sie wimmerte in ihre Knie und verbarg ihr Gesicht.

Ein Abschied und kein Tag …

Enzig war aufgestanden und hob beschwichtigend die Arme. Auch auf der anderen Seite von Miriam waren Menschen aufgestanden. Miriam begriff nicht, was da gerade passierte, zu sehr hatte sie sich in ihre Erinnerungen geflüchtet.

»Moment mal«, rief Woltershagen.

»Halt's Maul«, kam von einem der Geiselnehmer.

Jetzt sah Miriam, dass Jürgen einen jungen Mann am Arm festhielt. »Den hier?«, fragte er.

»Was soll das?«, rief Woltershagen, der zuvor die Forderung verlesen hatte. »Hinsetzen! Sofort alle hinsetzen.«

»Du hältst jetzt die Fresse«, rief ein anderer.

Miriam sah fragend zu Enzig, doch der starrte wie gebannt zu Woltershagen, der gerade aufgestanden war, aber von Jürgen zu Boden geworfen wurde.

Miriam blickte zu Hans, der ein wenig unschlüssig wirkte.

Die Situation kippte, das begriff sie blitzartig. Hoffentlich zum Guten, zu einer Chance für sie alle. Schon gab es ein Handgemenge neben ihr, Schreie, jemand fiel zu Boden. Im nächsten Moment wurde Miriam angerempelt, fiel ebenfalls um und hob intuitiv die Arme schützend über ihren Kopf.

Sie sah nichts mehr, alles war für einen Moment dunkel, sie hörte aber ein Poltern und spürte das Beben auf dem Boden. Panik breitete sich in ihr aus. Würden sie jemanden erschießen? Konnte Enzig dem Ganzen nicht Einhalt gebieten? Das Mädchen neben ihr wippte mit seinem Körper hin und her und summte vor sich hin.

»Sei leise«, flüsterte Miriam, »sei bitte leise«, doch das Mädchen reagierte nicht. Hinter Miriam gab es Gerangel, Stampfen, Rufe, Beschimpfungen, und dann zerriss ein Schuss die Szene, und es war, als hätte ein göttlicher Donner dem Leben kurz die Zeit entzogen. Miriam wagte nicht zu atmen, ihr war, als hätte der Sand in einer Sanduhr aufgehört zu rieseln, als hinge sie mitten in einem dieser Sandkörner. Um sie herum war nichts.

Paul, der Wind am Strandkorb ... so weich ... wie streicheln ...

Plötzlich wurde ihr heiß. Der Schuss, durchzuckte es sie, der Schuss. Sie spürte eine warme Flüssigkeit an ihrem Körper. Und suchte nach einem Schmerz. Und nach Blut. Der Schuss, dachte sie wieder, er galt mir.

✳✳✳

Busch kam ins Zimmer gestürmt und winkte mit einem Zettel. Er sah aufgewühlt aus.

Sito sprang von seinem Stuhl auf und lief Busch entgegen. »Was hast du für uns?«

»Also, ich hab mit dem Polizisten telefoniert, der den Vermerk gemacht hat. Es gab einen anonymen Hinweis auf einen Überfall auf eine Frau. Und zwar am 24. September im letzten Jahr.«

Wint blätterte in seinen Unterlagen. »Vier Wochen nach der ersten Vergewaltigung.«

»Und keine Anzeige?«, fragte Sito. Er wusste, dass sie etwas übersehen hatten – vielleicht schlicht den ungewöhnlichen Abstand der Taten?

Busch nickte bestätigend. »Der Kollege, der den Anruf entgegengenommen hatte, war sich sicher, dass es kein Fake-Anrufer war. Er soll ernsthaft besorgt geklungen haben. Ein Mann außerdem, ein Fischer, der auf seinem Boot am Ufer entlanggeschippert war, am Uferweg zwischen Egg und Mainau. Ein Mann hätte eine Frau gepackt und in den Wald gezerrt. Der Fischer sagt, er hat kein Smartphone dabeigehabt und ist dann, so schnell es eben ging, zu seinem Auto, weil er von dort die Polizei rufen wollte.«

»Und dann?«, fragte Sito.

»Nichts und dann. Er hatte sein Handy auch nicht im Auto und musste erst nach Hause fahren.«

»Himmel, das kann doch nicht wahr sein«, rief Sito und schlug sich mit der flachen Hand gegen die Stirn.

»Klingt aber glaubwürdig«, sagte Busch. »Leider. So etwas erfindet ja keiner, der der Polizei einfach nur Arbeit machen will.«

»Also«, sagte Sito, um Fassung bemüht, »von welchem Zeitraum sprechen wir?«

»Er meint, nach eineinhalb Stunden etwa –«

»Und in der Zeit wird eine Frau vergewaltigt. Ist noch jemand hingefahren?«

Busch sah auf seine Unterlagen und schüttelte den Kopf. »Eine Streife fuhr auf den Mainauparkplatz, mehr ist nicht vermerkt.«

Sito sah zu Wint, der nur mit den Schultern zuckte. »Was hätten die Kollegen tun sollen?«

Sito hob abwehrend die Hände. »Also«, fragte er stattdessen, »was nehmen wir an?«

»Uns fehlt ein Opfer«, kommentierte Busch, »und weiter können wir daraus schließen, dass Woltershagen das weiß. Womöglich also …«

»… besteht zwischen diesem zweiten Opfer und Woltershagen der Zusammenhang«, vollendete Sito den Satz. »Verdammt. Was jetzt?« Er sah zur Uhr, die dreizehn Uhr einundvierzig zeigte. »Uns bleiben neunzehn Minuten bis zur angedrohten Erschießung einer Geisel.«

Wint klopfte mit der Faust auf den Tisch. »Was will dieser Typ nur, und wer ist der zweite Mann, der uns einen Bus mit einer Bombe schickt?«, fluchte er, stand auf und ging zu Sito hinüber an dessen Computer. »Eine Chance haben wir vielleicht noch.«

»Ja?«, fragten Sito und Busch gleichzeitig.

»Es gibt doch die Möglichkeit der anonymen Spurensicherung. Vielleicht war unser Opfer geistesgegenwärtig genug und ist zum Arzt gegangen.«

»Sehr gut, Heinrich«, lobte Sito, klatschte einmal in die Hände und schob sich an ihm vorbei an seinen Computer. Er suchte die Nummer heraus und rief im Krankenhaus an. Zwei Minuten später wussten sie, dass es eine solche anonyme Sicherung am 24. September spätabends gegeben hatte. Einzelheiten durften sie nicht preisgeben, hier half aufgrund des übergeordneten Opferschutzes nicht einmal ein richterlicher Beschluss – die diensthabende Ärztin würde den Namen ihrer Patientin nicht preisgeben. Sito wusste das, doch allein die Tatsache, dass sie vielleicht auf dem richtigen Weg waren, gab ihm schon neuen Mut. »Was machen wir jetzt mit dieser Information?«

Wint war zu seinem Platz auf dem Sofa zurückgekehrt. Er verschränkte die Hände hinter dem Kopf und ließ sich in die Lehne sinken, den Blick an die Decke gerichtet.

»Heinrich?«, fragte Sito.

Wint nickte langsam. »Kennst du das Gefühl, etwas übersehen zu haben?«

Sito schloss kurz die Augen. »Nur zu gut, Heinrich, nur zu gut.«

Plötzlich stand Wint auf, griff in die Keksdose und stopfte sich drei Kekse auf einmal in den Mund. Er steckte sein Smartphone in die Manteltasche und schob sich mit beiden Händen die Mütze zurecht. »Kollegen, ich hol mir mal noch ein paar Akten. Wir sehen uns.«

»Äh, Heinrich? Was –« Busch wollte Wint nach, doch Sito hielt ihn zurück.

»Lass ihn mal. Er kommt sicher gleich wieder.« Sito nahm wieder einen Stein von seinem Schreibtisch und ließ ihn durch seine Hand wandern. »Marc, wenn wir davon ausgehen, dass Woltershagen und das zweite Opfer sich kannten und er diese Aktion startet, dann können wir doch vielleicht auch annehmen, dass er den Täter kennt, oder?«

Busch kämpfte wieder mit seinen Hemdsärmeln, die einfach nicht oben bleiben wollten. Er zuckte mit den Schultern. »Vermutlich, ja.« Nachdenklich rieb er sich den Nacken.

»Aber wenn Woltershagen denkt, wir hätten den Fall lösen können, dann legt das nur einen Verdacht nahe, oder?«

Niedergeschlagen ließ Busch seine Arme hängen. »Der Täter genießt besonderen Schutz. Darauf willst du doch hinaus, hab ich recht?«

✳✳✳

Goffer und Kaiser hatten inzwischen alle Zeugen befragt und ein recht genaues Bild der Abläufe vom frühen Morgen erstellen können. Sie kannten die Wege der Geiselnehmer und kamen anhand der Aussagen auf insgesamt zehn bis zwölf bewaffnete Personen. Zwei waren durch Tattoos am Hals aufgefallen, zwei durch einen sehr kräftigen Nacken und ihre bullige Statur. Einer war auffallend klein.

Sie hatten ohne Pause gearbeitet, ihre Notizen verglichen und immer wieder auf der großen Tafel in ihrem Gemeinschaftsbüro Informationen gesammelt, den Geiselnehmern zugeordnet, mit Pfeilen neu verteilt. Jetzt standen sie vor dem Tafelbild und nickten einander zu.

»Gute Arbeit«, kommentierte Kaiser mit seiner tiefen, ruhigen Stimme und klopfte Goffer auf die Schulter.

»Ich geb gleich alles an Zimmermann und die Kollegen weiter.«

»Wir wissen jetzt wenigstens, wie sie vorgegangen und wie

sie aufgestellt sind. Das hilft den Leuten für einen Sturm …« Kaiser schluckte den Rest hinunter und rieb sich das Kinn. Neben der Tafel mit allen Infos zu den Geiselnehmern hing ein Plan der Universität. »Das wird verdammt schwierig. Egal, ob es nun vier oder sechs weitere Geiselnehmer sind, die irgendwo in dem Gelände rumschwirren, der Wald …« Er zeigte auf die unmittelbare Umgebung um das Gebäude der Universität, bevor er fortfuhr: »Es ist zu unübersichtlich.«

Goffer nickte. »Ich weiß, das werden die nicht durchziehen.«

»Die machen eine Aufstellung der möglichen Kollateralschäden, und dann war's das mit einer Befreiung der Geiseln.«

»Ich seh da aber auch keine Möglichkeit«, meinte Goffer. »Wir kommen da unten ja noch nicht mal in den Bus.« Er legte die Hände in den Nacken. »Und dieser Journalist vorhin spaziert einfach so in die Universität.«

Kaiser sah zur Seite. »Ein Journalist? In die Uni? Der Kirschner etwa?«

Goffer schüttelte den Kopf. »Sag mal, liest du unsere Nachrichten nicht?« Goffer stellte sich mit in die Hüften gestemmten Händen vor Kaiser hin.

»Jetzt komm mal runter. Ich hab pausenlos Befragungen durchgeführt und ausgewertet und –« Kaiser hielt inne. »Kirschner ist in die Uni spaziert? Und dann? Haben wir Kamerabilder?«

Goffer nickte und lockerte seine Haltung. Er war zum Zerreißen angespannt, hatte ein heftiges Druckgefühl im Magen und wusste, dass er das erst wieder loswürde, wenn dieser Tag gut überstanden wäre. Die Vorstellung, dass ein Familienangehöriger von ihm jetzt in diesem Bus unten auf dem Parkplatz oder unter den Geiseln an der Universität säße, ließ ihn schaudern.

»Du kannst dir seine Aufnahme anschauen. Sie endet, als er einem der Geiselnehmer begegnet.« Goffer atmete einmal hörbar aus, es klang wie ein Schnauben. »Der letzte Blick geht in den Lauf eines Maschinengewehrs.« Goffer biss sich auf die Lippen. Das Video steckte ihm immer noch in den Knochen, dieser Moment, wenn man mit dem Schlimmsten rechnete, die Erwartung aber im Leerlauf hängen blieb.

Kaiser stand wie angewurzelt da.

Goffer wartete einen Moment, dann wurde er unruhig. »Was ist?«

»Verdammt«, rief Kaiser plötzlich aus und noch mal: »Verdammt, verdammt, verdammt, so eine Scheiße!« Er stellte seinen Kaffeebecher so schwungvoll auf den Tisch, dass die Hälfte herausschwappte, und rannte zu seinem Schreibtisch. Dort suchte er nach seinem Telefon. »Verdammt«, fluchte er wieder, bis er es endlich fand.

»Was ist denn los mit dir, spinnst du?«, fragte Goffer verstört.

Während Kaiser das Telefon mit der Schulter ans Ohr presste und auf seinen Gesprächspartner wartete, schrieb er auf seinem Smartphone und rief Goffer zu: »Wo sind die Zeugen? Haben wir die gehen lassen?«

Goffer zuckte mit den Schultern. »Wir haben ihre Personalien und … natürlich durften sie gehen.«

Kaiser legte auf und wählte eine andere Nummer. »Hallo? Ja, Kaiser hier. Sofort alle Zeugen zurück. Ja. Was? Wie viele?« Kaiser wurde blass. »Holen Sie sie zurück, wenn möglich, alle.« Er machte eine kurze Pause, dann fügte er hinzu: »Und machen Sie die übrigen ausfindig. Sofort!«

Goffer war zu seinem Kollegen an den Tisch getreten, stützte sich jetzt mit den Händen darauf und beugte sich vor. »Was zum Henker ist hier los? Kannst du mir das bitte erklären?«

Kaiser hatte schon wieder eine Nummer gewählt und hielt Goffer zwei Finger der linken Hand entgegen. »Moment«, flüsterte er und wartete. »Sito, hallo. Wir müssen sofort reden. Alle.«

※ ※ ※

Enzig rang nach Atem. Es war, als hätte man die Luft aus dem Raum gesogen. Das war sicher nur Einbildung, sagte er sich, die Luft ist nach wie vor ausreichend. Der Schuss war wie eine

Ohrfeige, ein Schlag in die Magengrube, ein Schrei in der Nacht. Er schwitzte. Der Schuss. Er hatte ihn zwar gehört, aber nicht gesehen, wem er gegolten hatte. Jetzt war alles still. Beängstigend still. Als würden sie alle warten auf ein erlösendes Zeichen, dass alles gut war. Warten, darauf, dass die Erinnerung verschwand. Die Stille aushalten, weiteratmen. Enzigs Augen suchten Miriam, die noch immer mit den Armen über dem Kopf auf dem Boden lag. Reglos. Nichts an ihr rührte sich. Atmen, sagte Enzig zu sich, meinte aber Miriam. Er schnappte mit dem Mund unwillkürlich in den Raum vor seinem Gesicht, wollte Miriam rufen, fühlte den Schweiß an seinem Nacken. Miriam bewegte sich nicht.

Mehrere Studenten erhoben sich langsam, sahen sich um, als kämen sie aus dem Dunklen ins Helle, schwankten, hielten die Hände vors Gesicht. Die Geiselnehmer standen still, wie eingefroren, fassungslos die einen, zornig die anderen. Sein Verdacht, die Männer passten nicht zusammen, passten schon gar nicht zu dem alten Mann als Anführer, bestätigte sich in Sekundenschnelle. Wo war er überhaupt? Woltershagen. Enzig sah sich um. Da stand er, am Rand, gestikulierte mit den Armen, brachte aber kein Wort heraus. Was bedeutete es nun für ihn und auch sie alle, dass Woltershagen versucht hatte, die Geiseln zu schützen? Ich muss mit ihm reden, sagte sich Enzig, ihn davon überzeugen aufzugeben – sofern er noch die Macht dazu hatte.

Miriam, bitte bewege dich, bitte.

Während er flehte, zerschnitt plötzlich ein Schrei den Raum in zwei ungleiche Teile. Einer fiel nach hinten weg, einer war bittere Realität. Er kam so unvermittelt, dass Enzig ein eiskalter Schauer über den Rücken lief, als hätte er nicht genau damit rechnen müssen, als wäre es nicht klar gewesen, dass dieser Schrei irgendwann die Stille durchbrechen musste. Enzig fühlte sich, als säße er auf einer winzigen Eisscholle im offenen Ozean. Jetzt war es so weit – das Unaussprechliche war eingetreten. Sofort sah er zu Miriam, hoffend, bebend – nichts.

»Ist der tot?«, fragte einer der Geiselnehmer und schrie sofort: »Ihr anderen hinsetzen, sofort!«

»Die, du Idiot, es ist eine Die«, antwortete ein anderer und kratzte sich unter seiner Maske.

Enzig starrte auf Miriams Körper, leblos lag er zwei Meter von ihm entfernt. Hatte der Schuss sie getroffen?

»Ihr Idioten, was habt ihr getan?«, schrie jetzt Woltershagen, der als Einziger noch stand. Seine Stimme überschlug sich. Die Studenten in seiner Umgebung hoben die Arme schützend über ihren Kopf. Einer zog Woltershagen am Jackett, als wollte er ihn ebenfalls nach unten auf den Boden zerren.

»Setz dich, Alter!« Jürgen kam über den Boden gestapft und stieß ihn mit dem Gewehrknauf nach unten. »Wer hat da geschrien?« Er drehte sich um und blickte in die Runde.

»Die lebt noch«, rief einer der Studenten. »Wir brauchen einen Arzt.«

Enzig richtete sich auf, versuchte zu erkennen, auf wen der Student gezeigt hatte. Auf Miriam? Er wusste es nicht.

»Die lebt noch? Verdammte Scheiße!«, schrie der Geiselnehmer vom Gang, und sofort waren die beiden vorderen in Bewegung. Hans hielt sich die Hand vor den Mund.

Jürgen fuhr herum, lief zu seinem Kollegen und damit auf Miriam zu. Enzig konnte nicht mehr atmen. Bitte nicht, schoss ihm durch den Kopf, bitte nicht. Er war wie gelähmt. Die Erleichterung, dass sie noch lebte, wenn sie auch getroffen wurde, zerfiel in Jürgens angewidertem Gesichtsausdruck. Jürgen stand da, sah auf den Boden, dann zu Woltershagen und schließlich zu Enzig. »Scheiße noch mal«, sagte er, dann legte er das Gewehr an.

»Nein«, schrie Enzig, auf allen vieren machte er einen Schritt in Miriams Richtung, doch sein »Nein« wurde von einem weiteren Schuss übertönt.

✳✳✳

Sito rannte gefolgt von Busch zum Konferenzraum, dort warteten Kaiser und Goffer sowie Ruger und Jäger.

»Was ist los?«, fragte Sito außer Atem.

»Sieht so aus, als müssten wir den Terrorverdacht neu erörtern«, erklärte Jäger, und seine Stimme vibrierte.

»Bitte was?«, fragte Sito und hob fragend die Hände. Busch stand mit in die Hüfte gestemmten Händen neben ihm und versuchte, zu Atem zu kommen.

»Wir haben vielleicht Geiselnehmer mit den Zeugen gehen lassen«, sagte Kaiser und machte ein zerknirschtes Gesicht.

Es brauchte eine Weile, bis Sito die Informationen in seinem Kopf zusammengesetzt hatte. Er fuhr sich mit den Fingern über die Narbe an seiner linken Schläfe, ließ die Szenen des Vormittags vorbeilaufen und starrte dabei Kaiser an.

»Die Leute aus dem ersten Bus?«, fragte Busch.

Kaiser nickte. »Ich bin darauf gekommen, als ich von diesem Journalisten gehört hab, diesem Kirschner, der seelenruhig in die Uni spaziert ist.«

»Du meinst, da waren zu wenig Bewaffnete?«, fragte Sito.

»Weil die im Bus einfach zu uns gefahren sind!« Busch schüttelte fassungslos den Kopf. »Himmel noch mal. Aber sicher, das kann absolut sein. Kirschner hat erst am Audimax einen Bewaffneten getroffen.«

Sito hob die Hände in die Höhe. »Weshalb sollten sie das tun?«

»Weil sie vielleicht noch etwas ganz anderes vorhaben?«, mutmaßte Busch.

Sito machte eine abwehrende Geste. »Höchstens um Leute aus der Schusslinie zu bringen. Es war ein Risiko.«

»Ja, stellte aber sicher, dass die Busse an ihren Zielort fahren«, sagte Goffer.

»Schon, aber dafür reichte doch auch schon die Bombendrohung«, warf Busch ein. »Denkt nur an den Busfahrer aus dem ersten Bus.«

»Wie dem auch sei«, mischte sich Jäger ein. »Wir müssen dem nachgehen.«

»Wir sind gerade dabei, die Zeugen aufzutreiben«, erklärte Goffer. »Die meisten haben korrekte Angaben gemacht.«

»Wie viele fehlen noch?«, fragte Sito.

»Fünfzehn«, kam von Jäger.

Kaiser sah auf sein Smartphone. »Halt, nur noch neun. Die anderen sind bestätigt.«

Ruger kratzte sich an der Stirn. »Das ist … Meine Herren, wenn wir vom schlimmsten Fall ausgehen, und das müssen wir angesichts der Gesamtsituation, dann haben wir jetzt vielleicht vier oder fünf schwer kriminelle Männer in der Stadt rumlaufen.« Er sah zu Jäger. »Sprechen wir jetzt über den Ernstfall?«

»Sie denken an einen Lockdown?«, entgegnete Jäger und rieb seine Hände. »Ausgeschlossen. Die Stadt ist ohnehin so gut wie abgeriegelt, die Öffentlichen fahren nicht mehr durchs Zentrum. Wir können nicht abriegeln und die Leute in ihre Häuser schicken, es sind viel zu viele. Wir gewinnen also nichts.«

»Vielleicht hatte dieser Kirschner einfach nur Glück«, sagte Goffer, vermutlich in der Absicht, die Lage zu entschärfen. Er starrte auf sein Smartphone und hielt es triumphierend in die Höhe. »Wieder ein Zeuge gefunden!«

»Noch acht also«, kommentierte Ruger. »Bleibt immer noch das Risiko, dass wir eine Handvoll Verbrecher da draußen haben mit fragwürdigem Ziel.« Ruger nahm abrupt Haltung an und räusperte sich: »Sagen Sie mal, meine Herren, ist denn überhaupt gewährleistet, dass alle vermeintlichen Zeugen dieses Gebäude auch wirklich verlassen haben?«

∗∗∗

Zimmermann hatte es endlich geschafft. Mehrfach hatte er versucht, mit den Geiselnehmern in Kontakt zu treten und ein Gespräch zu arrangieren, immer wieder erfolglos, aber vor einer Viertelstunde endlich konnte er schreiben, dass seine Kollegen etwas herausgefunden hatten und dringend das Gespräch wünschten. Sito hatte sogar angeboten, selbst an die Uni zu kommen und im Austausch mit einer Geisel die Verhandlungen zu führen.

Nun stand eine Videokonferenzschaltung mit einem der Geiselnehmer. In einer Minute sollte es so weit sein. Zimmermann sah nervös auf die Uhr und rief bei Sito an. Noch bevor sein Anruf durchgestellt wurde, ging die Tür auf, und Sito betrat mit Busch den Raum im Erdgeschoss. Er klopfte Zimmermann auf die Schulter. »Gut gemacht. Wo müssen wir hin?«

»Hier.« Zimmermann zeigte auf die beiden Stühle. Auf dem Tisch stand ein Laptop. Sito setzte sich und massierte sich kurz die Schläfen. Zimmermann sah die Narbe, die sich ein paar Zentimeter am linken Auge vorbeischlängelte. Schon längst hatte er fragen wollen, was da passiert war.

»Wie war die Reaktion auf mein Angebot eines Austausches?«, fragte Sito. Er klang nüchtern, professionell, klar. Busch hingegen machte einen fahrigen Eindruck, und Zimmermann vermutete, dass er selbst derzeit eher wie Busch wirkte. Der Schlafmangel hatte außerdem seine Spuren hinterlassen. Ständig ballte er seine Fäuste kurz, um seine Fingergelenke in Bewegung und sich munter zu halten. Ein Tick, den er nicht mehr richtig loswurde.

»Nur Ablehnung. Insgesamt kommt wenig. Was merkwürdig ist. Als hätten sie noch einen anderen Plan im Kopf, versteht ihr?«

Sito nickte. »Verstehe. Wann geht es los?«

Zimmermann sah auf die Uhr: »Jetzt.«

Zimmermann stellte die Verbindung her. Ein Wählzeichen erklang, dann endlich ein Bild. Ein maskierter Mann mit Waffe war zu sehen.

»Sie und ich, wir beide haben ein gemeinsames –«, begann Sito, doch der andere fiel ihm ins Wort.

»Ha, das hab ich heut schon mal gehört.«

Zimmermann schluckte. Gewiss hatte Enzig ebenfalls versucht, ein Gespräch zu beginnen. Es war ein klassischer Satz für den Beginn von Verhandlungen. Er versuchte, die Personen auf Augenhöhe zu setzen. Aber er gelang nicht immer.

»Wir würden gern verhandeln«, sagte Sito schnell mit fester Stimme.

»Es gibt nichts zu verhandeln. Was haben Sie?«

»Es gibt immer etwas zu verhandeln. Wie geht es den Geiseln?«

»Was haben Sie? Sonst bin ich weg.«

Busch hob beschwichtigend die Hand. »Wir wissen, dass es mit der zweiten Frau zu tun hat. Mit dem zweiten Opfer, das leider nie Anzeige erstattet hat. Die Kollegen hatten keine Chance. Wir haben keinen Ermittlungsfehler feststellen können.«

Der Mann zögerte, er sah kurz zur Seite. Eine Bewegung, die Sito wie ein Nicken vorkam, dann: »Das reicht nicht.« Im Hintergrund waren schemenhaft Menschen erkennbar. Das Bild wackelte. »Finden Sie den Täter.«

»Wie geht es den Geiseln?«, wiederholte Sito. »Geben Sie uns irgendetwas, damit wir wissen, dass –«

Das Bild verschwand, der Bildschirm wurde schwarz. Zimmermann beugte sich vor und tippte die Wahlwiederholung, dann schüttelte er den Kopf.

»Das war's schon wieder«, erklärte er und ließ die Schultern hängen. »War das überhaupt im Audimax?«

Busch hob die Hände in die Luft und ließ sich in seinen Stuhl zurückfallen. »Das gibt's doch nicht. Was soll denn der Mist? Was denkt der sich? Sollen wir zaubern?«

Sito hingegen blieb ganz ruhig sitzen. »Er hat zur Seite geschaut. Er wusste nicht, was er sagen sollte.«

Zimmermann ging an seinen Platz auf der anderen Seite des Tisches zurück und tippte auf seiner Tastatur. »Das Video ist in eurer Timeline. Ihr könnt es ab sofort abrufen.«

»Ja und?« Busch war wütend. Er griff an seinen Hemdkragen und versuchte, diesen zu lockern, anschließend krempelte er wieder die Ärmel hoch.

»Beruhige dich, Marc. Es war ein Versuch. Wir haben jetzt einen ersten Kontakt. Immerhin.«

»Ihr seht es so wie Heinrich? Ich meine, dass die niemanden erschießen?« Busch sah von Sito zu Zimmermann.

Zimmermann wusste nicht, was er glauben sollte, zögerte mit einer Antwort, blieb wieder an Sitos Narbe über der linken

Schläfe hängen, über die sein Kollege immer zweimal mit den Fingern der linken Hand fuhr, wenn er nachdachte. Was einem alles auffällt, wunderte sich Zimmermann. In diesem Moment poppte auf dem linken seiner Monitore ein neues Bild auf. Zimmermann biss sich auf die Lippen. Umgehend schmeckte es nach Blut, aber was er da sah, ließ ihn den Ärger über seine Ungeschicktheit vergessen.

»Ich weiß es nicht mehr«, sagte Sito gerade tonlos.

Zimmermann fuhr abrupt zur Seite, sein Stuhl quietschte hässlich.

»Karl, was ist los?«, fragte Sito.

Sekunden starrte Zimmermann auf den Bildschirm, leckte das Blut von seiner Lippe, schluckte es hinunter. »Oh mein Gott«, flüsterte er und deutete mit dem Finger auf den Bildschirm. »Seht doch!«

9

Das Bild flackerte einfach als kleines Video über die Facebook-Seite der Stadt. Ein Geiselnehmer zog einen menschlichen Körper aus dem Audimax und legte ihn in die Halle, dann verschwand er wieder.

»Ist das Kirschner?«, fragte Busch.

Um vierzehn Uhr eins klingelte Sitos Smartphone. Polizeipräsident Jäger wollte eine Bestätigung, ob es sich um ein echtes Video handelte, ein echtes Opfer.

Sito musste nicht lange warten, dann poppte bei Skype wieder ein Anruf hoch.

»Damit Sie sehen, dass es uns ernst ist«, sagte der Geiselnehmer, der Stimme nach derselbe wie kurz zuvor.

»Weshalb haben Sie das getan?«, brachte Sito nur mühsam hervor.

»Wir haben gesagt, was wir tun. Sie haben nicht geliefert.«

»Ist das Opfer tot?«, fragte Sito.

»Davon ist auszugehen.«

»Können wir das Opfer bergen?«

»Ein Auto vor den Haupteingang. Zwei Personen. Sehen wir mehr oder irgendeinen krummen Versuch, erschießen wir eine weitere Geisel. Sie haben fünfzehn Minuten.« Er sah auf seine Armbanduhr. »Ab jetzt.«

Das Bild wurde schwarz.

Sito stand noch eine Weile in der gleichen Haltung, auf den Tisch gestützt und vorgebeugt. Busch sammelte sich schneller. Er telefonierte mit dem Einsatzleiter des SEK, und die schickten zwei Männer mit einem Auto an den Haupteingang der Universität. Sie waren mit winzigen Kameras ausgestattet und hofften, an weitere Informationen zu gelangen. Einen Plan zum Sturm hatten sie jedoch noch nicht.

»Der hat nicht im Geringsten gezögert«, sagte Busch und begann mit seinem Stuhl zu kippeln.

Zimmermann spulte den Mitschnitt der beiden Gespräche zurück. »Ist mir auch aufgefallen«, sagte er. »Zwischen dem ersten Gespräch und dem zweiten vergingen eine Minute und sechsundvierzig Sekunden. In denen haben die also eine Geisel ausgesucht und kaltblütig erschossen.«

Sito löste seine Haltung auf und verschränkte die Arme. »Wie wahrscheinlich ist das?«

»Verdammt wenig Zeit. Es sei denn, die hatten schon ein Opfer ausgesucht«, meinte Busch.

»Und überhaupt keine Schusshemmung«, ergänzte Zimmermann.

Auf dem mittleren Bildschirm hieß gerade Sibylle Hundhammer die Menge willkommen. Ein paar tausend Menschen verteilten sich über Hafenareal und Marktstätte sowie die Bodanstraße in Richtung Lago. Die Kamera der ARD fuhr nach oben und gab ein beeindruckendes Luftbild der Menge, dann zoomte sie wieder Sibylle heran, und ihre Worte breiteten sich über die Menge aus.

Sito starrte das Mädchen an, das sich lächelnd an ihre Begleiter wandte. Sito wusste, dass die Männer ihre Sicherheitsbeamten waren. Wie traurig doch diese Notwendigkeit war. Sibylle erzählte von ihren Zielen, von dem gemeinsamen Kampf, von der großen Aufgabe für die Zukunft, von ihrem Vorhaben, heute friedlich und gemeinsam für die große Sache zu demonstrieren. Eine andere Sprecherin kam und verkündete den Ablaufplan, wo sie laufen und Station machen würden. Eine Band spielte zum Einstieg »Let it be« von den Beatles. Sito bekam eine Gänsehaut. Und wieder dachte er insgeheim: Irgendetwas übersehe ich, da ist etwas, das ich einfach nicht zu fassen bekomme in dem Bild.

»Und schon geht es los«, kommentierte Zimmermann mitten in Sitos Gedanken hinein. »Das haut jetzt richtig rein. Ein Livebild von einem Opfer auf der Facebook-Seite.« Er zeigte auf die Kommentarleiste, dort überschlugen sich die Einträge.

Die Palette reichte von erschrocken oder schockiert zu zynisch und beleidigend.

»Die Polizei schaut zu, wie sie die Menschen da umbringen.«
»Die kümmern sich lieber um die Umwelttheinis.«
»Ist doch klar. Wir Bürger sind denen doch egal #dieGeiselnahmeschafftFakten«

»Was schreiben die für einen Mist?«, rief Busch erbost aus und warf beim Aufstehen seinen Stuhl um. »Entschuldigt«, sagte er kleinlaut und hob den Stuhl wieder auf. Er schüttelte den Kopf.

Ihre Smartphones klingelten synchron. Jäger bestellte sie umgehend in sein Büro, Bürgermeister Auweiler sei ebenfalls bereits im Haus, Ruger sowieso. Und schon waren Sito und Busch wieder im Laufschritt unterwegs durch das Präsidium. Auf dem Weg dorthin allerdings kam Rosa ihnen buchstäblich in die Quere.

»Einer von euch sollte mitkommen«, sagte sie bestimmend.
»Was ist?«, fragte Sito. »Jäger erwartet uns.«
Busch sah auf die Uhr. »Jetzt mach es nicht so spannend.« Er massierte sich abwechselnd die Schultern, sah, dass ein Ärmel wieder nach unten gerutscht war, und machte sich daran zu schaffen.

»Frau Woltershagen«, erklärte Rosa und schniefte. »Sie sitzt in deinem Zimmer, Paul.«

***

»Miriam!«, schrie Enzig. Er wollte sich nicht beherrschen. Dieser zweite Schuss, ihm war, als läge der Nachhall noch in der Luft.

»Was zum Teufel macht ihr?«, brüllte Woltershagen wutentbrannt.

Endlich bewegte sich Miriam. Langsam kam sie aus ihrer kauernden Haltung nach oben und sah Enzig verwirrt an. Sie streifte sich die Haare aus der Stirn und tastete ihren Körper ab. Enzig verfolgte jede ihrer Bewegungen – sie war unverletzt. Ganz allmählich löste sie sich aus ihrer Schockstarre.

»Also?«, wiederholte Woltershagen in herrischem Ton. »Was geht hier vor? Seid ihr komplett durchgedreht?«

Enzig wusste, dass jetzt der Moment gekommen war, in dem die Masken fielen. Sie waren abgelenkt. Er nutzte die Gelegenheit und betätigte die Aufnahmefunktion in seinem Smartphone. Entschlossen stand er auf. »Das würde ich auch gern wissen.«

»Ach, na sieh mal einer an. Verbündete!« Jürgen lief zwischen den beiden hin und her und dabei auch durch die Blutlache am Boden. Vor dem älteren Mann blieb er stehen und hielt ihm die Waffe ins Gesicht. »Wonach sieht's denn aus, alter Mann?«

»Ich habe gesagt, keine Toten!«

»Können wir reden?«, fragte Enzig und trat einen Schritt vor. »Es ist wichtig, dass wir *jetzt* reden.«

Jürgen lachte höhnisch auf. »Ihr wollt immer reden. Was ist, bist du auch ein Bulle?« Er lachte, doch ein leises Raunen ging durch den Raum. Jürgen und ein weiterer der Geiselnehmer sahen erst einander und dann die Leute im Raum an.

»Was war das eben?« Jürgen beugte sich zu einer auf dem Boden sitzenden Frau. »Wer ist euer Lehrer?«

Sie schluchzte. »Roman Enzig«, antwortete sie und sackte sofort in sich zusammen. Er zog sie an den Haaren hoch.

Sie reckte ihre Hände nach oben, versuchte, sich zu befreien. »Bitte nicht, tun Sie mir nichts, ich flehe Sie an. Meine Freundin hat Geburtstag heute, ich muss zu ihr. Bitte. Er ist ein Doktor. Dr. Roman Enzig«, presste sie hervor.

So absurd es war, Enzig wusste, was da im Gehirn passierte – man klammerte sich an einen Funken Normalität, an einen Geburtstag, es waren Rettungsanker.

Jürgen war kurz konsterniert. Tatsächlich ließ er die Frau los und wandte sich um: »Sagt dir das was, Jacko?«, fragte er, aber sein Kollege verneinte, kam dann zu ihm und gab ihm eine Kopfnuss. »Du Idiot. Keine Namen.«

»Was machen wir mit dem Alten? Brauchen wir ihn noch?«

»Ich dachte, also ich weiß nicht recht, was hier gerade vor sich geht«, sagte Hans, der soeben hinzugekommen war. Enzig knabberte auf dem Daumennagel seiner linken Hand. Die beiden Lager, die er von Beginn an ausgemacht hatte, spalteten sich jetzt auf. Hans stand eindeutig auf der Seite von Woltershagen. Sie tauschten gerade einen Blick, doch beide waren offensichtlich ratlos.

Jürgen baute sich vor Hans auf. »Tja, Kumpel, du hast die Wahl. Entweder bist du auf unserer Seite, oder du bist die nächste Geisel, die wir leider erschießen müssen.«

Woltershagen war vorgeprescht und zerrte an der Waffe von diesem Jürgen. »Bist du von allen guten Geistern verlassen? Du hirnamputierter Idiot. Weißt du nicht, wen du hier vor dir hast? Ich bin der Initiator des Ganzen. Ich bin euer Auftraggeber.«

Enzig konnte sehen, wie die Studenten sich fassungslos ansahen. Einige waren wieder versucht, sich zu erheben. Die beiden Geiselnehmer von den Gängen stimmten sich mit jenen von der Tür ab und kamen zur Bühne nach unten. Enzig wusste, dass dieser Moment alles entscheiden würde, dass alles davon abhing, wie hoch das Ansehen des Auftraggebers wirklich war. Sie standen genau nebeneinander, Woltershagen und er, der Richter und der Profiler, und beide in der Hand von Verbrechern, daran bestand kein Zweifel. Enzig wusste, dass es galt, sich in dieser heiklen Situation sinnvoll und beruhigend einzubringen, bevor –

»Sofort ist Schluss!«, rief der alte Mann und erhob drohend seine Faust, doch er kam nicht weiter. Jürgen versetzte ihm mit seinem Gewehr einen heftigen Schlag in den Magen. Woltershagen krümmte sich zusammen und stürzte anschließend mit einem gurgelnden Geräusch neben Enzig auf den Boden. Nun stand nur noch Enzig.

»Wir haben ein gemeinsames Ziel«, begann er und atmete ganz ruhig ein und aus.

»Hä?« Jürgen stellte sich direkt vor ihn. »Den Scheiß hör ich jetzt zum dritten Mal. Das hat der Bulle vorhin auch –« Er hielt inne und zog eine fiese Fratze.

»Ja, Sie und ich wollen diese Situation gut auflösen.«

»Ha.« Jürgen drehte sich um und schaute zu seinen Kollegen. »Der weiß aber viel.« Anschließend wandte er sich wieder Enzig zu: »Schlauberger, wie?« Er berührte ihn mit dem Lauf seiner Waffe. »Ein Doktor. Damit stehst du ja eh über uns und weißt sowieso alles, was?«

»Nein, ganz und gar nicht. Sie haben die Kontrolle, Jürgen. Aber wir müssen jetzt auch gar nichts entscheiden.«

»Was faselst du da?«, ereiferte sich Jürgen und sah sich aufgebracht nach seinen Kollegen um. »Der hat doch einen Lattenschuss, faselt hier rum, als hätt ihn einer …« Er zielte mit dem Gewehr auf Enzig und deutete einen Schuss an. »Peng. Das wär so einfach, dann sind wir den Dummschwätzer endlich los. Aber vorher soll er zusehen, wie ich die kleine Schlampe –«

»Jürgen, reiß dich zusammen«, rief der Kumpel von Jürgen, Jacko.

Enzig räusperte sich. »Ich meinte nur, dass wir ein gemeinsames Ziel haben, jetzt aber noch nichts entscheiden müssen, sondern uns in aller Ruhe über einen gemeinsamen Weg unterhalten können.«

Jürgen starrte ihn an, und für einen Augenblick sah es so aus, als würde er nachdenken. Dann kam ein Pfiff von der Tür. Jürgen sah sich kurz um und nickte. »Du bist also ein Doktor. Was kannst du denn heilen?«

»Eine kranke Seele«, entgegnete Enzig und hoffte, das wäre der Einstieg in ein Gespräch und lenkte gleichzeitig von seiner Polizeiarbeit ab.

»Eine kranke Seele, habt ihr das gehört?« Jürgen lachte.

Hans fühlte sich zusehends unwohl. Enzig versuchte, seinen Blick einzufangen, aber immer wieder wich der ihm aus, sah abwechselnd zu dem Mann am Boden und seinen Kollegen im Gang und an den Türen.

»Ein Seelendoktor also«, sagte Jürgen. »Vielleicht gar nicht so schlecht, einen hier zu haben.« Er umrundete Enzig einmal, dann trat er ans Rednerpult und studierte die Unterlagen. Plötzlich änderte sich sein Blick. Zornig rief er aus: »Ein Seelendoktor? Willst du mich verarschen?« Und an die Menge gerichtet schrie er: »Ihr sagt mir jetzt sofort, wer der Typ ist.«

∗∗∗

Das erste Telefonat saß Marc Busch noch gehörig in den Knochen, doch er hatte keine Zeit, sich zu beruhigen. Sie hatten sich dahin gehend verständigt, dass Sito mit Frau Woltershagen sprechen sollte und er die Opfer der Vergewaltigungsserie kontaktierte. Jäger und die anderen mussten warten. Busch wusste, dass ein halbes bis ein ganzes Jahr keine Zeit für ein Opfer war, es gab im Grunde nie genug Zeit, das Erlebte zu verarbeiten. Die Opfer hatten Todesangst empfunden und eine Art von Gewalt erfahren, die nicht nur physischen Schmerz, sondern bleibende Demütigung verursachte.

Das erste Opfer, mit dem Busch reden konnte, hieß Anita. Sie war eine Studentin, vierundzwanzig Jahre alt und seit dem Vorfall nicht wieder an die Universität zurückgekehrt. Ihre Mutter war bei dem Gespräch zugegen, mehrmals stockte sie beim Reden, verlor den Faden, verhaspelte sich, schluchzte. Busch hörte die beruhigenden Worte der Mutter im Hintergrund. Als es gar nicht voranging, beendete die Mutter das Gespräch und schickte Anita nach draußen. Busch entschuldigte sich und erklärte die Situation. Die Mutter zeigte sich kooperativ, gleichzeitig verständnislos, dass der Täter noch nicht gefasst war.

Busch ging das Schluchzen der jungen Frau, die in die vertraute Umgebung ihrer behüteten Kindheit zurückgekehrt war – Regression nannte man das –, nicht aus dem Kopf. Doch es sollte noch schlimmer kommen. Zuerst aber lockerte er seine Schultern. Als ihm das nicht reichte, stand er auf und machte einige Kniebeugen, am liebsten wäre er durch einen stillen Wald gerannt. Er atmete noch einmal tief aus, dann rief er bei der dritten Frau an, die vergewaltigt worden war. Am anderen Ende eine Männerstimme. Busch stellte sich vor und erklärte, weshalb diese Befragung so wichtig war. Schweigen. Busch versuchte es mit anderen Worten. Schweigen. Als Busch langsam ein wenig ungeduldig wurde, räusperte sich der andere. Es war der Vater der jungen Simone, die als Achtzehnjährige zum Vergewaltigungsopfer geworden war. Sie hatte sich sechs Wochen nach der Tat die Pulsadern aufgeschnitten. Busch murmelte »Mein aufrichtiges Beileid« und legte auf, dann ließ er sich in seinen Sessel zurücksinken.

Für ein paar Minuten starrte er nur vor sich hin, doch schließlich kam ihm ein anderer Gedanke, und er rief noch einmal dieselbe Nummer an. Am anderen Ende herrschte resigniertes Schweigen.

»Bitte entschuldigen Sie, dass ich Sie noch einmal behelligen muss. Ich kann mir vorstellen –«, begann Busch.

»Nichts als Floskeln. Gar nichts können Sie.«

»Ich weiß. Ich kann mir nicht vorstellen, wie es ist, sein Kind zu verlieren.«

»Ich hab sie zweimal verloren.« Die Stimme am anderen Ende klang, als käme sie aus einer Spieluhr, nichts Lebendiges lag in ihr.

»Hören Sie, ich würde Sie nicht quälen mit meinen Fragen, wenn es nicht auch um Menschenleben ginge. Um andere junge Menschen und ihre Eltern. Ich muss nur wissen, ob es eine Verbindung von Ihrer Tochter zu den anderen Opfern gab oder zu einem Theodor Woltershagen.«

»Bitte?« Mit einem Schlag war die Stimme eine andere.

Da hatte er ja vielleicht ins Schwarze getroffen. »Theodor Woltershagen. Wir suchen nach Verbindungen von ihm zu den Opfern.« Ungeduldig rückte Busch auf seinem Stuhl hin und her.

»Das fasse ich nicht. Ein Herr Woltershagen hat sich auch bei mir erkundigt. Das ist erst ein paar Wochen her. Den Namen habe ich mir gemerkt.« Er machte ein Geräusch, das wie ein ausgeschnaubtes Lächeln klang. »Weil er so ungewöhnlich klang. Ich dachte erst, er hieße Wolkenhagen.«

Busch vibrierte am ganzen Körper.

»Wolkenhagen, das hätte schön geklungen«, sagte der andere, und die Stimme klang weich.

»Was wollte er wissen?«

»Wie Sie. Er wollte mit meiner Tochter sprechen.«

Mit einer Tochter, die es nicht mehr gab. Busch ließ den Kopf hängen. Er hatte eine Ahnung, wie diese Information auf Woltershagen gewirkt haben musste. Die Endgültigkeit schmerzte auch ihn, es gab nichts mehr zu sagen – er musste den anderen mit dem Verlust der Tochter allein lassen.

Mehr konnte er nicht herausfinden. Die andere Frau war nicht erreichbar, das letzte Opfer noch nicht in der Lage, mit jemandem zu reden. Er notierte sich alles, rief bei Ruger an und bat um die Telefonliste des ehemaligen Richters Theodor Woltershagen. Ihn als Drahtzieher der Geiselnahme zu vermuten, hatte nicht gereicht, nun aber verstärkten sich die Indizien. Die Tatsache, dass er selbst ermittelt und die Opfer kontaktiert hatte, ließ Ruger einwilligen. Fehlte nur noch die Zustimmung des Ermittlungsrichters.

***

Als Erstes fielen ihm ihre verquollenen Augen auf, die leer vor sich hinstarrten. Auf dem Schoß hatte sie einen Rauhaardackel, der Sito jetzt aus kleinen Augen anstarrte und leise knurrte.

»Wirst du wohl«, sagte sie leise und drückte ihn ein wenig fester an sich. »Entschuldigen Sie, ich weiß nicht, was er hat. Der Tag, es ist, ich weiß auch nicht. Vielleicht sollte ich besser wieder …« Sie wollte sich gerade erheben, als Sito sie freundlich anlächelte.

»Frau Woltershagen, entspannen Sie sich. Ich hab selbst Hunde, die haben auch nicht immer gleich gute Laune.«

Sie lächelte, und für einen Moment konnte Sito ihren Blick einfangen, dann aber entfernte dieser sich gleich wieder und heftete sich nach einem suchenden Augenblick auf die Kaffeemaschine. Sito folgte ihrem Blick, sah dabei aber auch den Couchtisch, der aus den sechziger Jahren stammte, ein schönes Mid-Century-Original von einem dänischen Designer, darauf der Teller mit dem letzten Brötchen und daneben noch das halbe, das Wint liegen gelassen hatte. Die Akten lagen dort einfach offen herum, aber Sabine Woltershagen erweckte nicht den Anschein von Neugier. Sito beließ es dabei.

»Mögen Sie einen Kaffee?«, fragte er.

Sie zuckte zusammen. »Wie bitte?«

»Möchten Sie einen Kaffee?« Es kostete Sito seine ganze Selbstbeherrschung, die Frau nicht an den Schultern zu packen und zu schütteln. Es war offensichtlich, dass sie entweder unter Schock oder unter Medikamenten stand, aber immerhin war sie zu ihm gekommen und die Frau eines mutmaßlichen Geiselnehmers. Er würde alle Geduld benötigen, die er aufbringen konnte, das wurde ihm klar. In dem Moment piepte das Smartphone in seiner Hosentasche.

»Gehen Sie ruhig ran«, sagte Frau Woltershagen und wedelte mit der Hand durch die Luft, als wäre da eine Fliege, die sie vertreiben müsste. »Ich mach uns den Kaffee.«

Sito beobachtete, wie Sabine Woltershagen wie selbstverständlich ihren Hund auf den Boden setzte, der sich sofort unter den Sofatisch verkrümelte, und dann zu der Kaffeemaschine lief. Die Bewegungen schienen sie zu beleben, und Sito begriff umgehend, dass es die routinierten Tätigkeiten waren, die sie am Leben hielten.

Als er auf sein Smartphone blickte, zuckte auch er zusammen. Enzig hatte sich gemeldet. »Eine frau ershossden«, stand da. Er schluckte und senkte kurz den Blick, dann leitete er die Nachricht an die Kollegen weiter.

»Der Kaffee riecht gut«, sagte er und versuchte, möglichst entspannt zu klingen. »Wollen wir uns hier aufs Sofa setzen?« Er zeigte auf das gelbe Möbelstück, und sie lächelte.

»Schöne Farbe«, murmelte sie. »Bei uns ist alles weiß, das kann ich gar nicht mehr ertragen. Alles immer so sauber und hell. Man wird fast blind davon.« Sie schüttelte den Kopf, so heftig, als müsse sie die dazugehörigen Bilder hinausschleudern. »Meinen Mann hat das krank gemacht«, ergänzte sie leichthin und legte den Kopf schief. Offenbar wollte sie sehen, ob schon genug Kaffee in der Kanne war. Dann holte sie zwei Tassen aus dem Schrank, stellte sie vor die Maschine und schenkte schließlich in beide gleich viel. Zweimal musste sie nachgießen, um genau Maß zu halten.

Sito nahm die Tasse entgegen und wartete, für welchen Platz sie sich entscheiden würde, aber sie blieb stehen. Hinter ihnen liefen die aktuellen Nachrichten über die Bildschirme, auch bei Sito waren inzwischen zwei im Einsatz. Zimmermann hatte ihm einen weiteren bringen und anschließen lassen, sodass er immer Nachrichten, aber auch die neuesten Entwicklungen im Netz verfolgen konnte. Also tranken sie im Stehen die ersten Schlucke, und Sito zersprang beinahe vor Ungeduld. Im Augenwinkel sah er die Uhr, die erbarmungslos voranschritt.

Sie lächelte, nichts regte sich in ihrem Blick.

»Frau Woltershagen, weshalb sind Sie denn zu uns gekommen?«

»Der Brief, er lag einfach auf meiner Küchenablage.«

Sito atmete innerlich tief auf. Sie begann zu reden, das war ein gutes Zeichen. Tatsächlich ließ sich Sabine Woltershagen mit ihrem Kaffee auf den Sessel sinken und schlug die Beine übereinander. Sito entdeckte, dass sie unter ihrem Mantel einen knielangen Schlafanzug trug. Der Hund sprang zu ihr auf den Schoß, woraufhin sie schützend den Arm über ihn legte.

»Ihr Mann hat Ihnen einen Brief hinterlassen?«

»Hinterlassen?« Sie lachte schrill auf. »Wie das klingt. Sagen Sie doch nicht so etwas. Er hat mir einen Brief geschrieben, das hat er lange nicht mehr getan. Er hat von einem schweren Fehler gesprochen, den er wiedergutmachen will. Und von Langeweile hat er geschrieben, dieser Idiot.« Sie fuhr sich mit einer Hand über die Nase, wo sich ein kleiner Tropfen gebildet hatte, und wischte ihn an ihren Mantel.

»Von Langeweile?«, hakte Sito nach. Er konnte es nicht fassen.

»Ja.« Sie lachte wieder schrill und verwirrt. »Von Langeweile. Hat man Töne? Da ist der Idiot endlich im Ruhestand und langweilt sich.« Sie sah sich plötzlich um. »Haben Sie Schokolade?«

Sito ließ den Kopf hängen. Er war kurz vorm Explodieren.

Wieder stellte er sich vor, einfach zu ihr zu laufen, ihr die Hände auf die Schultern zu legen und sie kräftig zu schütteln. Er ballte kurz die Fäuste und sah an der Frau im Pyjama vorbei zu einem der Fernseher. Dort sah er den Zug der Demonstranten, der sich langsam und singend über die Marktstätte schob. Die Ersten kamen gerade am Kaiserbrunnen vorbei. Eine Welle der Erinnerung schwappte in Sito hoch. Wie er dort im letzten Sommer die kleine Maus entdeckt hatte. Sibylle Hundhammer kam wieder groß ins Bild. Sie hielt ein Plakat hoch. »Climate Change«.

»Haben Sie nun Schokolade?«

»Bitte?« Sito sah sich irritiert um.

»Schokolade«, wiederholte Frau Woltershagen. »Schokolade wäre gut.«

Im Fernsehen berichteten sie gerade von der politischen Gegenseite. Da fiel es ihm leicht, sich loszureißen. In der Schublade seines Schreibtisches fand er noch eine Tafel Zartbitterschokolade. Er reichte sie Frau Woltershagen, die sofort die Packung an sich nahm und aufriss. Sie brach ein großes Stück ab und biss hinein.

»Ach, das tut gut. Die dunkle mag ich besonders. Ich soll ja nicht so viel, wissen Sie, früher war ich mal schlank. Früher.« Sie hielt inne, brach ein weiteres Stück ab und reichte es Sito. »Da sehen Sie mal, dieser Idiot läuft immer noch frei herum.« Sie nickte zu einem der Bildschirme hin.

»Jaja«, sagte Sito. Beiläufig nickte er. *Der Idiot also, na immerhin ist sie politisch noch –*

»Der isst immer meine dunkle Schokolade.« Sie kicherte und schob sich schnell noch ein Stück in den Mund, als müsste sie es retten.

»Wer?«, fragte Sito alarmiert und starrte Frau Woltershagen an. Ihre Augen funkelten böse. Sie zwinkerte ihm verschwörerisch zu und brach weitere Stücke ab. Die schob sie sich gierig in den Mund, der Dackel auf ihrem Schoß winselte leise.

»Sie kennen diesen Mann persönlich?«, hakte Sito nach.

»Aber sicher. Er und mein Mann treffen sich seit Jahrzehnten zum Schach, und zum Rotwein lutscht der Kerl gern dunkle

Schokolade. *Meine* Schokolade.« Während sie selbst genüsslich die Schokolade lutschte, erfüllten schmatzende Geräusche den Raum. Sito verschlug es für einen Moment die Sprache, dann rannte er aus dem Raum. Als die Tür hinter ihm zuschlug, hörte er lautes Bellen.

✳✳✳

Als Sito das Büro von Jäger betrat, hörte er Auweiler gerade »innere Sicherheit« sagen, dann war es still. Alle Augen waren auf ihn gerichtet.

»Die Frau von Woltershagen, sie ist bei mir im Zimmer«, sagte er.

Jäger, der am Fenster stand, kam zu der Runde am Tisch gelaufen. »Was heißt das?«

Sito legte seine Mappe auf den Tisch und warf einen flüchtigen Blick in die Runde. Wint war nicht dabei. »Ich weiß nicht, weshalb sie gekommen ist. Sie ist krank oder steht unter Schock. Fakt ist, dass ihr Mann ihr einen Brief hinterlassen hat, der sie aufgewühlt und augenscheinlich zu uns geführt hat, zu uns als Polizei.«

»Verstehe«, murmelte Jäger, besann sich dann aber: »Nein, ich verstehe überhaupt nicht. Hilft uns das was?«

Sito rieb sich über die Augen. »Nein, das mit dem Brief nicht. Es ist …« Er atmete tief durch und setzte sich. »Es geht um Wertheim.«

»Um Michael Wertheim, den Rechtspopulisten?« Jäger rückte an seinem Stuhl, setzte sich aber nicht.

»Sie hat ihn erkannt. Frau Woltershagen hat Michael Wertheim erkannt.«

Auweiler hob die Arme in die Höhe und klatschte. »Und weiter? Was soll das werden? Heiteres Politikerraten?«

Sito schüttelte energisch den Kopf. »Natürlich nicht, Herr Auweiler. Sie hat ihn in einem Fernsehbeitrag bei mir im Büro erkannt – als einen Freund ihres Mannes.« Sito brachte die Sätze nur stoßweise heraus, wie im Stakkato. Ihm war, als wäre er von einem langen Lauf außer Puste. »Sie spielen regelmäßig zusammen Schach.«

»Verdammt«, murmelte Busch. »Du meinst, das ist der Missing Link?«

»Der was?«, hakte Auweiler nach und sah sich unwirsch in der Runde um. »Versteh nur ich nicht, worum es geht?«

Jäger stützte die Ellenbogen auf den Tisch und faltete seine Hände vor sich. Langsam legte er sein Kinn darauf: »Sie glauben, es könnte einen Zusammenhang geben? Wissen Sie, was Sie da in den Raum stellen?«

Sito zuckte mit der Schulter. »Das weiß ich wohl, aber es ist eine plausible Erklärung für den Bus da unten und für den Ablauf der Ereignisse. Und zwar die bisher einzige.« Sito setzte sich auf den Stuhl neben Busch. »Unser Kollege Enzig hat übrigens bestätigt, dass es eine Tote gab. Erschossen.«

Jäger nickte. »Wir warten noch auf ein erstes Gutachten. Wir haben einen Rechtsmediziner in einem Krankenwagen bei unserer Station in der Schwaketenstraße.«

»Ich hätte nicht gedacht, dass sie das durchziehen«, sagte Sito. Er dachte an Wint, der noch nicht zurück war, und seine Einschätzung, dass Woltershagen niemanden erschießen würde. Woltershagen vielleicht nicht, da mochte er recht haben.

Für einen Moment herrschte Stille im Raum. Sito überlegte, was als Nächstes passieren musste. »Wie weit ist die Demo?«, fragte er an Auweiler gewandt.

Der wischte sich gerade mit einem Tuch den Schweiß von der Stirn. Obwohl es überhaupt nicht heiß war, schwitzte er, sein Gesicht war von einer besorgniserregenden Rotfärbung. Immer wieder griff er sich an den Hemdkragen und zog daran. Sito kannte die Anzeichen. »Herr Auweiler, benötigen Sie einen Arzt? Vielleicht sollten Sie zur Sicherheit ...«

Auweiler wehrte ab. »Geht schon, ich hab Medikamente. Ist nur der Blutdruck.« Er tippte auf seinem Smartphone, dann hielt er es hoch mit einem Livebild des Demonstrationszuges. »Sind grad am Kaiserbrunnen durch, also alle, das heißt, wir hängen bereits in der Zeit. Es sind zu viele Menschen. Die Ersten sind sicher …« Er hielt inne, klickte sich auf eine andere Seite und nickte bekräftigend. »Da haben wir es. Die Ersten sind auf der Laube in Richtung Rheinbogen unterwegs.« Er holte tief Luft. »Bislang alles ruhig.«

Jäger rückte seine Brille zurecht. »Kollege Sito, spielen wir das Szenario durch, das Sie im Kopf haben. Bitte, ohne Rücksicht auf Verluste.«

Sito klickte mit dem Kugelschreiber in seiner Hand und erschrak – das war sonst Enzigs Marotte. Schnell legte er den Stift weg. »Wir haben uns gewundert, weshalb Woltershagen zwar ein ehrenhaftes Ziel verfolgt, uns aber andererseits mit dem Bus Steine in den Weg rollt. Daraus folgerten die Kollegen Wint und Busch, dass es sich um ein doppeltes Verbrechen handelt.«

»Schon eine doppelte Geiselnahme?«, hakte Jäger nach.

Busch nickte bestätigend.

»Enzig hat gleich am Morgen geschrieben, dass da irgendwas nicht stimmt«, sagte Sito.

»Gut, fahren Sie fort.« Jäger machte eine fordernde Handbewegung.

»Während Woltershagen also die Aufklärung der Vergewaltigung wollte, gab es einen weiteren und allem Anschein nach mächtigeren Drahtzieher dahinter. Vermutlich hat der bereits seine Leute unter die Geiselnehmer geschleust.«

»Und in den Bus«, sagte Jäger tonlos, während er sich endlich auf den Stuhl sinken ließ.

»Verflucht«, rief Zimmermann und sprang auf. »Verfluchter Mist!«

»Was ist los?«, fragte Sito alarmiert und verfolgte Zimmermanns hektische Schritte in Richtung Tür.

»Ich bin gleich zurück. Ich hatte da was und hab es vergessen.« Die Tür fiel hinter ihm ins Schloss.

»Okay, nutzen wir die Zeit. Fahren Sie fort, Paul«, bat der Polizeipräsident.

»Des Weiteren gingen wir ja von Beginn an davon aus, dass es einen Zusammenhang zwischen den beiden Ereignissen gibt. Zwischen der Geiselnahme und dem Klimaschutzgipfel.«

»Der zweite Kopf hinter den Verbrechen will also nicht die Aufklärung der Vergewaltigung, sondern etwas, das in Zusammenhang mit den Demonstranten steht, verstehe ich das richtig?«, erkundigte sich Jäger.

Auweiler stand auf und ging zum Fenster, öffnete es und fächelte sich Luft zu.

»So, jetzt ist genug«, sagte Jäger und stand abrupt auf. »Herr Auweiler, ich kann das nicht mehr verantworten.« Jäger ging zu seinem Telefon. »Wir brauchen bitte einen Arzt in meinem Zimmer.«

Auweiler hob die Hand, dann wurde er von einem Hustenanfall geschüttelt, musste sich auf der Fensterbank abstützen und sackte schließlich in sich zusammen. Busch und Jäger stürmten zu ihm. Wenig später ging die Tür auf, und ein Sanitäter kam herein. Sito machte Busch ein Zeichen, und gemeinsam verließen sie den Raum. Jäger folgte ihnen Sekunden später. Auf dem Flur warteten sie auf Zimmermann, der bereits hörbar die Treppe heraufgerannt kam. »Hier«, rief er schon von Weitem. »Hier hab ich es.«

Er stellte sich mit dem Zettel in der Hand zu ihnen und las vor:

»Das wird n großer Tag, Kameraden.«
»Wir spielen Richter und Henker.«
»:-D Wohl eher: Richter sucht Henker.«
»Und der Richter weiß nichts davon :-D«
»Haha. Das klingt wie 'ne Fernsehshow.«
»Stimmt ja auch irgendwie.«
»Lol«

Jäger runzelte die Stirn, nahm den Zettel an sich und las den Text erneut. »Wo haben Sie das her?«

Auch Sito sah fragend zu Zimmermann. »Facebook?«

Zimmermann nickte: »Das war bereits um acht Uhr online und ...«, er blätterte in seinen Unterlagen, »... stand auch schon andernorts.«

»Können wir das als Beweis für unsere These des größeren Drahtziehers im Hintergrund werten?«, fragte Jäger und reichte den Zettel an Busch weiter.

Busch nickte. »Ich denke schon. Haben wir was zu der Identität der beiden?«

Zimmermann verdrehte die Augen. »Die verwenden natürlich Fake-Accounts, aber ich bin dran. Ich gehe davon aus, dass ich die Betreffenden auch in einem Troll-Netzwerk sowie im Darknet identifizieren konnte. Ich hab bereits den Verfassungsschutz kontaktiert, vielleicht haben die etwas.«

»Okay«, Sito wandte sich an Jäger. »Ich will diesen Wertheim treffen.«

Jäger verschränkte die Arme vor der Brust und schob mit dem rechten Fuß ein kleines Stück Papier auf dem Boden hin und her. »Das ändert die Sachlage gerade innerhalb von Sekunden.«

»Passt ja aber, wenn wir grad beim Verfassungsschutz sind«, sagte Busch.

»Der Verfassungsschutz hat etwas über Wertheim?«, fragte Sito.

Busch zuckte die Schultern. »Nur eine Vermutung. Er sollte etwas haben, finde ich.«

Jäger räusperte sich. »Meine Herren, das ist ausgesprochen heikel, das ist Ihnen doch bewusst, oder? Wenn wir hier ein Fass aufmachen gegen Wertheim, dann haben wir sofort das ganz große Programm. Dann bewegen wir uns politisch auf höchster Ebene. Wie müssen uns sicher sein! Ich bin sonst meinen Job los.« Er sah kurz nach unten auf den Boden, dann zeigte er auf Busch und Sito: »Und Sie beide auch.«

Sito nickte. »Ist mir bewusst, aber er ist im Moment der einzige Anhaltspunkt.«

Sitos Smartphone meldete eine eingehende Nachricht. Während er es herausholte, sagte er noch: »Und ich will erst mal nur ein Gespräch. Ich weiß, dass er auf dem Weg hierher ist und bei einer Gegenveranstaltung zum Klimagipfel sprechen wird. Es sollte also ein Leichtes …« Er brach ab, als er sah, von wem

die Nachricht kam. Er hielt den Atem an. Es war eine Sprachnachricht von Roman Enzig.

✳✳✳

Sie wusste nicht, wie lange sie schon in dem Bus saßen. Sie
war mit den anderen eingestiegen in der Hoffnung, der Spuk
nähme bald ein Ende. Vor dem Fenster hatte sie die bewaffneten
Männer stehen sehen, sie unterhielten sich, machten Zeichen,
sprachen in winzige Mikrofone. Fünf Männer zählte sie. Fünf
Männer, und sie waren so viele – wie viel Menschen gingen in so
einen Bus? Achtzig? Hundert? Weshalb hatten sie sich nicht zur
Wehr gesetzt? Nacheinander waren sie gehorsam eingestiegen
und hatten zuvor ihre Handys abgegeben.

Hilke hatte wohl gesehen, dass die beiden Busfahrer noch
mit den Geiselnehmern gesprochen hatten. Sie hatte ebenfalls
registriert, dass etwas nicht stimmte, aber die Hoffnung war
einfach größer gewesen. Es lag so wenig Zeit zwischen der Bibliothek und dem Jetzt, zwischen ihrem ganz normalen Leben
und diesem Chaos, dass sie es noch immer nicht fassen konnte.
Während sie vor dem Haupteingang gewartet hatten, hatte die
Frau neben ihr die Arme um sich geschlungen und zu summen
begonnen. Sie fröstelte jetzt noch bei der Erinnerung daran.

Dann die Fahrt in die Stadt, an der Reichenaustraße hatte
sie aus dem Fenster geschaut, sehnsüchtig in die Freiheit rüber
zum Rhein. Vor dem Café Sol hatte sie diese Klimaaktivistin,
Sibylle Hundhammer, gesehen. Sie wusste, dass sie heute sprechen würde. Sie waren etwa gleich alt, und Hilke bewunderte die
junge Frau für ihr Engagement. Sie würde jetzt so gern bei ihr
sitzen und einen Kaffee bestellen, einfach so. Sie würde sagen:
»Ich habe heute Geburtstag, meine Eltern kommen, und wir
feiern. Ich bin glücklich. Und du?«

Hilke schluckte. Danach waren sie schließlich direkt zum
Polizeipräsidium gefahren. Stille im Bus, schneidende Stille,
spürbar die Angst, obwohl sie doch in die Freiheit fuhren, als
hätten alle geahnt, dass es so nicht enden konnte.

Und während die Menschen aus dem anderen Bus endlich aussteigen durften, teilte ihnen der Busfahrer mit, dass sie im Bus gefangen seien, dass einer von ihnen eine Bombe bei sich trage und sie zünden würde, dass sie auf weitere Instruktionen warten müssten.

Sie hatte gedacht, es gäbe Protest, Aufschreie, einen Kampf, Fragen, wer die Täter seien, doch das war bislang ausgeblieben, als hätten sie sich abgefunden, gefangen in der Angst und im Schock.

Auch sie hatte einfach stillschweigend zur Kenntnis genommen, dass sie sitzen bleiben sollten. Der Busfahrer hatte gestottert, sich mehrfach über das Gesicht gerieben, suchend in den Rückspiegel geschaut, als würde das Wissen, wer der Bombenträger war, ihm irgendwie weiterhelfen.

Einer unter uns ist ein Mörder.

Diese Erkenntnis hatte sich erst nach und nach eingestellt bei ihr, und sie vermutete, das ging den anderen ebenso. Manches realisierte man erst mit Verzögerung. Sie wusste das aus ihrem Psychologiestudium. Und dann, in einem sehr kühnen Moment, hatte sie sich eingebildet, dass sie alle Teil eines Experiments seien, als hätte einer ihrer Professoren sich das nur ausgedacht, um zu testen, wie sie reagierten. In ein paar Tagen würden sie dann alle in einem Seminar zusammensitzen und das Verhalten von jedem auswerten. Ja, stimmte sie ihren Überlegungen selbst zu, so musste es sein, denn alles andere war so fern jeder Vorstellung, dass es einfach nicht wahr sein konnte. Eine Geiselnahme in Konstanz, mitten auf dem Parkplatz der Polizei, dazu eine Bombendrohung, das war ja absurd.

Sie beschloss, ihre Situation fortan als Versuchsanordnung zu betrachten und streng nach den Regeln zu analysieren, die sie im Studium gelernt hatte.

Zunächst galt es, die anwesenden Menschen einzuordnen. Es gab immer einen Stummen, einen Wagemutigen, einen Rebellen, einen Klugen und so weiter. Wenn eine Gruppe in einer plötzlichen und willkürlichen Situation zusammengewürfelt wurde, dann war es ein Gesetz der Natur, dass sich die Menschen in verschiedene Muster fügten. Die Angst aber, so wusste sie auch, unterdrückte einige dieser Muster, zumindest für eine Weile.

Sie begann mit ihren Beobachtungen. Wenigstens die Menschen, die sie von ihrem Platz aus sehen konnte, wollte sie im Auge behalten.

Die Frau, die die Schwangere nach draußen begleitet hatte, die war mutig gewesen. Sie hatte die Situation erkannt und ergriffen, war einfach aufgestanden und hatte in den Bus hineingerufen, dass sie diese schwangere Frau nach draußen begleiten werde, und wenn jetzt kein Einwand käme, dann ginge sie davon aus, dass es in Ordnung war. Es kam kein Einwand, und der Busfahrer öffnete die Tür, nicht ohne ein kurzes Telefonat entgegengenommen zu haben. Sie wurden also beobachtet. Hatte sie in ihrem Umfeld eine auffällige Reaktion gesehen? Nein.

Irgendwann brachten Polizisten ihnen Wasser. Es hatte ein paar Angebote und Gespräche und wieder Telefonate des Busfahrers gebraucht, der als Einziger ein Handy hatte, wie ihr eben erst auffiel, doch dann endlich durfte der Busfahrer die Tür öffnen und das Wasser entgegennehmen.

Vier Reihen links nach vorne fiel ihr ein junger Mann auf. Er blickte nicht zur Seite, suchte keine Ablenkung, sah nicht aus dem Fenster, rutschte nicht herum, und er vergrub kein einziges Mal sein Gesicht in seinen Armen. Er saß einfach nur da. Zunächst hatte sie es für eine Schockreaktion gehalten, dann aber bemerkte sie, dass er nicht bloß vor sich hinstarrte, sondern immer wieder auf eine Stelle über dem Busfahrer. Sie folgte seinem Blick – und fand die Kamera.

War er der Mann mit der Bombe?

Sie musterte ihn, seine Jeansjacke, die ausgewaschene Hose, die hochgekrempelt war und den Blick auf dunkelgraue hohe Turnschuhe freigab. Ganz still saß er da, die Hände auf seinen Oberschenkeln. Dunkle Haare, kurz rasiert über den Ohren. Eine Narbe zog sich über seine rechte Wange wie ein Schmiss. Gab es noch schlagende Verbindungen?, überlegte sie, wusste es aber nicht. Und dann überkam sie mit schrecklicher Gewalt ein weiterer Gedanke: Was, wenn es gar kein Bombenleger, kein Mörder war, sondern ein unbescholtener Student wie sie, dem man einfach die Mordwaffe umgeschnallt hatte? Ein Sprengsatz, der vermutlich ferngezündet werden würde. Dann war er genauso ausgeliefert wie sie alle.

Plötzlich drehte er sich um und sah ihr direkt in die Augen.

＊＊＊

Keine Wolke trübte den Himmel. Die Sonne war schon über den höchsten Punkt gewandert, es war sommerlich warm. Die Imperia drehte ihre gemächlichen Runden, mal lächelte sie vollbusig über das Hafenareal, dann wieder über den See und begrüßte so die ankommenden Schiffe. Der Platz war voller Menschen. Sie spazierten am Ufer, trugen Plakate und Rucksäcke, suchten den Anschluss an die Demo, die vor über einer halben Stunde losgezogen war. Vor allem Menschen mit kleinen Kindern hatten es vorgezogen, hierzubleiben und sich dann erst gegen fünfzehn Uhr dem Zug über die Brücke anzuschließen. Schätzungen zufolge waren bereits über siebentausend Menschen unterwegs.

Hier im Stadtgarten und am Hafen ging es aber vergleichsweise ruhig zu. Es gab Veranstaltungen für alle, die nicht an der Demonstration teilnahmen, und später für jene, die keinen Platz im Bodenseeforum finden würden. Sito konnte auf den ersten Blick verschiedene Vereine und Organisationen erkennen, die über ihre Arbeit in der Region informierten, über Plastik im Essen und die Verschmutzung des Bodensees. Über den Fischbestand, der nach Jahren der Überfischung sich allmählich wieder erholen könnte, über die Wölfe und Kormorane und die Debatte über Abschussgenehmigungen.

Alles ging nur auf den ersten Blick über das Klimathema hinaus und war doch Teil des großen Ganzen. Viele trugen Plakate, die die Abschaffung der Massentierhaltung forderten. Auch den Kohleausstieg forderten viele sowie das sofortige Verbot von Giften in der Landwirtschaft. Die Klimademo war bunt und vielseitig, versammelte alle Altersklassen und Bildungsschichten. Sie war endlich das, was die Menschen gebraucht hatten – eine zielgerichtete Aufgabe, die sie wieder mobilisierte, und wirklich jeder konnte sich mit etwas identifizieren. Sollte man meinen.

Sito saß auf der Bank am See, die gegenüber von der Hafeneinfahrt stand und den Blick förmlich auf die Imperia lenkte. Langsam beruhigte er sich wieder. Vor einer Viertelstunde, dort im Flur des Polizeipräsidiums am Benediktinerplatz, hatte er für Sekunden auf sein Smartphone gestarrt, auf dem der Name Enzig blinkte.

»Paul, was ist los? Schreibt Roman? Jetzt sag schon!«, hatte Marc ihn gedrängt, dann hatte Sito die Nachricht geöffnet, eine Sprachnachricht, und gleichzeitig den Lautsprecher gedrückt und sofort begriffen, dass er gerade Zeuge eines Gesprächs wurde. Sie hatten Enzig gehört, wie er versuchte, mit einem Geiselnehmer namens Jürgen zu sprechen, jemand wurde niedergeschlagen, es gab kurz Tumult, und Enzig wurde ausgefragt über seinen Beruf.

Sie konnten eins und eins zusammenzählen, Marc Busch sprach es als Erster aus: »Woltershagen wurde entmachtet.«

»So könnte man das nennen«, bestätigte Jäger.

Das Gespräch endete abrupt, als Jürgen schrie, ob Enzig ihn verarschen wolle. Sito schickte ein Stoßgebet zum Himmel, der so harmlos blau über ihm stand und sich im Wasser spiegelte, als wäre beiden alles egal. Gedichtzeilen huschten an ihm vorbei. *Zum Wasser die blinden Seelen streben und flehen laut, oh glühend Schmerz, vergeh. Umsonst, die Dunkelheit tilgt euer Leben. Und über alledem still schweigt der See.*

Sito war wütend und hilflos und voller Sorge. Ihnen rannte die Zeit davon, und das obwohl die Geiselnehmer alle Zeit der Welt zu haben schienen.

Er schrieb eine Nachricht an Enzig: »Es gibt zwei Drahtzieher, zwei Verbrechen. Wir haben einen Bus mit einer Bombe bei uns.« Schnell schob er das Smartphone zurück in seine Tasche.

In der Ferne konnte er die Fridolin bereits sehen. Mit dieser Fähre kam der Mann, den er sprechen wollte.

Michael Wertheim, der geistige Vater der rechten Bewegung, der Mann, der Konstanz erwählt hatte, um gegen die Klimaschützer und Sibylle Hundhammer zu polemisieren. Sito verstand nicht, wie man auf diese Idee kam, er verstand nicht, wie Menschen so borniert sein konnten. Er hasste es, dass er in solchen Momenten neutral sein musste und dass er nichts gegen die Wut in sich tun konnte. Er sah all die Menschen, die in Richtung Stadtgarten pilgerten, er sah ihre hoffnungsvollen Gesichter. Irgendwo wären hier später auch Miriam und seine Freunde, der Rechtsmediziner Samuel Parson mit seiner Frau Maria und ihrer kleinen Tochter, dennoch wartete er auf jemanden, der all diese Hoffnung treten würde. Buchstäblich mit den Füßen. Allein deswegen hätte er ihn gern verhaftet.

Ein Fernsehteam wartete bereits vor der Frauenfigur, die gerade wieder über den Hafen lächelte. Die Begegnung sollte auf einem kleinen Schiff stattfinden, das auf der anderen Seite der Anlegestelle bereitstand, die Sicherheitsleute hatten das so organisiert. All das war in wenigen Minuten von Jäger unter Mithilfe des Innenministers geregelt worden.

Die Fridolin fuhr gerade an der Imperia vorbei, die ihr das Hinterteil zudrehte. Wie passend, dachte Sito, stand auf und lief mit großen Schritten hinüber zum Steg und zur Anlegestelle. Er hörte das Wasser, die Stimmen vom Stadtgarten, er hörte ein Pfeifen und dann, wie das Schiff anlegte. Auf dem kurzen Weg vom Präsidium zum Hafen hatte er sich auf die Schnelle alles im Netz besorgt, was er über sein Gegenüber herausfinden konnte.

Jetzt stand er da mit all seinem Wissen über politische Entwicklungen, über Seilschaften, über Verbindungslinien zum äußersten rechten Rand und wartete, die Hände in den Hosentaschen. Michael Wertheim kam als Zweiter von Bord. Schwungvoll steuerte er auf Sito zu, streckte ihm übertrieben galant die Hand entgegen. Sito musste sich überwinden, wollte das Treffen aber auch nicht mit einer Provokation beginnen.

Dabei hätte auch Zeus sich von Wertheim abgewandt und sich auf der anderen Seite an Sitos Bein gepresst. Sein Hund war ein guter Menschenkenner.

Von Wertheim ging eine undefinierbare Bedrohung aus. Vielleicht war sein Bild geprägt von seinem angelesenen Wissen, aber gleichwohl wusste Sito, dass er sich auf seine Menschenkenntnis im Großen und Ganzen immer verlassen konnte. Und dieser Wertheim war ihm vom ersten Augenblick an unsympathisch, ein Zuviel von allem. Es war diese sich ausbreitende, ausladende Aura, die den Platz anderer in ihrem Umfeld einfach okkupierte. Der Händedruck war bereits ein Kräftemessen, der Blick aus eiskalten, berechnenden Augen hing einen Moment zu lange in der Luft.

Ich war in der Hölle, ich habe dem Tod in die Augen gesehen, sagte sich Sito.

Wertheim löste den Händedruck zuerst, für den Bruchteil einer Sekunde schien ihn das zu verblüffen.

Sie betraten das Schiff, Sicherheitspersonal am Eingang und im Innern. Ob das wirklich nötig sei, fragte Sito, während Wertheim sich setzte, und bemühte sich um einen beiläufigen Ton, doch Wertheim lachte nur.

»Für mich nicht, aber mein Berater ist nervös geworden im Vorfeld dieser Veranstaltung und natürlich«, er zwinkerte Sito tatsächlich zu, »bei den Entwicklungen hier vor Ort.«

Sito nickte nur stumm.

»Und was kann ich nun für Sie tun?« Wie Wertheim dasaß, ließ Sito an eine riesige Qualle denken. Der Anzug glänzte dunkelgrau.

»Herr Wertheim –« Sito kam nicht weiter.

»Doktor, bitte, so viel Zeit muss schon sein.« Der Mann lächelte, allerdings ohne jede Freundlichkeit.

»Herr Dr. Wertheim.« Sito war stehen geblieben und hatte wieder die Hände in den Hosentaschen. »Wir haben Theodor Woltershagen als mutmaßlichen Drahtzieher einer Geiselnahme in der Universität identifiziert. Von seiner Frau wissen wir, dass Sie befreundet sind.«

Wertheim lachte schrill auf. »Theodor?« Er lachte zu laut, dann hielt er abrupt inne und lehnte sich auf den kleinen Tisch vor ihm. Dort stützte er die Ellenbogen auf und faltete die Hände vor seinem Gesicht. »Wie kommen Sie denn auf so einen Unsinn? Theodor Woltershagen ist ein ehemaliger Richter vom Landgericht. Was soll er mit einer Geiselnahme ausrichten wollen?«

»Er sagt, er will, dass wir die Vergewaltigungsserie aufklären.«

Wertheim hob fragend die Hände in die Höhe. »Welche Vergewaltigungsserie?« Er deutete auf den Stuhl ihm gegenüber. »Warum setzen Sie sich nicht?«

Sito schüttelte den Kopf. Er wusste, dass er vorsichtig sein musste. Der Innenminister hatte ihm am Telefon noch eingeschärft, dass es hier sehr schnell zu einem absoluten Kontaktverbot kommen könne. Auch Jäger musste sich diese Belehrung anhören.

»Herr Dr. Wertheim, wir haben ein wirklich großes Problem. Wir glauben nicht, dass Woltershagen allein für die Geiselnahme verantwortlich ist. Wir glauben, jemand steht hinter ihm oder eigentlich sogar über ihm. Wir glauben an einen Mann, der im Hintergrund die Fäden zieht. Und wir befürchten einen Zusammenhang mit der rechtsradikalen Szene, was wiederum zu einem Problem wird für unseren Klimagipfel hier.«

Vorsichtiger hätte er das nicht formulieren können. Sito spürte, dass er seine Hände in den Taschen zu Fäusten geballt hatte. Allerdings war es jetzt an der Zeit, Wertheim ein deutliches Zeichen zu geben, also löste er die Hände und setzte sich ihm gegenüber, lässig die Beine übereinandergeschlagen und den linken Arm über die Stuhllehne gelegt.

Wertheim behielt ihn zunächst im Auge, dann aber wich er zurück und lehnte sich nach hinten. »So ist das also. Und weil meine Partei im Verdacht steht, sich im rechten Mittelfeld einzupendeln«, hier ließ er den Kopf ein wenig sinken und sah Sito durchdringend an, »kommen Sie zu mir und unterstellen mir –«

»Ich unterstelle überhaupt nichts«, erwiderte Sito und lächelte Wertheim freudlos an.

»… kommen Sie zu mir und unterstellen mir eine Mittäterschaft an einer Geiselnahme? Ich habe mit dem Innenminister telefoniert, und er versicherte mir, dass es bei dem Gespräch um nichts Politisches ginge. Nur deshalb habe ich überhaupt zugestimmt. Und jetzt sitzen wir hier, und Sie verdächtigen mich. Inzwischen gibt es bereits eine Tote, hab ich recht?«

»Nur zum Teil. Es gab eine Tote, aber ich verdächtige Sie nicht. Die Verbindung haben Sie geknüpft. Aber, wenn wir schon dabei sind: Wie gut haben Sie Ihre Anhängerschaft denn im Griff?«

Wertheim schnaubte verächtlich. »Die Holzköpfe unter ihnen gar nicht.«

Sito zuckte innerlich zusammen. Sollte er sich geirrt haben? War das hier eine Sackgasse?

»Wissen Sie, mein Freund Theodor Woltershagen hat einmal etwas Seltsames gesagt.«

»Ja?«

»Na ja, es war bei einem Schachspiel, das er übrigens gerade im Begriff war zu verlieren. Da sagte er, dass ihm langweilig sei und dass er nicht nur die Menschen aus seiner Amtszeit vermisse, also die schuldigen Verbrecher, sondern auch das Gefühl, *persönlich* für Ordnung zu sorgen.«

»Aha. Und weiter?«, fragte Sito mit einem mulmigen Verdacht.

»Ich sagte ihm, dass ich das nicht glaube. Dass er in Wahrheit die Macht vermisst, über einen Menschen zu *urteilen*.«

Das ungute Gefühl in Sito breitete sich langsam, aber sicher aus. Er machte Wertheim ein Zeichen fortzufahren.

»Und daraufhin sagte Woltershagen plötzlich, er wolle ein Spiel spielen. Ein Spiel mit Menschen und um Menschen, um ihre Moral.« Wertheim kratzte sich an der linken Augenbraue und schmunzelte. »Stellen Sie sich vor, er wollte daraus sogar eine Wette machen.« Er ließ seine Hände baumeln und kippelte mit dem Stuhl, als wäre das Ganze nur eine leichtsinnige

Albernheit gewesen. »Tja, manchen Menschen wird einfach sehr langweilig im Ruhestand.«

»Und dann?«, hakte Sito nach und kämpfte gegen den Ekel, der in ihm aufstieg. Er sah wieder Sabine Woltershagen vor sich sitzen, die Frau im Pyjama mit ihrem Dackel und der Tafel Schokolade. Sie hatte auch von Langeweile gesprochen. »Dann warf er seinen König um und gab das Spiel auf. Also das Schachspiel.«

»Und Sie meinen, er hat diesen Plan nun in die Tat umgesetzt?« Sito rückte auf seinem Stuhl hin und her. Das passte durchaus zusammen. Zur Hälfte. Aber eben nur zur Hälfte.

»Na ja, wäre doch möglich.« Wertheim sah auf die Uhr. »Ich muss leider. Ich werde ja –«

»Ich weiß, Sie sind ebenfalls einer der Redner. Eine Sache noch.« Sito stand auf. »Haben Sie die Wette angenommen?«

***

Marc Busch öffnete in alter Gewohnheit das Fenster und wich zurück. Der Anblick des Busses war wie ein Mahnmal, sofort spürte er einen Kloß im Magen, der schwer an ihm zerrte. Seit Stunden stand dieser Bus nun dort unten, einmal hatten sie Getränke hineinreichen dürfen. Jedes Mal hatte der Busfahrer dafür Anweisungen bekommen. Die Sprengstoffexperten gingen immer noch davon aus, dass der Sprengsatz mit einem Zünder bei einem der Insassen lag.

Busch wollte sich gar nicht ausmalen, wie es den Menschen in dem Bus inzwischen ging. Oder den Geiseln an der Uni. Je länger eine Geiselnahme dauerte, desto höher der Druck für alle Beteiligten. Während man die Situation eine gewisse Zeit nicht als Realität erfasste, kam irgendwann unweigerlich ein Moment der schrecklichen Erkenntnis, in dem man feststellte, dass das Ganze genau jetzt und einem selbst passierte. Furchtbar war das. Dann die Ausweglosigkeit. Manche Menschen fügten sich in ihr Schicksal, gaben auf. Er selbst war beinahe an diesem Punkt angelangt, damals vor zwei Jahren. In den Fängen eines

Mörders und ohne Aussicht auf Rettung, verletzt und am Ende seiner Kräfte, hatte er beinahe aufgegeben.

Busch seufzte. Seine Hand lag noch immer auf dem Riegel des Fensters.

»Ist kaum zu ertragen«, sagte jemand in seinem Rücken.

Busch fuhr herum. »Heinrich, du bist zurück.« Er setzte sich auf die Fensterbank, krempelte die Ärmel hoch, die schon ganz verknittert waren, und verschränkte die Arme. »Hast du was herausgefunden?«

»Ich hab mir noch einen Stapel Akten besorgt.« Wint hielt die Kiste in seinen Händen Busch entgegen.

»Irgendein konkreter Hinweis?«

»Noch nicht. Aber es ist schwer, etwas zu finden, wenn man nicht weiß, wonach man sucht.« Wint ließ sich auf dem Sofa nieder und stellte die Akten neben sich ab. Er nickte in Richtung Fenster. »Was Neues? Ich hab gelesen, dass Sito bei diesem Wertheim vorspricht. Das ist ...« Er kratzte sich am Kopf. »Der Gedanke an diesen Wertheim ist kaum zu ertragen.«

»Wie der ganze Tag«, sagte Busch. »Der ganze Tag ist kaum zu ertragen.« Ihm fiel ein, dass er heute das letzte gebügelte Hemd aus dem Schrank genommen hatte, jetzt sah es aus wie ... *Was denke ich da?*

Wint nickte. »Glaubst du, Paul ist auf dem richtigen Weg?«

»Wegen diesem Politiker?« Busch stützte die Arme auf die Fensterbank. »Ich weiß nicht, was ich glauben soll. Das heute, das ist nicht fassbar. Mal denke ich, ich habe den Fall begriffen, dann passiert wieder etwas, und alle Gedanken in meinem Kopf sind hinfällig.« Busch hob hilflos die Schultern kurz an. Wieder spürte er die Verspannung im Nacken, bald würde er den Kopf nicht mehr richtig zur linken Seite drehen können. Das kannte er schon. »Verstehst du, was ich damit sagen will?«

Wint verzog die Mundwinkel. »Leider sehr genau.« Er starrte wieder auf die Akten auf seinen Beinen und schwieg. Dann plötzlich blickte er auf. »Weißt du, was mich am meisten ärgert?«

»Lass hören.« Busch kreiste mit seinen Schultern, kam an den Tisch und ließ sich in den Sessel gegenüber von Wint fallen.

Wint kratzte sich unter der Mütze. »Wir haben Woltershagen, einen ehemaligen Richter. Er ist kein dummer Mensch. Ich hab mir in der letzten halben Stunde seine Urteile angesehen, sehr besonnen und gefasst. Weshalb macht er so etwas? Weshalb eine Geiselnahme? Und dann die andere Geschichte. Wir sind uns sicher, dass Woltershagen mit der nichts zu tun hat, oder?«

»Mit dem Sprengsatz im Bus?«

»Damit, mit der Erschießung einer Geisel ... na, mit der Gewalt«, sagte Wint.

Busch nickte. »Da bin ich mir sicher. Aber die Erkenntnis, dass wir es mit zwei Drahtziehern zu tun haben, die ist ja nicht neu. Worauf willst du also hinaus?«

Wint hob den Zeigefinger und grinste. »Das ist der springende Punkt.«

»Heinrich, bitte, ich hab heute keine Geduld«, sagte Busch und massierte sich die Nackenmuskulatur.

»Wir haben einen zweiten schlauen Drahtzieher, der sich zum Schein mit Woltershagen zusammentut und dann seine Vorarbeit ausnutzt, um was Eigenes zu starten. Ist das unsere These?«

Busch riss die Augen auf, starrte Wint an und schüttelte langsam den Kopf. »Zwei schlaue Köpfe und unterschiedliche Ideen oder ein sehr schlauer Kopf und einer, der Handlanger wird, ohne es zu merken.« Er hielt sich die Hand kurz vor den Mund und sah Wint durchdringend an. »Und was ist wahrscheinlicher?«

Wint zog die Augenbrauen hoch. »Das ist genau der springende Punkt. Warten wir, was Sito zu berichten hat.«

»Okay. Suchen wir also weiter in den Akten.« Busch nahm sich seinen Berg vom Tisch. Aus dem Augenwinkel sah er Wint, der eifrig blätterte, mehrere Seiten in seinem Notizbuch zurück, dann in den Akten nach vorne. Wint zog seine Unterlippe ein und fuhr mit den Fingern die tiefen Furchen auf seiner Stirn nach. Ruhelos wirkte er auf Busch, ruhelos und gleichzeitig wie gebannt. Gerade schob er seine Mütze ein wenig tiefer in die Stirn, um sie nur wenige Sekunden später nach oben zu rücken.

»Was ist los?«, fragte Busch. »Was entdeckt?«

»Keine Ahnung.« Wint sah sich zerstreut um. »Aber ich glaube, ich brauche frische Luft. Was meinst du, wann Paul zurückkommt?«

Busch zuckte mit den Schultern. »Der trifft den Politiker am Hafen. Und dann muss er erst mal zu uns zurückkommen, die Stadt ist ja voll.« Er beugte sich über den Tisch zu Wint.

»Wieso, was hast du vor? Hast du irgendetwas entdeckt?« Wint nahm seine Unterlagen an sich. »Okay, pass auf, Marc. Mir kam da gerade ein Gedanke, vielleicht ein wenig verrückt, vielleicht aber auch Intuition. Wer weiß, wer wirklich der Schlauere von unseren Verbrechern ist. Ich muss einfach mal raus hier und in Ruhe nachdenken. Sag Paul, dass er mich anfunken soll, sobald er wieder da ist.« Er stand so zügig auf, dass er an den Tisch stieß. Entschuldigend hob er die Hand, dann ging er mit großen Schritten aus dem Zimmer.

»Heinrich, halt. Was hast du –« Doch Wint war schon außer Hörweite. Zum zweiten Mal an diesem Mittag hatte Wint sich einfach so aus dem Staub gemacht. Er wird seine Gründe haben, dachte Busch bei sich. Wint war merkwürdig geworden, noch eigentümlicher als im Winter, als er ihn in Gaienhofen kennengelernt hatte. Und diese Mütze, weshalb trug er nur immer diese Mütze?

Von Zimmermann kam ein Memo über die aktuellen Entwicklungen im Netz. Busch las es und folgte mit einem Ohr einer Berichterstattung im Fernsehen über erste Ausschreitungen am Rand der Demonstration. Alarmiert stand er auf, drehte den Ton lauter und stellte sich vor den Bildschirm. Auf der Unteren Laube, wo das letzte Drittel der Demonstranten unterwegs war, auf Höhe des Landgerichts, war eine Gruppe mit Gegnern durch den Demonstrationszug gelaufen und hatte versucht, diesen mit rechten Parolen und Beschimpfungen auseinanderzutreiben.

In den Nahaufnahmen sah Busch die Störer. Dieselben Kurzhaarfrisuren, derbe, grobschlächtige Gesichter, T-Shirts mit Totenköpfen oder einer völkisch verbundenen Aufschrift.

Er wusste, dass nun andernorts Kollegen im Team von Zimmermann am Bildschirm saßen und diejenigen herausfilterten, die verbotene Aufschriften trugen. Sehr einfallsreich waren die Einfältigen nicht. Gerade sah Busch zwei, auf deren Brust »HKNKRZ« und »HTLR« prangte. Wer brauchte schon Vokale im kleinen Hirn? Wie waren die nach Konstanz gelangt? Nach diesem Tag würde es eine Menge aufzuarbeiten geben, auch mit den Kollegen in der Schweiz.

Er hatte sich ausgiebig damit beschäftigt, wie Menschen zu Rechtsradikalen wurden, was da alles schieflaufen musste, überhaupt, wie Hass entstand. Der entstand ja nicht erst in den Äußerungen im Netz, der musste vorher schon im Kopf sein. Es war vielleicht bei vielen ein schleichender Prozess, der mit einer Unzufriedenheit begann und dann in eine Kategorisierung mündete: die und ich. Man fühlte sich ungerecht behandelt, benachteiligt oder ausgeschlossen und sah »die« bevorteilt, aus welchem Grund auch immer. Erschwerend kommt dann hinzu, dass wir alle Vorurteile in uns tragen, dachte Busch und fragte sich, welche in ihm wohl schlummerten. Von dem Zulassen der eigenen Vorurteile hin zu diskriminierenden Aussagen über »die« war es kein weiter Weg, schlimm nur, dass dieser eben oft im Netz landete und weitere Verbündete anzog wie ein Klebestreifen die Fliegen. Sobald sich eine solche Gruppe gefunden hatte, wurde der Hass kanalisiert in eindeutige Bahnen, verstärkte sich und führte zu einem Vernichtungskrieg gegen alle »Gegner«.

Oft war es schlicht die Suche nach einer haltgebenden Instanz, die dann umso mehr griff, je radikaler sie formuliert wurde. Sicherheit durch Abgrenzung oder dadurch, dass man sich radikal abgrenzen durfte, das wurde dann als ultimative Freiheit postuliert. Auf dem Bildschirm vor ihm verdrängten Kollegen gerade die Übeltäter von der Bildfläche. Eine Dose flog über die Köpfe der Demonstranten hinweg, ein »Sieg Heil« schallte aus der Menge, wütende Gesichter bei den Abgedrängten.

Für einen Moment erwog Busch, den Leiter des Einsatzes auf

der Laube anzurufen und anzuweisen, alle zu verhaften. Er war so wütend. Dann sah er, dass Einzelne bereits zu Einsatzwagen geführt wurden. Busch rief sich zur Räson.

In seinem Kopf verdichteten sich die Gedanken über die Gewalten, die heute aufeinandertrafen. Die Geiselnahme, der Bus mit der Bombe, die Demonstration, die die Nation ebenso spaltete, und jetzt noch die Neonazis auf den Straßen, die heute geballt in Konstanz aufgelaufen waren. Sito hatte schon recht, das konnte kein Zufall sein.

Der Klingelton seines Smartphones riss ihn aus den Gedanken: Eine interne Mitteilung vom Einsatzleiter des SEK lief über die Timeline. Busch schluckte. Die Zeit für theoretische Überlegungen war ausgelaufen – sie hatten einen Plan.

***

»Ihr sagt mir jetzt sofort, wer der Typ ist!« Jürgen hielt seine Waffe auf die ohnehin schon eingeschüchterten Studenten, wiederholte seine Frage und zeigte dabei mit dem Gewehr auf Enzig. »Raus mit der Sprache, sonst …«

Enzig hielt den Atem an. Für einen Moment überwog die Erleichterung, dass Miriam noch lebte, doch die Angst war schlagartig zurück. Er schielte zu ihr. Sie wirkte wieder klar. Enzig nickte ihr zu, dann ließ er seinen Blick durch die Runde gleiten, einige senkten den Blick.

»Unser Dozent«, kam zaghaft von einem Studenten, andere nickten zustimmend.

»Er ist Kriminologe«, sagte jetzt ein weiterer.

»Und arbeitet bei der Polizei«, sagte ein dritter. »Hin und wieder, als Berater.«

Enzig ließ den Kopf sinken. Der Moment, den er seit Stunden fürchtete, war eingetreten. Tut mir leid, Anna, dachte er.

Jürgen blieb der Mund offen stehen. »Hat man …« Er sah sich wirr auflachend zu seinen Kollegen um. »Habt ihr das gehört? Wir haben einen Bullen hier?« Er ging auf Enzig zu. »Du da! Aufstehen!«

Enzig gehorchte. Eine eigenartige Ruhe herrschte auf einmal in ihm. Als wäre seine Angst vor dem Moment stärker gewesen als jene begründete Furcht, wenn das Erwartete eintrat. Er war etwas größer als Jürgen. Es war schwer, nicht auf ihn herabzublicken. Das Smartphone in seiner Hosentasche wog schwer. Er fühlte sich krumm. Und hatte Angst. Und einen nassen Hemdkragen. Und einen trockenen Hals auch. Er würde diesen Raum nicht lebend verlassen. Egal, was er versuchte. Ruhe. Klarheit. Angst.

»Du bist also ein Bulle?«

»Nein«, sagte Enzig und musste umgehend gegen einen Würgereiz anschlucken. »Es ist so, wie die Studenten gesagt haben. Ich bin als Berater tätig. Ich bin Profiler.«

»Das ist …« Jürgen lachte wieder viel zu schrill. »So ein Psychoheini? Für die Bullen? Und jetzt mitten unter uns. Hat man Töne.«

Enzig sah die Verwirrung bei Jürgen. Die Information hatte ihn überrumpelt. Er war nicht sofort ausgerastet. Vielleicht eine Chance. Nicht übergeben, sagte sich Enzig. »Erstens: Ich bin nicht als Psychologe bei der Polizei, sondern als Fallanalytiker, und zweitens kann das auch ein Vorteil für Sie sein«, sagte er und bemühte sich, überzeugend und vor allem nicht nervös zu klingen. Schlimmer kann es nicht werden, sagte er sich.

»Ja? Du hast doch keine Ahnung von uns.«

»Aber ich könnte der offizielle Vermittler sein. Ich bin schon hier. Manchmal kommen ja Beamte von außen –«

»Tja, dein Kollege, dieser Kommissar Sito, hat sich in der Tat schon angeboten, uns Gesellschaft zu leisten.«

Enzig spürte, dass seine Unterlippe zuckte. Das hätte er sich denken können. Aus dem Augenwinkel sah er, dass Miriam sich zusammengekauert hatte. Das würde nicht gut gehen, wenn Sito hier reinkam und sie erblickte. »Weil das ein guter Start wäre«, sagte Enzig. »Jetzt bin ich aber nun schon einmal da.«

Jürgen hielt das Gewehr hoch und richtete es direkt auf Enzigs Gesicht. »Und das war ein bedauerlicher Fehler. Wir brauchen keinen Vermittler. Und wenn ich noch ein Wort von dir höre, dann bist du die nächste Geisel, die ich erschießen werde.« Er wandte sich ab.

Enzigs linke Hand begann zu zittern, er konnte nichts dagegen tun. Ohne sich noch einmal ihm zuzuwenden, rief Jürgen siegessicher: »Setz dich, Doktorchen, du machst dir sonst noch vor allen in die Hose.«

Enzig sackte in sich zusammen. Der Satz, Angst sei keine Schande, hatte nur Bestand, solange man keine Scham fühlte. Es roch nach Urin und Erbrochenem um ihn herum. Ganz allmählich hatte der beißende Geruch sich im Raum ausgebreitet. Enzig wusste, dass zu der Angst nun noch eben diese Scham dazukam. Die rund fünfzig Studenten saßen da, mit gesenkten Köpfen. Sie hatten eine aus ihrer Mitte verloren, das würde diese Gruppe vielleicht auf ewig verbinden. Die Erfahrung gemeinsam durchlebter Angst war nicht mehr auszuradieren.

Die junge Frau neben Miriam weinte nicht mehr. Mit leeren Augen starrte sie vor sich hin. Immerhin. Stille war besser als Weinen. Weinen provozierte Geiselnehmer nur. Enzig suchte Blickkontakt zu Miriam und erschrak. Ihre Augen wirkten ebenfalls stumpf. Er nickte ihr zu und sah, dass sie zu lächeln versuchte. Im Hintergrund sprach Woltershagen leise mit Hans und Jürgen. Enzig konnte nicht hören, worum es ging, aber er nutzte die Gelegenheit, auf sein Handy zu blicken. Und wieder war es, als katapultiere es ihn in einen anderen Raum. Es fühlte sich an wie ein Hieb, denn was er da las, verschlug ihm für einen Moment den Atem. Eine Bombe? In einem Bus? Was meinte Sito mit »bei uns«?

Wir haben einen Bus mit einer Bombe bei uns.

Vor dem Präsidium etwa? Aber ja, zwei Verbrechen, zwei Drahtzieher, das war plausibel. Enzig wusste, dass ein Sprengsatz das ganze Szenario noch verschärfte, die Polizei war gezwungen, noch zielstrebiger zu handeln. Er rechnete fest mit der baldigen Ankündigung, dass sie stürmen wollten. Und was dann passieren würde, das wusste niemand.

»Nein!« Woltershagen war lauter geworden und fuchtelte

wild mit den Armen herum. Hans versuchte, ihn zu beruhigen, doch Jürgen rempelte ihn grob an.

»Du hast hier nichts mehr zu melden, Alter, hast du das nicht kapiert?«

Woltershagen blieb aufrecht stehen und wich dem anderen nicht aus.

»Ich hab gleich gewusst, dass etwas nicht stimmt. Du bist der sechste Mann, nicht wahr?« Er blickte von Jürgen zu Hans.

»Begreifst du nicht, was hier läuft? Du bist doch kein schlechter Junge, Hans.«

Jürgen trat zwischen die beiden. »Versuch es erst gar nicht. Ich bin hier der Chef, und Hans wird einen Teufel tun, oder, Hans? Willst du dich auf die Seite des alten Mannes schlagen?« Er rückte näher an den anderen heran, der einen Kopf kleiner war.

Enzig hielt zum wiederholten Male den Atem an. Er könnte jetzt aufstehen und sagen, dass es einen Bus mit einem Sprengsatz gibt, damit flöge er komplett auf, aber er hätte damit vielleicht den notwendigen Keil zwischen die Geiselnehmer getrieben. Und was dann? Hastig überlegte er, wie die Machtverhältnisse wohl verteilt waren. Sekunden standen wie ein Fallbeil über ihnen in der Luft, es blieb zwischen Hans und Jürgen stehen. Enzig zuckten die Hände. Er wollte aufstehen, sich einmischen. Miriam fixierte ihn, sie war offensichtlich ein wenig aus ihrer Lethargie erwacht. Bitte bleib, formten ihre Lippen, zumindest meinte Enzig, das zu erkennen. Er zögerte, haderte mit sich und seiner Angst.

Wenn Hans sich jetzt auf die Seite von Woltershagen schlägt, dann haben wir eine Chance, dachte er und legte seine Gedanken in den Blick, den er Miriam schickte.

Hans war sichtlich verstört. Unsicher sah er zwischen Jürgen und Woltershagen hin und her. Enzig fieberte der Entscheidung entgegen.

Sag was, sag was! Enzig ballte die Faust.

Doch Hans trat einen Schritt zurück und entzog sich so der Position, eine Entscheidung treffen zu müssen. »Was hast du nun vor, Jürgen?«, fragte er stattdessen.

Jürgen legte ihm die Hand auf die Schulter. »Guter Junge, wusste ich doch. Also …«, er drehte sich abrupt um und legte Woltershagen das Gewehr auf die Schulter, »als Erstes müssen wir den Alten loswerden.«

»Was?«, entfuhr es Hans, und auch einige der am Boden Sitzenden schrien auf.

Innerlich fluchte Enzig. Das hätte er kommen sehen müssen. Kurz entschlossen stand er auf. »Sie werden doch einen alten Mann nicht einfach –«

»Was? Du schon wieder?« Mit schnellen Schritten kam Jürgen auf ihn zu. »Kannst du dich nicht einfach mal raushalten?« Jürgen stoppte direkt vor Enzig. »Was musst du dich überall einmischen? Und komm mir jetzt nicht mit dem Gefasel von wegen, wir hätten alle ein gemeinsames Ziel.«

»Lassen Sie Ihren ehemaligen Anführer einfach gehen«, schlug Enzig vor und schluckte. Er musste aufpassen, was er sagte, damit er sich nicht verriet. »Sie haben Verhandlungsbereitschaft signalisiert. Also zwei Fliegen mit einer Klappe.«

»Hä? Was soll das? Wieso zwei Fliegen? Verarschst du mich?«

Die Männer in den Gängen waren schon wieder in Alarmbereitschaft. Es war offensichtlich, dass Jürgen zwar der Hitzkopf, aber auch der Chef der verbliebenen Runde war.

»Mitnichten«, antwortete Enzig ruhig. »Sie sind diesen nervenden …« Enzig hustete, beinahe wäre ihm der Name »Woltershagen« rausgerutscht. »Sie sind diesen nervenden Alten los und können es der Polizei so verkaufen, dass Sie eine Geisel freigelassen haben. Die wissen ja nicht, dass er Ihr Anführer war.«

Jürgen stutzte.

Von Hans kam sofort Zuspruch: »Mensch, Jürgen, da hat er doch mal recht. Oder nicht?« Er warf Enzig einen kurzen Blick zu, und Enzig wusste, dass er innerlich tatsächlich die Fronten gewechselt hatte.

Jürgen nickte langsam, dann grinste er und tippte Enzig mit seinem Gewehr gegen das Kinn. »Nicht dumm, gar nicht dumm.«

Er drehte sich zu Woltershagen und Hans. »Also gut, teilen wir den Bullen mit, dass wir eine Geisel entlassen, aus Altersgründen. Raus mit ihm. Bevor ich es mir anders überlege.« Im Hintergrund tippte einer der Geiselnehmer an der Tür in sein Smartphone.

»Andererseits …« Jürgen spielte mit dem Gewehr vor Enzigs Gesicht herum.

❋❋❋

Die Pläne der Universität sowie Luftaufnahmen von dem Gelände erschienen abwechselnd auf der großen Leinwand. Georg Moller, der Leiter des SEK, tippte auf seinem Laptop und erklärte die verschiedenen Optionen der Annäherung und schließlich für den Sturm. Dabei sprach er von den mutmaßlichen Kollateralschäden, die die einzelnen Varianten mit sich brachten.

Ruger stand dabei, die Arme hinter dem Rücken verschränkt, Jäger mit den Händen in den Taschen. Er wirkte hoch konzentriert, aber auch angespannt.

Busch dachte an die Menschen an der Uni, an Roman Enzig, den er anfangs als Konkurrenten im Team von Sito gesehen hatte. Jetzt hatte er Angst um ihn. Über diese Menschen wurde gerade gesprochen, ohne dass sie persönlich erwähnt wurden. Sie hatten kein Gesicht für den Einsatzleiter eines Sturms. Sie waren Teile eines möglichen Kollateralschadens. Busch wusste, dass es üblich war, einen Plan für einen Sturm parallel ausarbeiten zu lassen, aber er wollte noch nicht diesen letzten Schritt gehen. Es war letztes Endes immer ein Spiel mit Menschenleben, auch wenn man bemüht war, die sogenannten Kollateralschäden so gering wie möglich zu halten.

Moller fuhr unbeirrt fort. Am Haupteingang sei nach wie vor immer wieder mal ein Bewaffneter zu sehen, dieser Kirschner musste Glück gehabt haben, dass er unbemerkt bis in die Halle gekommen war.

Busch durchzuckte ein Gedanke: Was, wenn es doch Absicht

war? Wenn die Geiselnehmer diesen Journalisten so weit kommen ließen, um die Polizei zu diskreditieren? Er musste an Wint denken, der wetten wollte, dass die Geiselnehmer Kirschner einen Tipp gegeben hatten. Vielleicht war die Androhung, ihn zu erschießen, nur Teil der Abmachung, um das Ganze dramatischer zu gestalten.

»Haben wir von dem Journalisten eigentlich schon was gehört?«, erkundigte er sich.

Moller schüttelte den Kopf. »Wenn er noch lebt, dann ist er sicher unter den Geiseln«, sagte er lapidar und klickte sich weiter durch die Pläne. »Eine Variante sieht vor, es wie dieser Journalist zu machen. Ein Unbewaffneter geht mit einer Kamera rein, sobald er gestellt wird, brauchen wir acht Sekunden. Und wir haben mehrere Drohnen im Einsatz, winzig klein und lautlos. Die spüren alle Menschen auf, die sich noch in der Universität aufhalten.«

Busch biss sich auf die Lippen. Half sein Verdacht irgendjemandem? Es war so oder so ein Risiko. Die Bilder auf der Leinwand sahen aus wie ein Videospiel, als sich gerade animierte SEKler auf das Audimax zubewegten. Die Stimme Mollers klang in Buschs Ohren beinahe abgebrüht. Er tat dem Mann unrecht, das wusste er, Moller galt als überaus nervenstark und souverän, aber manchmal tat es auch gut, wenn man ganz normale menschliche Sorgen teilen konnte. Blödsinn, schalt sich Busch. Wir haben keine Zeit für Rührseligkeit. Genau das schätzte er ja auch an Sito – Besonnenheit, Klarheit und Zielstrebigkeit.

Vom Rechtsmediziner Samuel Parson kam zwischenzeitlich die Nachricht, dass das Opfer zwei Schusswunden aufwies, ein Schuss in den Kopf sei der tödliche gewesen. Womöglich war es zunächst ein Unfall, bevor es durch einen kaltblütigen Geiselnehmer zu einem Mord geworden sei, so Parson.

Jäger legte sich bei dieser Nachricht die Hände in den Nacken. »Verdammt«, murmelte er. »Vielleicht sollte ursprünglich gar niemand –«

»Das ist gut möglich«, bestätigte Busch. »Das heißt aber auch, dass wir einen kaltblütigen Mörder unter den Geiselnehmern haben, der auf eine verletzte Frau schießt.«

»Ein Kopfschuss sogar«, kommentierte Ruger und verschränkte die Arme. »Das ist besonders niederträchtig. Geradezu eine Hinrichtung.«

»Was mich zunehmend besorgt, ist die Tatsache, dass es keine weiteren Forderungen gab.« Jäger trommelte auf den Tisch. »Wenn wir von zwei Verbrechen ausgehen, was ja plausibel ist, weshalb kommt dann keine Forderung, die mit dem Bus zu tun hat? Weshalb meldet sich der zweite Hintermann nicht endlich und sagt, was zum Teufel er will?« Jäger blickte in die Runde.

Busch starrte auf den Boden vor sich.

»Herr Busch?«, hakte Jäger nach. »Was denken Sie dazu?«

Intuitiv antwortete Busch: »Zermürbungstaktik.«

»Aha. Sie meinen also, der zweite Drahtzieher weiß genau, was er will, wartet aber so lange, bis die andere Seite –«

»Oder es hängt an äußeren Umständen«, fiel Busch dem Polizeipräsidenten ins Wort.

»Die da wären?«, erkundigte sich Ruger.

»Die Demonstration«, sagte Busch und sah auf die Uhr. In seinem Kopf verdichtete sich etwas. Etwas, das mit seinen Überlegungen von vorhin zu tun hatte. Nichts an diesem Tag geschah aus Zufall, aber dann gab es nur eine logische Konsequenz. »Genauer: die Rede von Sibylle Hundhammer.«

Ruger stöhnte auf. »Sie glauben immer noch an einen Zusammenhang? Worin soll der denn bestehen?«

Moller fuhr seinen Laptop herunter. Das Spiel an der Wand verschwand. »Sie sind informiert. Wir stehen bereit, halten Sie mich auf dem Laufenden, meine Herren. Ich fahre umgehend zurück zu unserer vorübergehenden Zentrale.« Ohne einen Gruß abzuwarten, wandte Moller sich zur Tür.

Jäger rief ihm noch ein »Wir bleiben in Kontakt« nach, dann wandte er sich wieder an Busch und Ruger.

»Meine Herren, beide Argumente passen. Der zweite Drahtzieher wartet auf eine passende Gelegenheit, und die ist offensichtlich an etwas anderes geknüpft. Auch die Zermürbungstaktik ist ein wichtiges Argument. Was macht die aus unseren Kräften? Ich meine jetzt, aus denen auf der Straße.«

Busch sah wieder den Fernsehbeitrag vor sich, die Versuche der Rechten, den Demonstrationszug zu stören. »Wir haben mehr Rechte und Störenfriede als sonst«, sagte er. »Ich würde sagen, die Lage ist jetzt schon extrem angespannt. Wenn das mit dem Bus … Kurzum, es wird noch weitere und gewiss größere Ausschreitungen geben, vor allem auch, weil unsere Kräfte an ihre Grenzen stoßen. Schon zahlenmäßig.« Er setzte sich hin, schob seine verknitterten Ärmel irgendwie nach oben und wiegte seinen Kopf hin und her. Seine Halswirbel knackten.

Ruger machte eine missmutige Miene. »Wir können also nur warten, bis der Verantwortliche für den Bus da unten sich bequemt«, sagte er.

Jäger stützte seine Ellbogen auf den Tisch und legte sein Kinn auf die gefalteten Hände. »Das fliegt uns um die Ohren«, stöhnte er.

»Was?«, fragte Ruger.

»Dass wir so nachlässig waren mit dem, was Zimmermann seit Wochen sagt.« Er rieb sich über das Gesicht. »Herr Ruger, wir tragen unseren Teil der Schuld.«

Ruger verschränkte die Arme und sah zur Seite.

Busch sah auf die große Uhr an der weißen Wand. »Wann soll Sibylle Hundhammer ihre Rede halten?«

Jäger folgte seinem Blick. Es war dreizehn Minuten vor fünfzehn Uhr. »Um sechzehn Uhr, hieß es, aber im Liveticker habe ich vorhin gesehen, dass sie bereits um eine halbe Stunde verspätet sind.«

»Vielleicht gut für uns«, sagte Busch. »Das verschafft uns mehr Zeit.«

»Aber die Personen aus dem ersten Bus«, begann Ruger, »die haben doch bestimmt von den Bussen erzählt, oder meinen Sie nicht?«

»Es gab ein Stillschweigeabkommen. Außerdem hatten die garantiert andere Sorgen«, sagte Busch.

»Haben wir inzwischen alle Zeugen, oder sind da noch mutmaßliche Geiselnehmer unterwegs?«, erkundigte sich Jäger.

»Wurde denn wenigstens dieses Gebäude hier zwischenzeitlich kontrolliert?«, fragte Ruger.

Busch legte den Kopf in den Nacken und atmete genervt aus. »Herr Ruger, wenn wir Ziel eines Anschlags wären, dann wäre das längst passiert. Aber ja, wenn es Sie beruhigt, alle Businsassen haben dieses Gebäude verlassen. Aber noch nicht alle wurden gefunden.«

Der Polizeipräsident hatte sich abrupt aufgesetzt. »Sie vermuten also tatsächlich einen Anschlag?« Er griff nach seinem Telefon. »Ich ruf sofort die Verantwortlichen an. Die sollen noch einmal alles durchchecken. Erhöhte Sicherheitsstufe.«

»Welch eine Bescherung!«, murmelte Ruger und verschränkte die Arme. »Wenn erst die Geschichte mit dem Bus ihren Weg in die sozialen Netzwerke findet …«

»Das ist nicht unsere größte Sorge, das ist –« Busch hielt inne. Er dachte wieder an Zermürbung. Wenn die Medien sich bald auf einen Bus mit einer Bombe stürzten und wenn die Polizei nichts dagegen unternehmen konnte, seit Stunden, was wäre dann los? Er fühlte sich mit einem Schlag absolut hilflos. »Hoffentlich kommt Paul bald zurück«, sagte er.

Jäger sah erneut auf die Uhr. »Der Innenminister hat noch nicht angerufen, das ist vielleicht ein gutes Zeichen.«

»Dass Paul nicht übers Ziel hinausschießt?«, fragte Busch.

Jäger sah Busch durchdringend an. »Schießen finde ich in diesem Zusammenhang kein besonders glückliches Wort.«

»Paul kriegt das hin, da bin ich sicher. Wenn Wertheim mit drinsteckt, dann findet er das heraus.«

In diesem Moment ging die Tür auf, und Sito betrat den Raum.

***

Während der Großteil der Demonstranten sich noch auf der Unteren Laube verteilte, hatten die vorderen Gruppierungen bereits den Rheinsteig erreicht und kamen am Rheintorturm vorbei. Sibylle hörte die Stimmen hinter sich, sie sah den abgesperrten Weg zur Rheinbrücke, die Fahnen schwangen im leichten Wind, die Sonne strahlte ihr entgegen. Irgendwie kam ihr alles unwirklich vor, als würde sie gerade getragen von einer Welle und hinausgeschwemmt auf ein weites Meer.

Allmählich wurde es leiser, als entfernten sich die Stimmen, die Gesänge, die Rufe. Neben ihr liefen ihre Bewacher, streng sahen sie aus, streng und ständig eine Hand an dem Funkgerät in ihren Ohren. Der lange dünne Mann, Otto Behringer, warf ihr einen Blick zu. Seit Monaten war er schon an ihrer Seite, immer zurückhaltend, aber immer präsent, im Grunde wie ein Schatten. Sie hatten bislang kaum persönliche Gespräche geführt, sie wusste nicht einmal, wie Behringer zu ihrer Arbeit stand. War das nicht merkwürdig? Erst jetzt fielen ihr seine hellblauen Augen auf, beinahe wässrig wirkten sie, als weinten sie ohne Tränen. Traurig, dachte sie und lächelte ihm verlegen zu.

Sie wusste, dass die Männer verärgert über sie waren. Sie hätte nicht mit dem Demonstrationszug laufen sollen. Vor allem die Nachricht von einer erschossenen Geisel hatte die Diskussion noch einmal entfacht. Sie hatte nur kurz ins Netz geschaut. Auf ihre eigene Seite bei Facebook wagte sie sich seit Wochen nur noch sporadisch. Die Freude über die große Zahl an Zustimmung ging leider immer wieder verloren angesichts der vielen wütenden Kommentare ihrer Feinde. Und ja, das waren sie: Feinde.

Sie hatte nichts gegen Diskussionen, auch nicht gegen andere Meinungen, aber was ihr manchmal entgegenschlug, war blanker Hass.

Als sie die ersten Morddrohungen bekam, fühlte sie sich wie ausgehöhlt. Im ersten Moment hatte sie gedacht, sie habe Hunger, und war in die Küche gelaufen. Es war im Winter, Weihnachten lag ein paar Wochen zurück. Auf einem Video hatte jemand eine Puppe verbrannt und darunter geschrieben, das sollte man mit ihr machen. Sie aß die Vanillekipferl ihrer

Mutter direkt aus der Dose, noch am Kühlschrank stehend und darüber grübelnd, weshalb sie die Kekse überhaupt in den Kühlschrank geräumt hatte. Doch es war kein Hunger, der ihr dieses ausgehöhlte Gefühl gegeben hatte.

Später wurde aus dem Gefühl der inneren Leere ein Gefühl des Ausgestoßenseins, dann der Brandmarkung. Längst war die Polizei eingeschaltet, aber die konnte wenig ausrichten, dem einen Hasskommentar folgte der nächste. Mitte Mai bereits war entschieden, dass sie Personenschutz bekommen würde in Konstanz.

Der Rheintorturm. Sie mussten warten. Hier am über achthundert Jahre alten Bauwerk aus der Stauferzeit sollte eine Gedenkminute stattfinden für die in Berlin und Frankfurt zum Teil schwer verletzten Mitstreiter. Ein Kollege von Sibylle stieg die Stufen hinauf und begann, in ein Megafon zu sprechen. Sibylle ließ ihren Blick hinter ihm nach oben schweifen. In fünfunddreißig Metern Höhe umkreisten Möwen die Turmspitze, es sah aus, als spielten sie in der Luft Verstecken. Sibylle sah die schönen Bogenfenster im anschließenden Bauwerk, darüber die Erker, ebenfalls mit Bogenfenstern. Sie stellte sich vor, dort ihren Schreibtisch zu haben, vielleicht zur anderen Seite hin mit Blick auf den Rhein, der hier bei Kilometer null lag.

Schon Kaiser Friedrich II. hätte sie von hier oben durch das Tor reiten sehen können. Sicher kam hier vor vielen hundert Jahren auch mal eine Frau über die ehemals hölzerne Rheinbrücke, eine Frau, die wie sie geächtet wurde. *Geächtet.* Sibylle biss sich auf die Lippen. Bei Greta hatte sie das schon mitverfolgt, aber nun war sie selbst zur Zielscheibe geworden und konnte es einfach nicht fassen.

Vielleicht hätte sie doch auf den Vorschlag der Sicherheitsberater eingehen sollen. Die Angst, die sich in ihrem Körper ausbreitete, war wie ein böses kleines Monster, das sie von innen aufzufressen drohte. Sie dachte wieder an diesen einen Tag im letzten Sommer, der so lange aus ihrem Bewusstsein verschwunden war, dass es ihr schon vorkam, als wäre er ihr gar nicht passiert. Aber wenn sie jetzt daran dachte, dann spürte sie, dass er sich grausam real unter ihre Angst mischte.

Ihr Kollege verlas gerade die Namen der Verletzten. Es war unheimlich still hinter Sibylle. Vielleicht war sie bereits allein, schutzlos und ausgeliefert – und ihre Hände gefesselt …

10

15 Uhr bis 16 Uhr

»Und, Sito, was denken Sie über Wertheim?« Jäger schenkte sich gerade Kaffee ein, die Kanne stieß an den Tassenrand, und ein wenig Kaffee ging daneben. Er hüstelte verlegen. Mit verschränkten Armen stand Sito am Kopfende des Konferenztisches. »Er ist siegessicher. Er hat von Woltershagen erzählt, von dessen Idee, auf die Moral der Menschen zu wetten. Dass er ihnen eine Aufgabe stellen wollte, um sie zu testen.«

»Ich verstehe nicht, was soll das?«, fragte Jäger.

Busch holte, ohne zu fragen, auch für Sito eine Tasse Kaffee. »Wertheim hat einfach zugegeben, beteiligt zu sein?«

Sito schüttelte den Kopf und nahm die Tasse entgegen. »Danke, Marc. Nein, das natürlich nicht. Er hat nur diese Geschichte über Woltershagen erzählt.« Er sah sich um. »Wo ist eigentlich Heinrich?«

Busch zog die Augenbrauen hoch. »Er brauchte frische Luft, aber ich denke, er geht einer Spur nach.«

Sito sah ihn durchdringend an, und Busch hob die Arme entschuldigend in die Luft: »Mehr weiß ich auch nicht. Du sollst ihn anrufen, wenn du zurück bist.«

Jäger hielt die Kaffeetasse mit beiden Händen umklammert, als wäre ihm kalt. »Und Sie glauben, es geht tatsächlich um diese Wette von Woltershagen?«

»Aber das würde ja nur Sinn machen, wenn Wertheim sich darauf eingelassen hat«, sagte Busch.

»Genau, das hab ich ihn auch gefragt. Ob er die Wette angenommen hat.«

»Und?«, fragte Jäger und schlürfte unabsichtlich den heißen Kaffee.

»Keine Antwort«, sagte Sito.

»Und wie ist Ihre Einschätzung, Paul?«, fragte Jäger und fügte hinzu: »Hier unter uns, meine ich.«

Sito sah Jäger fest in die Augen. Ohne zu zögern, antwortete er: »Wertheim ist der zweite Drahtzieher.«

Jäger nickte langsam. »Und das sagen Sie nicht nur, weil Sie seine Politik nicht mögen?« Er hielt Sitos Blick stand.

»Nein, das sage ich aus voller Überzeugung.« Sito sah an Jäger vorbei aus dem Fenster. Auch hier im Konferenzraum würde er bei nächster Gelegenheit die Minispeere vor den Fenstern umbiegen. Er mochte das Gurren der Tauben.

»Verdammt!« Jäger stöhnte. »Paul, ich vertrau auf Ihre Menschenkenntnis, aber was haben wir konkret gegen ihn in der Hand? Ich muss mit dem Innenminister telefonieren und mit dem Verfassungsschutz. Wir brauchen etwas, um Wertheim –«

»Richter sucht Henker«, murmelte Busch.

Alle sahen zu ihm.

»Was meinst du?«, fragte Sito.

»Richter sucht Henker«, wiederholte Busch etwas lauter. »Wir hatten es doch vorhin von diesem Wortwechsel in irgendeiner Kommentarleiste bei Facebook. Dieser Zimmermann hat es uns gezeigt.«

»Und weiter?«, sagte Jäger und setzte sich an den Tisch.

»Das ist ganz ähnlich wie der Titel eines Romans von Dürrenmatt«, sagte Busch.

»Ja, das wissen wir. Aber die beiden, die das geschrieben haben, werden kaum an Literatur gedacht haben«, sagte Sito, ahnte jedoch im selben Moment, worauf sein Kollege hinauswollte.

»Natürlich nicht«, sagte Busch. »Aber die Assoziation ist vielleicht nicht verkehrt. In dem Roman instrumentalisiert ein Kriminalkommissar einen Bösewicht so geschickt, dass dieser sich selbst richtet. Allerdings ging es mir gar nicht darum.« Er sah wieder in seine Unterlagen. »Mir ging es um den anderen Satz: ›Und der Richter weiß nichts davon.‹ Das stand da nämlich auch noch.«

»Okay«, sagte Sito, »dann spielen wir das durch. Wer ist der Richter?«

»Na ja, Woltershagen ist ja tatsächlich Richter, wenn auch pensioniert.«

»Und eine Fernsehshow ist auch daraus geworden«, sagte Jäger.

»Also bleibt die Frage, was es mit der Suche auf sich hat. Denn Woltershagen sucht ja keinen Henker, oder?«, fragte Sito.

Busch schüttelte den Kopf. »Eben. Es ist also doch buchstäblich gemeint. Er ist der Richter …«

»… der nicht weiß, dass er einen Henker sucht«, vollendete Sito den Satz von Busch. »Verdammt, das könnte wirklich stimmen. Ich geh zu Zimmermann. Mal sehen, ob die inzwischen etwas im Darknet über die beiden herausfinden konnten.«

»Was genau ist unsere Folgerung, meine Herren?«, fragte Jäger, und seine Stimme hatte wieder den alten, wachen Klang.

»Dass wir zwei Verbrechen und zwei Verbrecher, im Moment aber nur eine Forderung haben«, erklärte Sito. »Wir haben also auf der einen Seite Theodor Woltershagen, ehemaliger Richter am Landgericht. Er glaubt, die Vergewaltigungsserie könnte aufgeklärt werden, wenn die Polizei ihre Arbeit erledigt. Auf der anderen Seite haben wir plötzlich einen regelrechten Aufmarsch am rechten Rand vor Ort, Marschbefehle im Netz, die die Aktion von Woltershagen benutzen, um hier ordentlich Wirbel reinzubringen, den sie gleichzeitig gegen die Klimaaktivisten instrumentalisieren. Nichts liegt also näher, als die Motivation des zweiten Täters hieraus abzuleiten. Das muss unseren Blick zwangsläufig auf den Hauptgegner richten, der heute auch noch in der Stadt ist. Michael Wertheim.« Sito schluckte. »Wir müssen an diesen Wertheim herankommen, es hilft nichts, es ist unser einziger Anhaltspunkt, denn er hat die stärkste Motivation.«

Jäger griff nach dem Telefon. Mitten in der Bewegung hielt er inne: »Kann der Bus mit der Bombe eigentlich zum Bodenseeforum fahren? Ich meine, vielleicht soll mit ihm das Attentat –«

Sito schüttelte den Kopf. »Ausgeschlossen. Das Präsidium ist abgeriegelt. Er kann das Gelände nicht verlassen.«

Jäger atmete schwer. »Gut. Ich telefoniere mit dem Innenminister. Aber«, er zeigte mit dem Hörer auf Sito und Busch, »Sie, meine Herren, brauchen etwas Handfestes gegen diesen Wertheim. Er ist ein hochrangiger Politiker, wir können nicht mit unserem Gefühl im Innenministerium anklopfen und behaupten, er wär der Drahtzieher eines Attentats.«

»Schon klar. Sagen Sie dem Innenminister, dass Wertheim ein enger Vertrauter des Geiselnehmers ist. Und wir brauchen umgehend mehr Informationen über Woltershagen. Das muss doch für ein weiteres Gespräch reichen. Noch läuft ja auch der Bus offiziell als Teil von Woltershagens Werk!«

»Einverstanden.« Jäger nickte, und Busch wandte sich bereits zum Gehen.

Sito überlegte fieberhaft. Aus dem letzten Gespräch mit Wertheim hatte er gelernt, dass dieser schwer erreichbar war und sich unbesiegbar fühlte. Gewiss hatte er eine Schwachstelle, aber wie sollte Sito die herausfinden in der kurzen Zeit, und falls er sie dann gefunden hätte – wie würde ihm das nützen? Was war sein Plan mit dem Bus? Zimmermann sollte sich alle Bewegungen Wertheims in den sozialen Netzwerken in den letzten Wochen vorknöpfen. Und er, Sito, musste dringend jemanden finden, der ihm helfen konnte, tiefer in diesen Wertheim einzutauchen.

Glücklicherweise musste er nicht lange überlegen.

* * *

Simon Neller war schon den ganzen Tag im Garten. Ein wirklich freier Freitag wäre schön, dachte er bedauernd. Obwohl er seinen Garten mochte und die Arbeit im Freien ihm lag: Die letzten Wochen waren sehr kräftezehrend gewesen, sodass er einfach mal gern nur auf dem Sofa ausgeruht hätte. Seine Frau aber lag ihm seit zwei Wochen in den Ohren, dass man den Garten endlich für den Herbst vorbereiten müsse.

Seufzend hatte er den freien Freitag also in einer alten khaki-farbenen Hose und einem ausrangierten Pulli begonnen. Inzwischen war alles mit Erde bekleckert, einer seiner Fingernägel war abgebrochen, und sein Magen knurrte. Gerade wischte er sich den Schweiß von der Stirn und stellte den Fuß auf dem Spaten ab. Umgraben war doch wesentlich anstrengender, als er es in Erinnerung hatte. Den ganzen Sommer über hatte seine Frau die Gartenarbeit allein erledigt. Er würde ihr morgen einen Blumenstrauß besorgen.

Auf dem kleinen Gartentisch klingelte sein Smartphone. Er sah auf das Display und war überrascht: Sito. Er wischte sich schnell die Hände an der Hose ab und nahm dann den Anruf an. Sein Freund klang aufgeregt. So hatte er ihn lange nicht erlebt. Sie hatten sich vor zwei Jahren bei einem Fall kennengelernt. Er arbeitete häufiger mit der Polizei zusammen – wann immer Kinder im Spiel waren. Es dauerte ein paar Minuten, bis er auf dem neuesten Stand war, fassungslos darüber, dass er von alldem nichts mitbekommen hatte. Weder seine Frau noch er selbst hatten an diesem Tag Nachrichten gehört. Sie lebten oft wie auf einer Insel. Sitos Bitte ließ ihn kurz innehalten, die Tragweite war ungeheuer, doch er versprach, alles sofort stehen und liegen zu lassen und sich an die Arbeit zu machen.

Eine Minute später saß er, verschwitzt, wie er war, an seinem Schreibtisch im ersten Stock ihres Hauses auf der Reichenau und fuhr seinen Computer hoch. Unten im Garten steckte der Spaten, daneben lagen die Gartenhandschuhe achtlos im Beet.

Als auf dem Bildschirm das Gesicht von Michael Wertheim aufflackerte, atmete Neller tief aus. Wertheim war kein Mensch, mit dem er sich derart intensiv auseinandersetzen mochte. Aber er sah ein, dass es wichtig war.

Schnell hatte er die Biografie des Politikers zusammengetragen, sich zahlreiche Interviews und Porträts herausgesucht und zudem eine Zitatsammlung sowie eine Auswahl an Fotos zusammengestellt und ausgedruckt. Jetzt lagen diese verteilt auf dem großen Schreibtisch. Draußen sangen Vögel und erfüllten sein Zimmer mit einer eigenartigen Harmlosigkeit, die nicht zu all der Dramatik passen wollte.

Michael Wertheim, geboren als Michael Müller, aufgewachsen in einfachen Verhältnissen, dann Studium der Rechtswissenschaften und frühes politisches Engagement. Er schrieb für verschiedene Magazine, allesamt rechtspopulistisch, teilweise inzwischen verboten. Wertheim, dem Müller offensichtlich zu einfach war, machte nie einen Hehl aus seiner Gesinnung. Er stieg an die Spitze seiner Partei und proklamierte nichts Geringeres als die Erneuerung der Weltordnung. Neller sah Wertheim alias Müller vor sich, wie er das Elternhaus betrat und unter der vermeintlichen Armseligkeit litt. Die Namensänderung war der erste Versuch, der Gewöhnlichkeit zu entkommen. Allein der Name war schon gehaltvoll: Wert und Heim. Wertheims Geltungsdrang, diese Hybris der Selbstwahrnehmung waren gewaltig. Das entnahm Neller sämtlichen Aussagen in Interviews. Geschieden, zwei Kinder. Was nun?

Er hatte einmal Enzig in dessen Büro im Präsidium besucht, als dieser gerade damit beschäftigt war, ein Gutachten über einen Serientäter zu erstellen. Von dem hatte die Polizei zwar gewusst, dass er schuldig war, es aber nicht beweisen können. Enzig nutzte ein Flipchart und eine Tafel. Er arbeitete mit Pfeilen und Kreisen, mit Magneten und unglaublich vielen Zetteln. Er nahm manchmal die Haltung derjenigen ein, über die er schreiben wollte, studierte deren Mimik und Sprache, suchte nach verräterischen Gesten.

Neller stand auf und nahm die Haltung Wertheims an. Er hatte einen etwas vorstehenden Unterkiefer. Sein Mund wirkte, als wäre er zu einem Dauerlächeln verzogen, das allerdings keinerlei Freundlichkeit, sondern Arroganz ausstrahlte. Sein glatt rasiertes Gesicht war rund und wirkte fleischig, ein wenig zu üppig. Der Haaransatz war derart akkurat – Neller fasste an seinen eigenen, eher krumm gewachsenen Ansatz über den Ohren –, dass er garantiert regelmäßig einen Barbier aufsuchte.

Der Verfassungsschutz hatte vor Jahren Einwände gegen

Wertheims Äußerungen zur NS-Vergangenheit Deutschlands geäußert und »klare Bedenken« vermerkt. Da gab es überdies Seilschaften in rechtsradikale Vereinigungen und immer wieder Sätze eindeutig menschenfeindlichen Inhalts. Das Parteiprogramm sprach ohnehin Bände.

Neller vertiefte sich in ein Interview aus dem vergangenen Jahr, bemüht, nicht darin zu versinken. Er hatte versprochen, Sito in einer Stunde ein Gutachten zukommen zu lassen. Die Zeit drängte. Das Leben von Menschen hing vielleicht davon ab.

✳✳✳

Sito beschloss, sich für einen Moment zurückzuziehen. Neller würde eine Weile brauchen, und noch war nicht klar, ob ein Gutachten über Wertheim die Ermittlungen überhaupt einen Schritt weiterbrachte. Sie wussten ja nicht mal, welche Tat geplant war.

Unter normalen Umständen hätte er sich an den Tatort gesetzt und den Raum auf sich wirken lassen, hier war die Sachlage anders, er musste einen anderen, eigenen Ort finden, um sich mit dem Täter und seinen Gedanken vertraut zu machen. Er wählte die Küche mit dem angeschlossenen Aufenthaltsraum der Dienststelle. Rosa lächelte ihm von ihrem Schreibtisch aus zu. Sie trug Kopfhörer und tippte eifrig auf ihrer Tastatur herum. Sie kannte ihn lange genug, um zu sehen, dass er jetzt vor allem eines wollte, seine Ruhe.

Es war ein schreckliches Gefühl, wenn man glaubte, etwas übersehen zu haben. Er hatte das schon erlebt, damals auf dem OP-Tisch war ihm auch eine wichtige Information eingefallen, leider zu spät. Und heute?

Sito ließ die Informationen des Tages Revue passieren. Woltershagen als Drahtzieher einer Geiselnahme an der Uni, um eine Vergewaltigungsserie aufzuklären. Eine nicht angezeigte Vergewaltigung als womöglich wichtiger neuer Hinweis – wobei, dachte Sito gerade, eventuell gibt es noch mehr unentdeckte Opfer; schließlich wissen wir von der nicht angezeigten Vergewaltigung nur durch die Aufmerksamkeit eines Zeugen und die Entscheidung des Opfers, eine anonyme Spurensicherung vornehmen zu lassen. Sito notierte sich in Gedanken, die Anfrage im Krankenhaus bezüglich weiterer anonymer Spurensicherungen in der letzten Zeit noch einmal zu wiederholen.

Was hatten sie noch? Einen Bus mit einem Sprengsatz an Bord, einen zweiten Drahtzieher, der irgendwie mit Woltershagen zusammenhing – als Richter und Henker? Und nicht zu vergessen die Klimaschutzdemo mit Sibylle Hundhammer. Und Wertheim und die rechten Hetzer im Netz. Worauf lief das hinaus? Was wollten die Geiselnehmer erreichen, jetzt da sie Woltershagen gestürzt hatten?

Je länger Sito über den möglichen Zusammenhang nachdachte, desto mehr war er davon überzeugt, dass sie alle Fakten und Personen bereits vor sich hatten, um das Rätsel zu lösen. Aber welchen Zusammenhang konnte es zwischen einer Vergewaltigungsserie, einer Bombendrohung und der Klimaschutzdemo geben?

Sito ging in Gedanken die Bilder des Tages durch. Er erinnerte sich an die vielen Plakate von der Demo, an die zwei Frauen, die aus dem zweiten Bus kamen, an Goffer und Kaiser, die gestanden, dass sie vermutlich Geiselnehmer als vermeintliche Zeugen hatten entkommen lassen. Er erinnerte sich an die Stimmen, die er in der Sprachnachricht von Enzig gehört hatte, und an diesen Journalisten und den unangenehmen Geruch, der von ihm ausgegangen war.

Wo er jetzt wohl war? Er konnte diesen Kirschner nicht leiden, aber als dieses Gewehr mitten in die Kamera zeigte und dann das Bild schwarz wurde, hatte Sito nur eines empfunden: Mitleid. Menschen machten Fehler, das wusste er am besten. Man überschätzte sich, man folgte einer falschen Idee. Plötzlich fiel ihm ein, dass er den Namen kannte. Ein Benjamin Kirschner hatte über den Verkauf des Büdingen-Areals an eine Schweizer Investmentfirma geschrieben.

Sito erinnerte sich genau, denn das hatte auch ihm einen Stich versetzt wie vielen anderen Konstanzern auch. Das letzte große Seegrundstück mit altem Baumbestand unweit der Rheinbrücke mit großem Potenzial zu einem wunderschönen Park wurde zugunsten eines Wellnesshotels für die ganz Reichen geopfert. Da hatte Kirschner sehr gut und kritisch geschrieben, zwischen den Zeilen war klar, dass er das zum Kotzen fand, und zwar nicht, weil er Umweltschützer war, auch nicht, weil das in Zeiten des Klimanotstands einfach nur verantwortungslos und sogar höchst unanständig war, sondern weil es wieder ein sichtbares Symbol einer Zweiklassengesellschaft war, und das auch noch zulasten der Allgemeinheit.

Sito nickte und ballte die Fäuste. Er sah Kirschner wieder vor sich sitzen, gewiss seiner alltäglichen Arbeit als Regionaljournalist überdrüssig, der Magen verdorben vom flüchtigen Essen, die Haare wirr … die dunklen Locken …

Die Locken. Sitos Stirn kräuselte sich, sein Puls wurde schneller. Weshalb klebte jetzt dieses Bild vor seinen Augen? *Locken.* Der Journalist, der verschwunden war. Lockiges braunes Haar. Ihm war, als vibrierten seine Gedanken. Diese Klimaaktivistin. Sibylle. Auch Sibylle Hundhammer hatte langes lockiges Haar. Auf einem Bild hatte sie sich eine Strähne aus dem Gesicht gestrichen und dann zur Seite geblickt. Es war das Interview vom Vormittag, bevor die Demonstranten losgezogen waren. Ob sie nervös sei, ob sie Angst habe. Sie hatte gelacht, ein glockenklares Lachen.

Sito schnürte es die Kehle zu. In seinem Kopf nagte ein Verdacht. Er sprang auf und rannte in sein Zimmer. Dort rief er Zimmermann an und bat ihn um ein ganz bestimmtes Video von Sibylle Hundhammer. Knapp zwei Minuten später hatte er es auf dem Bildschirm. Langsam sprang er die Bildsequenzen durch, dann war er endlich an der Stelle, die er im Gedächtnis hatte.

Er fror das Bild ein: Sibylle Hundhammer, die Hand noch mit der einen Strähne beschäftigt, die sich aus ihrem Pferdeschwanz gelöst hatte, lächelnd, den Kopf zur Seite gewandt. Da war sie, leuchtend hell in den dunklen Haaren: eine hellblaue Schleife.

***

Die Frau neben ihr wurde unruhig. Sie sah verzweifelt aus und hob die Hand. Zaghaft rief sie nach dem Busfahrer, der in den Innenspiegel sah. »Ich muss mal«, sagte die Frau neben Hilke, und ein paar weitere fielen mit ein. Sie waren jetzt seit vielen Stunden in diesem Bus gefangen, es war kein Wunder.

»Ich weiß nicht, was ich tun soll«, sagte der Busfahrer. Hilke beobachtete die Menschen um sich herum, mehr als die Hälfte hatte sich bewegt. Es war, als hätte die Frau neben ihr nur den Anfang gemacht und den Bann durchbrochen. Sie beschloss, die Gelegenheit zu ergreifen. Was sollte schon passieren? Sie saßen seit Stunden hier, und nichts war passiert, also los. Sie stand auf und rief laut: »Einer von uns soll eine Bombe haben. Das heißt aber auch, dass knapp hundert Menschen keine Bombe haben, sondern unschuldig sind. Weshalb also lösen wir das Problem nicht wie normale Menschen?«

»Was meinst du?«, rief einer.

»Was sollen wir tun?«, ein anderer.

Es wurde tumultartig laut.

»Jeder befragt seinen Nebenmann«, schlug einer vor, und schon hob ein wildes Stimmengewirr an. Es war, als hätte jemand einen Schalter umgelegt. Das ist leichtsinnig, durchfuhr es Hilke. Die ersten Beschuldigungen standen im Raum, es wurde gerempelt und geflucht.

»Stopp«, rief Hilke schließlich. »So geht das nicht. In aller Stille. Keine Aufregung, keine voreiligen Schlüsse.« Sie staunte selbst über sich, darüber, wie ruhig sie war. Endlich handeln, das schien ihr im Moment das Wichtigste zu sein. Nicht länger schicksalsergeben warten, wann etwas passierte. Niemand hatte sie bisher herausgeholt. Polizisten waren gekommen und gegangen, und sie sollten einfach sitzen bleiben. Erstaunlich, dass bislang keiner gemeutert hatte.

»Und wenn es mehrere Bomben sind?«, fragte jemand aus der Menge.

»Genau, wir wissen doch gar nichts.« Zustimmung kam aus mehreren Reihen.

»Wer bist du eigentlich, dass du solche Vorschläge machst? Am Ende sind wir alle tot.«

Hilke ließ sich nicht unterkriegen. Sie ging zu dem jungen Mann, der ihr vorhin schon einmal aufgefallen war. Sie stellte sich einfach zu ihm, studierte seinen Nachbarn, der noch nicht gewagt hatte, ein Gespräch anzufangen. »Was ist mit dir? Weshalb guckst du so?«

»Nur so. Ich bin es nicht, auch wenn du das denkst.« Er hob sein Shirt nach oben und zeigte auf seine nackte Haut. »Da, schau, keine Bombe.«

Hilke schluckte. Würde der Täter die Bombe tatsächlich am Körper tragen?

Das Funkgerät des Busfahrers piepte. Er ging ran und sprach. Er beeilte sich zu sagen, dass alle gleich wieder ruhig werden würden.

Hilke wusste ja schon, dass die Drahtzieher sie beobachteten. Aber wenn sie die ganze Zeit beobachtet wurden, dann konnte es doch auch sein, dass der Sprengsatz einfach ferngezündet wurde. Dann waren alle ihre Bemühungen hier umsonst.

Ihre Hände zitterten. Nicht aus Angst, vielmehr war es gerade eine ungeheure Wut, die Hilke in sich aufsteigen spürte. Wut darüber, hier gefangen zu sein, darüber, dass jemand meinte, Böses anrichten zu müssen. Sie stand dort mitten im Gang im Bus und schrie einfach unvermittelt los. Der Schrei drang durch das Fahrzeug wie eine Lawine. Die Leute drehten sich zu ihr um, manche hielten ihre Hände über den Kopf. Hilke schrie einfach immer weiter.

»Sei ruhig.«

Es war wie eine Ohrfeige mitten in ihren Schrei hinein. Da stand ein Mann vor ihr, vielleicht Mitte zwanzig. Kurzhaarfrisur, Tattoos am Hals, eine Lederjacke. Langsam hob er seinen khakifarbenen Pullover. Hilke verstummte. Der Sprengstoffgürtel wirkte wie Spielzeug, und doch hatte sie keinen Zweifel, dass er echt war.

***

Die Menschenmassen schoben sich über die Rheinbrücke. Die Fahnen wehten vor strahlend blauem Himmel an ihren Stangen. Sibylle nahm alles um sich herum auf, fühlte sich bisweilen fremd in ihrer Haut und ihrer Position als Führerin dieser großen Gruppe an Menschen. Die bösen Gedanken, die sie vorhin unterhalb des Rheintorturms befallen hatten, waren verflogen und dem Stolz gewichen, heute etwas Großes bewirken zu können. Auf dem Geländer saßen ein paar Möwen und sahen neugierig zu ihnen. Auf der rechten Seite fuhr gerade ein Zug vorbei, es wurde laut, und doch kam der Zuglärm kaum gegen die Lieder der Menge an. Sibylle war beeindruckt. Das Bodenseeforum konnte man schon erkennen. Am Ende der Brücke, am Sternenplatz, wo die meisten Buslinien kreuzten, würden sie nach links abbiegen und über die Reichenaustraße weitermarschieren. Polizeiwagen standen bereits dort.

Inzwischen hatten die Sicherheitsleute sie darüber informiert, dass es im letzten Drittel des Zuges zu Auseinandersetzungen gekommen sei. Sibylle hatte sich sofort erkundigt, ob es auch Verletzte gab. Sie fühlte sich verantwortlich. Dass wirklich jemand versuchen würde, sie umzubringen, konnte sie sich trotzdem nicht vorstellen.

Sie liebte Konstanz. Sie kannte die geheimen Gässchen in der Niederburg, hatte oben beim Bismarckturm mit ihrer Freundin gesessen und mit einer Flasche Sekt das Abitur gefeiert, am Kuhhorn war sie schwimmen und auf der Katharinenhöhe joggen gewesen. Es war der Ort ihrer Kindheit und Jugend, sie fühlte sich hier geborgen, und niemand hatte verdammt noch mal das Recht dazu, ihr dieses Gefühl zu stehlen. Es war nicht vorstellbar, dass dieser Ort ihr etwas Böses anhaben könnte.

»Wir hängen um eine halbe Stunde«, flüsterte ihr gerade der

lange, dünne Mann mit den traurigen Augen zu. »Sollten wir uns vielleicht absetzen?«

»Weshalb?« Sibylle sah ihn verwundert an.

»Wegen der Zusammenstöße«, sagte Otto Behringer streng. Ich hab doch gerade davon erzählt.«

Sibylle warf einen Blick zurück. Sie konnte sehen, dass der Demonstrationszug sich am Ende der Brücke um die Kurve schlängelte und sicher noch bis ans untere Ende der Laube zurückreichte. »Ich weiß nicht. Ich käme mir vor wie auf der Flucht, Otto. Ich weiß, Sie meinen es gut, aber ich bin –«

Behringer blieb stehen und griff nach ihrem Arm. »Flucht ist manchmal nicht verkehrt. Wenn sie einem die Chance gibt, mit den wichtigen Dingen weiterzumachen.« Er sah sie aus seinen blauen Augen durchdringend an.

Sibylle hielt seinem Blick eine Weile stand, ohne etwas zu sagen. Sie hatten einen kleinen Vorsprung, sodass es nicht auffiel, dass sie angehalten hatten. »Ich verstehe, was Sie mir sagen wollen. Gibt es einen konkreten Verdacht?«

Behringer sah sich um, hielt Sibylle aber immer noch am Arm. Als wolle er prüfen, ob sie auch nicht belauscht wurden. Was absurd war. »Ich habe einfach kein gutes Gefühl. Irgendetwas braut sich zusammen. Am Rand, neben uns.« Er sah sich wieder um. »Ich bin sonst nicht so, ich bin Rationalist, aber die Geiselnahme und die Geschichte mit den Bussen …«

Sibylle wurde hellhörig. »Was ist mit den Bussen?«

»Es sind nur Gerüchte«, erklärte Behringer hinter vorgehaltener Hand. »Es gibt nichts Offizielles, aber angeblich steht ein Bus mit einem Sprengsatz vor dem Polizeipräsidium.«

Sibylle blieb der Mund offen stehen. »Busse von der Uni?«

Behringer stutzte. »Woher wissen Sie das?«

»Die habe ich gesehen. Es waren zwei. Die sind in Richtung Präsidium …« Sie schluckte.

»Also, ich muss jetzt aufs Energischste dazu raten, dass wir uns hier absetzen. Mit dem Auto gelangen wir rechtzeitig zum Forum.« Er griff nach ihrem Arm. »Sibylle, ich hab das so noch nie gesagt, aber ich mache mir ernsthaft Sorgen. Du könntest meine Tochter sein, und dann würde ich dich umgehend aus der Schusslinie holen.«

Sibylle bekam eine Gänsehaut. Nicht nur, dass er sie zum ersten Mal geduzt hatte, auch sein Blick verriet eine Nähe, die sie so nicht erwartet hatte. Schlagartig wurde ihr bewusst, dass Otto Behringer hier nicht nur seinen Job machte. Sie sah noch einmal auf den Rhein in Richtung Schweiz und dann auf die andere Seite, wo sie die schöne Uferpromenade sehen konnte. Ihre Kindheit hatte sie in einer mit Stuck verzierten Altbauwohnung im Musikerviertel verbracht, nur eine Häuserzeile vom Ufer entfernt. Der Uferpromenadenweg war ihre Spielwiese gewesen.

Weshalb habe ich das Gefühl, mich gerade zu verabschieden?, dachte sie und raunte Otto zu, dass sie einverstanden sei, das Mitlaufen abzubrechen. Er atmete erleichtert auf. Sie besprach sich kurz mit ihren Kollegen, sagte, dass sie aus Sicherheitsgründen nicht weitermarschieren werde, und stieg dann mit Otto in das bereitstehende Auto.

Die Angst ist ein gemeines kleines Wesen, das sich beharrlich vorwärtsnagt. Sibylle verspürte ein Kribbeln in den Fingern, als wären ihre Hände eingeschlafen gewesen und das Blut kehrte erst allmählich wieder zurück. Sie kannte das Gefühl. Vielleicht war es ein Fehler gewesen zu schweigen. Sie hatte sich nur einem einzigen Menschen anvertraut und wusste nicht einmal, weshalb.

***

Die Sekunden fraßen Löcher in die Luft. Beharrliche Langsamkeit. Das Gewehr flirrte vor Enzigs Gesicht. »Lassen Sie ihn gehen«, wiederholte er.

Miriam konnte nicht hinsehen, hatte Angst, dass Jürgen auch Enzig ins Gesicht schießen würde, sah, dass Enzig schwitzte, dass auch er Todesängste ausstand. Sie fühlte sich schwach, wollte aufstehen, konnte aber kaum den Kopf oben behalten. Ihr schwindelte. Seit sieben Stunden hatten sie kein Essen zu sich genommen. Im Grunde war das noch keine bedrohliche Zeit, aber unter diesem Stress, unter dem sie alle standen, ging das an die Substanz. Ein Zittern lief durch ihren Körper. Verstohlen sah sie zu Jürgen hin, der breitbeinig vor Enzig stand, Jürgen, der ihr angedroht hatte, sie zu vergewaltigen, sie zu demütigen, sie umzubringen.

Als vorhin die Frau erschossen worden war, da hatte Miriam tatsächlich für einen Augenblick gedacht, sie selbst wäre getroffen worden. Konnte man angeschossen werden, ohne es direkt zu merken? War das dann dem Schock geschuldet? Immerhin hatte sie sich vorsichtig abgetastet, nach dem Schmerz gesucht, nach Blut, um dann Zeugin zu werden, wie der anderen mitten ins Gesicht geschossen wurde.

»Lassen Sie ihn einfach gehen«, wiederholte Enzig.

Miriam hatte schon viel Schlimmes gesehen in ihrem Leben, sie hatte auch schon Menschen sterben sehen, aber diese Hinrichtung vorhin gehörte zu den grausamsten Bildern, die je in ihren Kopf gelangt waren.

Jemand hatte sich in die Hose gemacht. Miriam roch es, wie vermutlich jeder andere auch. Sie hatte das Gefühl, der Raum sei kleiner geworden.

Sie glaubte nicht, dass Jürgen nachgeben würde, einfach so. Er war so voller Hass, er hatte es genossen, den alten Mann bloßzustellen. Gewiss war von Beginn an geplant, dass er hier die Führung übernehmen sollte ab einem bestimmten Zeitpunkt, so kam es Miriam zumindest vor. Sie spürte dieses bedrohliche Rieseln der Zeit, als wäre die Sanduhr gleich abgelaufen, als läge auch in dieser Entscheidung ein unwiderrufliches Ultimatum.

Der Vorschlag von Enzig, den Mann nun als freigelassene Geisel zu präsentieren, war gut. Nur sie wusste, dass Enzig die Kollegen draußen informiert hielt. Ob er Paul auch mitgeteilt hatte, dass sie ebenfalls hier unter den Geiseln war? Nein, dachte Miriam, das hat er garantiert bleiben lassen. Sito würde von dem Fall abgezogen werden, wenn er eine Angehörige unter den Geiseln hatte. *Eine Angehörige.* Noch waren sie nicht verheiratet. Würde sie ihn heiraten? Nach allem, was sie gemeinsam durchlebt hatten?

Die Bruchteile der Sekunden türmten sich als kleine Sandkörner im Stundenglas auf. Miriam träumte sich in ihr Haus in Egg, der kleinen Gemeinde unterhalb der Universität. Sie dachte an die Kapelle St. Josef und an den Hofladen von Egg, in dem sie mit Sito immer einkaufen ging. Letztens hatte sie dort die alte Nachbarin getroffen, ohne ihren geliebten Dackel. Sie half ihr manchmal mit den Einkäufen, und bei diesem Treffen hatte sie die arme Frau natürlich getröstet. Miriam wollte einfach raus aus dieser schrecklichen Situation, raus aus der Umklammerung, der drohenden Gewalt, weg von der Angst, die sie lähmte.

Egg. Das schöne alte Bauernhaus mit dem Blauregen. Es störte Miriam nicht, dass er mit einer anderen Frau dort gelebt hatte, auch wenn diese noch immer ein Geheimnis umgab, das Sitos Leben nachhaltig zu beeinflussen schien. Irgendwann würde er ihr davon erzählen.

Die Lage des Hauses war umwerfend. Mit den Hunden waren sie in wenigen Metern unten am See und konnten dann den langen Uferweg in Richtung Mainau laufen. Den ganzen Sommer über waren sie im untergehenden Licht der Sonne noch auf die Blumeninsel spaziert. Im Abendlicht sahen die Bäume aus wie kleine Kunstwerke, jeder lockte mit seinen Farben und sich neigenden Ästen, manche schmiegten sich ins Wasser.

Weiter am Ufer entlang kam irgendwann die große, aus Sand erbaute Sphinx. Daneben Palmen – sofort hatte man das Gefühl, in einem anderen Land zu sein. Es war magisch, wie ohnehin die ganze Insel immer etwas von einer Reise hatte. Im Rosengarten dufteten die letzten Rosen mit der Apothekerrose um die Wette, doch nie hatten sie eine Chance.

Miriam spürte, dass das Kribbeln nachließ. Sie wollte jetzt nur an Paul und das Ende dieses Tages denken und darauf vertrauen, dass alles gut ausgehen würde. Sie würde ihm in die Arme fallen und …

Es kann nicht mehr gut ausgehen. Es gab bereits eine Tote.

»Dann hau ab.« Jürgen trat zur Seite und zeigte dem alten Mann den Weg. Der zögerte. Einige holten tief Luft und würden diese anhalten für die nächsten zwanzig oder dreißig Sekunden, je nachdem, wie lange der Weg des Alten dauern würde. Miriam wusste das.

Renn, renn um dein Leben. Ich würde …

Jürgen blieb auf dem Podium. »Nimm deine Sachen und verschwinde. Aber schön langsam. Den ganzen Weg bis zu dem linken Ausgang dort oben.« Jürgen lachte. »Wir lassen dich einfach so gehen.«

Einfach. Nichts ist einfach mit einem Mörder im Rücken.

Der alte Mann ging langsam zu dem linken Gang, stolperte einmal, rappelte sich auf und lief weiter.

Kreuzweg, wie ein Kreuzweg …

Er schien zu hinken. Ob er in dem sicheren Gefühl ging, gleich erschossen zu werden? Ja, sicher, dachte Miriam. Langsam schritt er weiter, vorbei an dem anderen Bewaffneten. Eindeutig: Er hinkte.

Auch Miriam hielt den Atem an. *Er schießt ihm in den Rücken. Er hat einer Frau ins Gesicht geschossen, der schießt ihm in den Rücken.* Das hatte nicht nur Miriam gedacht, das hatte ein Student neben ihr gemurmelt. Vielleicht gar nicht bewusst, vielleicht wollte er es auch nur denken.

Die Luft war zum Zerreißen gespannt, wie elektrisch aufgeladen, bis hin zu dem alles erschütternden Donner. Der Schuss, er zerstörte alles. Der Schuss fiel, und der alte Mann sackte zusammen.

Etliche gerieten in Panik, schrien auf, hielten sich die Hände vors Gesicht. Willkür, Gewalt, Miriam wäre am liebsten in Enzigs Arme geflüchtet, aber sie beherrschte sich. Jürgen lachte. Er hatte nur in die Luft geschossen. Es machte ihm Spaß, zu quälen. Der alte Mann drehte sich um, erhob die Faust und schrie: »Das wirst du bereuen!«, doch seine Stimme zitterte, und sein Gang war schleppend. Die Sorge, der andere könnte ihm jederzeit in den Rücken schießen, hing tonnenschwer im Raum. An der Tür hielt er inne, drehte sich noch einmal um, ging dann aber ohne eine weitere Drohung durch die Tür nach draußen.

Miriam konnte nicht glauben, dass er wirklich der Anführer gewesen sein sollte, egal, wie oft sie sich das sagte. Ob er tatsächlich Gutes im Sinn gehabt hatte? Wie konnte etwas derart Schlechtes noch zu etwas Gutem werden? Während sie noch darüber nachdachte, fielen draußen vor dem Audimax weitere Schüsse. Hans fuhr herum und schnappte Jürgen am Kragen. »Du hast ihn erschießen lassen?«

Jürgen hob die Hände in die Luft und mimte das Unschuldslamm. »Vielleicht wollte er abhauen. Für unsere Leute da draußen übernehm ich keine Verantwortung.« Er zog eine Grimasse. »Sei doch froh, dass wir ihn los sind.«

Hans ließ seine Hände sinken. »Du bist so ein Idiot. Wir wollten heil aus dieser Nummer raus.«

»Wie wollten Sie das denn schaffen?«, entfuhr es Miriam. Sofort presste sie sich die Hand auf den Mund. Was war nur los mit ihr?

Jürgen drehte sich um. Langsam kam er zu ihr herüber und blieb vor ihr stehen. Miriam sah an ihm nach oben. Es war demütigend, wie er sie ansah, demütigend, dass sie nur noch aus Angst bestand.

»Steh auf«, herrschte er sie an.

Miriam erhob sich. Ihre Beine zitterten, alle schönen Gedanken, mit denen sie zuvor versucht hatte, sich aus diesem Ort wegzuträumen, fielen zu Boden und zersprangen klirrend in tausend Einzelteile. Sie schnitten in ihre Haut, dass es schmerzte.

»Los, setz dich an den Tisch. Beide Hände auf die Tischplatte.« Jürgen stieß ihr mit dem Gewehr in den Rücken.

Enzig sprang auf. »Lass sie in Ruhe«, sagte er mit fester Stimme. »Wenn es etwas zu sprechen gibt, dann regle das mit mir.«

Miriam blieb stehen und sah zu ihm hin. Ihr ganzer Körper fühlte den schneidenden Schmerz der kleinen Glassplitter, die ihre Phantasie hinterlassen hatte. Sie würde nie wieder auf der

Mainau, nie wieder draußen sein. Es gab nur diesen letzten Ort.

Mein letzter Blick wird jener zu diesen roten Stangen an der Decke sein.

Auch Jürgen sah zu Enzig. »Du hältst dich wohl für besonders mutig, wie?«

»Wir regeln das unter Männern. Du bist doch ein echter Kerl. Du musst nicht einer jungen Frau Angst machen, oder?«

Jürgen legte sich die Hand vor den Mund. »Huch, hab ich der jungen Frau etwa Angst gemacht?« Er fuhr ihr mit dem Gewehr über die Brust.

Stocksteif stand Miriam da, wagte kaum zu atmen.

Sei lieber still, Roman, sonst erschießt er uns beide.

»Jürgen, sei ein Kerl und verhandle mit mir.«

Jürgen nickte langsam. »Na schön. Dann setzt du dich an den Tisch. Wir brauchen jemanden, der die nächste frohe Botschaft verkündet.«

✳✳✳

Sito saß an seinem Schreibtisch, vor sich auf dem Bildschirm immer noch das Standbild aus dem Video mit Sibylle Hundhammer und ihrer blauen Schleife im Haar. Das Tütchen, in das er am Morgen die am Ast hängende blaue Schleife geschoben hatte, lag neben seiner Tastatur. Er war wie paralysiert. Auch die lediglich von einem Zeugen angezeigte Vergewaltigung hatte in diesem Gebiet stattgefunden. Er musste nur eins und eins zusammenzählen und kam von dem Unwahrscheinlichen zum Wahrscheinlichen, nämlich zu der Annahme, dass Sibylle Hundhammer das Opfer einer Vergewaltigung geworden war und diese nie angezeigt hatte.

Sitos Blick wechselte von dem Fernsehbild zu der Schleife auf dem Tisch. Es konnte ein Zufall sein, ja, aber vielleicht war sie auch die Verbindung zwischen ihren beiden Fällen. Er schrieb an Busch und Wint, dass beide zu ihm kommen sollten, an Wint, den er noch immer nicht erreicht hatte, mit dem Hinweis »bitte umgehend«. Er wollte sich Rückhalt verschaffen, bevor er sein weiteres Vorgehen mit Jäger abstimmte.

Busch betrat als Erster Sitos Büro. Sito winkte ihn zu sich und deutete auf den Bildschirm, wo immer noch das Gesicht von Sibylle zu sehen war. Busch begriff nicht sofort, was Sito ihm zeigen wollte.

»Das hier«, Sito hielt das Tütchen mit der blauen Schleife hoch und Busch direkt vor die Nase, »habe ich heute beim Spazierengehen gefunden. Ich hab es dir am Morgen im Fahrstuhl bereits gezeigt, erinnerst du dich?«

Busch legte seine Stirn in Falten und starrte auf die Plastikverpackung.

»Zeus hat es entdeckt im Wald neben dem Spazierweg nach Litzelstetten.« Sito zeigte auf eine Notiz in seinem Block, der offen auf dem Schreibtisch lag. »Und hier ist auch das Gebiet, in dem der Zeuge im letzten Sommer eine Vergewaltigung beobachtet haben will. Die Vergewaltigung, die …«

»… nie zur Anzeige gekommen ist. Aber wir haben die anonyme Spurensicherung als Beweis, dass es eine gegeben hat«, ergänzte Busch.

»Genau. Und wir glauben, dass es einen Zusammenhang zwischen den Fällen gibt, nicht wahr?«

Busch nickte.

»Dann schau mal hier«, sagte Sito und deutete mit dem Zeigefinger auf Sibylles Pferdeschwanz.

Busch brauchte einen Moment. »Das ist ja –«

»Jetzt haben wir vielleicht das zweite Opfer ausfindig gemacht.«

Busch stemmte die Hände in die Hüften. »Okay, also, Paul, ich will dich jetzt in deiner Euphorie nicht bremsen, aber das hilft uns vielleicht nicht mehr weiter, oder täusch ich mich?« Er starrte immer noch auf den Bildschirm. »Obwohl, solange wir nicht wissen, was der zweite Täter will, sollten wir wohl tunlichst daran arbeiten, die erste Forderung zu erfüllen. Willst du mit ihr reden?«

»Auf jeden Fall. Immer noch nichts von Heinrich?«

»Ich weiß nicht, wo er steckt, ist vorhin einfach abgezischt. Er ist merkwürdig manchmal. So wortkarg.«

Sito nickte. »Worum ging es?«

»Um die –«

Weiter kam Busch nicht, denn die Tür wurde aufgestoßen, und Rosa kam herein. »Die haben wieder –«, begann sie, und ihre Stimme überschlug sich.

Sito ging mit schnellen Schritten auf Rosa zu und nahm sie am Arm. »Was ist los?«

»Geschossen haben sie wieder.« Rosa verbarg ihr Gesicht in den Händen.

Sito wagte kaum zu atmen. »Enzig?«

Rosa zuckte mit den Schultern. »Ich weiß es nicht. Es kam grad eine Meldung, dass geschossen wurde.«

Sito rannte zurück an seinen Schreibtisch und klickte sich durch die verschiedenen Portale. Noch kein Foto auf der Facebook-Seite der Stadt. Er rief bei Zimmermann an und fragte, ob der etwas Neues für sie habe. Doch auch er hatte noch nichts von einem Toten gesehen. Die Nachricht kam von den Leuten des SEK.

Sito saß wie versteinert da und starrte auf die Monitore.

»Und? Ist was zu sehen? Irgendwo?«, fragte Busch und stellte sich neben Sito, eine Hand auf den Mund gepresst.

»Nein, noch nichts.«

»Hoffentlich ist Roman nicht aufgeflogen. Verdammt! Hoffentlich ist er nicht aufgeflogen.« Buschs Stimme klang verzweifelt und traf Sito mitten in die Magengrube. Er hatte schlicht denselben Gedanken.

Sekunden später meldeten sich alle Pieper zeitgleich: Sie sollten sofort dem beigefügten Link folgen. Da standen sie, Busch neben Sito, daneben Rosa Eckert, und starrten auf den Bildschirm. Dort saß Roman Enzig und blickte ihnen aus der Kamera entgegen. Er saß an einem Tisch im Audimax, die Brille schief auf der Nase, die Wangen gerötet, die Haare durcheinander. Er hielt ein Papier in der rechten Hand, die zitterte. Er starrte auf den Text, dann wieder in die Kamera, ganz bestimmt war er sich bewusst, dass ihn nun seine Freunde sehen würden, seine Kollegen. Er sah ihnen direkt in die Augen, schluckte, räusperte sich und wischte sich einen Schweißtropfen von der Stirn. Schließlich begann er zu lesen:

»Unsere Forderung: Wir fordern den Tod nur eines, eines Menschen, um die Menschen, die in, in unserer Hand sind, zu retten. Wir hab… haben fünfzig Geiseln an der Universität und hundert Geiseln in einem … in einem Bus mit einer Bombe auf dem Parkplatz des Präsidiums. Um diese Menschen zu retten, fordern wir den Tod von Sibylle Hundhammer. Bis achtzehn Uhr. Ein Leben gegen viele. Sonst sterben alle Geiseln. Außerdem liegt wieder ein Toter für Sie bereit. Sie können … ihn unter denselben Bedingungen ab… abholen. Eine Überraschung ist auch noch dabei. Beeilen Sie sich, die Zeit läuft.«

Enzig legte das Papier auf den Tisch. »Wir sind verloren«, sagte er und sah ihnen dabei mitten in die Augen. »Verloren.«

Und Sito wusste, dass er nicht nur das Leben der Geiseln meinte.

Teil 3

Am Ende des Tages

11

16 Uhr bis 17 Uhr

Die Fassungslosigkeit war mit Händen greifbar. Keiner wagte zu sprechen, Sito schien es sogar, als hätten sie alle den Atem angehalten. Zum ersten Mal hörte er, dass die große Uhr an der Wand leise tickte. Nein, sagte er sich, es war nicht direkt ein Ticken, man hörte in dieser Stille nur die Mechanik der Fortbewegung. Es war unheimlich. Klick, klick, klick …

»Mir ist übel«, sagte Busch plötzlich und rannte zum Fenster. Er riss es auf. »War das online? Wissen jetzt alle Bescheid? Auch über den Bus?«

Sito starrte auf den Bildschirm, dann schüttelte er den Kopf. »Wir sind nicht bei Facebook. Das Video ist in unserer …« Hastig griff er nach dem Telefon. »Das kann nicht sein. Ich frage sofort bei Zimmermann nach.« Er wählte die interne Nummer und musste keine Frage stellen, Zimmermann fing sofort an zu erklären. Sito stellte auf Lautsprecher, sodass die anderen mithören konnten, dass die Geiselnehmer den Kanal der vorangegangenen Konferenz genutzt und um Liveschaltung gebeten hatten. Rosa holte so abrupt Luft, als wäre sie gerade nach einem zu langen Tauchgang wieder an die Wasseroberfläche gelangt. Ihr Gesicht fiel vor der weißen Wand kaum auf.

»Also noch nicht online?«, hakte Sito nach. Zimmermann kam nicht zu einer Antwort. Ein weiteres Bild erschien und zeigte den Journalisten Benjamin Kirschner auf einem Stuhl. Es war nicht das Auditorium, sondern ein kleiner Raum mit weißen Wänden. Im Hintergrund war ein Kalender zu sehen. Er zeigte die Marktstätte mit dem Brunnen und machte Werbung für eine Apotheke.

Neben Kirschner stand ein bewaffneter und maskierter Mann, hielt ihm eine Waffe an den Kopf und erklärte: »Um siebzehn Uhr erscheint das Video unter anderem dank unseres

Mannes hier auch im Fernsehen.« Er stieß Kirschner mit der Waffe in die Seite. Gekrümmt saß der Journalist auf dem Stuhl und fiel beinahe um.

Sito sah zur Uhr an der Seitenwand, zu dem leisen Ticken des Sekundenzeigers. »Wir haben eine Stunde.«

»Wofür?«, rief Busch vom Fenster aus und fächelte sich die frische Luft ins Gesicht. »Ich fasse es nicht«, rief er und begann, im Raum auf und ab zu laufen.

»Marc«, sagte Sito, »beruhige dich. Sofort.«

Busch hielt mitten in der Bewegung inne, stemmte die Hände in die Hüften, um sich Einhalt zu gebieten, wie es schien, und sah Sito hilfesuchend an. »Und jetzt?«, fragte er.

»Wir haben eine Stunde«, wiederholte Sito und starrte immer noch auf den Bildschirm. »Wo sind die? Zum Teufel, wo sind die?« Er sah sich hektisch um. »Marc, finde sofort raus, ob inzwischen alle entlassenen Zeugen gefunden wurden und ob dieses Video eventuell aus dem Büro des Senders …« Ein anderes Bild drängte sich vor Sitos inneres Auge, eines, das längst verschwunden war, sich ihm jedoch eingeprägt hatte. Dieser Blick in Enzigs Augen, als er das »verloren« wiederholt hatte.

∗∗∗

Enzig saß zusammengekauert auf dem Boden. Seine Gedanken rasten. Sito hatte ihm geschrieben, dass es einen Bus mit einem Sprengsatz gab, aber das hatte keinen Sinn ergeben. Jetzt verstand Enzig, was da im Hintergrund passiert war. Die Geiselnahme an der Universität war nur die Vorgruppe gewesen, eine Taktik, um den Gegner zu verwirren und zu zermürben. Eigentlich war es die ganze Zeit um diese eine große Sache gegangen – ein Attentat auf die junge Klimaaktivistin. War sie für diese Irregeleiteten so gefährlich geworden, dass sie sie beseitigen wollten?

Enzig überlegte fieberhaft, was jetzt wohl in den Köpfen seiner Kollegen draußen vorging. Hier in der Universität konnten sie vielleicht stürmen, und Enzig rechnete fest damit, dass dies innerhalb der nächsten Stunde passieren würde, aber der Bus? Wenn dort eine Bombe an Bord war, dann hatten sie wenig Chancen.

Die Studenten lagen sich größtenteils weinend in den Armen, sie hatten begriffen, dass die Schüsse, die sie vorhin gehört hatten, wieder einen Menschen getötet hatten. Es lag nahe, dass es der alte Mann war, dass sie ihn doch nicht hatten gehen lassen, und selbst wenn er der Drahtzieher des Ganzen war, so hatte auch Enzig Mitleid. Die Studenten hatten aber noch eine andere Sache begriffen – die Polizei würde nicht auf die Forderung eingehen. Es gab keine Verhandlungsbasis.

Verdammt, dachte Enzig. Er hatte das Gefühl, in einen Abgrund zu sinken. Ihrer aller Leben hing von dem Tod einer jungen Frau ab. Unvermittelt stand er auf.

»Hans«, rief er. »Das kann nicht euer Ernst sein!«

Hans drehte sich um und sah Enzig hilflos an. Nein, dachte Enzig, der wollte das sicher nicht.

Schon kam Jürgen wieder herangepoltert. »Du gehst mir so was von auf den Sack. Halt endlich die Fresse, Doktor.«

Doch Enzig baute sich vor ihm zu voller Größe auf. Er überragte ihn um einen Kopf, war aber freilich wesentlich schmächtiger. »Ich werde nicht die Fresse halten. Was ich da eben verlesen habe, ist keine Forderung. Das ist kein Verhandlungsangebot. Es wird keinen Mord geben.«

»Was du nicht sagst«, sagte Jürgen. »Wetten, doch?«

Enzig stutzte. »Was habt ihr vor?«

Jürgen lachte diabolisch. »Vielleicht erschießen wir euch ja nach und nach alle paar Minuten, da haben wir gut zu tun. Und die Bullen haben Zeit zum Nachdenken.«

»Weshalb willst du diese junge Frau tot sehen?«

Jürgen winkte ab. »Die stiftet Unfrieden. Sie macht uns schlecht, unser Land, unsere Wirtschaft, alles soll den Bach runtergehen. Wieso rennen ihr so viele Idioten nach? Sie macht alles kaputt, wofür wir –«

Enzig streckte ärgerlich die Hand aus, um den Redefluss

zu stoppen. »Blödsinn!«, sagte er und staunte selbst über die Kraft in seiner Stimme. »Du und ich haben für gar nichts gekämpft.« Er machte einen Schritt auf Jürgen zu. »Hörst du? Für gar nichts. Wir sind in diese wohlhabende Luxusgesellschaft hineingeboren.«

»Luxusgesellschaft?« Jürgen lachte laut auf und sah zu seinen Kollegen. »Habt ihr das gehört?« Er wandte sich wieder an Enzig. »Du vielleicht. Du bist bestimmt der Sohn reicher Eltern, so ein Schnösel, dem immer alles vor die Füße gefallen ist.« Jürgen musterte Enzig von oben bis unten. »Lass mich raten – 'ne hübsche Villa mit Seezugang?«

Enzig schluckte, denn Jürgen hatte den Nagel auf den Kopf getroffen. »Na und?«, hielt er dagegen. »Die Zeiten ändern sich. Wir müssen uns alle verändern.«

»Ja, klar, die einen mehr, die anderen weniger. Also bleibt das Tortenstück der Reichen immer ein wenig größer. Ach, was rede ich, als hätten alle ein Tortenstück vor sich. Manche haben nur Knäckebrot.«

»Reden wir hier von Sozialneid? Soll eine junge Frau sterben, weil du und deine Kumpels nicht genug Torte bekommen habt? Kehr um, Mann, bevor es zu spät ist.«

»Umkehren? Wohin?«

Miriam sprang auf und stellte sich neben Enzig.

»Bitte«, flehte sie. »Hören Sie auf ihn. Er kann das ab jetzt sicher regeln. Er kann die Beendigung dieser ganzen Geschichte in die Wege leiten. Es ist doch ausgeschlossen, dass die Polizei auf Ihre Forderungen eingehen wird, und das wissen alle hier im Raum.« Sie blickte sich um und sah heftiges Nicken. »Auf so einen Deal wird niemand eingehen.«

Enzig bewunderte Miriam für ihren Mut. Schon standen weitere auf und kamen nach vorne. Er war stolz auf die Studenten, stolz darauf, dass sie sich gemeinsam erhoben. Mehr als die Hälfte standen inzwischen hinter ihnen.

Jürgen schüttelte den Kopf und hob seine Waffe. Er zielte direkt auf Miriams Gesicht. »Hinsetzen!«, schrie er. »Sofort hinsetzen! Alle, sonst baller ich der hier mitten ins Gesicht.«

Das Gewehr klickte bedrohlich. »Du verfickte Fotze, du hast hier nichts zu melden.« Er hielt ihr die Waffe ans Kinn und grapschte nach Miriams Brust. »Noch ein Wort von dir, und wir beide gehen raus.«

»Jürgen, lass sie«, sagte Hans, offenbar um einen beschwichtigenden Ton bemüht.

Jürgen fuhr herum. »Ach, willst du?« Er lachte höhnisch auf. »Klar, deine Frau, die hat sicher keine Lust auf einen Versager wie dich. Schau dich bloß an, wie du da stehst. Hast die Hosen gestrichen voll wie die ganzen Scheißer hier.« Jürgen grinste breit in die Runde, zielte auf Enzig, dann auf Miriam und noch auf andere und deutete die Schüsse mit einem »Peng« an. »Ihr armen Irren. Ihr habt echt keine Ahnung«, sagte er lachend.

»Wovon?« Miriams Stimme klang gefasst, und Enzig sah erschrocken zu ihr. Er hatte gehofft, dass sie sich zurückziehen würde, aber sie wirkte getragen vom Mut der Verzweiflung. »Wovon haben wir keine Ahnung?«

»Wozu wir fähig sind«, sagte Jürgen, augenscheinlich ebenfalls überrascht über Miriams Mut. Enzig tastete nach ihrem Arm und zog sanft daran, doch Miriam ließ nicht locker.

»Gut, Jürgen, dann erzähl uns doch, *wozu* ihr fähig seid.«

Enzig nickte innerlich. Das war sehr gut. Jürgen hatte sich ein Stück weit verraten mit diesem »wir«, und Miriam hatte es bemerkt. Tatsächlich zögerte Jürgen, hielt einen Moment nur ihrem Blick stand, zollte ihrem Mut einen Funken Respekt, doch dann zerbröselte dieser so schnell, wie er gekommen war. Er baute sich vor ihr auf, sodass sie gezwungen war, an ihm nach oben zu sehen.

Enzig wollte gerade zu ihr, als Jürgen die Hand hob. »Halt, Doktorchen, das geht dich nichts an.« Jürgen fuhr mit den Fingern über Miriams Gesicht, den Hals nach unten und weiter über die Brust. Miriam wollte zurückweichen, doch Jürgen hielt sie fest, und sie tat das einzig Richtige.

»Ach so, dazu seid ihr fähig, und ich dachte, es wäre etwas Großes.«

Jürgen reagierte vorhersehbar – impulsiv. Er stieß sie weg, so heftig, dass sie erst rückwärtstaumelte, die Wucht des Stoßes aber nicht auffangen konnte und rücklings auf einige Studenten fiel. Enzig atmete auf, doch er wusste, die Gefahr für Miriam war nicht gebannt, sie schwelte weiter. In Jürgens Gesicht hing abgrundtiefer Hass, alter und neuer.

»Wir sind zu so vielem fähig, dass ihr noch staunen werdet. Ihr scheißverfickten, armen kleinen Geister.« Jürgen begann, auf und ab zu laufen. Enzig sah, dass er gerade in eine andere Rolle fiel – er entstieg jener als Geiselnehmer und wurde der Jürgen, den Enzig hinter der Tätowierung bereits vermutet hatte.

»Wir werden Leuten wie euch zeigen, was sich in diesem Land gehört. Wir werden wieder die sein, zu denen man aufschaut.« Er klopfte sich auf die Brust. »Ich bin stolz, ein Deutscher zu sein, und das Große, das wir bewegen, wird sein, dass wir das auch wieder laut sagen dürfen. Und so verfickte Leute wie euch werden wir einfach rausschmeißen. Lebt doch bei den kleinen Negern, die ihr so toll findet. Lebt doch im Schmutz. Ich nicht. Nie mehr lass ich mich von euch treten.«

Enzig ignorierte Jürgens Ansprache. »Sie werden stürmen, das ist euch doch klar, oder?«, sagte er. »Die Polizei wird stürmen, und dann habt ihr keine Chance mehr.«

Hans war herbeigerannt. »Jürgen, was geht hier vor?«

»Ach Hans, du ahnungsloser, naiver kleiner Junge. Du hast uns die Ohren vollgejammert, weil du keinen Job hattest. Jetzt kannst du mal ein ganzer Kerl sein.« Er legte ihm die Hand auf die Schulter, doch Hans schlug sie weg.

»Wir wollten einen Vergewaltiger finden.« Er sah zu den anderen Geiselnehmern, doch keiner zeigte eine Reaktion. »Ihr habt gesagt, dass einer von den Flüchtlingen der Täter wär und dass die Polizei da nicht durchgreifen würde von wegen politischer Sorgen und so.«

Bei zweien war Enzig nicht sicher, ob sie nicht auch wie Hans dachten und nur nicht wagten, etwas beizutragen. »Jürgen«, begann er und bemühte sich um eine gefasste Stimme, »es wird keinen Mord geben. Die Polizei wird innerhalb der nächsten halben Stunde die Universität stürmen, und dann werdet ihr hier vermutlich nicht lebend herauskommen.«

Jürgen stand vor ihnen, lässig legte er sich das Gewehr über die Schulter. »Ach, ich denke nicht, dass sie stürmen, ehrlich gesagt.«

Enzig musterte Jürgen und wunderte sich über dessen scheinbare Souveränität.

»Du hast es selbst gelesen. Wir haben euch hier, wir haben den Bus auf dem Parkplatz des Polizeipräsidiums. Und weißt du, was das Beste ist?«

Enzig schnürte es die Kehle zu, der andere war siegesgewiss.

»Wir haben auch noch Unterstützung. Von ganz oben.«

***

Das ganze Präsidium war in Aufruhr. Überall schlugen Türen, Telefone schrillten, Rufe nach Kollegen schallten über die Gänge. Sito und Busch rannten über den Flur, nahmen die Treppe in die tiefere Etage, trafen dort auf Zimmermann, Goffer und Kaiser und rannten gemeinsam den Flur entlang zum Konferenzraum, in dem schon Jäger und Ruger warteten.

Von Wint noch immer keine Spur. Sito kontrollierte seine Nachrichten, auch seine privaten. Noch immer nichts von Miriam. Die innere Unruhe wuchs, aber er verdrängte seine Sorge und setzte sich an den langen Tisch. Erst allmählich fand jeder seinen Platz, Jäger am Fenster, Ruger ein paar Stühle von Sito entfernt, Busch neben ihm, nachdem er Wasser geholt hatte.

»So ein verdammter Mist.« Ruger durchbrach die Stille als Erster. »Das hätte ich nicht gedacht.«

»Was?«, fragte Jäger.

»Dass sie so weit gehen würden, diese Scheißkerle.« Ruger schüttelte fassungslos den Kopf, und an Sito gewandt fügte er hinzu: »Sie hatten also von Anfang an recht. Es ging um diese Klimaaktivistin.«

»Das kann doch nicht …« Jäger knetete wieder seine Hände.

»Aber die können das doch nicht ernst meinen? Was ist das denn
für eine Forderung? Spinnen die?«
Ruger packte seine Notizen ein und steckte sie in die Aktentasche. »Wir verhandeln nicht«, erklärte er. »Rufen Sie den
Innenminister an, das ist nicht mehr unsere Aufgabe.«
Jäger kam um den Tisch gelaufen und hielt Ruger am Arm
fest.
Sito erwog einen Moment, beruhigend einzugreifen, aber er
konnte sehen, dass Ruger nur aus Schock gehandelt hatte. Seine
Mundwinkel zuckten.
»Sie haben sie wohl nicht mehr alle, Herr Ruger, was ist denn
das für ein Spruch? Ich telefoniere jetzt mit dem Innenminister
und dem Einsatzleiter des SEK, und dann besprechen wir die
Lage.«
»Welche Lage?«, erkundigte sich Ruger und verschränkte die
Arme. »Die fordern einen Mord von uns. Da gibt es nichts zu
verhandeln. Das ist ein Terrorakt. Die Faktenlage ist eindeutig.
Es wird nicht über ein Menschenleben verhandelt. Artikel 1
des deutschen Grundgesetzes, die Würde des Menschen ist un-
antastbar.« Rugers Stimme hatte einen sonoren, dozierenden
Klang. Es war seine Insel, sein Ausweg, wenn der Verstand
sich verlor. »Die Klausel hat Ewigkeitsanspruch, daran rüttelt
niemand mehr.« Ganz aufrecht stand er da, mit strengen längs
gerichteten Falten zwischen den Augen.
Jäger tippte sich gegen die Stirn. »Hören Sie, Sie können
sich freilich hinter einem Aktenberg verschanzen, ich aber habe
da draußen«, Jäger deutete auf das Fenster in seinem Rücken,
»einen Bus mit hundert Menschen, die vielleicht in die Luft
fliegen, also gibt es sehr wohl etwas zu verhandeln.«
»Übergesetzlicher Notstand«, kam es von der Tür. Niemand
hatte ihn hereinkommen hören, aber da stand er und wickelte
ein Bonbon aus. Das Papier knüllte er zusammen und zielte auf
den Mülleimer.
»Heinrich«, rief Sito. »Wo hast du gesteckt?«
»Bitte was?« Ruger lachte höhnisch auf. »Was reden Sie da,
Mann? Das ist völliger Quatsch.«

»Ich sagte ›übergesetzlicher Notstand‹«, wiederholte Wint. »Das Trolley-Problem. Wir können viele retten, wenn wir einen opfern.«

Ruger stand mit offenem Mund da und vibrierte am ganzen Körper. »Herr Jäger«, rief er und wedelte mit der Hand. »Sorgen Sie für Ordnung.«

»Himmel, Ruger, fahren Sie mal runter.« Der Polizeipräsident blieb erstaunlich ruhig. Sito fuhr sich über die Narbe an seiner linken Schläfe. Er hatte nicht gedacht, dass der Tag noch schlimmer werden konnte. »Wir setzen uns jetzt, und dann besprechen wir die Lage«, sagte Jäger in sachlichem Ton.

»Welche –«, begann Ruger aufgebracht, hielt aber inne und ließ den Kopf sinken. Er setzte sich neben Sito und atmete flach. Sito überlegte, ob er Wint noch einmal ansprechen sollte, ihn fragen, wo er die ganze Zeit gesteckt und was er dort getrieben hatte, aber in dem Moment bedeutete Wint ihm zu schweigen.

Zimmermann erhob sich. »Angesichts der neuen Lage würde ich mit den Kollegen Goffer und Kaiser sofort beginnen, die Reaktionen im Netz zu verfolgen. Auch wenn das Video vorerst nicht online war, sickert vielleicht an einer Stelle etwas durch von den Mitwissern. Wir dürfen das keine Sekunde aus den Augen lassen. Meine Herren, haben Sie eine Vorstellung, was das bedeutet, wenn das Video viral geht?«

Jäger nickte. »Eine ungefähre. Halten Sie uns auf dem Laufenden.«

Goffer und Kaiser griffen nach ihren Unterlagen und folgten Zimmermann nach draußen.

Wint setzte sich Ruger gegenüber. Auch Jäger kehrte an seinen Platz an der Stirnseite des Tisches zurück. Sito kam nicht umhin, hier auch die gedanklichen Positionen der Einzelnen gespiegelt zu sehen.

Wir sind Figuren in einem Spiel.

Jäger stützte seine Ellenbogen auf den Tisch und faltete die Hände. »So, meine Herren, jetzt erwarte ich konstruktive Beiträge. Wir haben«, er sah auf seine Armbanduhr, »dreiundfünfzig Minuten Zeit, bevor hier der Sturm losbricht.«

Der Sekundenzeiger an der Wand tickte. Auf dem Flur waren Schritte zu hören.

Sito räusperte sich. »Zunächst einmal haben die Geiselnehmer uns Zeit gegeben nachzudenken. Das Video geht erst um siebzehn Uhr online.«

»Die wollen uns quälen«, sagte Ruger und fächelte sich mit einem Blatt Papier Luft zu. »Allein dieser Vorschlag, er kann nichts anderes bezwecken, als uns zu quälen.«

Jäger und Busch nickten zustimmend, Wint hingegen tippte nur mit einem Finger auf den Tisch, nicht aus Nervosität, eher als warte er, dass es endlich weiterging. Sito wusste nicht, ob das gut war oder schlecht, vielleicht, so sagte er sich, war Wint in seine Routine zurückgefallen, die Arbeit beim LKA Hamburg. Und da war dieser eine alte Fall – auch Wint wusste um die Bedeutung von Schuld.

»Wir werden eine Lösung finden«, sagte Sito mitten in die angespannte Stille, die im Moment nur von dem Klicken eines Kugelschreibers durchbrochen wurde.

»Gewiss«, kommentierte Wint. Zwischen seinen Fingern knisterte ein weiteres Bonbonpapier.

»Ich höre«, sagte Jäger und sah Sito durchdringend an. »Wie geht es weiter?«

Alle Augen ruhten auf Sito. In seinem Kopf schoben sich die Puzzleteile hin und her, so schnell, dass er selbst Mühe hatte zu folgen. Woltershagen, die Wette, Langeweile, Wertheim, ein Verdacht, die Vergewaltigung, ein Mord, die Klimaaktivistin, das geringere Übel, eine Bombe … »Wir sitzen hier in einem Raum und reden über das Unmögliche: ein Menschenleben zu opfern, um viele zu retten.«

»Das ist nicht neu. Kommen Sie zum Punkt«, erklärte Ruger.

»Was, wenn es genau darum geht?«, fragte Sito.

»Ich sage es Ihnen doch«, mischte Wint sich ein. »Wir haben einen übergesetzlichen Notstand. Zumindest sollen wir darüber nachdenken und – da gebe ich Kollege Sito recht – uns daran zerfleischen.«

»Herrgott noch mal, soll ich es Ihnen noch einmal erklären?«

Ruger lehnte sich zurück und hängte seinen linken Arm über die Stuhllehne. Sein Hemd rutschte aus der Hose. Es störte ihn nicht. »Herr Wint. Es gibt diese Sachlage nicht. 2005 wurde das Luftsicherheitsgesetz im Paragrafen 14 Absatz 3 geändert. Da ging es um die Erlaubnis, ein Flugzeug abschießen zu dürfen, wenn es zu einer Waffe umgewandelt wurde, um noch größeren Schaden abzuwenden.«

»Eben«, kommentierte Wint.

Busch kritzelte nervös auf seinem Notizbuch herum, Jäger klickte unaufhörlich mit einem Kugelschreiber. Sito hatte das Gefühl, das Geräusch war schneller geworden.

»Nein, nicht *eben*, Kollege. Das Gesetz wurde ein Jahr später vom Bundesverfassungsgericht kassiert, weil es ein Verstoß gegen Artikel 1 Absatz 1 unseres Grundgesetzes ist. Ganz einfach.«

»Die Menschenwürde, ich weiß«, sagte Wint. »Aber dann schauen wir zu, wie hundert Menschen durch eine Bombe getötet werden.«

»Heinrich«, rief Sito. »Willst du einen Mord in Auftrag geben?«

Wint tippte sich mit dem Finger gegen die Stirn. »Mitnichten. Ich will aber, dass wir offen über dieses Problem verhandeln. Wir könnten etwas fingieren. Wir könnten so tun, als ob.«

»Der Drahtzieher hinter der ganzen Sache kann unmöglich glauben, dass wir einen Mord begehen«, sagte Jäger. »Er kann nicht ernsthaft erwarten, dass wir uns schuldig machen.«

»Doch, kann er«, beharrte Wint. »Und bevor Sie wieder mit Ihren Paragrafen kommen, Herr Ruger …«, Wint rückte seine Mütze zurecht, »mich interessieren keine Paragrafen. Taten sie noch nie. Ich denke nur darüber nach, wie wir möglichst viele Menschen retten. Ich kann mich nicht hinstellen und einen Menschen beschützen und dabei zusehen, wie hundert in die Luft fliegen.« Wint beugte sich vor. »Haben Sie schon einmal gesehen, wie Menschen zerrissen werden von einer Bombe? Nein? Ich schon. Ich habe gesehen, wie Arme und Beine vom Körper getrennt wurden und durch die Luft flogen. Glauben Sie mir, das vergessen Sie nicht.«

Ruger rutschte auf seinem Stuhl herum. Sito indessen schob in seinem Kopf die Informationen des Tages hin und her. Er kam sich vor wie in einer Kafka-Geschichte – es schien keine Lösung zu geben.

»Die Situation ist kafkaesk«, sagte da prompt Busch mit hängendem Kopf. »Vielleicht geht es wirklich nur um einen Test. Vielleicht – was sagte dieser Wertheim? Woltershagen hat auf die Moral gewettet?« Busch sah zu Sito. »Hast du das vorhin gemeint? Vielleicht geht es ja um uns. Dass wir zeigen, ob wir moralisch handeln.«

Sito nickte. Ja, das hatte er vorhin gedacht. Dass es genau darum ging, sie hier zu zermürben mit einem solchen Dilemma. »Chaos schaffen«, murmelte er. »Anarchie. Die beweisen uns, dass Chaos herrscht. Spätestens wenn die Forderung viral geht.«

Ruger verschränkte die Arme. »Aber es ist keine Frage der Moral. Es ist überhaupt keine Frage. Verstehen Sie nicht, meine Herren? Es geht hier nicht um ein mögliches Unterlassen, um die jeweils anderen Menschen zu retten. Dann hätten wir eine Pflichtenkollision vor dem Gesetz, und es ginge sicherlich darum, so wenig Schaden wie möglich anzurichten.«

»Ein utilitaristischer Ansatz«, sagte Wint und nickte eifrig. »Wir müssen den größtmöglichen Nutzen unseres Handelns anstreben.«

Ruger schüttelte vehement den Kopf. »Eben nicht, Herr Wint. Es geht nicht um aktives Streben nach einem Ergebnis. Die Pflichtenkollision beinhaltet Fälle, bei denen diejenige Handlung unterlassen wird, die mehr Schaden anrichtet.«

Busch bewegte langsam den Kopf hin und her, bis es in seinen Halswirbeln knackte. »Wenn wir den Mörder kennen und ihn nicht aufhalten, habe ich recht?«

Ruger hob die Augenbrauen hoch. »Das allein reicht nicht.«

»Es sei denn, der Mörder steht in direkter Verbindung zum Täter im Bus, ist es nicht so?« Jäger hatte immer noch die Hände gefaltet. »Wir müssten entscheiden, wen wir laufen lassen und wen wir aufhalten.«

Ruger verdrehte die Augen. »Sehr vereinfacht ausgedrückt, ja.«

»Dann würden wir den einen Mörder laufen lassen und die Menschen im Bus retten und kämen straffrei aus der Nummer heraus«, folgerte Jäger.

Wint schniefte und kickte einen Radiergummikrümel über den Tisch. »Na los, Herr Ruger, sagen Sie es schon. Sie zerspringen ja fast an Ihren Paragrafen.«

Ruger sah böse auf. »Weshalb so bissig? Ja, wir haben dann irgendwie diesen übergesetzlichen Notstand, von dem Sie vorher sprachen. Mehrheitlich – in der Theorie und in Musterfällen wohlgemerkt – kann hier ein Entschuldigungsgrund gesehen werden innerhalb dieser Pflichtenkollision.«

»Und damit ist es rechtswidrig, aber nicht strafbar, oder, Herr Staatsanwalt?«, bohrte Wint nach.

Ruger schüttelte vehement den Kopf. »Diese Sibylle ist und bleibt eine Unbeteiligte, da funktioniert Ihr ganzes Konzept nicht. Sie dürfen auch keinen Unbeteiligten auf die Gleise stürzen, um einen Zug zu stoppen, der in einen Bahnhof rast.«

Und plötzlich dämmerte es Sito, weshalb Wint so vehement angriff. Diese alte Schuld, vielleicht sah er gerade die Gelegenheit, davon etwas abzutragen. Aber wie, verdammt, sähe das aus?

»Heinrich, ich weiß, worauf du hinauswillst, und ja, ich denke, es geht genau darum, dass wir uns die Köpfe zermartern, dass Chaos herrscht. Und wir alle wissen, wem dieses Chaos in die Hände spielt! Politisch in die Hände spielt!« Er musste eine Pause machen, schon wieder war Miriam durch seine Gedanken gehuscht, vielleicht, weil diese Sibylle Hundhammer ihn an Miriam erinnerte. »Und selbstverständlich, Herr Ruger, reden wir nicht darüber, einen Menschen zu opfern. Und wenn wir so offen darüber reden, dann nur aus einem Grund –«

»Um zu begreifen, wie die Täter ticken!«, vervollständigte Wint Sitos Satz, und ein Lächeln huschte über sein Gesicht.

Sito stand auf. »Herr Jäger, haben Sie schon Bescheid vom Innenminister? Es wird Zeit, dass wir uns Wertheim –«

Das Telefon klingelte. Es war Moller vom SEK. Jäger stellte den Videoanruf für alle sichtbar auf den großen Wandbildschirm.

Mollers rundes Gesicht erschien. »Wir haben die Leiche geborgen und sie dem Rechtsmediziner überstellt«, erklärte er und sah zur Seite. Neben ihm stand Samuel Parson. Parson winkte in die Kamera. Sito kannte seinen langjährigen Freund gut genug, um zu sehen, wie angegriffen er war.

»Wir haben einen jungen Mann«, erklärte Parson. »Ihm wurde zunächst in den Rücken geschossen, dann in den Kopf.«

»Vielleicht wollte er seiner Hinrichtung entgehen«, vermutete Busch.

Sito schluckte. Das erste Opfer der Geiselnehmer wurde durch einen Kopfschuss getötet, nachdem es durch einen Bauchschuss verletzt worden war, jetzt erneut eine Hinrichtung nach einem anderen Schuss. Vielleicht hatte der junge Mann tatsächlich versucht zu fliehen. Es konnte sich in beiden Fällen um Kurzschlussreaktionen gehandelt haben. Irgendetwas lief aus dem Ruder – oder folgte erst verspätet dem eigentlichen Plan. Sito schwieg.

»Und der andere ist auf dem Weg zu Ihnen«, sagte Moller in die Stille hinein, und ein Ruck ging durch die Gruppe. »Von zwei Beamten begleitet selbstverständlich.«

»Was?«, fragten Jäger und Busch gleichzeitig: »Welcher andere?«

»Etwa Kirschner?«, wollte Sito wissen.

»Nein. Dieser Woltershagen. Er stand neben der Leiche, als wir sie eingesammelt haben.«

∗∗∗

Der Mann in seinem Büro saß mit übereinandergeschlagenen Beinen auf dem Stuhl. Ein Tuch um den Hals und eine Weste passend zur Anzughose. Die grauen Haare lagen ordentlich auf dem Kopf, die randlose Brille kleidete ihn makellos. In Sito türmten sich die Gedanken wie Wolken vor einem mächtigen

Gewitter. Er hatte Mühe, sich auf die einzelnen Schritte zu konzentrieren. Die Sätze, die er eben von Wint und Ruger gehört hatte, diese Gedanken über den übergesetzlichen Notstand, das Chaos, das bei ihnen herrschte, die Ausweglosigkeit.

Es gab keinen Notstand, keinen Rechtfertigungsgrund für einen Mord an einer unschuldigen Frau, und dennoch stand dieser Gedanke im Raum und damit die Suche nach Schlupflöchern. Wie hatte er entschieden, damals in diesem Kellerverlies? Sito hatte die Hemmung zu töten überwunden, aber es war anders gewesen, als er sich das vorgestellt hatte. Es war anders als bei jenem Fisch in der Küche seines Vaters, dem er unwissentlich beim Sterben zugesehen hatte. Das Töten als aktiver Vorgang war etwas anderes, als einen Tod nicht zu verhindern.

Sito schob die Gedanken und den Kloß beiseite, der sich in seinem Hals ausgebreitet hatte.

»Herr Woltershagen, wir wissen, dass Sie der Initiator der Geiselnahme waren. Wir haben einen Kollegen unter den Geiseln, Sie brauchen also nichts abzustreiten.«

»Hatte ich gar nicht vor«, sagte Woltershagen, ohne zu zögern.

»Was ist schiefgelaufen?«

Woltershagen hob die Hände. »Ehrlich? Ich weiß es nicht.«

»Wir glauben, dass Sie einen Partner hatten. Aber wir haben hier einen Bus mit einem Sprengsatz vor der Tür stehen und eine neue Forderung der Geiselnehmer.«

»Einen Partner? Ein Bus mit einem Sprengsatz? Ich verstehe nicht.« Woltershagen stellte ruckartig seine Beine nebeneinander und beugte sich vor.

Sito musterte Woltershagen. Dessen Überraschung wirkte echt. »Sie haben die Geiselnahme geplant, weil Sie die Vergewaltigungsserie aufgeklärt haben wollten.«

Woltershagen nickte. »Ich wollte, dass dieses unsägliche Zögern seitens der Polizei aufhört.«

»Welches Zögern?« Sito dachte unwillkürlich an Wint. Wint, der bis vor Kurzem eigenen Nachforschungen nachgegangen war. Hatte es mit diesem Zögern zu tun? Worauf war er gestoßen?

»Ich wollte einfach, dass da was passiert.« Woltershagen
wischte durch die Luft und ließ sich in seinem Stuhl wieder
zurückfallen. Er wirkte beinahe trotzig.

»Okay, so weit waren wir schon. Ich nehme an, Sie wollten
keine Toten.«

»Natürlich nicht!« Woltershagens Stimme war laut und deutlich. Er schlug die Beine wieder übereinander.

»Wir gehen davon aus, dass ein weiterer Drahtzieher im
Hintergrund etwas anderes geplant hat. Daher haben wir re-
cherchiert, wer von Ihren Plänen gewusst haben könnte, und
kamen auf Ihren Schachkollegen, Michael Wertheim.«

Woltershagen schnaubte. »Das kann Ihnen ja nur Sabine
erzählt haben. Ist sie hier?«

Sito nickte. »Dann stimmt es also?«

»Ja, er wusste davon, aber er war nicht mein Partner. Ich
hatte überhaupt keinen Partner.«

»Er hat Sie benutzt für seine Pläne. Wir haben seit zehn Uhr
einen Bus mit hundert Menschen und einer Bombe an Bord
unten auf dem Parkplatz stehen.«

»Ich weiß nichts von einem Bus. Das hat nichts mit mir zu
tun!« Woltershagen ballte die Fäuste.

Sito holte tief Luft. Er würde besser vorankommen, wenn er
Mitleid mit dem alten Mann hatte. »Die Geiselnehmer fordern,
dass wir Sibylle Hundhammer töten lassen, ansonsten sterben
die Geiseln in der Uni, und der Bus draußen fliegt in die Luft.«

»Was?«, rief Woltershagen aus. Er rutschte auf seinem Stuhl
hin und her. Tiefe Furchen durchzogen seine Stirn und ließen
die Augen noch weiter in den Höhlen verschwinden. Woltershagen war alles andere als Herr der Situation. »Das ist völliger
Schwachsinn, inakzeptabel.« Unvermittelt sprang er auf und
hob den rechten Zeigefinger bestimmend in die Höhe. »Sagen
Sie denen, dass das überhaupt nicht diskutiert werden kann.
Das ist keine Forderung.«

Er begann, auf und ab zu gehen, als wäre er der Richter, der
im Moment etwas zu entscheiden hatte. Er war umgehend wieder ganz in seiner Rolle, und nichts hätte vermuten lassen, dass

er wenige Stunden zuvor noch als Geiselnehmer seine eigenen Forderungen verlesen hatte. »Es gibt keine Rechtfertigung für einen Mord«, dozierte er, »das wissen Sie doch genauso gut wie ich.«

»Natürlich weiß ich das. Es wird dennoch verhandelt.« Sito hielt die Arme verschränkt und sprach ganz ruhig.

Woltershagen blieb stehen und sah ungläubig zu Sito. »Nicht Ihr Ernst.«

»Doch. Was sollen wir machen?«

»Es ist rechtlich nicht vertretbar. Stoppen Sie das sofort.« Woltershagen fuhr befehlend mit der Hand horizontal durch die Luft.

»Was soll ich stoppen? Die Forderung ist wie alle anderen demnächst auch in den sozialen Netzwerken. Draußen laufen Tausende Menschen herum, davon sicher ein Zehntel mit üblen Gedanken. *Was* soll ich *wie* stoppen?«

Woltershagen starrte Sito an. »In den sozialen Netzwerken? Wovon reden Sie?«

Sito fiel es wie Schuppen von den Augen. Woltershagen hatte tatsächlich keine Ahnung. »Die ganze Geiselnahme ist seit heute Morgen, acht Uhr vierzig, live im Internet und im Fernsehen mitzuverfolgen, alles war bei Facebook und Twitter und You-Tube zu sehen. Sie sind berühmt!«

Woltershagen stand der Mund offen, doch er hatte sich relativ schnell gefasst. »Ich kenn mich damit nicht aus, keine Ahnung, was das soll«, sagte er barsch, aber etwas leiser. »Wertheim, ja, der schon, das mag sein. Der nutzt das augenscheinlich ja auch gut für seine Partei.« Woltershagen rieb sich mit beiden Händen über das Gesicht. »Ich konnte sie nicht mehr stoppen. Die haben einfach gemacht, was sie wollten.« Sein Gesicht verzog sich für einen Moment zu einer verzweifelten Grimasse. »Aber Wertheim? Er soll hinter alldem stecken?«

»Wenn nicht er, wer dann? Wer profitiert von dem Tod von Sibylle Hundhammer?«

»Meinen Sie, es geht darum?«, fragte Woltershagen. Er schob die Hände in die Hosentaschen und machte ein nachdenkliches

Gesicht. So wie er jetzt vor Sito stand, wirkte es, als wäre er ein Kollege, der am selben Fall arbeitete.

Sito überlegte. »Vermutlich geht es vor allem darum, unsere Gesellschaft der Instabilität zu überführen. Ihre Geiselnahme hat uns mürbegemacht, wenn jetzt die neue Forderung kommt und das mit dem Bus bekannt wird ...« Sito deutete auf den Monitor. Erste Kamerateams hatten vor der Absperrung rund um das Präsidium Stellung bezogen. »Gerüchte über den Bus sind in Umlauf«, sagte er. »Es wird bereits spekuliert, dass es was mit der Klimademo zu tun hat. Haben Sie eine Vorstellung, was es bedeutet, wenn das publik wird?«

Woltershagen kam um den Schreibtisch herum und stellte sich hinter Sito. Sie standen somit buchstäblich auf ein und derselben Seite.

Woltershagen lief zum Fenster und starrte in den Hof. »Ich kann es nicht glauben«, sagte er zerknirscht und kam kopfschüttelnd zu Sito zurück.

»Sind Sie nie auf den Gedanken gekommen, dass es sich rächt, wenn man sich mit dem Teufel verbündet?«, fragte Sito und hob den Blick.

»Ich hab mich nicht ...«, begann Woltershagen und sah ihm direkt in die Augen. Der Satz blieb in der Luft hängen, stattdessen wanderten seine Augen nach links, erst unbestimmt, dann zielstrebig. Sie blieben an etwas auf dem Schreibtisch hängen. Er kniff die Augen zusammen, seine Mundwinkel zuckten.

Langsam, wie in Zeitlupe bewegte Sito den Kopf, spürte bereits ein Ziehen in der Magengrube, folgte dem Blick von Woltershagen, hin zu dem Bilderrahmen auf seinem Schreibtisch – mit dem strahlenden Lächeln von Miriam.

Woltershagen nickte zu dem Foto hin. »Ihre Frau?«

Sito hatte das Gefühl, sein Kopf sei in einen Ballon geraten, der gleich zu platzen drohte. Er nickte.

»Sie ist auch unter den Geiseln. Wussten Sie das?«

✳✳✳

Zimmermann, Goffer und Kaiser arbeiteten sich durch die sozialen Netzwerke und die dunklen Seiten des Internets. Goffer hatte seit einiger Zeit eine Zigarette zwischen den Lippen, der Filter war schon ganz dunkel vom Speichel. Rauchen würde er sie erst, wenn das hier alles vorbei war, aber er wollte wenigstens ein wenig Nikotingeschmack haben. Seine Frau verfluchte ihn deswegen. Durch ein großes Fenster konnte er in das Großraumbüro nebenan sehen. Rund dreißig Leute waren damit beschäftigt, Anrufe entgegenzunehmen und parallel ebenfalls in den sozialen Netzwerken und einschlägigen Foren zu recherchieren.

Sito hatte sie beauftragt, die Wege von Michael Wertheim und seinen engsten Vertrauten im Netz zu verfolgen, doch das war eine Sackgasse. Wertheim war ein medialer Saubermann, sobald es schmutzig wurde auf seiner Seite, verschwand er von der Bildfläche. Immer drückte er sich gewählt aus, zwischen den Zeilen hingegen wünschte er ganze Bevölkerungsgruppen zur Hölle.

Goffer sah sich um, mit dem Nikotinnachschub im Mund fiel ihm der Anblick leichter. Es ging zu wie bei der Börse, dachte er, nur dass es hier um Menschenleben statt um lächerliches Geld ging. Er konnte das Stimmengewirr auch durch die geschlossenen Türen hören. Sein Kollege Kaiser überprüfte gerade die Personen, die bei den Tumulten auf der Laube festgenommen worden waren. Die meisten von ihnen waren kürzlich bei einem Rechtsrockfestival in Thüringen gewesen. Das tauchte häufiger auf. Fast schien es so, als hätten sich am Rande der Musik zahlreiche Gruppen für den heutigen Tag in Konstanz verabredet – um zu stören. Es war, wie Zimmermann gesagt hatte: Die Erlebniskultur der Nazis bei solchen Festivals funktionierte wie ein Auffangbecken und Katalysator der schlechten Gesinnung. Das war alles andere als harmlos.

Es war kurz vor halb fünf, ihnen blieb eine halbe Stunde, bevor das Video online gehen und das richtige Chaos ausbrechen würde. Die Folgen waren kaum abzuschätzen. Im Grunde war die Aufgabe nicht zu schaffen. Sie suchten nach dem Strohhalm, der eine weitere Verbindung zu Wertheim zuließ. Sie wälzten die Foren der AfD, die ihr Wählervolk anheizten für die große Gegenrede ihres Führers, ja, das Wort hatte Goffer inzwischen gefühlt fünfzigmal gelesen, der »Führer«, die Achtundzwanzig mischte sich immer wieder dazwischen, das Zeichen für »Blood and Honour« und diverse andere Symbole und Akronyme aus der rechten Szene. Sie konnten gar nicht so viele Vermerke setzen, wie sie brauchten, um später alles zur Anzeige zu bringen.

Blut und Ehre, Goffer fühlte einen Brechreiz, wenn er sich diese Vollidioten vorstellte, die dem Kampf und der Ehre und dem Blut auf dem Schlachtfeld huldigten und von nichts eine Ahnung hatten. Wenn es nach ihm ginge, dann sollten sie alle einen Aufenthalt in einem Kriegsgebiet geschenkt bekommen, dann würden sie sehen, wie es war, wenn man Todesangst durchlitt, wenn man Menschen um sich herum sterben sah, wie elend dieses »Blut und Ehre« den Menschen zugrunde richtete. Als er in Afghanistan … Nein, sagte er sich, daran wollte er jetzt nicht denken.

Wie war es möglich, dass die Sprache wieder diese anstandslose Durchlässigkeit zum Dritten Reich zuließ, dass im Zuge der Meinungsfreiheit wieder Dinge gesagt werden durften, die überhaupt nicht mit dem menschlichen Verstand in Einklang zu bringen waren? Mit Menschlichkeit ohnehin nicht. Was ihn aber am wütendsten werden ließ, war die Tatsache, dass diese rechte Hetze am heutigen Tag mit den Stimmen der Gegner der Klimadebatte vermischt wurde, dass sich da überhaupt etwas vermischte, das nicht zusammengehörte. Er stand den Klimaschützern auch kritisch gegenüber, die wollten in seinen Augen zu viel auf einmal und waren oft uneinsichtig und belehrend, aber das war doch etwas völlig anderes.

»Wir haben hier etwas«, riefen die Kollegen aus dem Nebenzimmer.

Goffer, Kaiser und Zimmermann sprangen nahezu zeitgleich auf und rannten nach nebenan.

»Was hast du?« Zimmermann beugte sich über den jungen Kollegen mit dem Pferdeschwanz, der auf den Bildschirm zeigte.

Er war im Darknet unterwegs und hatte dort einen juristischen Beitrag entdeckt, der sich mit dem übergesetzlichen Notstand auseinandersetzte. Das jedoch war nicht das Spannende daran, das erkannte Goffer sofort. Interessant war, dass es ein Beitrag auf einer Seite war, die in Verbindung mit den Naturbewahrern stand. Und noch während sie studierten, was der Verfasser dort schrieb, wurde der Beitrag geteilt und geteilt. Er tauchte plötzlich bei Facebook auf mehreren Seiten auf und wurde auch dort wieder geteilt.

»Wer ist das?«, fragte Goffer und blickte nacheinander auf die verschiedenen Monitore.

Zimmermann schüttelte hektisch den Kopf und tippte in einen seiner Computer. »Ich weiß es nicht. Ein Fake-Profil bei Facebook, so viel ist klar, aber …« Er tippte wieder und wartete, dann rief er bei einem Kollegen an. Aus dem Nebenzimmer winkte jemand, doch als sie hinsahen, hob er die rechte Hand und deutete mit dem Daumen nach unten, offenbar hatte auch er nichts gefunden. »Die Quelle sind die Naturbewahrer, der Schreiber ist scheinbar einer der Mitbetreiber. Die Arbeit wird aber von einem sogenannten Bot erledigt, einem Computerprogramm, das quasi im Alleingang, also ohne menschliche Mithilfe, handelt.« Zimmermann schob einen Kollegen zur Seite und tippte auf dessen Computer. »Drei Kommentare heute Morgen, und jetzt das. Verdammt!«

»Wie wäre es mit kompetenter Gegenrede?«, fragte der junge Kollege.

Zimmermann nickte und klopfte ihm auf die Schulter. »Veranlasse das sofort. Sobald das offiziell auftaucht, poste es, so oft es geht. Ach, wichtig, halt dich kurz und verbrenne keinen unserer eigenen Männer. Wer weiß …« Zimmermann tippte wieder auf einem anderen Computer. »Und schreib schnell ein Memo zu dem Sachverhalt an alle.«

Zimmermann rannte wieder zurück an seinen Schreibtisch. Goffer setzte sich ebenfalls an seinen Computer, Kaiser kam hinterher. Wie gebannt folgten sie den Wegen der Kollegen durch das Darknet und dem Ticken der Uhr.

Goffer ging das Ganze zu schnell. Er sehnte sich wieder zurück zu den Befragungen vom Vormittag – dem Gegenüber in die Augen sehen, weg von dieser Anonymität. Die Vorstellung, dass man auf der Straße unterwegs war und Menschen begegnete, die hier im Netz eine zweite Identität hatten, war ihm zuwider. Widerwillig und doch gierig kaute er auf seiner Zigarette, dann spuckte er sie in seinen halb leeren Kaffeebecher. Nicht einmal das Nikotin schmeckte ihm mehr.

✳✳✳

Er hatte einfach angefangen zu reden. Einfach so. Hilke stand da im Gang des roten Busses der Neuner-Linie, mit dem sie jeden Morgen zur Universität fuhr seit letztem Herbst, stolz, in Konstanz an der Eliteuniversität studieren zu dürfen – das kleine Harvard am Bodensee, dachte sie. Ihre Gedanken träumten sich davon, da stand kein Mann mit einem Bombengürtel um den Bauch. Sie dachte wieder an die Sneakers, die ihr vorhin aufgefallen waren, rote Schnürsenkel, wer trug so etwas heute noch? In ihrem Rucksack steckte ein Radiergummi in der Form eines Einhorns. Sie musste grinsen. Welche Studentin hatte das wohl? Es war ein Witzgeschenk zu ihrem letzten Geburtstag gewesen. Geburtstag, ach ja, der war heute.

»Ich hab heute Geburtstag.« Mitten im Bus mit ihr fremden Menschen sagte sie das und wiederholte es noch einmal, als würde sie erwarten, dass ihr die anderen gratulierten und womöglich sogar zu singen anfingen. Dabei erzählte der andere irgendetwas, und schon hörte sie wieder einige schreien. Bewegung kam in den Bus, und es war nicht die Bewegung eines spontanen Geburtstagschors.

Was hatte der Mann gesagt? Er war ihr vorher nicht aufgefallen. Er sah so schrecklich normal aus, trug einen Pulli und Jeans und Turnschuhe, darüber eine Lederjacke. Seine Haare waren kurz, aber nichts an ihm sah gefährlich aus.

»Warum machst du da mit?«, fragte Hilke, und für den Moment hatte sie alle um sich herum vergessen. Sie sah den jungen

Mann an mit seinem khakifarbenen Pullover. Hilke spürte zahlreiche Blicke auf sich ruhen, voller Erwartung, so kam es ihr vor. »Warum machst du da mit? Willst du sterben?«

Seine Mundwinkel zuckten, er blinzelte mehrmals. »Quatsch mich nicht voll!«

»Aber du willst nicht sterben, das kann ich doch sehen«, versuchte es Hilke erneut und machte einen Schritt auf ihn zu.

»Ich will vor allem nicht reden. Und nicht, dass du weiter hier rumschreist. Können wir uns alle bitte ruhig verhalten, bis das vorbei ist?« Er sprach ganz ruhig. Seine Stimme klang schön, so sanft und unaufgeregt. Hilke hätte dieser Stimme gern noch länger zugehört, doch der Busfahrer stellte den Lautsprecher an, sodass sie alle mithören konnten. Zum ersten Mal, seit sie in diesem Bus gefangen waren, bekamen sie etwas von der Außenwelt mit. Sie hatten Wasser bekommen, aber keine Nachrichten. Jetzt erfuhren sie von der Geiselnahme im Auditorium, und sie erfuhren von der Forderung der Geiselnehmer, dass der Tod von Sibylle Hundhammer sie alle vor dem Tod in diesem Bus retten würde.

Hilke hatte das Gefühl, der Boden unter ihr rutsche zur Seite weg, sie taumelte und musste sich an einer Lehne festhalten. Die Leute um sie herum gerieten in Panik. Sie schrien, weinten, sahen sich hektisch und ungläubig um, schimpften, wollten sich auf den Mann vor Hilke stürzen, hielten sich gegenseitig zurück. Es herrschte Chaos.

Hilke begriff, dass sie ihn überwältigen wollten, gleichzeitig aber Angst hatten, dass dann der Sprengsatz gezündet wurde. Da kam ihr etwas in den Sinn. »Zündest du die Bombe?«, fragte sie.

Er antwortete nicht. Sie sah, dass er nachdachte. Sie konnte sich vorstellen, dass die Überzeugung für so eine Tat schwächer wurde, vielleicht auch dadurch, dass man die Menschen um sich herum kennenlernte. »Ich bin Hilke«, sagte sie daher. »Ich bin zwanzig Jahre alt. Seit heute, denn heute ist mein Geburtstag. Ich studiere Psychologie an der Uni, und meine Eltern kommen heute hierher, um meinen Geburtstag mit mir zu feiern. Ich will noch nicht sterben.«

Eine weitere Frau schien begriffen zu haben, was Hilke vorhatte. Sie stand ebenfalls auf und begann, mit ruhiger Stimme zu sprechen. »Ich bin Sabine. Ich bin Sekretärin an der Uni und fünfundvierzig Jahre alt. Ich habe eine Tochter und einen Sohn und zwei Katzen. Ich will heute noch nicht sterben.«

Hilke kämpfte mit den Tränen. Weitere Menschen standen auf und stellten sich vor. Diejenigen, die über den Bombenträger herfallen wollten, wurden zurückgedrängt und saßen mit mürrischen oder mutlosen Gesichtern auf ihren Sitzen.

»Niemand wird einen Mord begehen. Das wäre nicht rechtens«, sagte gerade ein Mann. »Sie wissen, dass es keinen Ausweg gibt. Niemand von Ihren Freunden wird Sie aus dieser Situation retten.« Er trat aus der Sitzreihe.

Hilke sah einen sehr großen bärtigen Mann. Er stand jetzt hinter dem Attentäter, der sich umgesehen hatte. »Sie wollen diese Bombe doch gar nicht zünden, habe ich recht?« Er ging einen Schritt auf ihn zu und streckte ihm die Hand entgegen. »Ich bin Thomas Berg. Sie wollen doch diese ganzen unschuldigen Menschen nicht töten, oder?«

Hilke hielt den Atem an. Das war definitiv der richtige Weg. Sie sah, dass er wankte, seine Schultern hingen nach vorne, seine ganze Körperhaltung war defensiv, sein Kopf ebenfalls leicht nach vorne geneigt. Er war ein Mensch, der sonst sicher nicht im Rampenlicht stand, der es nicht gewohnt war, dass sich alles um ihn drehte, dass alle ihn ansahen – alle Erwartungen richteten sich an ihn.

»Sie können jetzt etwas Großes tun, etwas Gutes«, sagte Hilke daher und versuchte, ihn anzulächeln. »Sie können denen da draußen sagen, dass Sie den Bus verlassen. Denn Sie und ich wissen genau, dass niemand diese Sibylle umbringen wird, um uns zu retten.«

Er sah von Hilke zu dem bärtigen Mann, drehte sich hin und her. Hilke hatte den Eindruck, dass er am liebsten abgehauen wäre. Schweißtropfen bildeten sich auf seiner Stirn, liefen seine

Schläfen hinab. Er wirkte beinahe verlegen. »Jetzt ist es eh zu spät«, flüsterte er.

⁎⁎⁎

Miriam. Etwas anderes konnte Sito nicht denken. *Miriam ist unter den Geiseln, und wir verhandeln hier über ihr Leben.* Alle Fasern in seinem Körper waren zum Zerreißen gespannt, er hatte das Gefühl, er müsse jeden Augenblick losrennen – gegen die Zeit, gegen die Angst. Hilflos stand Woltershagen neben ihm, zuckte mit den Schultern, nuschelte: »Das wollte ich so nicht.« Sito schickte ihn zu Rosa, der nächste freie Kollege würde das Protokoll aufnehmen. Er drängte ihn förmlich aus seinem Büro, ging zurück zu seinem Schreibtisch, starrte auf das Foto von Miriam, aufgenommen irgendwann im Sommer auf der Mainau.

So viele Bilder rasten gleichzeitig durch seinen Kopf, dass er unfähig war, sich zu bewegen.

Plötzlich schrien alle Stimmen in ihm gleichzeitig: »Raus!« Er schrieb Busch eine Nachricht, dass er zehn Minuten an die Luft müsse, um einen klaren Kopf zu bekommen, dann rannte er aus dem Präsidium. Er wollte rüber zum Seeuferweg. Fünfhundert Meter und dann am Wasser stehen. Den Sternenplatz überquerte er hinter der Absperrung seiner Kollegen, zwei grüßten ihn. Er rannte einfach weiter. Busch rief an, er wimmelte ihn ab. Der Partner und Freund Marc Busch stellte keine Fragen. Jeder musste sich an diesem Tag einmal kurz ausklammern.

Miriam unter den Geiseln. Miriam bei Enzig. Wieso hat Roman nichts gesagt?

Am Seeufer hielt Sito an. Er musste sich vorbeugen. Sein Herz pochte wie verrückt, die Luft zwängte sich durch seine Lungen. Er stützte sich auf seine Knie und keuchte. Unter normalen Umständen hätte er jetzt den Fall abgeben müssen, aber heute war nichts normal. Sie waren alle aneinander gefesselt und aufeinander angewiesen.

Zwei Schwäne schwammen gerade ans Ufer. In der Ferne sah Sito ein Boot auf dem See, da hatte jemand kein Interesse an der Klimademo und vielleicht auch noch gar keine Nachrichten gehört. Sito beneidete ihn. Vor ihm, auf der anderen Seeseite, lag die Dominikanerinsel. Ein innerer Impuls forderte ihn auf, jetzt da rüberzuschwimmen, wobei es weniger um das Ziel als vielmehr um das Schwimmen ging. Er hustete, rieb sich das Gesicht, spürte die Kälte, die das Wasser bringen würde, als wate er gerade hinein.

Miriam!

Wenn man Menschen retten konnte, dann fragte man doch nicht nach dem Wie. Menschen retten. *Miriam* retten. Miriam und Roman. Er würde doch aufpassen, oder? Sito senkte den Kopf. Ein Radler kam auf ihn zu und klingelte.

»Müssen Sie mitten im Weg rumstehen?«

Sito machte einen Schritt nach vorne auf das Ufer zu und murmelte eine Entschuldigung. Als er sich nach einer Bank umsah, erkannte er einen alten Bekannten. Der hob die Hand und winkte Sito zu sich.

»Ich hab dich beobachtet«, sagte er und lüpfte die gräulich weiße Schirmmütze, die an einen Baseballverein erinnerte. »Setz dich zu mir. Du siehst wieder aus, als würdest du einen Rat vom alten Fred brauchen.«

»Ach Fred«, Sito konnte kaum atmen. »Ich bin, ich hab …« Sito musste sich wieder auf seine Knie stützen und vorbeugen. Sein Atem kam stoßweise.

»Himmel, alter Freund, du siehst echt scheiße aus. Was'n los? Hetzt dich der Teufel? Los, komm jetzt zum alten Fred und setz dich.«

Sito schüttelte den Kopf. »Geht nicht«, brachte er mühsam hervor.

Fred stand auf, ging zu Sito und zerrte ihn entschlossen zur Bank. Dort nahm er das Buch, das neben ihm lag, und hielt es Sito vor die Nase. »Ich lese jetzt.« Der Obdachlose grinste. »Hättste mir nicht zugetraut, wie?« Er nahm das Buch und blätterte beflissen darin. »Lag drüben im Herosé-Park auf einer

Bank, eine junge Frau hat es vergessen. Das war diese Sibylle, glaub ich, diese berühmte Hundnochwas. Kennste doch, oder?« Sito schluckte. Die Welt war eine Insel, alles war immer irgendwie verknüpft. Selbst hier, an ihrem äußersten Rand. Er sank auf die Bank, halb vor Mutlosigkeit, halb gezwungen von Freds festem Griff.

»Kommissar, ich mach mir echt Sorgen. Du siehst aus wie ein Schluck Wasser in der Kurve. Jetzt sag schon, was los ist.« Sito versuchte, ruhig zu atmen und sich auf einfache Dinge zu konzentrieren. Den Rucksack hinter Fred etwa. Ein Berg Decken und zwei vollgepackte Tüten lagen da auf dem Boden, Freds Zuhause seit fünfzehn Jahren. Er wusste nicht viel über ihn, nur dass er stets einen guten Rat für ihn hatte. Weshalb auch immer.

Fred hielt das Buch hoch. »Der denkt über die Welt nach, weißt du? Über die ganzen Maschinen um uns herum, die ja schon viel mehr können als wir. Über uns, uns Menschen, die wir hier wie Marionetten an Fäden hängen, nicht in der Lage, eigene Entscheidungen zu treffen.« Er lachte. »Die Menschen können mehr erschaffen, als sie sich vorstellen können. Maschinen, die besser sind als wir. Die übernehmen uns irgendwann. Ha, das ist ja ein Ding. Ganz einfach ausgedrückt und so wahr. Aber wir sind die Ausnahmen.« Er boxte Sito leicht in die Seite. »Wir können ja immer noch zwischen Gut und Böse unterscheiden und dementsprechend handeln. Uns lenkt niemand, hab ich recht?« Er lehnte sich zurück: »Ich tu hier nichts Böses, auch wenn manche das immer wieder sagen, dass ich sie störe mit meinem Nichtstun. Dann denk ich mir, lieber tut man nichts, denn dann tut man gewiss nichts Böses. Es sei denn, jemand braucht Hilfe, aber du kennst mich ja, Kommissar, du weißt schon, was ich mein.«

»Natürlich«, sagte Sito und spürte in sich eine Ruhe aufsteigen, von der er nicht wusste, ob sie der Hoffnungslosigkeit oder der Zuversicht geschuldet war. »Hast du von der Geiselnahme an der Uni gehört?«, fragte er.

Fred fuhr sich bedächtig über das Kinn, als würde er angestrengt nachdenken. »Dann war das keine Ente. Sapperlot.«

»Keine Ente, bitterer Ernst. Meine Freundin ist unter den Geiseln.«

Erschrocken sah Fred zur Seite. »Ach du Scheiße! Jetzt versteh ich, weshalb du hier so verloren in der Gegend rumstehst.« Er deutete auf den See. »Weißte, ich bin ja immer verloren, aber dann seh ich auf den See.« Er lachte. »Auf den See seh ich raus, und dann bin ich schon nicht mehr so verloren. Aber bei dir hat das nicht geklappt, nicht wahr?«

Sito schüttelte den Kopf. »Ich muss zurück, meine Leute warten.« Sito kramte in seiner Tasche und stand auf. Er fand sein Portemonnaie und zog einen Zehn-Euro-Schein heraus. Als er Fred das Geld reichte, fiel ihm auf, dass er ohne Hund unterwegs war. »Wo ist dein Hund?«, fragte er.

Fred nahm das Geld und deutete mit dem Zeigefinger nach oben. »Einfach nicht mehr aufgewacht. Einfach so. Jetzt ist der alte Fred ganz allein.«

»Tut mir sehr leid«, murmelte Sito. Dieser Tag hatte schon mit einem toten Hund begonnen, überlegte er, der tote Dackel der alten Frau, der jetzt in einem Grab ruhte mit einem Gartenzwerg und einem Schäferhund darauf.

»Sei nicht traurig«, sagte Fred und lächelte tröstlich. Er klopfte sich auf sein Herz. »Hier isser noch, da wird er immer bleiben, ganz so wie dein Pollux und deine Frau ja auch, nicht wahr?«

Eine Welle an Erinnerungen schwappte in seinem Innern hoch, so groß, dass er fürchtete, darin zu ertrinken. »Wir sehen uns.« Sito wollte flüchten, doch Fred hielt ihn am Arm zurück. »Fred«, sagte er. »Ich muss los. Die Verbrecher haben hundertfünfzig Menschen. Und sie wollen sie erst freilassen, wenn wir für den Tod von dieser Sibylle Hundhammer sorgen.« Sito staunte selbst, wie klar ihm das über die Lippen gekommen war, aber es wirkte wie eine Befreiung, das jemandem sagen zu können.

Wie erstarrt saß Fred vor ihm. »Und nun?«, fragte er.

Sito zuckte mit den Schultern. »Wir sind wie die Marionetten in deinem Buch. Jemand zieht die Fäden, und wir können nichts tun.«

Plötzlich hellte sich das Gesicht von Fred auf. Er legte Sito die Hand auf den Arm. »Aber dann ist es doch ganz einfach. Besorg dir Marionetten und spiel mit. Der andere muss ja nicht wissen«, er beugte sich verschwörerisch nach vorne, »der andere muss ja nicht wissen, dass das nicht unsere Art ist.« Er stellte sich hin und drehte Sito in Richtung See. »Schau da raus, dann kannste direkt besser atmen.«

Sito folgte seinem Blick. Das Schiff von vorhin war verschwunden.

***

Im Laufschritt erreichte Sito wieder das Präsidium. Er ging zur Toilette und schüttete sich Wasser mit der hohlen Hand ins Gesicht, mehrmals. Anschließend sah er in den Spiegel und beobachtete die Tropfen, die über sein Gesicht flossen und sich den Hals hinab einen Weg unter sein Shirt bahnten. Es war gut, etwas zu fühlen.

Simon Neller rief an und kündigte sein Gutachten an. Sekunden später hatte Sito es per Mail auf dem Smartphone. Er setzte sich auf einen Stuhl im Flur vor der Toilette. Sein Arbeitszimmer war zwar nicht weit, aber er fühlte sich schlagartig zu erschöpft.

Er las die Mail. »Lieber Paul, anbei die gewünschte Beurteilung. Es ist nur eine erste Einschätzung und – zugegeben – sehr viel Interpretation im Hinblick darauf, dass du vor allem eine Basis für ein Gespräch benötigst. Ich hoffe, es hilft dir irgendwie weiter. Liebe Grüße, Simon«

Sito zögerte einen Moment, dann klickte er auf den Anhang, lud die Datei herunter und öffnete sie, um das Gutachten zu lesen.

Michael Wertheim stammt aus einfachen Verhältnissen. Er litt gewiss schon früh darunter. Die Namensänderung kam dann am Beginn des Jurastudiums. Er publizierte schon als Teenager, immer eindeutig rechts, immer mit der Tendenz zur Selbstüberhöhung. Ihm kann eindeutig eine narzisstische Persönlichkeitsstörung attestiert werden, kurz NPS.

Kurzer Exkurs: Ein Mensch mit NPS proklamiert eine eigene Wahrheit, innerhalb derer er sich Rechte zugesteht, die dieser Wahrheit folgen. Es ist kaum möglich, diese Wahrheit zu durchbrechen, argumentativ befindet sich jemand mit NPS in einem hermeneutischen (nach außen hin abgeriegelten) System.

So kann ein Mensch mit NPS auch ein eigenes Rechts- und Unrechtsbewusstsein ausbilden. Andere Menschen, die sich in diesem System falsch verhalten, gehören bestraft. Ein Mensch mit NPS übernimmt dies gern selbst. Er folgt damit am deutlichsten und konsequentesten den eigenen Regeln und bestätigt diese im Bestrafen des Falschen. Er sieht sich als höhergestellt, als wichtig für sein Umfeld, als Vorbild, als ein Mensch mit einem höheren Auftrag. Die Ordnung wird durch ihn wiederhergestellt.

Die Person mit NPS baut sich dafür oft ein ideologisches Gerüst beziehungsweise bedient sich eines bereits bestehenden Gerüstes, nicht selten finden solche Menschen einen ideologischen Überbau in einer religiösen Vereinigung, sei es christlich-fundamental oder islamistisch, oder in einer anderen sektenähnlichen Vereinigung. Wichtig ist jeweils die deutliche Abgrenzung gegenüber allen, die anders denken und glauben. Die Menschen benötigen Schwarz-Weiß-Raster.

Zurück zu Wertheim. Er arbeitet oft mit diesen Mustern in seinen Reden, einfachste Abgrenzung der Guten und Bösen, wobei die nicht böse, sondern eigentlich fehlgeleitet sind. Verbesserung ist möglich. Durch ihn, Wertheim. Er sieht sich als höhere Instanz, als jemand, der helfen kann, den richtigen Weg zu finden. Als Führungsperson. Da zeigt er sich gern tolerant. Wertheim gibt sich großzügig, tritt gern als Wohltäter auf.

Das große Problem im Umgang mit gewalttätig gewordenen Menschen, die unter NPS leiden, besteht in man-

gelndem Unrechtsbewusstsein. Sie empfinden keinerlei Schuld wegen ihrer Taten, denn die waren ja innerhalb des eigenen Wertesystems berechtigt. Sollte Wertheim mit der Geiselnahme zu tun haben, dann fühlt er sich im Recht. Seine Gewalt richtet sich gegen solche, die gegen sein Regelsystem verstoßen haben. Im besten Fall toleriert das sogar das Opfer.

Das bedeutet für dich, dass die Anhänger, die jetzt instrumentalisiert werden, sich weder als Täter noch als Opfer begreifen, sondern als Teil einer höheren Gerechtigkeit. Eine Führungsperson wie Wertheim und seine Anhänger stehen in einem symbiotischen Verhältnis – Wertheims Härte erscheint ihnen als Güte. Auf Hilfe aus seinen Reihen zu hoffen, ist vergebens. Sein engster Kreis wirkt hörig. Wenn Wertheim dort sagt: »Nimm eine Waffe und töte jemanden für mich«, dann fragt der andere nicht, weshalb, sondern, wann.

Paul, ich überspitze das, damit du verstehst, wie nachhaltig die Infiltration der Anhängerschaft durch Wertheims Ideologie ist.

Er verspricht manchmal offenkundig, meist sehr subtil eine neue, bessere Welt, auf dem Weg dorthin gäbe es allerdings noch Opfer zu bringen.

Wertheim glaubt sich absolut im Recht, vor allem im Hinblick auf seinen Hass auf die Klimaschutzbewegung. Die Ursachen dafür kann ich nur vermuten, aber es geht um diese tief verwurzelte Angst, gewöhnlich zu sein. Die Forderung der Klimaschutzaktivisten, das individuelle Streben nach Wohlstand zugunsten der Zukunft der Allgemeinheit einzuschränken, bedeutet für Wertheim eine Erschütterung seiner grundlegenden Selbstsucht.

War er aus seiner armseligen Kindheit – ich überspitze auch das hier ganz bewusst – durch den Namenswechsel symbolisch entkommen, erzählt ihm nun eine junge Frau, dass sie ihn genau dahin zurückkatapultieren möchte. Paul, der Mann trägt unter seinem adretten Anzug ein unge-

heures Hasspotenzial. Sein Werte- und Moralverständnis entspringt der NS-Ideologie, und er strebt nach dem Wiedererstarken der deutschen Rasse. Sie ist innerhalb seines Glaubenssystems die einzige, die das kulturelle und intellektuelle Rüstzeug hat, die Welt aus dem Chaos zu retten. Seine Theorie: Die Welt versinkt gerade deswegen im Chaos, weil wir – als Deutsche – uns aufgrund unseres Schuldkomplexes nach dem Zweiten Weltkrieg nicht mehr trauen, die gottgewollte Führerrolle in der Welt anzuerkennen. Wir sind feige geworden, mutlos und devot. Das Chaos habt ihr jetzt vor der Tür, jetzt kommt seine große Stunde. Dieser Trick mit der Geiselnahme, mit der Aufgabe, eine Vergewaltigung aufzuklären, diese vermeintlich moralische Basis für ein großes Verbrechen – er spielt ein großes Spiel, er schafft es, innerhalb weniger Stunden grundsätzliche moralische Werte durcheinanderzubringen, und hat seine Handlanger perfekt in Szene gesetzt. Ganz normale Bürger werden darüber nachdenken, wie sie handeln würden, *wenn …*

Kurz und gut, Paul, es wird nicht möglich sein, Wertheim in kurzer Zeit argumentativ umzudrehen. Seine Einstellung ist in vielen Jahren gewachsen, soweit ich das nach kurzem Studium beurteilen kann. Du kannst dich intellektuell mit ihm messen, das ja, er wird auch diskutieren mit dir, aber sein System ist nicht brüchig. Also kann nicht die Argumentation das Ziel sein, sondern nur der sprichwörtliche Schlag ins Gesicht. Überrasche ihn, drohe ihm, bring ihn aus dem Konzept mit etwas, das von außen in sein Weltbild bricht wie ein Tornado. Du musst ihn schocken. Er darf sich massiv ungerecht behandelt fühlen. Du musst ihn mit seinen eigenen Waffen schlagen. Sei also arrogant bis zum Erbrechen, sei absolut überzeugt davon, dass du ihm überlegen bist.

✳✳✳

Wint rannte so schnell wie seit Jahren nicht mehr. Sein Verdacht, er hatte sich soeben bestätigt. Schneller, trieb er sich an. Wie damals. Er wusste sehr genau, wann er das letzte Mal so schnell gelaufen war, als ginge es um sein Leben, dabei war es um das Leben eines anderen gegangen. Um ein Kind. Sie hatten es fast eine Woche gesucht. Der Entführer hatte die letzten Tage bei ihnen im Präsidium verbracht. Immer wieder hatten sie ihn verhört, hatten sich zurückgezogen, in der Cafeteria die schlimmsten Gewaltphantasien ausgetauscht, um sich abzureagieren. Irgendwann waren Stimmen laut geworden, einer müsse die Verantwortung übernehmen und »etwas nachhaltiger« fragen. Schließlich gehe es um das Leben eines Kindes.

Wint kannte alle Argumente. Der Fall Daschner, der damals in einer ähnlichen Situation Folter angedroht und so das Entführungsopfer gefunden hatte, tot allerdings, war ihm noch in lebhafter Erinnerung. Wint wusste damals, dass die Kollegen im Stillen erwarteten, er würde handeln. Und er hatte gewusst, dass er verurteilt werden würde. Es war kein übergesetzlicher Notstand, die Würde und so weiter.

Er nahm immer zwei Stufen auf einmal. Er hatte herausgefunden, was er vermutet und gesucht hatte, vielleicht die Lösung für ihr Problem. Wenn einer es schaffen konnte, dann Sito. Er rannte. Um sein Leben, um ihrer aller Leben. Er hatte begriffen, dass sie hier getestet wurden, wie viel sie als Gemeinschaft wert waren. Wie die Norweger damals bei dem schrecklichen Attentat auf der Insel, als beinahe hundert junge Menschen getötet worden waren – sie hatten bestanden als ganze Nation.

Während Wint in das nächste Stockwerk hinaufrannte, sah er sich wieder in einer Zeitschleife mit den Kollegen mit über hundert über die Landstraße jagen. Die Sirenen zerschnitten einen nebligen Herbsttag. Die Felder sahen alle grau aus, nichts Lebendiges war in dieser entlegenen Gegend, eine Hütte tauchte in der Ferne auf. Die Angst hing an ihnen wie klebriger Regen. Wint hustete. Ihm war übel.

Sie alle hatten tagelang nicht geschlafen und kaum gegessen. Ein Fall mit einem Kind nahm sie alle mit, zermürbt und gedemütigt von den Verbrechern, nahmen sie ihre Angst zu versagen mit nach Hause. Und wenn sie ihre eigenen Kinder wohlbehalten und dankbar ins Bett brachten und sich zu ihren Partnern ins Bett legten, überkamen sie Schuldgefühle bei der Vorstellung, dass ein anderes Kind nicht dieses Glück hatte. Und das auch ihretwegen.

Sie sprangen damals aus den Wagen, ließen die Motoren laufen, die Sirenen heulen. Das Blaulicht blinkte durch den Nebel, und alles erschien Wint wie der Zeit enthoben. Es war nicht real, es passierte nicht ihm. Sie betraten die Hütte, und dann blieb alles stehen. Wint stand dort im Eingang, sah auf dem verschlissenen Sofa auf der anderen Seite des Raumes das Kind liegen, dachte, es schlafe ja doch nur. Der Teddy war ihm aus der Hand gefallen und lag am Boden vor dem Sofa. Wint liefen die Tränen über das Gesicht, er konnte nichts tun. Seine Kollegen waren an ihm vorbeigelaufen, hatten sich über das Kind gebeugt, gerufen, gestreichelt, die Hand gehalten, die Wangen geklopft, Mund zu Mund beatmet. Nichts.

Als alle draußen waren, konnte Wint wieder atmen. Er stand dort in der Hütte und hatte das Gefühl, mehrere Stunden seien vergangen. Als wäre es das Selbstverständlichste von der Welt, ging er zu dem Sofa, bückte sich, hob den kleinen Teddy auf und steckte ihn ein.

Noch ein paar Schritte bis zu Sitos Büro.

»Heinrich!«

Wint fuhr herum. Sito kam von der anderen Seite des Gangs.

»Paul«, brachte er mühsam hervor. »Ich wollte ... zu dir ... es eilt.«

»Miriam ist unter den Geiseln«, sagte Sito.

Aus Sitos Zimmer kam Woltershagen. »Es gab keinen freien Mann für ein Protokoll. Ich sollte hier auf Sie warten«, sagte er. »Hören Sie, ich will helfen, wenn ich irgendwie kann.«

»Helfen?«, rief Wint schrill. Er sah verwirrt von Woltershagen zu Sito und kratzte sich an seiner Stirn. »Der will uns helfen? Erst bringt er fünfzig Leute ... Himmel!« Erst jetzt merkte er, wie sehr er aus der Puste war. Sein Körper versuchte, auf einen Schlag den benötigten Sauerstoff zu ergattern, der ihm fehlte, und ein Zucken schüttelte ihn. Aufgewühlt wandte er sich an Sito: »Bitte, was hast du gesagt?«

»Miriam ist mit Roman Enzig in der Universität.« Sitos Stimme klang so monoton, dass Wint sich erst wieder sammeln musste.

»Ich hab die Frau auf einem Foto erkannt«, schob Woltershagen als Erklärung hinterher.

Wint sah ihn wütend an. »Oh Mann, das darf doch nicht …« Er legte Sito eine Hand auf die Schulter. »Hör mal, wir kriegen das hin. Ich hab …« Er brach ab und wandte sich an Woltershagen. »Okay, Mann, Sie wollten, dass wir die Vergewaltigungsserie aufklären. Bitte schön, haben wir.«

Woltershagen zog die Stirn in Falten. »Haben Sie?«

Wint wusste nicht, ob wirklich Erstaunen in Woltershagens Blick lag oder Resignation, weil alles zu spät war.

»Haben wir?«, fragte Sito.

Wint sah seinem Freund in die Augen. Er legte ihm jetzt beide Hände auf die Schultern. »Haben wir, ja.«

***

Konstantin Hagen beobachtete die Situation genau. Eine Frau und ein Mann standen sich im Bus gegenüber und sprachen miteinander. Sie hatten zwar ein Mikro einschleusen können, aber es übertrug das Gespräch nicht komplett. Hagen hatte nur so viel verstanden, dass er es dort mit einer Hilke und dem Bombenträger zu tun hatte und die junge Studentin versuchte, den Mann zur Umkehr zu bewegen. Sie war sehr mutig, bedacht und entschlossen. Auch hatte er gehört, dass sie an diesem Tag Geburtstag hatte. Sie tat ihm leid, nie wieder würde sie einen Geburtstag unbeschwert feiern, aber er würde alles tun, dass es nicht ihr letzter wäre.

Mit den Kollegen stimmte er gerade ab, wie man den Bus stürmen könnte, wenn dieser Mann tatsächlich der Einzige mit einem Sprengstoffgürtel war. Es war schwierig, die beiden

Eingänge waren zu schmal, als dass sie mühelos vordringen könnten. Momentan stand der Mann ungefähr zwischen den Türen, das war schlecht. Es würde etliche Sekunden dauern, bis sie drinnen waren und dann bei ihm, um ihn zu überwinden.

»Kollegen, wir lassen eines die ganze Zeit außer Acht«, begann gerade Markus Welser, der nicht nur ein Kollege beim SEK war, sondern auch ein Freund. »Konstantin, was ist, wenn der Sprengsatz ferngesteuert wird?«

Konstantin nickte. »Ich weiß, das ist eine Option. Aber weshalb dann überhaupt die Geschichte mit dem Typen?«

»Stimmt. Wir müssen also auf Wahrscheinlichkeiten bauen«, sagte Markus.

Konstantin Hagen überlegte hin und her. Die Zeit drängte. Die Truppe an der Universität hatte bereits einen Plan, deren Eingreifen hing aber maßgeblich davon ab, wie sie hier agieren konnten, denn sie mussten ja davon ausgehen, dass alles zusammenhing. Konstantin biss die Zähne aufeinander, sein Kieferknochen knackte. Er wäre lieber bei dem Trupp an der Universität als hier, lieber nur Befehlsempfänger als Befehlender, am allerliebsten wäre er zu Hause.

»Okay, diese Hilke ist vielleicht eine Chance. Wenn sie nur näher beim Ausgang wären.«

Markus zeigte auf ein Computerbild von der Beobachtungskamera. »Also, eigentlich sitzt sie hier hinten.« Er tippte mit seinem Stift darauf. »Sie ist nur ein paar Reihen weiter nach vorn gegangen, als sie die Schreiattacke hatte.«

»Wissen wir etwas über sie?«

Markus blätterte in einem Ordner, in dem zahlreiche Namen gesammelt waren. Es hatten in den letzten Stunden so viele Menschen angerufen, die Angehörige an der Universität vermuteten und vermissten, dass eine Liste mit Vermissten entstanden war. Darunter auch eine Hilke. »Hier!«, rief Markus aus und kreiste den Namen ein. »Hilke Schmid, Psychologiestudentin. Das passt ja.«

Konstantin nickte. »Offener Angriff?«

»Du meinst, wir sprechen sie direkt an? Mit Namen? Über ein Megafon?«

Konstantin hob die linke Schulter. Er erinnerte sich an die vielen Übungen, an die Sekunden vor einer Entscheidung, an den Stress, der da in einem hochkochte.

Markus legte ihm die Hand auf den Arm. »Nimm dir kurz Zeit. Du weißt, das ist unumgänglich. Moller muss warten. Bis wir so weit sind! Bis *du* so weit bist. Ich weiß, das ist echt hart heute. Aber ich bin froh, dass du unser Kapitän bist. Okay?«

»Okay.« Konstantin nickte bestätigend und atmete tief ein und aus.

»Ich hab zwischenzeitlich technisch auch alles vorbereitet, um den Bus zu entern. Ich denke, wir werfen eine Rauchbombe, sprengen und gehen rein. Ist abgesehen von der Tatsache, dass es ein Bus ist, ein Standardprogramm.« Markus lachte und klopfte Konstantin auf die Schulter. »Keine Sorge, kriegen wir hin.«

12

17 Uhr bis 18 Uhr

Und dann war es so weit. Das Video poppte auf, und wenige Sekunden später ging es los mit den Kommentaren, als hätten die Internet-User darauf gelauert. Für eine bestimmte Gruppe galt das gewiss auch. Goffer las vielfach, dass man da doch nicht überlegen durfte. Die Menschen waren außer sich, die Telefone standen nicht still.

Goffer starrte auf die Uhr, ihm war schwindlig. Er hatte nichts gegessen seit gestern Abend, dafür aber mehrere Tassen Kaffee getrunken, und das Nikotin fehlte ihm. Er spürte, dass seine Hände zitterten, in seinen Ohren rauschte es. *Scheiß-zigaretten, wenn das hier vorbei ist, hör ich auf!* Er sollte einfach einen Riegel essen und ein Glas Wasser trinken, aber ...

»Kollegen, entschuldigt, ich weiß, Rauchverbot, aber ich kann nicht mehr.« Er hielt seine Hand ausgestreckt, um die flatternden Finger zu zeigen.

Kaiser winkte ab. »Ist mir wurscht.«

Zimmermann nickte ihm zu. »Mach einfach.«

Der erste Zug war die reinste Wohltat. Ihm war, als kehrten die Lebensgeister zurück. Umgehend wurde er ruhiger. Auf seinem Bildschirm sammelten sich die Kommentare, gewalttätig, roh, abgründig. Am liebsten hätte er den Bildschirm vom Schreibtisch geschmissen.

Zimmermann schrieb gerade Namen auf einen Zettel und reichte ihn einem Kollegen mit der Bitte um sofortige Ermittlung des Aufenthaltsortes. Sie hatten freie Hand bekommen für Funkmast- und Videoüberwachungsabfragen sowie Telefonortungen, alle Ergebnisse gingen sofort an alle Einsatzleute, es war ein immenser organisatorischer Aufwand, aber ihre einzige Chance.

»Wir suchen hier nach einem potenziellen Mörder?«, fragte

Kaiser gerade und wedelte den Rauch von Goffers Zigarette zur Seite.

»Ja, wir suchen nach dem potenziellen Mörder.«

»Würde der posten?« Kaiser hatte laut ausgesprochen, was die anderen sich dachten.

Zimmermann saß da, als hätte er einen Schlag bekommen. Langsam schüttelte er den Kopf. »Würde er vielleicht nicht, es sei denn …« Er schluckte.

»Es sei denn, was?«, hakte Kaiser nach.

»Es sei denn, er weiß selbst noch nichts davon.«

Im Fernseher hinter ihnen liefen die Nachrichten – beide Veranstaltungen verzögerten sich, sowohl die Rede von Sibylle Hundhammer als auch die Rede ihres »Erzfeindes«, wie es die Nachrichten inzwischen stilisiert darstellten, Michael Wertheim. Beide wurden von einer großen Menschenmenge erwartet, die bei Sibylle war jedoch ungleich größer. Bürgermeister Auweiler, der am Vormittag einen leichten Herzinfarkt erlitten habe, sei bei Bewusstsein und verfolge die Veranstaltungen am Fernseher. In seinem Statement hoffte er vor allem auf einen friedlichen Ausgang der Ereignisse. Indessen äußerten sich sogar die großen Fernsehsender besorgt über die Entwicklungen rund um die Geiselnahme, und Stimmen wurden laut, ob man die Lage womöglich falsch eingeschätzt hatte, dass es so weit kommen konnte.

Im Netz klang das noch härter. Auf den Seiten der Rechten herrschte frappierend gut organisierte Einheit, wie Zimmermann es angekündigt hatte. Sie arbeiteten gezielt an der Verknüpfung ihrer Hetze gegen die »linksversiffte grüne Politik« und Sibylle Hundhammer und der Chance, über hundertfünfzig Menschenleben zu retten, wenn einer nur den Mut hätte …

Goffer steckte sich eine zweite Zigarette an. »Der Dreck macht mich ganz krank. Wie sieht es mit unseren Leuten aus? Müssen wir Sorge haben vor Überläufern?«

Kaiser blickte erstaunt auf. »Überläufer? Was meinst du?«

»Na, dass wir auch rechtes Gesindel in den eigenen Reihen haben!«

»Solltest du lieber nicht so laut sagen, zumindest nicht außerhalb dieser vier Wände«, mahnte Zimmermann.

»Ich weiß, mache ich auch nicht, im Moment hab ich nur eine Stinkwut in mir.« Er inhalierte den Rauch. »Was du da gerade gesagt hast, von wegen, der Mörder weiß womöglich noch nicht, dass er morden wird?«

»Die heizen die Stimmung an, und hier ...« Zimmermann drehte seinen Laptop. »Erinnert ihr euch an den Artikel auf der Seite der Naturbewahrer über den übergesetzlichen Notstand? Jetzt haben wir das noch konkreter: ein Aufsatz über die Möglichkeit, eine ›moralische‹ Entscheidung zu treffen, um viele Menschen zu retten.«

»Verdammt«, flüsterte Kaiser. »Du hattest recht. Und die kompetente Gegenrede geht wohl unter, wie?«

Goffer drückte seine Zigarette aus. »Wir müssen die Personenschützer von dieser Hundhammer durchleuchten. Diese moralische Keule mit dieser verheißungsvollen Chance auf so ein verkapptes Heldentum, ich meine, das kann doch den stärksten Mann umhauen, oder?«

***

Die Vergewaltigungsserie aufgeklärt, hatte Wint gesagt. Als Sito dann erzählte, dass er glaubte, das zweite Opfer zu kennen, hatte Wint sich erst einmal setzen müssen. Sprachlos war er, hilflos ebenfalls.

»Und nun?«, hatte Sito gefragt, während er sah, dass es bereits nach siebzehn Uhr war. Das Video war also online.

Wint hatte mit den Schultern gezuckt. »Der Fall liegt vor uns, und wir können nichts machen. Und, Paul, das Problem ist doch, dass es gar nicht mehr um die Vergewaltigung geht, oder?«

Sie beeilten sich, zu Jäger ins Büro zu kommen. Dort herrschte eisiges Schweigen. Sito musterte sie der Reihe nach. Der Polizeipräsident lehnte wieder auf der Fensterbank, die Hände in den Taschen verborgen. Ruger saß mit verschränkten Armen auf seinem zurückgekippten Stuhl rechts von ihm. Busch und Wint zur anderen Seite. Erschöpfung, Resignation und Nervosität lagen in ihren Gesichtern. Sito tauschte einen Blick mit Wint, dessen Stirn in Falten lag, tiefe Falten, die nur zur Hälfte unter dieser albernen Mütze verschwanden. Wie auf einer Bühne, schoss ihm durch den Kopf.

Zimmermann wurde per Videokonferenz auf den großen Bildschirm an der Wand zugeschaltet.

»Und? Was erwartet uns?«, fragte Jäger.

Sito wusste, dass Zimmermann seit dem Vortag im Präsidium an seinen Computern saß, er sah völlig fertig aus. »Jetzt passiert genau das, was in den Clustern radikaler Foren in den vergangenen Wochen vorbereitet wurde. Die haben das geschickt eingefädelt, den Hass quasi gebündelt, und jetzt hat sich das in Untereinheiten verteilt, die ansonsten nichts miteinander zu tun haben.«

»Genau das war das Ziel der Aktion, nicht wahr?«, fragte der Polizeipräsident.

»Exakt«, bestätigte Zimmermann. »Diese Cluster fungieren wie starke Magnete, sie ziehen sich gegenseitig an, und plötzlich haben wir auch Kommentare aus dem Ausland. Man nennt das ›Online-Fliegenfallen‹.« Er drehte den Bildschirm neben sich nach vorne, sodass alle ihn sehen konnten. Zu sehen war eine Grafik, die zeigte, wie das Video viral ging. Die Reichweite war erschreckend. »Genau das passiert jetzt«, sagte Zimmermann und drehte den Bildschirm zurück. Er meldete sich ab. Es war ein Kampf gegen Windmühlen.

Ein Kampf gegen Windmühlen. Die Worte von Wint hämmerten von innen gegen Sitos Schädel. Die Vergewaltigungsserie aufgeklärt. Sito wusste, dass darin das fehlende Puzzlestück für ihren Fall lag – nur: Was sollte er jetzt mit dieser Information anfangen?

Er dachte an die Mail von Simon Neller. *Du wirst ihn mit seinen Waffen schlagen müssen … Er darf sich massiv ungerecht behandelt fühlen …*

Massiv ungerecht behandelt, wiederholte Sito in Gedanken.

Er rutschte auf seinem Stuhl hin und her. Er sah Fred vor sich, wie der eine Marionette tanzen ließ.

»Also, was machen wir jetzt, meine Herren?« Jägers Stimme klang kratzig. Er räusperte sich.

Ruger machte eine Geste der Verzweiflung. »Sie kennen meine Meinung. Herr Busch, Sie haben mehrfach versucht, mit den Geiselnehmern zu verhandeln?«

Busch nickte.

Schweigen. Aus dem Augenwinkel konnte Sito sehen, dass Wint eine imaginäre Fliege verscheuchte. Ihm war in diesem Moment, als gäbe es kein besseres Symbol für die Aussichtslosigkeit ihrer Situation. Die Fliege, sie surrte um ihrer aller Köpfe, Wint verscheuchte sie wieder und wieder.

»Wir können also nichts …« Jäger klopfte mit beiden Händen auf den Tisch. »Wir müssen doch irgendetwas tun können. Die können doch nicht annehmen, dass wir –«

Wint schnippte mit den Fingern. »Wir rennen seit heute Morgen gegen eine Wand, und diese Wand heißt soziale Medien.«

Ruger sprang auf. »Da wird doch das Huhn in der Suppe verrückt.« Er lief auf und ab.

»Es ist der Hund«, sagte Wint, »in der Pfanne. Der wird verrückt.«

»Was?« Ruger fuchtelte durch die Luft. »Ist mir egal.« Er stemmte die Hände in die Hüften. »Was machen wir jetzt? Einfach ein wenig kommentieren bei Facebook und Co. und hoffen, dass wir keine schlafenden Mörder wecken?«

Sito betrachtete düster die Notizen vor sich auf dem Tisch. *Was um Himmels willen soll ich tun?*

Im Hintergrund liefen ohne Ton verschiedene Beiträge von den heutigen Großereignissen. Das Leben in ausschnitthafte Bildformate portioniert, Szenen von der Rheinbrücke, übervoll mit Menschen, Nahaufnahmen von singenden Gesichtern, dann ein Cut hinüber zu hassverzerrten Gesichtern – die Zusammenstöße auf der Laube, Schlägereien in der Innenstadt, eine blutige Stirn, Fäuste in der Luft. Und wieder zurück zu den Jubelnden.

Als Nächstes war Sibylle zu sehen. Es war kein Livebild,

sondern stammte vom Vormittag aus ihrem Hotelzimmer. Sito kannte den Beitrag. In der Fußzeile lief die Schlagzeile, dass die Klimaaktivistin die Demonstration aus Sicherheitsgründen vorzeitig verlassen habe. Gleich würde Sibylle lachen und zur Seite blicken. Jetzt. Die blaue Schleife leuchtete aus dem Bild. Sito bekam eine Gänsehaut.

»Paul?« Jägers Stimme klang verzweifelt. »Was sollen wir machen? Herr Wint? Haben Sie noch eine Idee?«

Schnitt. Das nächste Bild zeigte Michael Wertheim.

»Könnten Sie bitte den Ton anstellen?« Sito war wie elektrisiert. Er wusste, alles strebte einer Entscheidung entgegen. Die Zeit, dieser Tag, das Leben, sie waren kompromisslos.

Siegessicher lächelte Wertheim in die Kamera, sprach von Wende und Triumph und Neuanfang. Keine Spur eines Zweifels umgab ihn.

Sitos Gedanken kreisten wie in einem Karussell. Sie wurden immer schneller. »Du wirst ihn mit seinen Waffen schlagen müssen«, hatte Neller geschrieben. Doch was waren die Waffen eines Michael Wertheim? Marionetten, man kann sie an Fäden steuern, sie lenken, wie man will. Nichts anderes passierte mit den Nutzern der sozialen Medien. Sito sah Wertheim in seinem Anzug, und dann, ganz plötzlich, sah er noch etwas anderes: Michael Wertheim schob gerade einen jungen Mann vor die Kamera und stellte ihn stolz vor. Dort stand der Sohn von Michael Wertheim, Sebastian Greven, ein hochgeschossener junger Mann, um einen Kopf überragte er den Vater, muskulös war er wie ein Schwimmer, die Haare in einem adretten Seitenscheitel gelegt, das makellose Grinsen des Vaters.

»Er ist hier«, sagte Sito und starrte gebannt auf den Bildschirm. »Heinrich, sieh doch, er ist hier!« Sito sprang von seinem Stuhl auf. »Jetzt haben wir ihn.«

»Was meinen Sie?«, fragte Jäger.

»Rufen Sie den Innenminister an. Er soll die Rede von Wertheim stoppen. Ich brauche *jetzt* das Gespräch mit ihm.«

»Okay«, sagte Jäger und griff umgehend zum Telefon.

Sito sah zu Wint. »Kommst du?« Es war viel mehr als eine

Frage nach Begleitung. Wint zögerte nicht. Er zog seine Mütze etwas weiter in die Stirn und stand auf. Egal, was nun passieren würde, er wäre auf seiner Seite.

Sito atmete tief durch. »Ich übernehme ab jetzt für alles die Verantwortung«, erklärte er.

Wint erhob sich, legte Zeigefinger und Mittelfinger der rechten Hand zum Gruß an die Stirn und sagte: »Möge es gelingen.« Dann folgte er Sito nach draußen.

»Gott steh uns bei«, murmelte Jäger und sah wieder hinunter zu dem Bus, der reglos wie eine lauernde Katze vor einem Mauseloch auf dem Parkplatz stand.

**

»Glaubst du, wir tun das Richtige?«, fragte Sito, als er den Wagen durch die Menge vor dem Polizeipräsidium steuerte. Ein Polizeiwagen mit Blaulicht musste ihnen den Weg frei halten.

»Ich weiß ja noch nicht einmal genau, was wir hier tun.« Wint grinste schief und rückte seine Mütze hin und her. »Aber ich bin dabei.«

Sito betrachtete ihn. »Wenn das heute vorbei ist, verrätst du dann, was es mit dieser Mütze auf sich hat?«

Wint sah überrascht zur Seite. »Wieso? Was meinst du?«

»Schon gut. Bevor wir zu Wertheim fahren, treffen wir noch jemand anderen.

Wint nickte. »Das hab ich mir schon gedacht.« Er sah aus dem Fenster rüber zu den Demonstranten. »Sie werden bald da sein.« Er drehte sich zu Sito. »Du weißt, das ist alles nicht endgültig bewiesen. Wenn wir falschliegen, dann gnade uns Gott.«

»Wie bist du eigentlich drauf gekommen?«

Wint tippte sich mit dem Finger auf die Nase. »Mein Riecher hat mir das gesagt. Es war die einzig logische Erklärung für vieles.«

»Tatsächlich?«

»Na ja, das und die Tatsache, dass es einen Namen gab, der

nur in der ersten Befragung auftauchte und dann nicht mehr. Das ist ungewöhnlich, erst recht, wenn die Befragung nicht schlüssig war. Also hab ich nachgeforscht.«

»Okay. Er trägt den Namen seiner Mutter?«

»Offenbar. Aber Paul, noch einmal, ich habe keine Beweise, es war schlicht das Naheliegende, und Woltershagen hat vorhin nicht mit der Wimper gezuckt.«

»Du meinst, er wusste davon?«

»Gut möglich. Überleg doch mal, das ergibt alles Sinn. Einen verrückten und geradezu unverschämten, aber doch einen Sinn. Aber wir haben nichts in der Hand.«

Sito wusste das. Aber er wusste auch, was Neller ihm geraten hatte. Und es war ihre einzige Chance. Er sah aus dem Fenster. Eine Gruppe junger Demonstranten lief mit Plakaten an ihrem Auto vorbei. »Meinst du, dass wir das alles noch aufhalten können?«

»Die?«, fragte Wint.

»Quatsch, natürlich nicht die Demonstranten. Ich meine die anderen, die Gegner, Menschen wie Wertheim.«

»Für heute vielleicht, aber grundsätzlich … Willst du meine ehrliche Meinung?«, fragte Wint.

»Natürlich, Heinrich, die will ich immer.«

»Nein, können wir nicht. Der Mensch ist schlicht nicht dazu geeignet, friedlich zu leben.« Wint zuckte die Schultern und deutete auf seine Mütze. »Vielleicht trage ich deswegen eine Mütze. Ich hab Kopfschmerzen, wenn ich an diesen Wertheim denke.« Er machte eine Pause und schnaubte leise. »Weißt du noch, wann wir das letzte Mal gemeinsam im Auto saßen?«

Sito nickte.

»Damals waren meine Gedanken nicht trüber als heute, aber heute … Ich bin nicht so ein Misanthrop, wie du denkst. Als wir da vorhin sprachen, mit Jäger und so, also, na ja, wenn man Wertheim erschießen müsste, um die anderen zu retten, also, ich würde –«

Sito hielt den Zeigefinger vor seinen Mund. »Sei lieber still, Heinrich. Besser kein Wort –« Er hielt inne. »Heinrich!«

»Was?«

Sito klopfte aufs Lenkrad. Er hatte einen Plan gehabt, wie er mit Wertheim reden würde, damit dieser die Menge zur Ruhe bewegte, damit niemand zum Mörder wurde. Aber das war nicht ausreichend als Druckmittel. Eine Erpressung reichte nicht, er musste dieselben Waffen benutzen, es musste um Leben und Tod gehen. Er musste dieselbe Kaltschnäuzigkeit an den Tag legen, die Wertheim besaß. Marionetten, besorg dir einfach auch Marionetten, hatte Fred gesagt und recht gehabt. Sito schlug noch einmal aufs Lenkrad.

»Himmel, Heinrich, du hast absolut recht.«

»Paul, ich mag deine Euphorie sehr, aber, ich fürchte –«

»Du würdest Wertheim erschießen, nicht wahr? Du würdest darin für dich einen übergesetzlichen Notstand erkennen und einen Entschuldigungsgrund sowieso. Und weißt du auch, weshalb?«

»Weil Wertheim ein mieser Typ ist?«, fragte Wint und grinste wieder.

»Nicht nur. Vor allem, weil deine Moral nicht bedroht werden würde, hab ich recht?«

Wint legte die Stirn in Falten und musterte Sito. Langsam breitete sich ein Lächeln auf seinem Gesicht aus. »Wir spielen also mit.«

»Wir beteiligen uns nicht nur, Heinrich«, erklärte Sito, »wir werden gewinnen.«

»Und wenn nicht, dann werde ich das, was hier unausgesprochen im Raum steht, ausführen.«

✳✳✳

Otto Behringer lobte sich für seinen Spürsinn. Der Anruf von der Polizei übertraf zwar seine schlimmsten Befürchtungen, gab ihm jedoch insofern recht, dass es für Sibylle Hundhammer waghalsig gewesen wäre, die Demonstration weiter anzuführen. Nur hatten sie jetzt ein ganz anderes Problem. Der Polizeipräsident persönlich hatte ihn angerufen und weitere

Personen zur Sicherheit von Sibylle Hundhammer versprochen. Auch werde der Weg zum Bodenseeforum gut überwacht. Das gesamte Publikum würde sich einer weiteren Kontrolle unterziehen müssen, alles zog sich noch mindestens eine Stunde in die Länge. Sibylle würde nicht vor Ablauf des Ultimatums reden können, das hatten die Veranstalter mitgeteilt. Weiteres Sicherheitspersonal gefiel Behringer indessen gar nicht. Er suchte sich seine Mitarbeiter gern selbst aus.

Behringer sah sich das Video an, las ein paar der Kommentare, las auch die Verlinkung zu dem Beitrag über den übersetzlichen Notstand und hatte umgehend eine vage Vorstellung, was die Drahtzieher des Ganzen im Sinn hatten. Was er zuvor nur als Gerücht gehört hatte, war also Realität. Er wusste, was auf dem Spiel stand. Die großen Wahlen lagen vor ihnen, die Stimmung im Volk war aufgewühlt, es bestand die Chance, dass alte Zöpfe fallen würden, es bestand die Hoffnung, dass die Vernunft siegte.

Behringer hatte sofort ein Lied im Kopf, von Reinhard Mey, »Vernunft breitet sich aus über die Bundesrepublik Deutschland«.

Ja, dachte er, das stand unmittelbar bevor. Sibylle war ähnlich wie Greta zu einer Galionsfigur für den Wandel gewachsen, sie war Projektionsfläche für die Hoffnung einerseits und all den Hass andererseits geworden. Es war im Grunde nichts anderes als bei Greta, die geliebt und gehasst wurde, die polarisierte wie kaum jemand anderes und aus erwachsenen Menschen wutschnaubende und trotzig mit dem Fuß aufstampfende Kinder machte. Erwachsene Männer hatten auf ihre SUVs »Fuck you, Greta« geklebt. Sie hassten es, dass eine junge Frau es wagte, ihnen Vorschläge für ein sinnvolleres Leben zu machen. Behringer schämte sich für seine Altersgenossen.

Sein Gaumen kitzelte. Als Personenschützer musste er immer auf das Schlimmste vorbereitet sein, aber dieses Mal ging es nicht einfach um eine Person, sondern um eine Zukunft. Dieses Mal hatte er auch nicht einfach einen Gegner, den er im Auge behalten musste, nein, dieses Mal hatte er eine undurchsichtige Menge, die willkürlich einen Gegner hervorbringen würde.

»Was ist los?«, fragte Sibylle gerade.

Sie saß im Auto schräg hinter ihm auf der Rückbank. Er hatte das so bestimmt. Es war sicherer als vorne hinter der Windschutzscheibe. Sie hatten kurzfristig den Kurs geändert und waren am Sternenplatz in Richtung Mainaustraße gefahren. Kurz vor der Evangelischen Pauluskirche bogen sie nach rechts ins Musikerviertel ab. Auf der Reichenaustraße wäre zu viel los gewesen, und Behringer wollte Sibylle so lange wie möglich von der Menge fernhalten, jetzt ohnehin.

»Wo fahren wir hin?«, erkundigte sich Sibylle. »Sollten wir nicht langsam zum Bodenseeforum?«

»Noch nicht. Es gibt weitere Verzögerungen«, antwortete Behringer wortkarg.

»Otto, ich kenne Sie jetzt ja schon eine Weile. Was ist los?«

Mit der Zunge versuchte Behringer, seinen Gaumen zu erreichen, das Kitzeln wurde unerträglich. Er kramte in seiner Jackentasche nach einem Bonbon, wickelte es umständlich mit einer Hand und unter Zuhilfenahme der Zähne aus, ließ es in den Mund fallen und begann, eifrig zu lutschen.

»Otto«, wiederholte Sibylle drängend.

»Es gibt Probleme.«

»Das ist nicht neu. Welcher Art?«

Er staunte über Sibylles ruhige Art. Sie schien ihre Nervosität auf der Rheinbrücke zurückgelassen zu haben. Er überlegte, ob er ihr etwas von dem Ultimatum erzählen sollte, von seinem Gespräch mit dem Polizeipräsidenten und dem Innenminister. Von der Garantie der beiden Männer, dass sie alles erdenklich Mögliche tun würden, um das Leben von Sibylle zu schützen. Von dem Zynismus, dass man so etwas garantieren musste …

Behringer schluckte. Wenn er Angehörige in diesem verdammten Bus hätte oder dort an der Uni – was würde ihm jetzt durch den Kopf gehen?

»Also?« Sie beugte sich vor und legte ihm die Hand auf den rechten Arm.

»Die Bedrohungssituation ist konkreter als noch am Mittag.«

»Aha. Und das heißt?«

»Die Polizei macht sich Sorgen. Die werden jetzt noch einmal das Bodenseeforum kontrollieren und uns dann grünes Licht geben.«

Sibylle nickte. »Gut, dann bleiben wir solange hier?« Sie waren in einer Seitenstraße der Neuhauser Straße am Rand stehen geblieben. »Spazieren ist nicht, oder?«, fragte sie und grinste Otto im Rückspiegel an. »War nur ein Spaß. Ich geh einfach noch einmal meine Rede durch oder poste bei Facebook.«

Schnell drehte sich Behringer um und legte seine Hand auf ihre. »Das besser nicht, muss keiner wissen, wo wir stecken.«

Sibylle sah ihn durchdringend an. »Sie wissen, dass ich Ihnen beinahe blind vertraue, Sie würden mir doch sagen, wenn es noch ein anderes Problem gibt, oder?«

Behringer musste nicht lange überlegen. »Ja, das würde ich. Ich will hier meinen Job gut machen, ich bringe Sie zu Ihrer Rede, koste es, was es wolle.«

Behringer sah in den Rückspiegel. Hinter ihnen stand ein weiterer Wagen seiner Truppe mit zwei weiteren Bewachern, ansonsten konnte er auf der ganzen Straße nur eine Katze sehen, die am Straßenrand saß und sich offenbar nicht entschließen konnte, hinüber zur anderen Seite zu laufen. Vor ihm war es ebenfalls still.

Er wartete. Nach einigen Minuten bog ein Auto um die Ecke. Ein grauer Wagen, unauffällig, wie angekündigt. Er kam langsam auf sie zugefahren und blinkte mit dem Licht einmal auf.

»Was will der? Bekommen wir Besuch?« Sibylle klang alarmiert. »Otto? Sehen Sie das?«

Er sah es, blinkte einmal zurück. Den Männern im hinteren Wagen machte er ein Zeichen, dass alles okay war. Der graue Wagen hielt direkt vor ihnen. Zwei Männer saßen darin. Der Mann von der Fahrerseite stieg als Erster aus und kam auf ihr Auto zu. Der zweite folgte. Behringer lehnte sich wieder nach hinten und legte Sibylle die Hand auf den Arm. »Wird alles gut, keine Sorge.« Dann stieg er entschlossen aus und lief mit schnellen Schritten auf die beiden zu.

***

Unweigerlich und unerbittlich lief dieser Tag einem Ende entgegen. Enzig hatte eine Nachricht von Sito erhalten mit der Frage, ob tatsächlich Miriam unter den Geiseln sei. Er hatte mit »Ja« geantwortet und beim Absenden innerlich gebebt, weil er sich vorstellen konnte, was in Sito jetzt ablief. Es musste die Wiederkehr eines Alptraums sein.

Die Studenten verhielten sich ruhig. Insgesamt schien es so, als wären sie in der Phase der Akzeptanz – sie fügten sich in ihr Schicksal. Als alle gehört hatten, dass das Ultimatum um achtzehn Uhr ende, hatte sich irrtümlicherweise Erleichterung breitgemacht. Vielleicht weil die Studenten wirklich hofften, dass die Polizei sie retten werde. Enzig vermutete, dass die meisten die Tatsache verdrängten, dass die Polizei dafür jemanden umbringen sollte.

An Sito schrieb er: »Wann stürmt ihr?«

Miriam hatte noch zweimal versucht, mit einem der Geiselnehmer zu reden, doch während die beiden Türsteher einfach stumm zu sein schienen, hatten sich die beiden Männer im Gang recht stumpfsinnig hinter Jürgen positioniert. Hans dagegen wirkte sehr angegriffen.

»Ihr habt keine Chance«, sagte Enzig laut und deutlich. Er gab Miriam ein Zeichen, sich an Hans zu wenden.

»Interessiert hier keinen, was du denkst«, antwortete Jürgen.

»Ich würde noch einmal Verhandlungsbereitschaft zeigen. Lasst ein paar Geiseln frei. Sprecht mit der Polizei.« Enzig ging auf Jürgen zu. »Ich kann das gern übernehmen, ehrlich. Wir wollen –«

»Jaja, ich weiß schon. Wir wollen dasselbe.« Jürgen sah auf seine Uhr. »Wir werden ja sehen.«

»Habt ihr Kinder draußen? Frau und Familie?«

Jürgen kniff die Augen zusammen. Enzig konnte sehen, dass Hans den Kopf leicht senkte.

»Du hast eine Familie?«, sprang Miriam sofort an. »Wie viele Kinder hast du denn?«

»Zwei«, sagte Hans leise. »Zwillinge.« Er flüsterte nur noch.

Jürgen fuhr herum. »Was wird das hier? Kaffeeklatsch? Deine Bälger haben dich an den Rand des Verstandes geführt. Ha!« Er wies mit dem Gewehr auf Hans. »Der hatte keinen Job und musste Windeln wechseln.«

»Ein Kind aufzuziehen, ist nichts Unehrenhaftes«, erklärte Enzig. »Im Gegenteil.«

»Wie alt sind deine Kinder?«, fragte Miriam.

»Eineinhalb«, sagte Hans zaghaft.

»Schluss jetzt. Hört sofort auf. Ich weiß, was das werden soll«, schrie Jürgen und stieß Enzig zurück. Der taumelte und hob entschuldigend die Hand.

»Ganz ruhig, Jürgen. Ganz ruhig. Ich will nur helfen. Hast du keine Familie?«

»Geht dich 'n Scheißdreck an.«

»Tut mir leid, also keine Freundin.« Enzig wusste, dass er provozierte, aber je unlogischer Jürgen vorging, desto rationaler würde Hans denken können.

»Hä? Hör mit dieser verfickten Scheiße auf«, schimpfte Jürgen und zerrte an seiner Maske.

»Unerträglich heiß hier, nicht wahr?«, fragte Enzig und rieb sich über das Gesicht. »Muss schrecklich sein mit der Maske.«

Miriam öffnete die Flasche Wasser. Es zischte. Jürgen fuhr herum.

»Alles okay, war nur Wasser«, erklärte Hans. »Kann ich dich mal sprechen?« Hans bedeutete Jürgen, an die Seite zu treten. Enzig konnte nicht verstehen, was sie redeten, aber da auch die anderen alle auf ihren Plätzen und beschäftigt waren, nutzte er die Gelegenheit und machte ein Foto, das er Sito schickte. »Links Jürgen, brutaler Chef, rechts Hans, der kippt eventuell. Gang und Tür, übliche Position«, schrieb er dazu. Jedenfalls hoffte er, dass Sito seine blind getippte Botschaft entschlüsseln konnte.

Das Gespräch zwischen Jürgen und Hans wurde lauter.
»So war das nicht abgesprochen«, sagte Hans. »Ich hab auf
diesen Scheiß keine Lust mehr.«

»Och, keine Lust also? Du landest dafür schon im Knast.
Und wenn nicht, dann wieder bei deiner Alten mit den Blagen.«
Hans ließ den Kopf hängen. Enzig wusste, dass er sich im
Moment sicherlich nichts mehr wünschte, als seine beiden Kinder im Arm zu halten.

»Wir sollten verhandeln, der Doc hat recht.« Er sah verstohlen zu Enzig herüber, und Enzig nickte ihm zu.

Jürgen zerrte an ihm und sprach wieder leiser. Enzig stand
auf und sagte mit durchdringender Stimme. »Ich denke, es ist
eure einzige Chance.«

Jürgen kam auf ihn zu. »Du gehst mir so was von auf den
Senkel. Unsere einzige Chance? Weil sonst was passiert?«

»Die Polizei wird stürmen und euch im schlimmsten Fall
alle erschießen«, sagte Enzig, und in seiner Stimme lag nicht
der Hauch eines Zweifels.

Jürgen lachte schrill auf. Hans im Hintergrund hielt sich die
Hände vors Gesicht. Die Gruppe der Studenten saß ganz still
da. Sie hatten diese Möglichkeit offenbar noch nicht durchdacht. Kein Geräusch war zu hören. Jürgen zog seinen Kragen
zurecht und kratzte sich. »Wie kommst du darauf? Und was
zum Teufel macht dich so sicher?«

Enzig zuckte mit den Schultern. »Was sollen die sonst machen? Sie verlangen etwas, worüber die Polizei nicht nachdenken darf. Die Polizei begeht keinen Mord. Egal, wie viele
Menschen sie damit vermeintlich retten könnte. Das geht nicht,
versteht das doch endlich.«

»Das interessiert mich nicht.« Jürgen wehrte barsch ab.

»Hör mal, Jürgen, die Polizei verhandelt nicht mit Terroristen.«

»Wir sind keine Terroristen.«

»Freilich seid ihr Terroristen. Ihr verlangt etwas Unerfüllbares. Ergo bleibt der Polizei nur der Sturm.«

Ein Raunen ging durch den Raum.

»Unerfüllbar?«

»Die Polizei begeht keinen Mord«, wiederholte Enzig.

Jürgen baute sich vor Enzig auf. Langsam nahm er seine Maske ab und grinste breit über sein pockenvernarbtes Gesicht. »Das muss sie auch gar nicht. Egal, was sie machen. Am Ende wartet einer und wird dieser Schlampe eine Kugel verpassen. Das ist so sicher wie das Amen in der Kirche.«

∗∗∗

Sibylle saß auf der Rückbank des Wagens und beobachtete zwischen den Sitzen hindurch die groteske Szene. Die beiden Männer waren ausgestiegen, der eine hinkte leicht, so kam es ihr vor. Sie begrüßten Otto. Weshalb hatte er sie wieder gesiezt? War die Nähe von vorhin einer professionellen Distanz gewichen? Oder entfernte er sich von ihr und seiner Aufgabe? Was, wenn man sie beseitigen wollte? Sibylle sah sich um – das Auto hinter ihnen war verschwunden. Sie sah zu beiden Seiten aus den Fenstern, dann wieder nach vorne. Otto nickte ihr zu. Sibylle zog den Kopf ein.

Ihr war längst klar, dass irgendetwas passiert sein musste. Otto benahm sich merkwürdig. Es konnte nicht allein daran liegen, dass die Gefahrensituation konkreter geworden war. Was meinte das überhaupt? Gab es eine neue Morddrohung? Eine, die beängstigender war als die anderen davor? Sibylle wollte ihr Handy aus der Handtasche kramen, doch es war weg. Sie starrte in die Tasche, wühlte darin herum, vergeblich. Otto musste es eingesteckt haben. Das ging entschieden zu weit. Sie wollte schon aus dem Auto stürmen und Otto zur Rede stellen, da kam einer der beiden Männer zum Wagen und öffnete die Tür neben ihr.

»Darf ich?«, fragte er und stieg zu ihr ein.

Sie sah zu Otto, der wieder nickte. Der Kloß in ihrem Hals wurde immer größer. Er hat die Seiten gewechselt, dachte sie, er hat es getan.

»Ich bin Hauptkommissar Paul Sito. Wir müssen uns dringend unterhalten.«

Sibylle atmete erleichtert aus. Ein Hauptkommissar. Sicher würde sie gleich erfahren, weshalb Otto ihr Handy eingesteckt hatte. »Worum geht es?«

»Um die Vergewaltigung im letzten Sommer. Um *Ihre* Vergewaltigung.«

Sibylle blieb der Mund offen stehen. Ihr Magen krampfte sich zusammen, und in ihren Ohren rauschte es. Sie meinte plötzlich, das Rascheln der Blätter unter ihren Händen wieder zu hören, die Feuchtigkeit zu riechen. In ihrem Unterleib brannte es, sie rutschte auf dem Sitz hin und her und spürte, dass ihr heiß wurde. Dieser Hauptkommissar war der erste Mensch, der sie auf die Vergewaltigung ansprach, einfach so, ohne Vorwarnung. Jetzt legte er ihr die Hand auf den Arm.

»Ich weiß, das kam jetzt sehr unvermittelt, aber uns läuft die Zeit davon, und ich brauche eine Aussage von Ihnen.«

»Was? Aber wieso, ich meine …« Sibylle kam nicht weiter. Ihr war, als lägen die fremden Hände wieder auf ihrem Hals, als stünde da dieser Mann und beschmutzte und beschimpfte sie. Ihre Hände schmerzten, ein Gefühl des Ekels floss durch ihren Körper. »Wieso?«, flüsterte sie noch einmal.

Und dann erzählte ihr dieser Hauptkommissar von der Geiselnahme an der Universität, von der sie bereits gehört hatte, und dass der Geiselnehmer eine Vergewaltigungsserie aufgeklärt haben wollte, dass der Geiselnehmer Theodor Woltershagen gewesen sei. Und er erzählte von dem Bus, der vor dem Präsidium stand.

Das Gerücht war also wahr, dachte Sibylle. Otto hatte recht gehabt.

Und schließlich erzählte er von dem Ultimatum, von der Forderung, sie, Sibylle, umzubringen, um die Geiseln und die Menschen im Bus zu retten.

Ihre Kehle war so trocken, dass sie kaum noch schlucken konnte. Sie dachte an das Sperma in ihrem Mund, schleimig und gleichzeitig schwer wie Steine. Es würgte sie, ihr Atem beschleunigte sich.

Hilflos zuckte sie mit den Schultern. »Wie sind Sie denn

auf mich gekommen? Ich meine, darauf, dass ich vergewaltigt worden sein könnte.«

Sito sah sie mitfühlend an. Aus seiner Jackentasche zog er ein kleines Tütchen. Darin lag eine blaue Schleife.

Sie presste sich die Hand vor den Mund. »Das kann nicht wahr sein.« Ihre Hand griff nach dem blauen Band in ihrem Haar. »Es sollte mir Glück bringen heute.« Sie schloss kurz die Augen. »Und mich immer daran erinnern. Verrückt, oder? Andere wollen es vergessen, ich wollte mich daran erinnern, weil es mich –«

»Abgehärtet hat?«, fragte Sito vorsichtig.

»Irgendwie schon. Das Verrückte ist nur, dass es sich meiner Erinnerung immer wieder entzieht.« Sie hob hilflos die Schultern. »Ein Schutzmechanismus, ich weiß.«

Er nickte. »Ich habe die Schleife am Uferweg zur Mainau gefunden. Das heißt, mein Hund hat sie gefunden. Zeus.«

»Zeus.« Sie lächelte, und Tränen liefen ihr über die Wangen. »Ich konnte damals keine Anzeige … Das verstehen Sie doch.«

»Eigentlich nicht.«

»Niemand hätte mir geglaubt. Ich hätte nicht diesen Weg …« Sie zuckte wieder mit den Schultern und sah nach vorne zu Otto Behringer, der sie genau im Auge behielt. »Am Tag danach kam die Anfrage vom Fernsehen für eine Talkshow. Und ein Interview. Es ging richtig los. Hätte ich Anzeige erstattet, dann wäre es nur noch um die Vergewaltigung gegangen. Und den Täter.«

Sibylle hob die Hand zum Gruß, und Behringer erwiderte die Geste. Wäre er im letzten Sommer schon an ihrer Seite gewesen, wäre es nie so weit gekommen. Sie erschrak. »Sie denken, die anderen Frauen wären nicht Opfer geworden, wenn ich …?« Sie spürte, dass ihre Lippen bebten, und sie konnte den Mund nicht schließen. Noch mehr Tränen. Es schmeckte salzig. Otto trat unruhig von einem Fuß auf den anderen. Wie hatte sie auch nur einen Moment an ihm zweifeln können?

»Sibylle, das ist jetzt nicht das Entscheidende. Niemand kann wissen, wie die Dinge gelaufen wären. Wir müssen jetzt handeln.

Jetzt, verstehen Sie?« Er legte ihr die Hand auf den Arm. »Ich brauche jetzt eine Aussage von Ihnen.«

Er holte sein Handy aus der Tasche. »Auf Video. Und die Erlaubnis, es auch zu veröffentlichen.«

Sibylle ließ sich in den Sitz zurückfallen. »Ich soll das alles öffentlich erzählen?«

»Es ist unsere einzige Chance.« Sito sah auf die Uhr. »Wir haben leider nicht mehr viel Zeit.« Er hielt Sibylle seine Hand entgegen. »Sie haben mein Wort. Es ist mein einziger Trumpf im Ärmel.«

⁎⁎

Sito startete den Motor und grüßte Behringer im Vorbeifahren. Sibylle hatte ihm von der Vergewaltigung erzählt, eine Kurzfassung, und ihn noch einmal gebeten, das Video nur im äußersten Notfall zu verwenden.

»Und?«, fragte Wint, während er sich gurtete.

»Sie ist eine beeindruckend starke Frau«, erklärte Sito.

»Wir hatten also recht?«, fragte Wint.

Sito nickte. »Du hattest recht, Heinrich, du hattest den richtigen Riecher.« Sito steuerte den Wagen und wurde auf der Mainaustraße von einem Polizeiwagen in Empfang genommen. Überall waren Menschen und Polizeibeamte, die Stadt war so voll, wie Sito sie noch nie gesehen hatte. »Du hast Zimmermann und sein Team instruiert?«

»Es ist alles geregelt«, entgegnete Wint.

»Gut. Dann haben wir jetzt alles, was wir brauchen.«

Wint schob seine Mütze aus der Stirn. »Es ist ein Spiel an einem seidenen Faden.«

Sito blickte zur Seite. »Du musst das nicht tun. Ich habe gesagt, ich übernehme die Verantwortung.«

Wint grinste. »Das machst du gern, nicht wahr?«

»Was meinst du?«

»Na, du bist gern der Märtyrer.«

Sito zog die Augenbrauen hoch. »Denkst du das von mir?«

Wint sah Sito ernst an. »Ja, Paul, das denke ich von dir. Und weißt du was? Ich glaube, dass ich auch in dieser Angelegenheit den richtigen Riecher habe. Du gibst dir für etwas die Schuld, und deshalb macht es dir nichts aus, in solchen Momenten den Märtyrer zu geben. Die Frage ist nur, ob es immer die richtige Wahl ist.«

»Oh«, entfuhr es Sito, aber er sagte nichts mehr dazu, sondern konzentrierte sich auf die Straße. Jäger rief an und teilte über Lautsprecher mit, dass Wertheim ihn erwartete, aber tobte. Der Innenminister sei in großer Sorge, das Ganze wurde auf entsprechenden Seiten im Netz und auch bei den Fernsehsendern schon als Hinhaltetaktik kommuniziert.

Wint zeigte nach vorne. »Hup mal, das dauert alles zu lange. Wo müssen wir noch mal hin?«

»In das Gasthaus Zum springenden Bock in Allmansdorf.«

Wint machte wieder eine wütende Bewegung in Richtung der vor ihnen schleichenden Autos. Er fuhr das Seitenfenster nach unten und schrie aus dem Auto: »Fahrt endlich mal zur Seite, wir haben Blaulicht, ihr Idioten!«

Tatsächlich wurde er erhört, und Sito konnte endlich beschleunigen.

Die Häuser rasten an ihnen vorbei, dazwischen Gesichter und über allem die Sirene. Er dachte an Miriam, die mit Enzig in der Universität saß, und an all die Kollegen, die versuchten, Sibylle zu schützen. Und dann dachte er an Michael Wertheim, dem er gleich entgegentreten würde. Sein Gegner. Ein Duell, bei dem es nur einen Sieger geben konnte. Rücken an Rücken, die Waffen gleich verteilt. Nur wenige Schritte, dann –

»Paul?« Wints Stimme klang sehr ruhig.

»Ja?«

»Darf ich dich was fragen?«

Sito nickte vorsichtig und machte sich auf die Frage gefasst.

»Hast du damals geschossen?«

Sito schlug mit der flachen Hand auf das Lenkrad. »Weshalb fragst du mich das jetzt?«

»Schon gut.« Wint winkte ab und legte wieder seinen Kopf

an das Seitenfenster. »Du meinst, du kannst Wertheim überzeugen?«

»Wenn nicht, weißt du, was ich tun werde.«

»Ja, ich weiß. Und ich stehe zu meinem Versprechen.«

Sito parkte vor dem Gasthaus. Eine riesige Menschenmenge stand davor. Auch hier waren Vertreter der Presse. Die Polizisten kamen zu ihrem Wagen, um ihnen den Weg zu bahnen.

Bevor Sito ausstieg, hielt er Wint am Arm zurück. »Ich will kein Märtyrer sein. Ich will mit Miriam eine Zukunft.« Er senkte kurz den Blick, bevor er mit fester Stimme hinzufügte: »Aber du hast recht, meine Schuld werde ich nicht mehr los.«

✳✳✳

Jäger und Ruger standen im Büro des Polizeipräsidenten am Fenster. Der Bus dominierte diese Aussicht schon so lange, dass er ihnen beinahe normal vorkam, die grausame Realität hatte ihren Schockmoment eingebüßt.

»Wir können stürmen?«, fragte Ruger.

Jäger nickte, doch seine Mimik verriet, dass er noch nicht bereit dazu war. »Die Prognosen sind nicht ideal.«

»Wann sind sie das schon bei einem Sturm?«, erwiderte Ruger lapidar.

»Wir warten auf die Nachricht von Sito«, bekräftigte Jäger und verschränkte die Arme. »Der Innenminister unterstützt das.«

»Klar unterstützt er das.« Ruger lehnte sich an die Fensterbank. »Der Innenminister hätte das alles hier heute Morgen schon −«

»Er sitzt zwischen den Stühlen, Ruger«, sagte Jäger scharf.

»Fragt sich nur, zwischen welchen.« Ruger kratzte sich geziert an der Schläfe. »Ich muss diese Entscheidung eh nicht treffen. Ich habe auch Sito nicht −«

Jäger sah erbost zur Seite. »Sie haben nichts beauftragt, schon klar, für die Akten. Sito handelt eigenmächtig, das hat er ausdrücklich gesagt. Der Mann hält wie immer seine Knochen hin.«

Nein, weit mehr als nur die Knochen. Ich weiß auch nicht, was er genau vorhat, aber ich weiß, dass, wenn er sagt, dass er ihn drankriegt, er auch was Handfestes vorzuweisen hat.«

»Jetzt überhöhen Sie ihn mal nicht so.«

»Ich überhöhe ihn nicht, aber ich habe eine Scheißangst, dass uns das Ding um die Ohren fliegt, verstehen Sie?« Der Polizeipräsident rieb seine Hände vor dem Gesicht und blies auf seine Finger.

»Das verstehe ich sogar buchstäblich«, entgegnete Ruger. Mit einem Nicken in Richtung Jägers Hände fragte er: »Was haben Sie mit Ihren Händen? Ist Ihnen kalt?«

»Der Stress vermutlich«, murmelte Jäger und steckte seine Hände schnell in die Hosentaschen.

Eine Minute war es vollkommen still, dann sahen die beiden gleichzeitig zur Uhr und holten ihre Smartphones. »Moller ist bereit«, las Jäger vor und: »Zusammenstöße in der Innenstadt.«

»Die Nachrichten berichten über die tickende Zeitbombe. Die Krankenhäuser der Umgebung halten sich bereit. Die Zufahrtswege zur Universität und zu uns sind frei gehalten«, berichtete Ruger, der ebenfalls sein Smartphone studierte. »Was hat Sito vor? Weshalb sagt er nicht, was er vorhat, verdammt noch mal?«

Jäger schnaubte. »Damit es seine eigene Entscheidung bleibt.«

»Er will die doch nicht erschießen, oder?«, fragte Ruger.

Jäger tippte sich an die Stirn. »Was stimmt bei Ihnen denn nicht? Haben Sie ein Rad ab?«

Ruger hob wütend die Hände neben sein Gesicht und schnaubte. »Herrgott, ich weiß doch nicht, was in ihm vorgeht. Und dieser Wint hat doch erst angefangen mit dem übergesetzlichen Notstand, und jetzt sind die beiden losgezogen und … Ständig gab es Ungereimtheiten in den letzten Jahren. Wenn ich mich recht erinnere, weiß bis heute niemand, was vorletztes Jahr in diesem Kellerverlies passiert ist, als ein Kollege ums Leben kam. Oder täusche ich mich?«

»Nein«, sagte Jäger und schüttelte den Kopf. »Das weiß ich in der Tat auch nicht.«

Ruger stutzte. Er hielt sein Smartphone hoch. »Hier ist ein Fernsehsender, der über den übergesetzlichen Notstand diskutiert. Wie, bitte schön, kann das passieren? Ich fasse es nicht. Waren wir nicht deutlich bei der Pressekonferenz? Wir haben doch gesagt, dass ... Himmel!« Ruger lief aufgeregt im Zimmer auf und ab. »Das spitzt die Lage nur noch zu, wenn jetzt schon offizielle Medien so etwas erzählen. Die haben alle keine Ahnung von der Rechtslage.«

»Herrgott noch mal, Ruger, begreifen Sie es endlich! Es geht nicht um Rechtslage.«

»Bitte? Was reden Sie da?«

»Ganz einfach: Es geht um empfundenes Unrecht. Und das empfundene Unrecht besteht darin, dass viele Menschen sterben sollen, weil das Gesetz sagt, dass jedes Leben gleich viel wert ist.«

»Ja und? Was ist daran nicht zu verstehen?« Ein kleiner Spuckefaden war Ruger aus dem Mund geflogen. Betreten räusperte er sich und wischte mit der Hand über seine Mundwinkel. »Entschuldigung«, sagte er leise.

In dem Fernsehbeitrag meldete sich ein alter Jurist zu Wort und sprach vom übergesetzlichen Notstand und von der Entscheidung eines Gerichtes in einem solchen Fall, dass es zwar eine rechtswidrige Tat wäre, aber womöglich ein Entschuldigungsgrund geltend gemacht werden könnte. Ruger stand der Mund offen, und Jäger legte sich beide Hände vors Gesicht.

»Der liefert gerade einen Freibrief.«

»Wer zum Teufel ist so blöd, dass er –«

Sein Satz ging unter, denn plötzlich klingelten mehrere Telefone gleichzeitig.

***

Zahlreiche Augenpaare empfingen Sito. Hirsche, ein Wildschwein, ein Fasan waren an den Wänden drapiert, dazwischen üppig gerahmte Landschaftsbilder. Er hatte den Geruch alten Holzes in der Nase, noch bevor er die dunklen Möbel sah. Darauf karierte Tischdecken und auf dem größten Tisch mit der Eckbank ein Gestell aus Messing mit einem »Stammtisch«-Schild. Das Bürgerstüble war nur ein Nebenraum, das wusste Sito schon, denn nebenan war ein riesiger, modern eingerichteter Veranstaltungssaal sowie der feudal gestaltete Empfang des dazugehörenden Hotels – alles top renoviert in den letzten Jahren. Dennoch, hier in diesem Raum mit den toten Tieren empfand Sito eine beklemmende Enge. Hinter dem Messingschild saß Wertheim, die Arme verschränkt und sichtlich verärgert.

»Kommen wir sofort zur Sache, ich will endlich meine Rede halten«, begann Wertheim und wies auf den Platz ihm gegenüber.

Sito nickte. *Du musst ihm deine Überlegenheit demonstrieren.* »Sie haben gedacht, Sie hätten die Fäden in der Hand, nicht wahr?«

»Was soll das? Kommen Sie zum Punkt. Ich werde Beschwerde über Sie einreichen, das ist Ihnen klar. Ich habe einflussreiche Freunde bis in –«

Sitos linkes Auge zuckte kurz. »In höchste Kreise, jaja, gewiss. Gut, ohne Umschweife. Ich glaube, dass Sie der Drahtzieher der Geiselnahme und auch der Bombendrohung sind, und fordere Sie hiermit auf, umgehend ein Fernsehinterview zu geben und die Sache abzubrechen.«

»Bitte was? Spinnen Sie?« Wertheim tippte sich mit dem Zeigefinger an die Schläfe. »Drehen Sie jetzt durch, Mann?«

»Mitnichten. Wir beobachten seit heute Morgen die sozialen Netzwerke, und die Aggressoren kommen eindeutig aus Ihrer Richtung.«

Wertheim lehnte sich zurück und schob die Hände lässig in die Anzugtasche.

»Ach, Sie meinen, von rechts, wie?«, sagte Wertheim und grinste schmal.

»Nennen Sie es, wie Sie wollen. Sie kommen aus Ihrer Richtung.«

»Wir sind keine Rechtsradikalen, wir wollen nur unser Volk schützen. Und unsere Kultur.«

»Ich habe keine Zeit für Wortklauberei«, sagte Sito. »Beenden Sie umgehend die Geiselnahme und stoppen Sie den Attentäter.«

Wertheim nahm die Hände aus den Taschen und hob sie theatralisch in die Luft bis über seinen Kopf. »Rede ich chinesisch? Wie soll ich die stoppen? Ich habe nichts mit denen zu tun.«

»Aber die hören auf Sie, da bin ich sicher.«

»Schwachsinn!« Wertheim stand abrupt auf und ging auf Sito zu. Er setzte den Zeigefinger auf seine Brust. »Sie wissen genauso gut wie ich, dass man die da draußen«, sein Finger wanderte unbestimmt auf die Seite, »nicht aufhalten kann. Wenn solche Botschaften und Stimmungen einmal unterwegs sind, dann lassen die sich nicht mehr stoppen. Durch nichts und niemanden.«

»Ja.« Sito nickte. »Das war wahrlich ein teuflischer Plan von Ihnen. Sie beseitigen diese Sibylle Hundhammer, gleichzeitig hätten Sie einen Helden, der das einzig Richtige tut, um so viele Menschen zu retten. Und der wurde unterstützt von Ihren Anhängern. Und die Polizei versagt – egal, was sie macht.«

»Oder unterlässt, nicht wahr?« Wertheim zwinkerte. Er stand unmittelbar vor Sito. Sein Blick war eisig. Ohne Frage hielt er alles, was er dachte und sagte, für unanfechtbar.

Sito konnte sein Parfüm riechen, etwas mit einer zimtigen Note, nicht unangenehm, dennoch spürte er einen Würgereiz.

Mit seinen Waffen schlagen …

»Sie sind also nicht in der Lage, Ihre Anhänger zu lenken? Was sind Sie denn für ein Führer?«, fragte Sito und hielt dem Blick stand. Er wusste, dass auch in seinen Augen etwas Unnahbares lag.

»Sparen Sie sich Ihren Zynismus.«

»Sie können keine Gruppe leiten. Und wissen Sie auch, weshalb?«

Wertheim kniff die Augen zusammen. Sein Mundwinkel zuckte leicht.

Er darf sich ungerecht behandelt fühlen …

»Sie sind nicht dumm, aber Sie sind ein pathologischer Narzisst«, erklärte Sito. »Vor lauter Eitelkeit stolpern Sie. Jeder, der Sie einmal durchschaut hat, kann über Sie nur lachen. Und Ihre sogenannten Freunde in höchsten Kreisen nehmen Sie nur an Bord, weil Sie ein Vorzeigegegner mit überschaubarem Horizont sind. Jemand, an dem sie ihre Macht festigen können. Sie und Ihre Partei sind nur Projektionsfläche für deren Triumph.«

»Halten Sie Ihren unverschämten Mund.« Wertheims Stimme kratzte leicht. »Ich ein Narzisst? Pathologisch? Ha, dass ich nicht lache. Sie machen sich lächerlich.«

... mit seinen Waffen ...

»Sie müssen sich heute gegen eine Zwanzigjährige profilieren, die ungefähr zehnmal so viele Anhänger hat wie Sie. Das muss sehr demütigend sein. Sibylle im Bodenseeforum vor Tausenden und Sie hier«, Sito sah sich demonstrativ um, »in diesem Gasthof.« Er kratzte sich am Kopf. »Also ich würde mir ganz schön klein vorkommen. Kein Wunder, dass Sie in Ihrem Köpfchen an trotzigen Ideen basteln.«

Wertheim öffnete den Mund. Es sah aus, als würde er nach Luft schnappen. Es dauerte nur wenige Sekunden, dann hatte er sich wieder im Griff, rieb sich die Nase und nickte. »Wie alle Menschen, die als Erstes wagen, die Wahrheit auszusprechen.« Wieder hob er die rechte Hand und deutete mit dem Zeigefinger auf Sito. »Ihrereins ist doch so weichgespült, dass er die Zeichen der Zeit überhaupt nicht mehr erkennt. Schauen Sie sich das Chaos draußen an.«

»Wir haben Chaos, weil Sie ein Verbrecher sind und zwei Geiselnahmen organisiert haben.«

Wertheim zog die Lippen ein. »Ich habe gar nichts organisiert.«

»Beenden Sie die Sache!«, sagte Sito.

Wertheim sah auf seine Uhr. »Wenn Sie sonst nichts mehr haben? Ich würde dann gern.«

»Nicht so schnell. Der Innenminister hat Ihre Rede ausgesetzt, bis von mir ein Okay kommt.«

Wertheims Gesicht verriet zum ersten Mal tiefen Zorn. »Tatsächlich?«, rief er aus, dann zog er sein Smartphone heraus und wollte gerade tippen, als Sito ihm die Hand auf den Arm legte. Betont ruhig sagte er: »Warten Sie. Vielleicht interessiert Sie, was ich noch habe.«

Wertheim legte den Kopf schief. Erstmals sah Sito so etwas wie Sorge.

Sitos Atem wurde schneller. Er sah wieder Sibylle vor sich, ihren flehenden Blick. »Herr Wertheim. Es könnte auch eine Chance sein, wenn Sie beweisen, dass Sie den Mob stoppen. Es wäre kein Schuldeingeständnis.« Sito nickte bekräftigend. »Ich bin befugt, Ihnen dieses Angebot von der Staatsanwaltschaft zu machen. Stoppen Sie den Mob.«

Wertheim lachte schrill auf. »Mein Gott, müssen Sie verzweifelt sein.« Er wurde ernst und ging ganz nah an Sitos Gesicht heran: »Ich mache gar nichts«, presste er hervor.

Sito nickte wieder. »Ich habe nichts anderes erwartet.« Jetzt konnte die Falle zuschnappen. »Sie sind einfach ein zu kleines Licht. Sie hätten gar nicht das Zeug dazu, wirklich die Fäden zu ziehen. Ihre Anhänger sind längst ein selbst organisierter Haufen. Sie sind eben doch einfach Michael Müller. Sind Sie auch schon impotent?«

Wertheim zog die Augenbrauen hoch. Er verzog den Mund, und Sito konnte sehen, dass er am liebsten etwas zerschlagen hätte.

»Und dann haben Sie auch noch diesen missratenen Sohn, das muss sehr schmerzlich sein.«

Wertheim verlor die Fassung und packte Sito am Kragen. »Jetzt gehen Sie einen Schritt zu weit.«

»Wohl eher Sie«, sagte Sito und löste Wertheims Hände von seinem Kragen. Anschließend rückte er ihn zurecht. »Wohl eher Sie. Wie ist das, wenn man einen Sohn hat, auf den die ganze Nation mit dem Finger zeigt?«

»Was faseln Sie da? Halten Sie sofort Ihren giftigen Mund.« Ein Schweißtropfen bildete sich auf Wertheims Schläfe.

Ich habe ihn.

Für einen Moment herrschte Stille. Sito konnte sehen, dass

Wertheims wunder Punkt getroffen war. Wusste er von dem Doppelleben seines Sohnes?

»Ihr Sohn Sebastian ist der gesuchte Vergewaltiger. Es gab ein paar Lücken in der Ermittlungsakte, die mein Kollege Heinrich Wint glücklicherweise schließen konnte. Ihr Sohn hat gute Verbindungen spielen lassen – und er benutzt den Namen Ihrer Ex-Frau. Aber er hat einen sehr dummen Fehler gemacht. Er hat Sibylle Hundhammer brutal vergewaltigt. Doch auch hier ging seine Rechnung vorerst auf: Sie hat es nicht zur Anzeige gebracht, weil sie wusste, dass ihre ganze Arbeit dann erst einmal zunichtegemacht wäre.«

Sito beobachtete Wertheim, der sich langsam setzte. Sein Blick war nicht mehr so überheblich wie vor einigen Minuten. »Wie kommen Sie auf so etwas? Mein Sohn ist kein Vergewaltiger. Er hat vielleicht mal –«, begann Wertheim leise.

Sito hob die Hand. »Lassen wir das. Es muss hart gewesen sein für Sie, als Woltershagen Ihnen von seinen Plänen erzählte. Eine Geiselnahme, um *Ihren* Sohn zu schnappen. Auch wenn Woltershagen das sicher nicht wissen konnte – Ihnen muss es ja klar gewesen sein. Und schlimmer noch, das hätte auch Ihre Seilschaften entlarvt. Da kommen wir nun leicht dahinter, und dann zeigt sich, was die wirklich von Ihnen halten. Ich biete Ihnen jetzt, und zwar nur jetzt, die einmalige Gelegenheit, in der Öffentlichkeit den sofortigen Abbruch der Erpressung auszurufen.«

»Ich sagte schon, dass ich …« Wertheims Augenbrauen zogen sich zusammen. Durchdringend musterte er Sito. »Und wenn ich mich weigere?«

»Tja, Herr Wertheim. Menschen mit einer narzisstischen Persönlichkeitsstörung neigen leider auch dazu, andere zu unterschätzen. Sie beispielsweise unterschätzen mich.«

Wertheims Stirn wurde von tiefen Falten überzogen, er rieb sich über das Gesicht. »Das wagen Sie nicht«, flüsterte er.

»Oh doch. Ich habe mir den ganzen Tag eine beispiellose Vorführung Ihres Netzwerkes und Ihrer Manipulationen angesehen. Jetzt sind wir an der Reihe.« Sito hielt Wertheim sein

Smartphone entgegen, darauf ein Bild von Sebastian neben seinem Kollegen Heinrich Wint. »Ich glaube, es fällt allen leichter, einen Vergewaltiger zu erschießen.« Sito scrollte weiter und zeigte Wertheim auch andere Seiten. »Wir haben in Ihren Netzwerken längst unsere Leute eingeschleust.«

Wertheim ließ sich in seinem Stuhl zurückfallen. Es quietschte. Sein Mund stand offen, und auf seiner Stirn bildeten sich immer mehr Schweißperlen. Er wählte eine Nummer und erkundigte sich nach Sebastian. »Weg«, wiederholte er fassungslos. »Sie Bastard, Sie elender. Haben Sie überhaupt irgendwelche –?«

»Ich habe eine Videoaussage von Sibylle Hundhammer, die ich auch senden darf. Möchten Sie?« Sito tippte auf sein Handy und legte es auf den Tisch. Das Bild zeigte Sibylle Hundhammer, und sie begann zu erzählen.

Wertheim wischte darüber. »Machen Sie das sofort aus. Das ist Erpressung, schlimmste Erpressung. Sie kriegen keinen Fuß mehr auf den Boden, wenn ich mit Ihnen fertig bin. Das grenzt an Folter, das ist Ihnen klar?«

Sito starrte Wertheim entschlossen in die Augen. »Wenn Sie den Mob nicht stoppen, werden Sie Ihren Sohn nicht wiedersehen.«

Wertheim schluckte. Sein Atem ging ruckweise. Er sah auf sein Smartphone, dann zur Uhr. Verzweifelt suchte er nach einem Ausweg. »Dieser Idiot«, rief er und sprang auf. »Dieser verdammte Idiot!« Hektisch ging er in dem kleinen Zimmer auf und ab. Sein Aftershave verteilte sich im Raum und vermischte sich mit dem Geruch von altem Holz. Unvermittelt blieb er vor Sito stehen. Sein Blick war voller Hass.

Langsam stand Sito auf, machte einen Schritt auf Wertheim zu, zwang sich zu dieser Nähe. »Das ist bitter«, flüsterte er ihm ins Ohr, »wenn man mit den eigenen Waffen geschlagen wird, nicht wahr?«

Wertheim schlug mit der Faust auf den Tisch. »Damit kommen Sie nicht durch.«

»Ich denke schon.« Sito hielt Wertheim sein Smartphone

vors Gesicht. »Ich habe meinen Beitrag für die Medien bereits aufgezeichnet. Ein Klick, und er ist online. Im Präsidium warten über dreißig Kollegen auf meine Order, Ihren Sohn in den sozialen Medien als Vergewaltiger und neues Zielobjekt zu outen.« Er lächelte. »Und es warten sicher welche, die sofort handeln würden. Die Opfer, Angehörige ... Soll ich?«

Wertheim stand auf, zog seinen Anzug zurecht und baute sich vor Sito auf. »Ich mache Sie fertig.«

✻✻✻

»He, seht euch das mal an«, rief einer der Männer, die auf dem Gang Wache hielten. Er hielt sein Smartphone in die Höhe. »Das gibt's doch nicht.« Die anderen nahmen ihre Geräte aus den Taschen und sahen, was der Kollege entdeckt hatte.

Enzig wurde hellhörig. Sito hatte ihm geschrieben, dass er einen Plan habe, und dann hatte Jäger ihm geschrieben, dass in dem Tumult, der demnächst losbrechen werde, der Sturm stattfinden würde. Der Tumult, ein Plan, die Zeit ... In Enzig liefen mehrere Filme durcheinander. Er sah immer wieder zu den beiden Türen und dem großen Seitenfenster. Konnte ein Sturm über die Fenster erfolgen? Würden sich gleich Männer dort hindurchschwingen? Er sah zu Miriam. Konnte er sie irgendwie schützen?

Enzig spürte, wie sich seine Muskeln anspannten. Irgendetwas passierte da. Er versuchte, sich genau einzuprägen, wer wo war, damit er richtig handeln würde, wenn der Sturm losbrach, wenn die Rauchbomben den Raum einnebelten, wenn Schüsse fielen. Er dachte an Anna, die er vielleicht nicht wiedersehen würde. Den ganzen Tag hatte er die Gedanken an sie verdrängt, hatte versucht, hier so wachsam wie möglich zu sein, weil er wusste, dass da kein Platz für Privates war in seinem Kopf. Doch nun lief alles auf ein Ende zu, und wenn nicht jetzt, so gab es vielleicht keine Gelegenheit mehr, an Anna zu denken.

»Was soll das?«, rief Jürgen aus. »Was erzählt der da? Wir sollen abbrechen?«

Hans atmete erleichtert aus. »Das ist gut, Jürgen, das ist doch gut.«

»Spinnt der?«, schrie Jürgen. Er war außer sich. »Was faselt der von dem Vergewaltiger? Das ist doch längst Geschichte.« Dann fuhr er zu Hans herum. »Und du, halt's Maul, du bist und bleibst ein Schwächling! Da ist was faul, sag ich euch.«

Hans legte ihm die Hand auf die Schulter. »Vielleicht ja nicht, vielleicht sollte es ja wirklich nur darum gehen. So wie ursprünglich ausgemacht. Und jetzt haben sie eben einen. Der Wertheim wird nicht lügen. Der ist doch ein Politiker aus dem Fernsehen.«

Jürgen sah ihn fassungslos an. »Du kapierst auch gar nichts, oder?«

Enzig schielte zu den Ausgängen. Die beiden waren mit ihren Handys beschäftigt. Einer hob die Arme: »Was nun?«

Jürgen lief unruhig auf und ab. »Ich muss nachdenken. Vielleicht ein Ablenkungsmanöver. Check all unsere Netzwerke. Das kann nicht sein«, er sah zu Hans. »Was hast du gerade gesagt?«

»Vielleicht ging es wirklich nur um die Vergewaltigung. Wenn die jetzt aufgeklärt ist, dann –«

Jürgen stampfte mit dem Fuß auf. »Hör auf mit dieser verfickten Scheiße. Das kann nicht sein. Weshalb redet der so? Das passt nicht.«

»Vielleicht wurde er gezwungen, das zu sagen?«, sagte einer der anderen Geiselnehmer.

Enzig biss sich auf die Lippen. War das Sitos Plan? Die Uhr zeigte wenige Minuten vor sechs, es war nicht mehr viel Zeit. Enzig wusste, das war jetzt die letzte Chance. Er hob sein Smartphone so unauffällig wie möglich und filmte die Szene der allgemeinen Aufregung als Livestream über WhatsApp. Er wusste, dass seine Nachrichten längst nicht mehr nur Sitos Handy erreichten, sondern gewiss auch den Einsatzleiter des SEK, der draußen den Sturm vorbereitete. Für ihn wäre das Material Gold wert. Enzig hatte das Gefühl, er hätte eine halbe Ewigkeit gefilmt, und mitten in diese Ewigkeit hörte er

Miriam seinen Namen sagen: »Roman«, und es klang wie ein Schluchzen. Dann folgte schon der Schrei.

»Seht mal!« Es kam vom Gang. Enzigs Arm fiel herunter wie ein nasser Sack, aber er packte das Smartphone nicht wieder weg. Es war zwecklos, alles, ein stechender Schmerz durchfuhr seinen Körper. Jürgen fuhr herum zu seinem Kollegen, dann zu den Geiseln. Er wirkte für einen Moment orientierungslos.

»Der Kerl filmt uns«, schrie wieder der vom Gang.

»Wieso hat der Mistkerl noch ein Handy?«, rief ein anderer. Erst jetzt sah es auch Jürgen. Er polterte auf Enzig zu. Geschrei, der Geruch von Schweiß glitt durch die Luft. Heißer Atem traf ihn. Enzig wusste, dass alles aus war.

Miriam schrie auf. »Nein, nicht!«

Anna, dachte Enzig, ich liebe –

Ein Schuss fiel. Enzig duckte sich zur Seite, doch er fühlte nichts. Seine Ohren waren wie betäubt, alles wirkte wie in Watte und Zeitlupe. Miriam rief nach ihm, da war wieder dieses »Roman«, das in einem Schluchzen festhing. Er sah Jürgen, der vor ihm stand mit dem Gewehr, sein Gesicht fassungslos. Und er sah Hans. Gekrümmt hing er an Jürgens Arm.

»Hör auf!«, schrie Hans.

Jürgen schüttelte seinen Arm, um Hans loszuwerden. Der hing da wie eine hilflose Puppe, zu klein, zu schwach. Jürgen schrie so voller Wut, dass Enzig seine Arme über den Kopf hob. Miriam sprang auf. *Warum?*, schoss es Enzig durch den Kopf. *Sie ist zu mutig, das wird ein böses –*

Und dann löschte ein ohrenbetäubender Knall all seine Sinne. Enzig verlor Miriam und Hans aus den Augen. Einmal meinte er noch, Miriams Stimme zu hören, dann verschwand auch diese. Der Lärm kam von beiden Seiten des Raums, wie ein Stereoeffekt. Sekunden später breitete sich stickiger grauer Rauch aus.

✳ ✳ ✳

Da standen sie nun, Hilke, der Mann mit dem Sprengstoffgürtel und der Mann, der ihr zu Hilfe gekommen war, Thomas. Sie standen da im Gang des Busses und hörten, dass die Polizei ihnen über Lautsprecher die Nachrichten übermittelte. Der Vergewaltiger sei gefasst, die Geiselnahme an der Universität beendet, Michael Wertheim persönlich mache sich dafür stark, auch das geplante Attentat hier abzubrechen. Der Busfahrer hielt das Smartphone in die Höhe, das man ihm mitgegeben hatte. Er lachte, stand auf und kam in den Gang gelaufen. »Es ist vorbei.« Seine Stimme klang, als würde er weinen. »Es ist vorbei, mein Gott.«

Hilke beobachtete ihr Gegenüber ganz genau. Wich die Anspannung aus seinem Gesicht? Glaubte er, was er da hörte?

Hilke sah sich um. Die Ersten hatten wieder Hoffnung im Gesicht, einige umarmten sich, doch sie wusste, dass es noch nicht ausgestanden war. Manchmal half es nicht, etwas Begonnenes für beendet zu erklären, wenn es in den Köpfen nicht ankam. Bei dem Mann mit dem Sprengsatz hatte sie im Moment nicht den Eindruck, dass es ihn wirklich erreicht hatte.

»Hier spricht die Polizei«, kam jetzt von draußen, und einige klopften an die Scheibe. »Ergeben Sie sich! Die Geiselnahme ist beendet. Kommen Sie bitte mit erhobenen Händen heraus.«

»Sitzen bleiben, alle!«, schrie der Mann vor Hilke.

Sie hob beschwichtigend die Hände.

»Das ist sicher nur eine Ente«, fuhr er fort und schob langsam die Hand unter die Jacke.

Hilkes Herz machte einen Satz. Sie sprang auf ihn zu, wieder hob sie die Hände. »Es ist noch vor der Zeit«, sagte sie. »Es ist noch nicht sechs. Du musst warten, auch wenn es eine Ente war.«

Er hielt in seiner Bewegung inne und schielte zur Uhr.

»Können Sie niemanden anrufen und fragen, ob das stimmt? Oder sprechen Sie mit der Polizei.«

Er lachte höhnisch. »Als ob die mir die Wahrheit sagen.«

»Bitte«, flehte Hilke. »Hören Sie sie doch wenigstens an. Wenn es stimmt, dann ist alles vorbei. Und Sie wollen doch auch nicht sterben, oder?«

Mehrere schrien durcheinander: »Bitte, hören Sie auf sie«, »Sie hat doch recht«, »Gib endlich auf und uns eine Chance«.

Hilke sah, dass er mit sich rang. Er wirkte unsicher, verwirrt, verzweifelt. Er blickte nach draußen, wo einige Polizisten standen. Hilke folgte seinem Blick. Sie wusste aus Filmen, dass die SEK-Einsatzleute anders aussahen. Sicher waren die irgendwo versteckt und würden in einem unerwarteten Moment ... Würden sie tatsächlich einen Bus stürmen? Wann? Jetzt gleich?

Er sah ihr in die Augen. »Alles vorbei?«, flüsterte er. Seine Hand zitterte.

»Sie müssten die Bombe also selbst zünden?«, fragte Thomas, der noch immer hinter dem Attentäter stand.

Hilke ahnte, was er gerade dachte.

Der Attentäter fuhr herum. »Sei still, ich muss nachdenken.«

»Das ist gut«, sagte Thomas und sah zu Hilke. Verschwörerisch, wie ihr schien.

»Hier spricht die Polizei. Sie können sich in allen Nachrichten davon überzeugen, dass die Geiselnahme beendet wurde. Ihre Auftraggeber haben sich zurückgezogen. Die Vergewaltigung wurde aufgeklärt.«

Hilke konnte sehen, dass Thomas sich hinter dem Rücken des Attentäters mit einigen anderen Insassen abzustimmen versuchte. Sie hielt den Atem an und wagte noch einen Versuch, den Attentäter zur Umkehr zu bewegen. »Es kann jetzt alles gut ausgehen. Wenn Sie einfach die Arme heben und machen, was die sagen.«

»Und sonst?«, schrie er zurück.

»Sonst stürmen die vielleicht den Bus.« Hilke schluckte. »Oder haben einen Scharfschützen postiert«, sagte sie leise und hatte umgehend Szenen aus Filmen vor Augen. Schon überlegte sie, ob er günstig stand, um im selben Atemzug zu denken, dass sie nicht sehen wollte, wie ein Mensch erschossen wurde. Sie zitterte am ganzen Körper, wollte am liebsten die Arme um sich schlingen, blieb aber einfach nur stehen.

Wieder blickte er nach draußen, lachte abgehackt, dann schüttelte er den Kopf. »Nee, ich kann da niemanden sehen, das ist ein ganz billiger Trick. Wo sollen die denn herkommen?« Seine Stimme klang schrill. Er sah sich noch weiter um, machte sogar einen Schritt auf Hilke zu, um durch ein anderes Fenster schauen zu können. »Nichts. Niemand«, sagte er und bewegte seine Hand wieder zu seiner Brust.

»Jetzt«, schrie Thomas und stürzte sich auf den jungen Mann, der vor Hilke zu Boden fiel. Zwei weitere Männer kamen herbei und warfen sich auf den Mann mit der Bombe. »Ich hab seine Arme«, rief einer.

»Machen Sie die Tür auf«, schrie einer nach vorne zum Busfahrer. Der gehorchte und stürmte sofort hinaus. Im gleichen Moment rannten die Polizisten los. Sie nahmen den Busfahrer entgegen, der die Hände über dem Kopf hatte. Dann sah Hilke, wie aus dem Verborgenen die SEK-Leute kamen, in voller Montur, die Sturmhaube vor dem Gesicht, darüber der kugelsichere Helm. Die Maschinenpistolen schussbereit, rannten sie zum Bus. Hilke konnte nicht mehr atmen.

Ich bin Hilke, ich habe heute Geburtstag, sagte eine Stimme in ihr. Im Bus war Bewegung. Der Mann vor ihr stöhnte, schrie, die Menschen stürmten aus dem Bus und versperrten den SEK-Leuten den Weg. Nein, dachte Hilke, nein, nicht doch.

Sie waren dem hintersten Ausgang am nächsten. Hinter Hilke begannen die Beamten mit der Evakuierung des Busses. Sie schoben und zogen die Leute aus dem Bus. Es dauerte nur Sekunden. Etliche hatten sich einfach in ihren Sitzen verkrochen, als sie die schwer bewaffneten Männer auf den Bus zustürmen sahen. Hilke verlor das Zeitgefühl. Geburtstag, schoss es ihr wieder durch den Kopf. Irgendetwas hielt sie fest. Vor ihr lag der Attentäter, fluchte und schrie, auf ihm drei Männer. Sie war gefallen, das merkte sie erst jetzt. Der Attentäter hatte seine Hand um ihr Fußgelenk geschlungen. Hatte sie versucht, ebenfalls zur Tür zu gelangen? Sie bewegte sich nicht. Hinter ihr leerte sich der Bus, vor ihr waren bereits alle verschwunden.

»Nicht loslassen!«, rief Thomas gerade, als der Mann neben ihm sich zurückziehen wollte. Der dritte nutzte die Gelegenheit und flüchtete nach draußen. Hilke konnte sehen, dass er unterwegs stolperte.

»Ganz ruhig«, sagte da gerade ein Mann hinter Hilke und

berührte sie an der Schulter. »Ganz ruhig. Wir bringen Sie jetzt nach draußen.«

»Er hat meinen Fuß«, flüsterte Hilke und fühlte sich wie gelähmt.

Die beiden Männer, deren Schutzkleidung so wuchtig war, dass Hilke kaum noch den Menschen dahinter erkannte, übernahmen den Attentäter, allmählich löste sich der Griff um ihre Fessel, und auch Thomas ließ langsam los.

Dann war ihr Fuß frei, aber Hilke hatte das Gefühl, die Hand noch immer auf ihrer Haut zu spüren. Sie atmete das erste Mal wieder bewusst ein. Ihr schwindelte. Sie stand einfach da, konnte sich immer noch nicht rühren. Neben ihr stand jetzt Thomas, ihnen gegenüber hielten die beiden Polizeibeamten den Mann mit der Bombe zwischen sich fest. Sie hatten ihn wieder auf die Beine gezogen und seine Arme auf den Rücken gebunden. Jetzt zerriss der eine das Shirt. Zum Vorschein kam ein Sprengstoffgürtel, den Hilke zuvor schon gesehen hatte. Doch da war noch etwas anderes.

»Scheiße«, rief einer der Beamten.

Hilke sah in die Augen von Thomas, langsam schlossen diese sich. Sein Kopf sank nach unten. Und dann begriff sie.

***

Zimmermann und Goffer arbeiteten fieberhaft. Zwischen Goffers Lippen hing wieder eine Zigarette, dieses Mal unangezündet. Kaiser stand neben ihnen am Stehpult und telefonierte mit Jäger. »Es funktioniert«, sagte er gerade und scrollte sich mit Blick auf den Bildschirm durch die Seiten.

»Nicht zu voreilig«, rief Zimmermann dazwischen. »Stell auf Konferenzschaltung und Raumkamera.« Kaiser drückte zwei Knöpfe, und auf dem Bildschirm an der Wand erschien Jäger.

»Die Nachricht hat Eindruck hinterlassen«, erklärte Zimmermann. »Auch die Diskussionen um den übergesetzlichen Notstand sind abgeebbt. Die Stimmen, die ihre Freude zum

Ausdruck bringen, werden lauter. Es überwiegen eindeutig die positiven Kommentare.«

Jäger stieß laut die Luft aus. »Und wie reagiert die Öffentlichkeit darauf, dass Wertheim gesprochen hat?«

»Ha, was denken Sie denn?«, ereiferte sich Zimmermann.

»Was soll ich denn denken?«, entgegnete Jäger mürrisch.

»Er lässt sich feiern, nein: Er wird gefeiert, dass er es geschafft hat, den Mob zu beruhigen.«

»Tatsächlich? Waren die so schnell?«

»Sind sie immer. Schneller als wir, meine ich.«

»Und kein Verdacht?«, fragte Jäger. Er sah verwundert aus.

»Bislang nicht.«

»Sei's drum, Hauptsache, das geht gut aus.«

Im Hintergrund hob Ruger die aneinandergelegten Hände gegen den imaginären Himmel an der Zimmerdecke. »Können wir schon aufatmen?«

Zimmermann schüttelte den Kopf. »Noch nicht, aber der Aufruf zeigt bisher die gewünschte Wirkung. Schon Nachricht vom Sturm an der Uni?«

Goffer schaute wie gebannt auf Jäger, der zur Uhr schielte. »Ich rechne die nächsten Minuten damit.«

»Wusste Sito, dass Sie in jedem Falle stürmen lassen?«, erkundigte sich Goffer und kaute auf seiner Zigarette herum.

Jäger sah zu Ruger, dann senkte er den Blick.

Goffer nahm seine Zigarette aus dem Mund und hielt sie wie eine Waffe Richtung Kamera. »Das war eine Scheißaktion, sag ich Ihnen.«

Jäger nickte. »Ich weiß, aber ich hab es mir nicht leicht gemacht, das kann ich Ihnen versichern.«

»Wenn das übel ausgeht«, begann Goffer, schluckte den Rest des Satzes aber herunter, denn in diesem Moment kam die Meldung herein, dass im Bus unerwartete Bewegung den sofortigen Zugriff erforderte. Ruger und Jäger rannten zum Fenster.

Kaiser setzte sich neben Goffer und legte das Gesicht in seine Hände. »Was ein Alptraumtag.«

»Aber es lichtet sich«, versuchte Zimmermann, sie zu beruhigen. »Die schaffen das. An der Uni und im Bus sicher auch. Ihr werdet sehen, gleich melden die sich.« Er machte wieder schnell hintereinander Fäuste, seine Finger knackten.

Goffer kaute auf dem Filter seiner Zigarette herum. Ihm war schlecht. »Ich hab kein gutes Gefühl, Kollegen.«

»Das sind die Zigaretten.« Zimmermann versuchte ein schwaches Lächeln.

Goffer schüttelte den Kopf. »Die Menge ist immer noch in Aufruhr, egal, was wir tun.«

»Aber keiner wird dann noch an einen Mord denken«, sagte Kaiser und nickte Zimmermann zu. »Sie haben recht, es lichtet sich.«

»Ich weiß nicht«, begann Goffer. »Was wir heute erlebt haben, hier im Netz, meine ich, das spiegelt den Zustand unserer Gesellschaft.« Er nahm die Zigarette aus dem Mund und schmiss sie in den Aschenbecher vor sich. »Unsere Gesellschaft ist einfach verroht.«

»Das Netz ist eine Fliegenfalle.«

»Wohl eher eine Schmeißfliegenfalle. Hören Sie, Zimmermann«, begann Goffer, »wenn das hier vorbei ist: Egal, was Sie für Ihre Arbeit fordern, Sie haben künftig meine volle Unterstützung.«

»Ich schließe mich an«, erklärte Kaiser, dann klingelte ihr Wecker, und alle sahen sie auf die große Wanduhr. Es war achtzehn Uhr. Im Raum nebenan standen die Tastaturen still. Alle starrten auf ihre Bildschirme, noch immer voller Sorge wegen des Sturms an der Universität und auf den Bus draußen auf dem Parkplatz. Und natürlich war überall die Angst vor der drohenden Nachricht spürbar – dass jemand Sibylle Hundhammer ermordet hatte. Es war, als stünde die Zeit still, als hingen sie alle in einem Abgrund. Sie warteten. Nichts passierte. Die Sekunden vergingen, rannten mit dem schmalen Zeiger über das Zifferblatt. Ein Stuhl quietschte, ein Kugelschreiber klickte, sonst nichts. Und dann war eine Minute vergangen, Goffer stieß den Atem aus. Er schmeckte dem Nikotin auf seinen Lippen nach, öffnete den Mund, aber er brachte kein Wort heraus, denn in diesem Moment zerriss ein ohrenbetäubender Knall die Stille.

✳✳✳

Die letzten Sekunden. Wenn man den Schlag kommen sieht, beim Boxkampf, sich kaum mehr auf den Beinen halten kann, weiß, dass dieser Schlag einem den Boden unter den Füßen entziehen wird.

Sie hat ein kleines Grübchen unten links am Kinn. Schön ist sie, wenn sie im Schneidersitz am Sonntagmorgen auf dem Bett sitzt und in einer Wohnzeitschrift blättert. Sie ist die Richtige.

Dieser Schlag, man sieht ihn kommen, Bruchteile sind es nur und dennoch Raum für Überlegungen – wie wird der Schmerz sein? Reicht es für ein Gebet?

Die letzten Sekunden vor dem Aufprall, wenn man überholt und sich verschätzt hat. Wie damals sein Freund in der Schulzeit. Wie viele Sekunden hatte er? Dort in der Kurve. Zwei?

Zwei lange Sekunden, die letzten, dann der Aufprall, das kurze Flackern, ein Herz, das noch einmal schlägt – oder war er im Auto eingeklemmt? Hatte er die letzten Sekunden gehofft, er würde überleben?

Sie blätterte in Wohnzeitschriften und zeigte ihm hin und wieder ein Möbelstück. Er lachte. Dann erschien ihr Grübchen. Eine Strähne aus ihrem dunklen leicht gelockten Haar fiel darüber.

Ich würde jetzt so gern …

Die letzten Sekunden. Bevor das Eis im Sommer doch von der Waffel tropft. Er sieht es, ist in Badehosen, im Augenwinkel der warnende Blick, die erhobene Hand der Mutter, ein spitzer Schrei: »Junge, Obacht!« Es tropft schokoladenbraun auf seine nackte Haut. »Nicht schlimm. Ist kein weißes Hemd.« Alle lachen.

Die letzten Sekunden. Ein Gebet. Ein Abschied. Wenige Möglichkeiten, das weiß er, wusste er sofort. »Wir sind verloren«, hatte Markus geflüstert und ihn angesehen. Stille Überein-

kunft, ein Abchecken der winzigen Möglichkeiten. Die junge Studentin, der bärtige Mann, daneben Markus, dahinter die Tür. Die junge Studentin, sie hatte auch ein Grübchen. Vielleicht saß sie in ein paar Jahren auch im Schneidersitz auf dem Bett und blätterte in Wohnzeitschriften, und ein Mann würde aus dem Bad kommen und lächeln und denken, wie sehr sie zu ihm gehörte, und sich freuen über das leuchtende Gefühl im Herzen.

Die letzten Sekunden. Sie ticken langsamer – so wie die letzte Minute der Waschmaschine eine endlose ist, wenn man davorsteht und eigentlich zum Einkaufen will. Es tutet einfach nicht. Wieso? Wieso waren manche Minuten länger als andere?

Jetzt eine Minute in ihren Armen. Die Wohnzeitschrift zur Seite legen, das Grübchen küssen.

Sekunden und stille Übereinkunft. Abschied. Ein Gebet. Keine Chance. Die letzten Sekunden.

Konstantin Hagen wusste nicht, ob er Trauer fühlte, vielleicht war die Zeit zu kurz dafür, der Schmerz über die Ausweglosigkeit zu groß, als dass er Raum gefunden hätte in diesen letzten Sekunden. Die Bombe zwischen ihnen, sie tickte. Er sah, dass Markus verstanden hatte. Er sah, dass er die Arme hob, um diese junge Frau mit den schönen grünen Augen und den bärtigen Mann mit sich zum Ausgang zu reißen. Eine winzige Chance auf Leben. Sie waren näher am Ausgang, er war vor Markus in den Bus, ein Zufall. Eine Sekunde früher am Bus. Sekunden ... sie entscheiden darüber, wer heute Abend nach Hause kommt. Das hatte er nicht einkalkuliert, als er sich vor zehn Jahren für diesen Job entschieden hatte. Sekunden und ein Leben und bald keines mehr.

Die letzten Sekunden.

In einer blitzschnellen Bewegung riss Konstantin Hagen den Mann mit der Bombe zur Seite und warf sich auf ihn.

Die letzte Sekunde. Er konnte seinen Herzschlag hören, dann das Ticken des Timers. Er sah das Grübchen seiner Freundin, den Freund auf der Überholspur. Er sah seinen Ausbilder, der ihm auf die Schulter klopfte, die Mutter, die mit verzerrtem

Gesicht auf das Schokoladeneis zeigte, sah es tropfen und dann sich: doch mit einem weißen Hemd.

Die letzte Sekunde. Er konnte zwei Herzschläge hören. Dann hörte er nichts mehr.

∗∗∗

Der Rauch schmerzte in den Augen. »Runter, Leute, alle runter auf den Boden und flach hinlegen!«, rief Enzig in die Menge hinter sich. Er rieb sich die Augen, aber es half nichts, er konnte nichts erkennen. »Miriam«, sagte er, doch bekam keine Antwort. Schreie waren zu hören, Schüsse, einer, zwei, drei, dann hörte Enzig auf zu zählen. Er kauerte sich auf den Boden, hielt die Hände über den Kopf und hoffte, dass die anderen das ebenfalls taten. Neben ihm röchelte jemand. Weitere Schüsse. »Gesichert«, kam einmal von links, doch Enzig wagte nicht, aufzusehen. Er hörte Jürgens Stimme, hörte Gewehrsalven, hörte wieder Schreie und Weinen. Der Rauch drang in seine Lunge, ihm wurde übel. Das Röcheln neben ihm wurde immer bedrohlicher und drängender. Plötzlich spürte er eine Hand auf seinem Bein, die nach ihm griff. Enzig hustete, sein Gesicht wurde feucht von den Tränen und dem Schweiß, und beides brannte auf seiner Haut. Die Hand, fest griff sie nach seinem Oberschenkel. Nur mit Mühe widerstand Enzig seinem inneren Impuls, die Hand wegzuschlagen. Enzig kniff die Augen zusammen, versuchte zu erkennen, wem die Hand gehörte. War es Miriam? Wieder das Röcheln, dann endlich erkannte er, dass da Hans lag.

Er setzte sich auf und zog Hans zu sich. Warme Flüssigkeit lief auf sein Bein.

»Bist du getroffen?«, fragte Enzig und merkte, dass seine Stimme zitterte. Er sah das Blut aus dem Mund von Hans gurgeln. Die Bilder reihten sich vor ihm auf: Hans, der an Jürgens Arm hing. Jürgen, der auf ihn, Enzig, gezielt hatte. »Verdammt!«, flüsterte Enzig und ging ganz nah an das Gesicht von Hans. »Halte durch. Wir sind gleich gerettet. Es ist gleich vorbei.« Er wunderte sich selbst über sein »Wir«.

Hans sah ihm in die Augen. Graue Schleier überall.

»Gesichert«, kam jetzt auch von der anderen Seite, Jürgens Stimme war nicht mehr zu hören.

Enzig blickte sich vorsichtig um. Die SEK-Beamten waren jetzt überall, kümmerten sich um die Studenten. Enzig konnte nicht erkennen, ob noch weitere Personen getroffen worden waren. Alles lag in diesem Nebel. Seine Augen schmerzten, seine Ohren fühlten sich noch immer an wie mit Watte verstopft. Einer der Beamten kam zu ihm und legte ihm die Hand auf die Schulter. Schwer lag sie dort, Enzig hatte das Gefühl, sie würde ihn zu Boden drücken. Ein kurzer Griff zu dem Mann am Boden, der auf Enzigs Schoß lag und sich kaum noch rührte, dann ging er einfach weiter. Gewiss hielt er den Liegenden für tot, nur Enzig fühlte, dass das Blut noch immer floss, dass Hans noch immer atmete.

Enzig sah nach unten. Die Sicht wurde klarer, die Luft wieder durchlässiger. Dennoch wagte Enzig kaum zu atmen. Hans lag mit dem Kopf auf seinem Bein, er streckte die Hand aus, und Enzig nahm sie in seine. Die Maske hatte Hans längst abgenommen. Sein Gesicht verriet neben der Angst eine schmerzhafte Erleichterung. Enzig beugte sich vor und schob die Waffe von Hans weg.

Dessen Finger klammerten sich an Enzigs Hand. Er zitterte, seine Augen flackerten.

»Sicher«, kam wieder von irgendwoher, aber Enzig hörte kaum noch hin. Er saß dort mit Hans, der in seinen Armen lag, Hans, der ihm das Leben gerettet hatte.

»Wir brauchen einen Sanitäter«, rief Enzig.

»Bitte«, flüsterte Hans.

Enzig musste sich noch näher zu seinem Gesicht hinabbeugen.

»Bitte sag meiner Frau, dass ich sie liebe.«

Enzig schnaubte, versuchte ein Lächeln. »Das kannst du selbst, Hans.«

»Bitte sag es ihr.« Er schluckte, doch das Blut lief weiter. Enzig suchte nach der Wunde. Er griff nach einer Jacke, die in der Nähe lag, stopfte sie auf das Einschussloch und legte eine Hand darauf. »Pressen«, sagte er laut vor sich hin.

»Bitte, es tut mir leid. Das wollte ich nicht. Das alles –« Hans röchelte.

Enzig legte ihm die Hand auf die Stirn. »Ich weiß«, sagte er. Ich habe es von der ersten Minute an gespürt, dachte er. »Hans, ich werde dich hier raushalten. Wenn ich kann. Und ich sag deiner Frau –« Der Händedruck ließ nach. Enzig sah zu der Hand von Hans, dann in sein Gesicht. »Einen Sanitäter«, schrie er. »Hans, halte durch. Gleich kommt Hilfe.«

Miriam kam herbeigerannt. Sie kniete sich neben Enzig und half ihm beim Pressen. »Wir können ihn beatmen«, sagte sie und beugte sich schon vor. Die Augen von Hans flackerten. Ein Lächeln legte sich auf seine Lippen. »Verzeiht mir«, flüsterte er.

»Denk an deine Kinder«, sagte Miriam, »bleib hier.«

Sein Blick verlor sich, dann kippte sein Kopf zur Seite, und seine Finger glitten von Enzigs Hand. Sanitäter kamen und drängten Miriam zur Seite, aber Enzig wusste, dass die Hilfe für Hans zu spät kam. Er stand auf und zog Miriam nach oben, dann nahm er sie in den Arm und hielt sie einfach fest. Ihr Schluchzen verlor sich in den Jubelrufen der befreiten Geiseln. Keine zwei Meter entfernt lag Jürgen auf dem Boden, das Gesicht zu einer hässlichen Grimasse verzogen. Im Gang konnte Enzig jetzt die anderen Geiselnehmer erkennen, auch sie lagen am Boden, zwei offenbar tot, zwei mit auf den Rücken gefesselten Armen, je ein SEK-Mann daneben. Die Sanitäter kümmerten sich um einige Studenten. Noch hingen graue Schwaden in der Luft.

Vorbei, dachte Enzig, es ist vorbei. Und dann tat er etwas, was er nie für möglich gehalten hatte. Er lief zu Jürgen und trat ihm mit aller Gewalt in die Seite.

»Verdacht auf eine Bombe«, schrie plötzlich einer. »Sofort alle raus hier!«

»Raus, raus. Sucht alles ab.«

Enzig stand einfach nur da wie gelähmt. Jürgen lag vor ihm auf dem Boden, eine Blutlache breitete sich um ihn herum aus. Miriam stand neben ihm und griff nach seinem Arm.

»Raus!«, schrie wieder einer vom SEK. Miriam zog an ihm. In Enzig rasten die Bilder des Tages vorbei, Jürgen, der seine Gewalt ausspielte, der einer Frau ins Gesicht schoss, der Miriam bedrohte und Hans tötete. Jürgen mit seiner Achtundzwanzig auf dem Handgelenk. Enzig spürte solch einen Zorn in sich, dass er am ganzen Körper vibrierte. »Komm«, sagte Miriam ruhig. »Wir gehen heim.« Ein Zucken durchlief seinen Körper, ließ ihn heftig zittern wie Schüttelfrost. Er fühlte sich fiebrig.

»Anna, sie wartet doch auf dich«, sagte da Miriam, und endlich konnte er die Luft aus seinem Körper schreien und sich bewegen. Und dann rannten sie alle nach draußen.

***

Busch merkte, dass seine Hand nicht aufhörte zu zittern. Die Explosion des Busses hatte das ganze Präsidium erreicht. Er war gerade auf dem Weg zu Jäger gewesen, als der Knall alles erschütterte. Und es gab nicht einen Moment des Zweifels, was das gewesen war. Er rannte nach draußen und sah das Feuermeer, das die hintere Bushälfte erfasst hatte. Überall lagen Metallteile herum. Panisch sah Busch sich um, suchte nach leblosen Körpern. Die Sirenen sprangen an. Alles wirkte wie eine Filmszene, am linken Bildrand starteten die Feuerwehrfahrzeuge.

Auf dem Parkplatz herrschte pures Chaos. Alle Geretteten hatten in ihrer Flucht angehalten, diejenigen, die noch näher am Bus waren, hatten gewiss die Druckwelle gespürt, die anderen einfach den ohrenbetäubenden Lärm gehört, waren gestolpert und gestürzt. Fassungslosigkeit und Verzweiflung hingen in der Luft. Sogar die SEK-Beamten, die auf dem Gelände unterwegs waren, egal in welche Richtung, vom Bus weg oder aber zum Bus hin, standen wie angewurzelt da.

»Was ist passiert?«, rief Busch einem der SEK-Beamten zu, doch der reagierte nicht. Busch wandte sich an einen anderen Polizisten neben ihm und wiederholte seine Frage.

Der hielt die Hand vor den Mund. »Die dachten, die hätten den Bombenmann«, brachte er gepresst hervor.»Plötzlich knallte es.«

»Sind noch welche drin?«, rief Busch gegen den anhaltenden Lärm an. Er schüttelte den Beamten.»Sind noch Menschen im Bus?« Er schrie, aber es half nichts. Der Krach um sie herum wurde immer lauter.

Es gab einen weiteren Knall. Eine Feuerfontäne schoss nach oben, dann kam schon das erste Wasser und regnete auf den Bus und den Parkplatz. Busch wusste, dass dies alles in wenigen Sekunden passierte, doch es kam ihm vor wie eine Ewigkeit, in der er so vieles hätte tun sollen. Reglos stand er da, verfolgte, wie die SEK-Leute sich wieder orientierten.»Konstantin«, schrie einer und rannte los, wurde aber von Kollegen zurückgehalten. Es sind noch Menschen im Bus, schoss es Busch durch den Kopf. Die SEK-Beamten sammelten die über den Parkplatz verstreuten Geiseln ein und trieben sie an, ins Gebäude zu rennen. Von dort kamen weitere Kollegen angelaufen. Jäger und Ruger waren dabei, Zimmermann, Goffer und Kaiser.

»Marc«, rief Jäger und stellte sich zu ihm.»Was ist da passiert?« Er zerrte an dem Arm von Busch.»Sagen Sie schon, Mann, sind alle Geiseln raus?«

Busch zuckte mit den Schultern.»Ich fürchte, nein.«

»Wer weiß hier Bescheid?«, schrie Jäger in die Menge.

Der Geruch des Feuers legte sich Busch in die Nase. Seine Augen brannten. Er dachte an Enzig, der in der Universität saß, an Sito, der unterwegs war und von dem hier noch nichts wusste. Seine Knie wurden weich.

»Evakuieren!«, rief da gerade einer vom SEK und fuchtelte in Richtung Eingang.»Verschwinden Sie da, das knallt gleich noch einmal.«

Erst jetzt konnte Busch sehen, dass in der Nähe des Busses noch Menschen auf dem Boden lagen. Ganz plötzlich waren sie in sein Blickfeld geraten, als hätte eine unsichtbare Kamera dorthin geschwenkt. Er hielt die Hände über seine Augen, die Luft war bereits rauchdurchtränkt.»Da liegen noch welche!«, sagte er, dann sah er sich um und wiederholte laut und deutlich:

»Da liegen noch welche!« Er zerrte an Jägers Arm, der neben ihm stand.

»Schnell«, rief Jäger und rannte einfach los. Busch und Zimmermann folgten sofort. Goffer und Kaiser kamen ebenfalls ohne Zögern mit, gefolgt von drei SEK-Leuten. Sie erreichten die am Boden Liegenden. Die Hitze des Feuers war gewaltig. Sie stand ihnen wie eine Wand entgegen, wollte sie zurückdrängen. Eilig zerrten sie die am Boden Liegenden nach oben. Es waren drei Menschen. Schwer wogen ihre Körper. Busch wurde von einem Hustenanfall geschüttelt. Wir schaffen das nicht, dachte er. Er sah, dass Jäger neben ihm taumelte, und hielt ihm durch den Rauch die Hand entgegen. Er hatte nicht geahnt, wie schmerzhaft Hitze sein konnte.

»Macht schon!«, rief Goffer und zerrte an dem SEK-Mann, der wieder auf den Boden gesackt war. Zimmermann hatte eine junge Frau hochgehoben und trug sie in Richtung Präsidium. Er rannte einfach, als wäre die Frau auf seinem Arm federleicht. Jäger und Kaiser mühten sich mit einem großen Mann ab, vergeblich, wie es schien, bis ihnen noch ein Beamter zu Hilfe kam. Busch und ein weiterer SEK-Mann halfen Goffer. Die Hitze klebte an ihnen, Busch hatte das Gefühl, sie hätte ihre Kleidung aufgefressen. Seine Lunge zog sich immer wieder zusammen, sein Kopf schmerzte, aber sie kämpften weiter um die beiden Männer in ihren Armen, die sich nicht auf den Beinen halten konnten. Sekunden später erreichten sie den Eingang des Präsidiums.

Die Feuerwehr bekämpfte das Feuer von drei Seiten, und Busch hatte den Eindruck, dass es kleiner geworden war. Die drei Opfer, die sie geborgen hatten, lebten noch. Busch hielt die Hand der Frau, Kaiser saß bei dem bärtigen Mann.

»Können Sie mich hören?«, fragte er. »Wie heißen Sie?« Doch der Mann reagierte nicht. »Es kommt gleich Hilfe«, sagte er und formte jedes Wort überdeutlich. Nach kurzem Zögern nickte der Mann und sah sich nach der jungen Frau um, die bei Busch lag. Er machte eine kurze Geste in ihre Richtung, und Busch antwortete: »Sie lebt.«

Notärzte kamen und kümmerten sich um die Verletzten. Die Feuerwehr erklärte, dass sie das Feuer im Griff hatte. Jäger und Ruger saßen auf den Treppen des Präsidiums. Busch setzte sich dazu, Zimmermann, Goffer und Kaiser stellten sich davor.

»Und jetzt?«, fragte Kaiser.

»Wie und jetzt?« Jäger machte eine verständnislose Geste.

»Ist jetzt alles vorbei?«, fragte Goffer.

Jägers Smartphone klingelte, er zog es aus der Jackentasche und hielt es in die Höhe, sodass alle sehen konnten, dass Moller am Apparat war. Busch bemerkte, dass Jägers Hand das Smartphone kaum halten konnte. Schnell griff er danach und stellte auf Lautsprecher.

»Alle Geiseln sind befreit. Die Geiselnehmer alle unschädlich gemacht«, vermeldete Moller ohne Umschweife.

Sie jubelten. Goffer und Kaiser fielen einander in die Arme, und Busch klopfte Zimmermann auf die Schulter. Der lachte erleichtert auf und zog Busch ebenfalls in seine Arme. Jäger war aufgesprungen und hob beide Fäuste in die Luft. Sogar Ruger klatschte vor Erleichterung in die Hände.

»Ich muss sofort Sito anrufen«, sagte Busch und wählte dessen Nummer.

Jägers Handy klingelte erneut. Der Innenminister erkundigte sich nach dem Stand der Dinge.

Die Sirenen heulten weiter, aber Busch hörte nur noch Sitos unfassbar erleichterte Stimme.

13

18 Uhr bis 19 Uhr

Sito und Wint liefen an den Einsatzkräften vorbei, die Ausweise in die Höhe haltend. Das Bodenseeforum war bis auf den letzten Platz gefüllt. Sito hatte umgehend veranlasst, dass auch dort die Nachrichten gesendet wurden, erst die Botschaft von Wertheim, die große Verwunderung ausgelöst hatte, und anschließend, dass die Geiselnahme beendet sei. Der Jubel war noch zu hören. Großes Aufatmen, und in der allgemeinen Erleichterung ging schließlich die Verwunderung über Wertheims Ansprache unter. Er hatte das auch sehr geschickt angestellt, die Richtigen zwar erreicht, aber eben schlicht zur Räson gerufen. Auf den ersten Blick. Auf den zweiten war es ein Befehl, aber das ließ sich nicht so eindeutig erkennen, geschweige denn beweisen. Sito wusste das. Er wusste auch, dass er erst wirklich aufatmen würde, wenn Sibylle Hundhammer unbeschadet ihre Rede gehalten hatte und er am Abend mit Miriam auf seinem Sofa saß.

Dass Wertheim von seinen Anhängern blitzartig als Held gepriesen wurde, verdrängte er, das würde sich gewiss bald ändern, dafür würde er persönlich sorgen. Im Moment war das allerdings ein Nebenschauplatz. Jetzt breitete sich – als wäre nichts gewesen – Erwartungshaltung im Raum aus.

Was hatten die Menschen eigentlich gedacht?, überlegte Sito. Dass Sibylle eine Rede halten würde, obwohl man sie medial als Freiwild ausgelobt hatte? Sibylle hätte ihre Rede tatsächlich gehalten, dessen war er überzeugt. Sie hielt sie ja auch jetzt trotz der Gefahr. Überhaupt war sie ihren Weg bis hierher gegangen. Er sah sie wieder vor sich dort im Auto von Otto Behringer auf der Rückbank.

Niemand wusste von der Vergewaltigung, niemand außer Woltershagen. Sibylle Hundhammer hatte dafür keine richtige Erklärung gehabt. Sie war ihm bei einer Wohltätigkeitsveranstaltung kurz vor Weihnachten begegnet. Dort hatte sie auch ihren Vergewaltiger entdeckt und zum ersten und einzigen Mal eine Panikattacke erlitten. Sie war wortlos aus dem Saal gestürmt. Woltershagen hatte vor dem Fenster gestanden und geraucht, weil ihn die Menschen und die Reden und dieses ganze rührselige, wohltätige Getue genervt hatten. Und dann hatten sie einander gegenübergestanden unter einer Laterne, in deren Licht der Schnee fiel.

»Es schneit«, hatte Sibylle gesagt. Es war wie ein Symbol, dass das, wovon sie ihm gleich berichten würde, ein Geheimnis bliebe, verborgen unter der unschuldig wirkenden Schneedecke.

Sie hatte ihm einfach erzählt, was ihr passiert war, und Woltershagen hatte nicht viel Menschenverstand und Beobachtungsgabe gebraucht, um einen Verdacht zu schöpfen. Daraufhin hatte er zu ermitteln begonnen und wenig später einen Plan geschmiedet, vermutlich in der Hoffnung, dass nicht er seinen langjährigen Freund verraten musste, sondern die Polizei die Seilschaften durchbrach und Sebastian Greven, Wertheims Sohn, als Vergewaltiger ermittelte. Es war auch nicht schwer, es brauchte nur einen wachen und mutigen Verstand.

Die Menschen im Publikum jubelten, schwenkten kleine Fahnen, stimmten Lieder an, nichts erinnerte mehr an die Ereignisse des Tages, nichts an die Angst der Geiseln, an die Toten, von denen noch niemand etwas wusste. Sito klopfte auf das Mikrofon, dann blickte er zur Seite, ob alles vorbereitet war. Wint stand neben ihm, ließ seinen Blick durch den Raum schweifen, sah dann wieder zu Sito und nickte ihm zu. Hinter der Bühne wartete Sibylle Hundhammer mit drei Personenschützern, einer davon war Otto Behringer.

Sito holte tief Luft. »Sie haben es gehört. Die Geiselnahme an der Universität wurde beendet. Auch die Geiseln in dem Bus wurden befreit. Wir haben den Tag überstanden. Sie alle wissen, was heute passiert ist.« Das Licht der Kameras, die auf ihn gerichtet waren, blendete ihn. »Sie wissen das, weil alles in den sozialen Netzwerken live mitzuverfolgen war. Wir sind als Gesellschaft versucht worden, aber wir haben widerstanden. Sie alle haben widerstanden. Wir haben als Gesellschaft gesiegt.« Sito machte eine Pause.»Und doch versagt.« Er klopfte mit der Hand auf das Rednerpult. »Wie konnte es überhaupt so weit kommen? Wie kann es sein, dass diese Hetze immer und immer wieder funktioniert und der Hass sich so viel leichter ausbreitet als die Vernunft? Vernunft und Empathie.« Sito machte eine Pause. Zwischenapplaus war aus einigen Ecken zu hören. »Wir lernen aus dem heutigen Tag, dass wir noch viel zu lernen haben.« Er sah in die Menge, Bravorufe, zustimmendes Nicken. Wint musterte derweil die Menge. »Wir brauchen neue und bessere Gesetze gegen den Hass im Netz. Gesetze, die uns schützen. Die uns wirklich schützen.« Er sah in die Kamera. »Ich appelliere auch an jeden Einzelnen von Ihnen. Stehen Sie auf und machen Sie sich stark gegen rechte Hetze, seien Sie wachsam, bleiben Sie bei Verstand.«

Sito nickte in die Menge, dann winkte er Sibylle Hundhammer auf die Bühne. Er, Wint und auch Otto Behringer würden ihr nicht von der Seite weichen.

Und dann begann sie zu sprechen, erst ein wenig zögerlich, dann mit wachsender kraftvoller Stimme, voller Mut und Leidenschaft für ihre Ideen, voller Tatendrang. Sito sah zu ihr, dann zu Wint und folgte anschließend dessen angespanntem Blick über die Menge.

***

Es war ganz plötzlich passiert. »Da«, hatte Wint gerufen und in die Menge gezeigt. Sito hatte die Hand mit der Waffe gesehen und »In Deckung!« gerufen. Die im Publikum positionierten Sicherheitsleute waren aufgesprungen, eine Sekunde irritiert. Im selben Moment hatte Wint sich auf Sibylle geworfen, und der Schuss war gefallen. Bruchteile von Sekunden später hatten die Sicherheitskräfte den Mann überwältigt.

Sito hatte sich ebenfalls auf den Boden geworfen. Sibylle lag neben ihm, von Wint abgedeckt. Es war, als wäre die Zeit eingefroren. Sito hörte nichts von dem Tumult im Publikum, nichts von den Rufen der Sicherheitsbeamten, von der Angst. Er starrte auf Sibylle. Die Zeit schwieg, ließ kein Ticken und kein Atmen vernehmen. Wie tot, schoss ihm durch den Kopf. Die Zeit ist gestorben, in meinen Armen …

Er hatte schon einmal diesen Gedanken gehabt, dass es *danach* keine Zeit mehr geben würde. Keine greifbare oder fühlbare. Damals hatte er seine Frau in den Armen gehalten. Jetzt war ihm, als würde sich der ganze Tag noch einmal entfalten. Er sah sich mit den Hunden am Seeufer spazieren gehen und die blaue Schleife finden, sah sich mit Marc und Rosa im Fahrstuhl, als die Welt noch in Ordnung war, viel später mit Marc und Heinrich in seinem Büro sitzen und noch ein wenig später mit Fred auf der Bank mit Blick auf das Inselhotel.

Dann auf einmal stand die Zeit nicht mehr, sie raste. Als hätte jemand den Startknopf gedrückt, hörte Sito auf einen Schlag alles, was um ihn herum passierte, die Schreie, die Befehle, klappernde Stühle – und vor allem hörte er eines: den Atem neben sich.

Jemand kam und half Sibylle auf die Beine. Sito konnte sehen, dass sie unverletzt war. Und Heinrich Wint? Er lag immer noch da und rührte sich nicht. Mühsam setzte Sito sich auf und rutschte auf dem Boden zu ihm.

»Heinrich«, flüsterte er. »Heinrich, kannst du mich hören?«

Die Eingänge wurden geöffnet, die Polizisten regelten die Evakuierung. Der Mann, der geschossen hatte, wurde in Handschellen abgeführt. Sibylle wurde von ihren Sicherheitsbeamten nach draußen begleitet. Otto Behringer drehte sich im Gehen um und nickte Sito zu.

»Heinrich«, wiederholte Sito und zog Wint zu sich heran. »Mach keinen Mist«, fügte er verzweifelt hinzu.

Wint hob die Hand. Sein Mund verzog sich zu einem schwachen Lächeln. »Schon okay.« Im nächsten Moment setzte er sich auf und hielt sich den verletzten Arm. »Du hattest recht, so ein verdammter Mist. Das hätte schiefgehen können.« Er knöpfte sich die schusssichere Weste auf. »Da zwäng ich mich extra in dieses Scheißding, und dann trifft der mich am Arm.«

Sito lachte erleichtert und stieß Wint an. »Du Spinner. Bin ich froh!«

Der Raum vor ihnen leerte sich. Die Evakuierung gelang zügig. Bald zeugten nur noch ein paar umgefallene Stühle und zurückgelassene Transparente von dem Tumult. Ein Kinderwagen stand verlassen an der Seite.

»Brauchen Sie einen Arzt?«, rief von draußen ein Kollege. Wint hob abwehrend die Hand. »Nur ein Streifschuss. Kümmert euch um das Chaos draußen. Ich komm schon klar.«

Sie saßen auf der Bühne, neben ihnen lagen Rosen und Chrysanthemen. Die Vase mit dem Blumenstrauß hatte den Sturz vom Rednerpult zwar überlebt, doch jetzt lief das Wasser gegen Sitos Hosenbein.

»Du hast genau das geahnt, nicht wahr?«, fragte Wint.

Sito hob kurz die Schultern und seufzte. »Irgendwas an Wertheim. Er war wütend, dass ich das mit seinem Sohn herausgefunden habe. Er war auch wütend, dass ich mich seiner Mittel bedient habe, das wohl, aber er –«

»Er stand nicht wie ein Verlierer da, meinst du?« Wint hielt seinen Arm fest an den Körper gepresst.

Sito senkte den Blick und beobachtete, wie sich seine Hose dunkel färbte. Das Blumenwasser fühlte sich angenehm kühl an. Blut wäre warm, schoss es ihm durch den Kopf. »Der Bus. Der Sprengstoff ging hoch, obwohl alles vorbei war. Ich dachte, dass, ganz gleich, was wir unternehmen, jemand hier bereitsteht.« Langsam spürte er das heftige Pochen hinter der Stirn.

»Es war ein gewagtes Spiel«, sagte Wint nachdenklich.

»Es war vielleicht die einzige Chance, an den Drahtzieher heranzukommen.«

»Ich weiß nicht, Paul, ob wir ihn so kriegen.« Wint stöhnte. »Man kriegt die Wut ganz schwer aus dem Kopf. Das wissen wir beide.«

Sito nickte, das Pochen in seinem Kopf schwappte auf und ab. »Schon klar, Heinrich, kann sein, dass wir ihn nicht kriegen.«

»Oh weh, mir wird ein wenig schwindlig.« Wint legte seinen Kopf in den Nacken. »Jetzt haben wir es wirklich geschafft?«

Sito lächelte. »Sie war großartig, nicht wahr?«

Wint stieß einen anerkennenden Pfiff aus. »In der Tat. Trotz allem, in der Tat, mein Freund. Bei ihrer nächsten Demo werde ich mitlaufen.«

»Sag bloß.« Sito machte ein gespielt erstauntes Gesicht. »Ein Misanthrop mit einem riesigen Transparent in der Hand?«

Wint hob drohend den Zeigefinger. »Obacht, mein Freund«, sagte er. »Sonst zeigt sich der Misanthrop gleich von seiner gemeinen Seite.«

Sito lachte laut auf. Er schüttelte den Kopf, als könnte er so das Pochen loswerden, und blies einmal laut den Atem aus. Es gelang. Er fühlte sich befreit. Er stand auf und half Wint auf die Beine. »Heinrich«, begann er leise.

Dann fielen sich die beiden in die Arme. Hinter ihnen begannen die Nachrichten des Tages über die Leinwand zu laufen. Es war neunzehn Uhr.

Epilog

Zwei Wochen später

Der Kunstraum war gefüllt mit lachenden Menschen, als Sito ihn betrat. Roman Enzig winkte von der anderen Seite des Raumes, Anna, den Kopf an ihn gelehnt, ebenfalls. Samuel Parson stand mit seiner kleinen Tochter auf dem Arm unweit von Enzig, hatte ihn aber noch nicht gesehen. Beruhigend wippte er das Kind auf und ab. Maria sprach mit einer Frau neben sich, Parson unterhielt sich derweil mit Otto Griese, dem Leiter der Spurensicherung. Sito musste lächeln, wenn er sich daran erinnerte, wie verfeindet die beiden Männer lange gewesen waren. Erst als er seinen Freund Samuel einmal mit zu einem Konzert von Griese genommen hatte – er spielte Bass in einer Jazzcombo –, hatten sie ein normales Gespräch geführt und waren seitdem immerhin gute Bekannte.

In der Menge sah er eine Mütze. Sito freute sich, dass er es auch zur Vernissage geschafft hatte. In diesem Moment drehte sich Heinrich Wint um und machte ein Zeichen, dass er zu ihm kommen werde. Sito nickte. Als Wint sich durch die Menge gearbeitet hatte, begann er ohne Umschweife: »Und? Kriegen wir ihn?«

»Wertheim?«, fragte Sito und grinste schief.

Wint verdrehte die Augen. »Nein, Donald Trump. Natürlich Wertheim.«

Sito ließ seinen Blick weiter durch den Raum schweifen. Würde Wertheim es wagen, hier aufzutauchen? »Wir haben nichts gegen ihn in der Hand. Er taucht nirgends als Befehlshaber auf, niemand sagt gegen ihn aus.«

Wints Stirn zeigte tiefe Falten. Sein Unmut war nicht zu übersehen. »Und Zimmermann?«, fragte er. »Seine Leute müssen doch irgendeine Spur haben, die zu Wertheim führt. Weshalb haben wir denn Undercover-Leute in den Nazi-Netzwerken?«

Sito zuckte die Schultern. »Sie verabreden sich zu rechter Hetze. Das wissen wir, aber nichts weist darauf hin, dass Wertheim Drahtzieher der Geiselnahme ist.«

»Und dieser Woltershagen? Ich dachte, er wollte uns helfen.« Sito schüttelte den Kopf. Er hatte Woltershagen in der Untersuchungshaft besucht. Woltershagen versicherte, dass er zu keinem Zeitpunkt mit Wertheim gemeinsame Sache gemacht habe und die Tat zutiefst verabscheue. Sito glaubte ihm, denn er war sich sicher, dass der ehemalige Richter sich schlicht überlegen gefühlt hatte, als er von seinem Plan erzählte. Woltershagen hatte ernsthaft angenommen, die Seilschaften würden brechen unter dieser Last. Insgeheim dachte Sito auch, dass Woltershagen seinem Freund ebenfalls eine Lektion erteilen wollte, weil er den Weg, den dieser beschritt, grundsätzlich ablehnte. Dass er in dieser Weise von ihm benutzt worden war und nun Mitschuld am Tod unschuldiger Menschen trug, war gewiss die größte Niederlage seines Lebens.

Wint kratzte sich die weißen Bartstoppeln an seinem Kinn. »Das ist jetzt vielleicht an sich schon eine mutige Frage, aber was ist mit dem Verfassungsschutz und dem Innenminister? Was ist mit der abgebrochenen Untersuchung, als es um den Sprössling von Wertheim ging? Was ist mit all den Seilschaften, die sich durch Wertheims Leben ziehen?«

»Das sind vor allem mehr Fragen als nur eine, Heinrich.« Wint stemmte die Hände in die Seiten und blies laut den angehaltenen Atem aus.

»Er hat sich schlicht die Strukturen zunutze gemacht«, erklärte Sito. »Die Strukturen rechter Netzwerke. Die sind dicht. Das sind Überzeugungstäter.«

Wint hielt sich die rechte Faust vor den Mund. »Ich könnte … Der hat also mehrere Menschenleben auf dem Gewissen, unter anderem einen Kollegen, und kommt davon. Wenn ich könnte, wie ich wollte …« Die Faust landete geräuschvoll in seiner linken Handfläche.

Sito nickte. Der Gedanke beschäftigte ihn seit zwei Wochen, seit jenem Tag, der der längste Tag in ihrer aller Leben war. Er dachte an die Gedenkfeier für Konstantin Hagen, den jungen SEK-Mann, der bei der Explosion gestorben war und dem sie es zu verdanken hatten, dass Hilke Schmid und Thomas Berg, diese beiden ebenfalls sehr mutigen Menschen im Bus, noch lebten. Er dachte auch an den Journalisten Benjamin Kirschner, der erst in der Nacht gefunden wurde. Er saß in einem der Medienräume der Universität und sagte immer wieder: »Ich muss das Video senden. Das Video, ich muss es senden.« Auch er würde diesen Alptraum nie vergessen. Sito wusste, der Tag war eine Zäsur im Gedächtnis der Stadt.

Er legte Wint einen Arm auf die Schulter. »Es ist noch nicht vorüber.«

»So?« Wint grinste. »Wir behalten ihn also im Auge?«

»Nicht nur das.«

»Wir werden ihn jagen?« Wint ballte wieder die Faust, dieses Mal nicht wütend, sondern motiviert.

Sito nickte. Ja, das würden sie definitiv. Eine Frau lief an ihm vorbei und hüllte ihn für einen Moment in eine Wolke aus Jasmin.

»Und was ist mit seiner politischen Karriere?«, wollte Wint wissen und wedelte mit der Hand vor seinem Gesicht herum.

»Was soll mit der sein?«

Wint legte den Kopf schief und musterte Sito, dann begriff er. »Er wird also gefeiert.« Seine Augenbrauen zogen sich unter der Mütze zusammen. »Das Ganze wird für ihn zum Triumphzug?«

»Wenn du schon alles weißt, weshalb fragst du dann noch?«

»Himmel, hilf!« Aus der Faust war eine flache Hand geworden, die jetzt klatschend auf Wints Stirn landete.

Die Umstehenden sahen sich verwundert um. Entschuldigend hob er die Hand.

»Weißt du, Heinrich«, sagte Sito ruhig, »Wertheims Sohn sitzt in Untersuchungshaft wegen der Vergewaltigungen.«

»Dann ist das seine Strafe?«, fragte Wint und zog seine Mütze tiefer in die Stirn.

»Vielleicht«, sagte Sito. »Wir werden sehen.«

Sie hatten die Geschehnisse einigermaßen verkraftet. Nicht nur den einen Tag mit der Geiselnahme, nein, auch das, was danach gefolgt war. Die Pressekonferenzen, die Auseinandersetzungen mit den Anwälten von Wertheim und den Shitstorm, den die Rechten angeleiert hatten. Der Innenminister war zurückgetreten, weil man ihm vorwarf, Wertheim ohne Beweise den Drohungen Sitos überlassen zu haben. Es gab sogar eine Anzeige wegen Folter und psychischer Gewalt. Gemeint war Sitos Drohung, Wertheims Sohn könnte anstelle von Sibylle Hundhammer sterben, doch Sitos Anwälte meinten, das sei irrelevant, und außerdem stehe da Wort gegen Wort.

Gegen Sebastian Greven indessen wurde ermittelt, da standen die Chancen gut, denn Sibylle hatte ihn inzwischen angezeigt, und die Spuren, die sie anonym hatte sichern lassen, zur Verfügung gestellt. Zimmermann hatte mehrere Razzien bei rechtsradikalen Netzwerken bewirkt, mehrere Personen waren festgenommen worden. Wertheim allerdings war stets außen vor. Er habe nur gehandelt, wie Sito ihm befohlen habe. Dass seine Ansprache eine solche Wirkung erzielt habe, könne nicht als Beweis dafür gelten, dass er irgendetwas mit der Geiselnahme oder dem Sprengstoffattentat zu tun hatte.

Sito, Busch und Kollegen hatten mitansehen müssen, wie Wertheim seinen Kopf aus der Schlinge zog – es gab keinen einzigen Beweis für seine Teilhabe an dem Komplott.

Sito nahm ein Glas Sekt von dem Tablett, das gerade eine junge Frau an ihm vorbeitrug, und nippte daran. Und dann gab es noch diesen ominösen Attentäter im Bodenseeforum, ein Jurastudent, Fabian Körber, Sohn reicher Eltern und bisher ein unbescholtener Bürger. Er war mit einem nachträglich eingeteilten Sicherheitsbeamten in den Saal gelangt. Dieser Sicherheitsbeamte hatte auf den ersten Blick eine reine Weste, doch auf den zweiten entdeckten die Ermittler plötzlich Kontakte in die Rechtsrockszene, eine in die Jugend zurückreichende Bekanntschaft mit einem der Veranstalter. Dass er dennoch an diesen Job gelangt war, warf weitere schwerwiegende Fragen auf.

Er sprach von einer lockeren Freundschaft zu dem Studenten Körber. Aus Gefälligkeit habe er ihn mit ins Forum genommen, da er interessiert gewesen sei an der Rede von Sibylle Hundhammer. Weshalb sein Begleiter dann geschossen habe, und das, obwohl doch die Nachrichten und auch Sito das Ende der Geiselnahme verkündet hatten, konnte er sich angeblich nicht erklären. Die Kollegen von Sito beschrieben Fabian Körber nach den ersten Vernehmungen als stillen und höflichen jungen Mann mit guten beruflichen Perspektiven und einer Freundin, die selbst bei der Klimademo dabei war. Sito empfahl seinen Kollegen, die Wege von Fabian Körber genauestens zurückzuverfolgen. An eine Kurzschlusshandlung glaubte er nicht, doch ein Überzeugungstäter war er nach erstem Anschein auch nicht. Was also war Fabian Körber in diesem Spiel gewesen?

Marionetten, dachte Sito, es gab zu viele davon.

Überall wurde geplaudert, Sito grüßte einige Leute, sah Friedrich Kerler und seine Frau Irene in der Menge und versuchte, zu Miriams Eltern durchzukommen. Er wusste, dass Miriam auf dem Sprung war, eine erfolgreiche Malerin zu werden, aber mit so viel Andrang hatte er dennoch nicht gerechnet. Plötzlich wurde er von hinten stürmisch umarmt. Miriam. Er erkannte sie an ihrem Geruch, drehte sich langsam um und sah in ihre leuchtenden Augen.

»Ist das nicht unglaublich? Ich dachte schon, du kommst nicht mehr rechtzeitig. Gleich geht es los.«

Er sah, dass sie strahlte, aber auch beinahe zersprang vor Aufregung. Ein Professor von der Universität würde eine Laudatio halten. Bürgermeister Auweiler war ebenfalls da. Grüßend hob er die Hand in Sitos Richtung. Er hatte sich von seinem Herzinfarkt erholt, würde aber in Zukunft kürzertreten. Sito nickte ihm zu.

»Beruhige dich, meine Süße«, sagte er, »ich bin jetzt da, und alles wird gut.«

»Ja, das stimmt, du bist da.« Sie küsste ihn.

Schon schlugen Gläser aneinander, und im Raum wurde es still. Der Professor betrat die Bühne, räusperte sich und begrüßte die Gäste. Dann erzählte er von Miriam und ihren Bildern, erinnerte sich an die letzte Ausstellung und sprach über Talent und Hingabe.

Sitos Blick löste sich von dem Rednerpult und wanderte ein wenig nach links. Da hing das Bild von Miriam, ihr jüngstes Gemälde von der verschneiten Winterlandschaft in Gaienhofen. Jenes Bild, vor dem sie gestanden hatten an dem Tag, an dem Konstanz für viele Stunden im Chaos versunken war. Miriam war nicht zufrieden gewesen, hatte gespürt, dass etwas fehlte. Und er hatte vorgeschlagen, dass sie noch etwas ergänzte, das den Blick durch dieses Weiß lenkte.

Jetzt starrte Sito wie gebannt auf die verschneite Landschaft der Halbinsel Höri. Er konnte ihn einfach nicht lösen, hörte entfernt die Stimme des Redners, spürte Miriams Blick, erwartungsvoll, ihre Hand, die nach seiner griff. Nichts konnte ihn von dem Weiß der Landschaft in diesem Bild trennen, dieser Kälte am See von Gaienhofen, das schweizerische Ufer im weißen Hintergrund.

»Und? Wie findest du es?«, flüsterte Miriam in sein Ohr.

»Perfekt«, sagte er.

Ihm war, als würde das winzige hellblaue Band, das am linken Rand des Gemäldes an einen Ast gebunden war, im Wind flattern, sich losmachen und langsam aus dem Bild herausfliegen …

Danke

… an den Emons Verlag, dass dieses Buch erscheint – trotz der widrigen Umstände, trotz der Krise und trotz aller Unsicherheiten.

Mein Dank geht nun schon zum vierten Mal an meinen Lektor Lothar Strüh für die stets konstruktive Zusammenarbeit, für den Zuspruch und das Mutmachen.

Meiner Familie danke ich von ganzem Herzen dafür, dass ich mich immer auf sie verlassen kann; meiner Mutter fürs Probelesen und die vielen guten Gespräche über den schweren Stoff, meiner Tochter fürs Zuhören und ihr gutes Gespür für meine innere Unruhe sowie ihre gute Laune, die mich jeden Morgen begrüßt, Oliver für die gemeinsame Lebenszeit, seine Bereitschaft, sich immer wieder auf den Weg zu machen, seinen Optimismus und jede Art der Unterstützung.

Ich danke allen Freunden in meinem Umfeld, die immer wieder mein Leben bereichern.

Ein großer Dank geht an die Leserinnen und Leser, die meinen Helden nun schon seit fünf Jahren folgen, an alle Buchhandlungen und Veranstalter, die mich zu Lesungen eingeladen haben – möge das sehr bald wieder zum kulturellen Alltag gehören.

Oscar Wilde soll gesagt haben:
»Am Ende ist alles gut. Und wenn es noch nicht gut ist, dann ist es noch nicht das Ende.«

Wir werden sehen. Ich bleibe hoffnungsvoll – für unsere Zukunft und die Zukunft meiner Helden.

Tina Schlegel
SCHREIE IM NEBEL
Broschur, 384 Seiten
ISBN 978-3-95451-723-7

*»Wer einen ungewöhnlichen Krimi mit durchdachter und anspruchs-
voller Handlung lesen möchte, kann hier getrost zugreifen. Ein groß-
artiges Debüt, das voller Sprachkunst wichtige Themen aus dem
Handgelenk schüttelt.«* VEBU-Magazin

www.emons-verlag.de

Tina Schlegel
DIE DUNKLE SEITE DES SEES
Broschur, 368 Seiten
ISBN 978-3-7408-0078-9

»Rasant und sehr spannend. Ein anspruchsvoller Pageturner mit furiosem Finale.« Bodensee Edition

»Der komplexe Fall bringt unvorhersehbare Wendungen, aufgrund derer man das Buch bald nicht mehr weglegen kann. Das packende Finale macht Schlegels zweites Buch zu einem gelungenen Bodenseekrimi.« Südkurier

www.emons-verlag.de

Tina Schlegel
DER WOLF VOM BODENSEE
Broschur, 336 Seiten
ISBN 978-3-7408-0470-1

Die Halbinsel Höri versinkt im Schnee, ihre Bewohner sind in einer
weißen Falle gefangen. Kommissar Sito wollte hier eigentlich ein
paar ruhige Tage verbringen, doch da versetzt ein Wolf die Menschen
in Angst. Die Lage spitzt sich zu, als eine Schriftstellerin ermordet
aufgefunden wird – inmitten zahlloser Manuskriptseiten, auf denen
immer wieder ein Name steht: Sito. Als am Neujahrstag auch noch
ein Kind verschwindet, gerät Sito in einen Strudel aus Lügen und
Gewalt. Und die Jagd auf den Wolf beginnt …

www.emons-verlag.de

TINA SCHLEGEL
GEWITTERSEE
Bodensee Krimi

emons:

Tina Schlegel
GEWITTERSEE
Broschur, 304 Seiten
ISBN 978-3-7408-0677-4

Kommissarin Cora Merlin steckt in einer Zwickmühle. Eigentlich möchte sie ihre Lindauer Altstadtwohnung mit Blick auf den See und die Schweizer Berge nicht verlassen, doch beruflich tritt sie auf der Stelle. Als eine einbalsamierte Frauenleiche gefunden wird, die wie die Figur in einem berühmten Gemälde drapiert wurde, stürzt sich Cora in die Ermittlungen – und gerät mitten in einen Fall von international organisiertem Kunstraub und zwischen die Fronten besessener Sammler, die alles tun, um eines der größten Rätsel der Kunstgeschichte zu lösen. Geht einer von ihnen dafür auch über Leichen?

www.emons-verlag.de